WALTER
BENJAMIN

Origem do drama trágico alemão

FILŌBENJAMIN   **autêntica**

WALTER
BENJAMIN

Origem do drama
trágico alemão

3ª reimpressão

EDIÇÃO E TRADUÇÃO João Barrento

Copyright da tradução © 2011 João Barrento

título original: *Ursprung des deutschen Trauerspiels*

Todos os direitos reservados pela Autêntica Editora Ltda. Nenhuma parte desta publicação poderá ser reproduzida, seja por meios mecânicos, eletrônicos, seja via cópia xerográfica, sem a autorização prévia da Editora.

EDITORA RESPONSÁVEL
Rejane Dias

EDITORA ASSISTENTE
Cecília Martins

COORDENADOR DA COLEÇÃO FILÔ
Gilson Iannini

CONSELHO EDITORIAL
Gilson Iannini (UFOP); Barbara Cassin (Paris); Carla Rodrigues (UFRJ); Cláudio Oliveira (UFF); Danilo Marcondes (PUC-Rio); Ernani Chaves (UFPA); Guilherme Castelo Branco (UFRJ); João Carlos Salles (UFBA); Monique David-Ménard (Paris); Olímpio Pimenta (UFOP); Pedro Süssekind (UFF); Rogério Lopes (UFMG); Rodrigo Duarte (UFMG); Romero Alves Freitas (UFOP); Slavoj Žižek (Liubliana); Vladimir Safatle (USP)

EDIÇÃO E TRADUÇÃO
João Barrento

REVISÃO TÉCNICA E FIXAÇÃO DO TEXTO
PARA O PORTUGUÊS DO BRASIL
Beatriz de Almeida Magalhães

REVISÃO
Lira Córdova

LEITURA FINAL
Jean D. Soares

PROJETO GRÁFICO DE CAPA E MIOLO
Diogo Droschi

DIAGRAMAÇÃO
Conrado Esteves

Dados Internacionais de Catalogação na Publicação (CIP)
(Câmara Brasileira do Livro, SP, Brasil)

Benjamin, Walter
  Origem do drama trágico alemão / Walter Benjamin ; edição e tradução João Barrento. – 2. ed.; 3.reimp. – Belo Horizonte : Autêntica, 2024. – (FILÔ/Benjamin)

  Título original: Ursprung des deutschen Trauerspiels.
  ISBN 978-85-7526-589-5

  1. Teatro alemão (Tragédia) - História e crítica 2. Tragédia I. Título.

11-11361   CDD-832

Índices para catálogo sistemático:
1. Teatro : Literatura alemã 832

◉ GRUPO **AUTÊNTICA**

Belo Horizonte
Rua Carlos Turner, 420
Silveira . 31140-520
Belo Horizonte . MG
Tel.: (55 31) 3465 4500

São Paulo
Av. Paulista, 2.073, Conjunto Nacional
Horsa I . Sala 309 . Bela Vista
01311-940 São Paulo . SP
Tel.: (55 11) 3034 4468

www.grupoautentica.com.br
SAC: atendimentoleitor@grupoautentica.com.br

7. *Curriculum vitae*, Dr. Walter Benjamin

13. **Prólogo epistemológico-crítico**

O conceito de tratado p. 15; Conhecimento e verdade p. 17; Beleza filosófica p. 18; Divisão e dispersão no conceito p. 21; A ideia como configuração p. 22; A palavra como ideia p. 23; A ideia não classifica p. 26; O nominalismo de Burdach p. 28; Verismo, sincretismo, indução p. 30; Os gêneros artísticos em Croce p. 31; Origem p. 33; Monadologia p. 35; Esquecimento e falsa interpretação da tragédia barroca p. 37; "Apreciações" p. 40; Barroco e Expressionismo p. 43; *Pro domo* p. 46

49. **Drama trágico e tragédia**

<1> Teoria barroca do drama trágico p. 51; A influência de Aristóteles não significativa p. 54; A história como conteúdo do drama trágico p. 56; Teoria da soberania p. 59; Fontes bizantinas p. 63; Dramas sobre a figura de Herodes p. 64; Incapacidade de decisão p. 66; O tirano como mártir, o mártir como tirano p. 68; O drama de mártires subestimado p. 70; Crônica cristã e drama trágico p. 72; Imanência do drama do Barroco p. 75; Jogo e reflexão p. 77; O soberano como criatura p. 82; A honra p. 85; Destruição do *éthos* histórico p. 86; Cenário p. 90; O cortesão como santo e intriguista p. 95; Intenção didática do drama trágico p. 99

<2> A *Estética do trágico*, de Volkelt p. 101; *O nascimento da tragédia*, de Nietzsche p. 103; A teoria da tragédia do Idealismo Alemão p. 105; Tragédia e lenda p. 107; Realeza e tragédia p. 112; "Tragédia" antiga e moderna p. 113; A morte trágica como moldura p. 115; Diálogo trágico, processual e platônico p. 117; Luto e trágico

p. 121; "Sturm und Drang", Classicismo p. 123; Dramas de assunto histórico e político, teatro de marionetas p. 126; O intriguista como personagem cômica p. 129; O conceito de destino no drama de destino p. 132; Culpa natural e culpa trágica p. 135; Os adereços cênicos p. 136; A hora dos espectros e o mundo dos espectros p. 138

<3> Doutrina da legitimação, $\alpha\pi\alpha\theta\varepsilon\iota\alpha$, melancolia p. 143; Hipocondria do príncipe p. 147; Melancolia do corpo e da alma p. 151; A doutrina de Saturno p. 154; Símbolos: cão, esfera, pedra p. 158; Acédia e infidelidade p. 163; Hamlet p. 165

167. Alegoria e drama trágico

<1> Símbolo e alegoria no Classicismo p. 169; Símbolo e alegoria no Romantismo p. 174; Origem da alegoria moderna p. 178; Exemplificação e documentação p. 183; Antinomias da alegorese p. 186; A ruína p. 189; Esvaziamento alegórico da alma p. 194; Fragmentação alegórica p. 197

<2> A personagem alegórica p. 203; O interlúdio alegórico p. 206; Título e máximas p. 210; Metaforismo p. 213; Problemas de teoria da linguagem no Barroco p. 217; O alexandrino p. 222; Fragmentação linguística p. 224; A ópera p. 227; As ideias de Ritter sobre a escrita p. 230

<3> O cadáver como emblema p. 233; Os corpos dos deuses no Cristianismo p. 238; O luto nas origens da alegoria p. 240; Terrores e promessas de Satanás p. 244; Limites da meditação p. 249; "Ponderación misteriosa" p. 251

255. Sinopse de *Origem do drama trágico alemão*
261. Drama trágico e tragédia
265. O significado da linguagem no drama trágico e na tragédia

269. Comentário
271. *Curriculum vitae*, Dr. Walter Benjamin
271. *Origem do drama trágico alemão*
331. Sinopse de *Origem do drama trágico alemão*
331. Drama trágico e tragédia
332. O significado da linguagem no drama trágico e na tragédia

Curriculum vitae, Dr. Walter Benjamin

Nasci em Berlim em 15 de Julho de 1892, filho do comerciante Emil Benjamin. Fiz o curso no liceu, tendo concluído em 1912, com o exame final. Estudei filosofia, e também literatura alemã e psicologia, nas Universidades de Friburgo em Breisgau, Munique e Berlim. No ano 1917 fui para a Suíça, onde continuei os meus estudos na Universidade de Berna.

No decurso dos meus estudos recebi impulsos decisivos de uma série de obras que, em parte, eram estranhas ao âmbito estrito dos estudos que fiz, nomeadamente *Spätrömische Kunstindustrie* [A indústria artística da fase tardia do Império Romano], de Alois Riegl, *"Villa"*, de Rudolf Borchardt, a análise do poema de Hölderlin "Brod und Wein" [Pão e vinho] por Emil Petzold. As lições do filósofo de Munique Moritz Geiger deixaram em mim uma profunda impressão, bem como as de Ernst Lewy, livre-docente para línguas ugro-finlandesas em Berlim. As aulas práticas deste último sobre o escrito de Humboldt *Über den Sprachbau der Völker* [Sobre a estruturação das línguas dos povos], bem como as ideias por ele desenvolvidas em *Zur Sprache des alten Goethe* [Sobre a língua da fase tardia de Goethe], despertaram em mim o interesse pelas questões da filosofia da linguagem. Em 1919 obtive o grau de doutor, com a classificação de *summa cum laude*, na Universidade de Berna. A minha dissertação foi publicada com o título *Der Begriff der Kunstkritik in der deutschen Romantik* [O conceito de crítica de arte no Romantismo alemão] (Berna, 1920).

Depois do regresso à Alemanha publiquei o meu primeiro livro neste país, uma versão dos *Tableaux Parisiens* de Baudelaire (Heidelberg, 1923). O livro inclui um prefácio sobre "A tarefa do tradutor", que reconstituiu o primeiro resultado concreto das minhas reflexões no domínio da teoria da linguagem. Desde sempre os meus interesses se centraram predominantemente na filosofia da linguagem e na teoria estética. Foram esses interesses que me levaram, durante o tempo em que estudei em Munique, a dedicar-me aos estudos mexicanos – uma decisão que devo ao conhecimento que travei com Rilke, que estudou também a língua mexicana em 1915. A atração pela filosofia da linguagem contribuiu igualmente para o meu crescente interesse pela literatura francesa. Neste domínio comecei por me deixar envolver pela teoria da linguagem implícita na obra de Stéphane Mallarmé.

Nos primeiros anos do pós-guerra era ainda preponderante a minha ocupação com a literatura alemã. O primeiro trabalho importante que publiquei foi o ensaio "Goethes Wahlverwandtschaften" [*As afinidades eletivas*, de Goethe] (Munique, 1924-25). Este estudo proporcionou-me a amizade com Hugo von Hofmannsthal, que o publicou na sua revista *Neue deutsche Beiträge*. Foi também Hofmannsthal quem demonstrou o mais vivo empenho pelo meu livro seguinte, *Ursprung des deutschen Trauerspiels* [Origem do drama trágico alemão] (Berlim, 1928). Este livro propunha-se fornecer uma nova leitura do drama alemão do século XVII. O seu propósito é o de distinguir a forma desse drama, enquanto "drama trágico" (*Trauerspiel**), da da tragédia (*Tragödie*), e procura demonstrar as afinidades existentes entre a forma literária do drama trágico e a forma artística da alegoria.

Em 1927, uma editora alemã propôs-me a tradução da grande obra romanesca de Marcel Proust. Eu tinha lido com um interesse

---

* *Trauerspiel* deveria traduzir-se, literalmente, por "drama lutuoso", que não corresponde a nenhuma designação de gênero em português. Optei por "drama trágico" para fugir à tradução, comum nas línguas românicas, de "drama barroco", que não está no termo original nem designa também nenhum gênero dramático particular. "Drama trágico" (já usado em traduções inglesas), parece-me ter pelo menos duas vantagens: indicia uma ligação à forma clássica da tragédia (que o termo alemão também pressupõe, quando surge no século XVIII; e torna-se linguisticamente mais operativo como título e ao longo de todo um livro. Ver também a nota ao texto "O significado da linguagem no drama trágico e na tragédia", p. 265 (N.T.).

apaixonado os primeiros volumes desta obra em 1919, na Suíça, e aceitei a proposta. Este trabalho foi o ponto de partida para várias estadas prolongadas na França. A minha primeira visita a Paris deu-se no ano 1913; regressei em 1923; e entre 1927 e 1933 passei todos os anos vários meses em Paris. No decorrer do tempo travei conhecimento com vários escritores franceses de renome, entre outros André Gide, Jules Romains, Pierre Jean Jouve, Julien Green, Jean Cassou, Marcel Jouhandeau, Louis Aragon. Em Paris descobri também o rastro de Rilke e entrei em contato com o círculo de Maurice Betz, o seu tradutor. Ao mesmo tempo, ia mantendo o público alemão informado sobre o que se passava na vida cultural francesa, através de colaboração regular nos jornais *Frankfurter Zeitung* e *Die Literarische Welt*. Das minhas traduções de Proust só três volumes puderam ser publicados antes da subida de Hitler ao poder (Berlim, 1927, e Munique, 1930).

O período entre as duas guerras divide-se para mim, naturalmente, em duas fases, antes e depois de 1933. Durante o primeiro destes períodos tive oportunidade de conhecer, em viagens prolongadas, a Itália, os países escandinavos, a Rússia e a Espanha. A minha produção desta fase compreende, para além das obras mencionadas, uma série de ensaios sobre a obra de alguns dos mais importantes poetas e escritores do nosso tempo. Contam-se entre eles estudos desenvolvidos sobre Karl Kraus, Franz Kafka, Bertolt Brecht, e ainda sobre Marcel Proust, Julien Green e os Surrealistas. Neste período publiquei também uma coletânea de aforismos com o título *Einbahnstraße* [Rua de sentido único]* (Berlim, 1928). Paralelamente, ocupei-me também de trabalhos bibliográficos. Compilei, por encomenda, uma bibliografia completa das obras de e sobre G[eorg] Chr[istoph] Lichtenberg, que não chegou a sair.

Em Março de 1933 deixei a Alemanha. Desde essa época, os estudos que produzi foram todos publicados na revista do *Institute for Social Research*. O ensaio "Probleme der Sprachsoziologie" [Problemas de sociologia da linguagem] (*Zeitschrift für Sozialforschung*, vol. de 1935) dá uma perspectiva crítica sobre o estado atual da produção teórica no domínio da filosofia da linguagem. O ensaio "Carl Gustav Jochmann" (*loc. cit*, vol. de 1939) é um último contributo no âmbito das minhas

---

* Mantemos neste livro os títulos dos textos de Walter Benjamin tal como traduzidos por João Barrento, nas edições publicadas em Portugal (N. E.).

investigações sobre a história da literatura alemã (neste mesmo âmbito cabe também uma antologia de cartas do século XIX alemão, que publiquei em Lucerna em 1937). O trabalho "Zum gegenwärtigen Standort des französischen Schriftstellers" [Sobre a situação atual do escritor francês] (*loc. cit.*, vol. de 1934) é o resultado dos meus estudos sobre a literatura francesa recente. Os ensaios "Eduard Fuchs, den Sammler und den Historiker" [Eduard Fuchs, colecionador e historiador] (*loc. cit.*, vol. de 1937) e "Das Kunstwerk im Zeitalter seiner technischen Reproduzierbarkeit" [A obra de arte na era da sua possibilidade de reprodução técnica] (*loc. cit.*, vol. de 1936) são contributos para a sociologia das artes plásticas. Este último trabalho procura compreender certas formas artísticas, em particular o cinema, a partir das transformações funcionais a que foi submetida a arte em geral com o desenvolvimento social (o meu ensaio "Der Erzähler" [O contador de histórias], publicado em 1936 numa revista suíça, coloca questões semelhantes, agora no campo literário). O meu último trabalho, "Über einige Motive bei Baudelaire" [Sobre alguns motivos na obra de Baudelaire] (*loc. cit.*, vol. de 1939) é um fragmento de uma série de estudos que se propõem analisar a literatura do século XIX como instrumento para um conhecimento crítico desse período.

Origem do
drama trágico alemão

Esboçado em 1916
Escrito em 1925
Então como hoje, dedicado à minha mulher

Prólogo epistemológico-crítico

Dado que nem no conhecimento nem na reflexão nos é possível chegar à totalidade, porque àquele falta a dimensão interior e a esta a exterior, temos necessariamente de pensar a ciência como arte, se esperarmos encontrar nela alguma espécie de totalidade. Essa totalidade não deve ser procurada no universal, no excessivo; pelo contrário, do mesmo modo que a arte se manifesta sempre como um todo em cada obra de arte particular, assim também a ciência deveria poder ser demonstrada em cada um dos objetos de que se ocupa.

(Johann Wolfgang von Goethe, *Materialien zur Geschichte der Farbenlehre* [Materiais para a história da teoria das cores])*

É próprio da literatura filosófica o ter de confrontar-se a cada passo com a questão da representação. Na sua forma acabada, essa literatura apresentar-se-á como doutrina, mas o simples pensamento não tem o poder de lhe conferir esse caráter acabado. A doutrina filosófica assenta na codificação histórica, e por isso não pode ser invocada *more*

---

* *In*: Goethe, *Sämtliche Werke*. Jubiläums-Ausgabe [Obras completas. Edição do Jubileu]. Ed. de Eduard von der Hellen, em colaboração com Konrad Burdach *et al.* Stuttgart / Berlim, s.d. [1907 segs.]. Vol. 40: *Schriften zur Naturwissenschaft* [Escritos sobre as ciências da natureza], 2, pp. 140-141 (N.T.).

geometrico. Do mesmo modo que a matemática mostra claramente que a eliminação total do problema da representação, reivindicada por toda a didática rigorosamente objetiva, é o traço distintivo do conhecimento autêntico, assim também é igualmente decisiva a sua renúncia à esfera da verdade, que é o objeto intencional das línguas naturais. Aquilo que, para os sistemas filosóficos, é o seu método não transparece no seu aparato didático. Isto é o sinal evidente de que lhes é inerente um esoterismo de que eles não podem se libertar, que lhes é proibido negar, de que não podem vangloriar-se sem risco de condenação. O que o conceito oitocentista de sistema ignorou foi precisamente esta alternativa da forma filosófica, colocada pelos conceitos da doutrina e do ensaio esotérico. Enquanto a filosofia for determinada por um tal conceito, ela corre o perigo de se acomodar a um sincretismo que tenta capturar a verdade numa teia de aranha estendida entre várias formas de conhecimento, como se ela voasse de fora para cair aí. Mas o universalismo por ela assim adquirido está muito longe de lhe permitir alcançar a autoridade didática da doutrina. Se a filosofia quiser conservar a lei da sua forma, não como propedêutica mediadora do conhecimento, mas como representação da verdade, então aquilo que mais importa deve ser a prática dessa sua forma, e não a sua antecipação num sistema. Tal prática impôs-se em todas as épocas para as quais foi evidente a essência não delimitável do verdadeiro, sob uma forma propedêutica que pode ser designada pelo termo escolástico do "tratado", porque ele reenvia, ainda que apenas de forma latente, para os objetos da teologia, sem os quais não é possível pensar a verdade. Os tratados serão doutrinários no tom que assumem, mas a sua índole profunda exclui aquele rigor didático que permite à doutrina afirmar-se por autoridade própria. E também eles renunciam aos meios coercitivos da demonstração matemática. Na sua forma canônica, eles aceitam um único elemento doutrinal – de intenção, aliás, mais educativa que doutrinária –, a citação da *auctoritas*. A representação é a quintessência do seu método. Método é caminho não direto. A representação como caminho não direto: é esse o caráter metodológico do tratado. A sua primeira característica é a renúncia ao percurso ininterrupto da intenção. O pensamento volta continuamente ao princípio, regressa com minúcia à própria coisa. Este infatigável movimento de respiração é o modo de ser específico da contemplação. De fato, seguindo, na observação de um único objeto, os seus vários níveis de sentido, ela recebe daí, quer o impulso para um arranque constantemente renovado, quer a justificação para a intermitência do seu ritmo. E não receia perder o ímpeto, tal como um mosaico não perde a sua majestade pelo fato de ser caprichosamente fragmentado. Ambos se compõem de elementos singulares e diferentes; nada poderia transmitir com mais veemência o impacto transcendente, quer da imagem sagrada, quer da verdade. O valor dos fragmentos de pensamento é tanto mais decisivo quanto menos imediata é a sua relação com a concepção de fundo, e desse valor depende o fulgor da representação, na mesma medida em que o do mosaico depende da qualidade da pasta de vidro. A relação entre a elaboração micrológica e a escala do todo, de um ponto de vista plástico e mental, demonstra que o conteúdo de verdade (*Wahrheitsgehalt*) se deixa apreender apenas através da mais exata descida ao nível dos pormenores de um conteúdo material (*Sachgehalt*). Tanto o mosaico como o tratado, na fase áurea do seu florescimento no Ocidente, pertencem à Idade Média; aquilo que permite a sua comparação é, assim, da ordem do genuíno parentesco.

A dificuldade inerente a uma tal representação só demonstra que se trata de uma forma autenticamente prosaica. Enquanto o orador, pela voz e pelo jogo fisionômico, apoia as frases isoladas, mesmo nos casos em que elas não têm autonomia, e as articula numa sequência de pensamentos muitas vezes vacilante e vaga, como se esboçasse um desenho de ampla respiração com um único traço, assim também o próprio da escrita é, a cada frase, parar para recomeçar. A representação contemplativa deve, mais do que qualquer outra, seguir este princípio. O seu objetivo de nenhum modo é o de arrastar o ouvinte e de o entusiasmar. Ela só está segura de si quando obriga o leitor a deter-se em "estações" para refletir. Quanto maior for o seu objeto, tanto mais distanciada será a reflexão. A sua sobriedade prosaica, muito aquém do gesto imperativo do preceito doutrinário, é o único estilo de escrita adequado à investigação filosófica. O objeto desta investigação são as ideias. Se a representação se quiser afirmar como o método próprio do tratado filosófico, terá de ser representação das ideias. A verdade, presentificada no bailado das ideias representadas, furta-se a toda e qualquer projeção no domínio do conhecimento. O conhecimento é um haver. O seu próprio objeto é determinado pela necessidade de ser apropriado pela consciência, ainda que seja uma consciência transcendental. É próprio dele um caráter de posse, para o qual a representação é secundária. Esse caráter de posse não tem uma existência prévia como algo que se autodetermine. Ora, é precisamente isso o que se passa com a verdade. O método, que para o conhecimento é um caminho para chegar ao objeto de apropriação – ainda que pela sua produção na consciência –, é para a verdade representação de si mesma, e por isso algo que é dado juntamente com ela, como forma. Esta forma não é inerente a uma conexão estrutural na consciência, como faz a metodologia do conhecimento, mas a um ser. Uma das intenções mais profundas da filosofia nos seus começos – a doutrina platônica das ideias – será sempre a do postulado segundo o qual o objeto do conhecimento não coincide com a verdade. O conhecimento é questionável, a verdade não. O conhecimento dirige-se ao particular, mas não, de forma imediata, à sua unidade. A unidade do conhecimento, a existir, seria antes uma conexão estrutural apenas mediatizada, nomeadamente por via dos conhecimentos isolados e, de certo modo, da sua compensação recíproca, enquanto que na essência da verdade a unidade é uma determinação absolutamente imediata e direta. Da natureza direta dessa determinação faz parte o ela não poder ser questionada. De fato, se a unidade integral na essência da verdade fosse questionável, então a questão teria de ser: em que medida a resposta a ela está desde logo dada em cada resposta concebível que a verdade pudesse dar a qualquer pergunta? E antes da resposta a esta pergunta teríamos de voltar a repeti-la, de tal modo que a unidade da verdade escaparia a qualquer interrogação. A verdade só está fora de questão como unidade no ser, e não como unidade no conceito. Enquanto o conceito advém da espontaneidade do entendimento, as ideias oferecem-se à contemplação. As ideias são algo de já dado. Assim, a distinção entre a verdade e o âmbito do conhecimento define a ideia como ser. É este o alcance da doutrina das ideias para o conceito de verdade. Enquanto ser, a verdade e a ideia alcançam aquele supremo significado metafísico que lhes é expressamente atribuído pelo sistema platônico.

O documento mais significativo a este respeito é sobretudo *O Banquete*, que contém duas afirmações decisivas neste contexto. Aí, a verdade – o reino das ideias – é ilustrada como o conteúdo essencial da beleza. Aí, a verdade é declarada bela. A compreensão deste ponto de vista platônico sobre a relação entre verdade e beleza é, não só um propósito fundamental de toda a filosofia da arte, mas também um pressuposto insubstituível para a determinação do conceito de verdade. Uma concepção lógico-sistemática que quisesse ver nestes postulados apenas o velho e venerável esboço de um panegírico da filosofia, afastar-se-ia irremediavelmente da esfera da doutrina das ideias. As duas afirmações referidas são talvez o domínio em que melhor se evidencia o modo de ser das ideias. A segunda dessas afirmações merece ainda um comentário mais preciso. A tese de que a verdade é bela deve ser compreendida no contexto d'*O Banquete* em que se descrevem os vários graus do desejo erótico. Eros – é este o sentido dessas passagens do diálogo – não trai o seu impulso originário ao orientar o seu desejo no sentido da verdade, pois também a verdade é bela. E o é, não tanto em si, mas para Eros. Afinal, a mesma relação determina o amor humano: o ser humano é belo para aquele que ama, e não em si. E a explicação está no fato de o seu corpo se representar numa ordem superior à do belo. O mesmo se passa com a verdade: ela não é bela em si, mas para aquele que a busca. Poderá haver nisto uma pontinha de relativismo, mas nem por isso a beleza que deve ser inerente à verdade se torna um epíteto metafórico. Pelo contrário, a essência da verdade como essência do reino das ideias que se representa garante que o discurso sobre a beleza da verdade jamais poderá ser afetado. De fato, aquele momento de representação é por excelência o refúgio da beleza. O belo permanece na esfera da aparência, palpável, enquanto se reconhecer abertamente como tal. Manifestando-se como aparência, e seduzindo enquanto não quiser ser mais do que isso mesmo, atrai a perseguição do entendimento e torna reconhecível a sua inocência apenas no momento em que se refugia no altar da verdade. Eros segue-o nesta sua fuga, não como perseguidor, mas como amante; e de tal modo que a beleza, para se manter aparência, foge sempre dos dois, do entendimento por temor e do amante por angústia. E só este pode testemunhar que a verdade não é desvelamento que destrói o mistério, mas antes uma revelação que lhe faz justiça. E a questão mais profunda d'*O Banquete* é a de saber se a verdade poderá alguma vez fazer justiça ao belo. Platão responde ao atribuir à verdade a capacidade de garantir o ser do belo. É neste sentido que ele apresenta a verdade como conteúdo do belo. Mas este conteúdo não se revela no desvelamento, manifesta-se antes num processo que, para usar uma outra expressão metafórica, poderia ser visto como o momento em que se incendeia o invólucro que entra no círculo das ideias, como o incêndio da obra, no qual a sua forma alcança o máximo de intensidade luminosa. Esta relação entre verdade e beleza, que mostra da forma mais evidente como a verdade se distingue do objeto de conhecimento com o qual nos habituamos a identificá-la, contém a chave para aquele fato, simples, mas impopular, que sustenta a atualidade de que desfrutam também alguns sistemas filosóficos cujo conteúdo cognitivo perdeu há muito tempo a relação com a ciência. As grandes filosofias representam o mundo na ordem das ideias. Mas, regra geral, o quadro conceitual em que isso se deu há muito que começou a esboroar-se. Apesar disso, esses sistemas mantêm a sua validade enquanto esboços de uma descrição do mundo, tal como aconteceu com a doutrina das ideias de Platão, a monadologia de Leibniz ou a dialética de Hegel. De fato, é próprio de todas essas tentativas preservarem o seu sentido, muitas vezes mesmo desenvolverem-no de forma potenciada, quando a sua referência deixa de ser o mundo empírico para ser o das ideias. Pois essas construções do espírito tiveram a sua origem como descrição de uma ordem das ideias. Quanto mais intensamente os pensadores procuraram delinear com elas a imagem do real, tanto mais rica se tornou a ordem conceitual desenvolvida, uma ordem que o futuro intérprete da representação primordial do mundo das ideias necessariamente veria como adequada. Se a tarefa do filósofo é a de se exercitar no esboço descritivo do mundo das ideias, de tal modo que o mundo empírico é absorvido naquele e nele se dissolve, então ele ocupa um lugar elevado de mediador entre o cientista e o artista. Este último esboça uma imagem limitada do mundo das ideias, que, pelo fato de ele a esboçar como símile, se torna em cada momento uma imagem definitiva. O cientista organiza o mundo com vista à sua dispersão no domínio das ideias, subdividindo este domínio em conceitos, a partir de dentro. O que o liga ao filósofo é o interesse na extinção da mera empiria, enquanto que o artista se liga àquele pela tarefa da representação. Há um ponto de vista corrente que aproxima excessivamente o filósofo do cientista, e muitas vezes do cientista de menor calibre. Nunca a preocupação com a representação parece ter sido contemplada na tarefa do filósofo. O conceito de estilo filosófico está livre de paradoxos. Tem os seus postulados, que são: a arte da interrupção, contra a cadeia da dedução; o caráter extensivo do tratado, por contraste com o gesto do fragmento; a repetição dos motivos, em contraste com o universalismo raso; a plenitude da positividade concentrada, em contraste com a negação da polêmica.

Para que a verdade seja representada como unidade e singularidade não é de modo algum necessária a conexão dedutiva cerrada da ciência. E, no entanto, essa total ausência de lacunas é precisamente a única forma pela qual a lógica do sistema se relaciona com o pensamento da verdade. Essa sistematicidade fechada não tem em comum com a verdade mais do que qualquer outra representação que procure assegurar-se dela através de meros conhecimentos ou complexos de conhecimentos. Quanto mais escrupulosamente a teoria do conhecimento científico procura seguir as várias disciplinas, tanto mais claramente se manifesta a incoerência metodológica destas. Cada novo campo científico autônomo traz consigo novos pressupostos sem fundamento dedutivo, e em cada um deles se dão por resolvidos problemas prévios com a mesma ênfase com que se afirma a sua insolubilidade noutros contextos.[1] Uma das características menos filosóficas daquela teoria da ciência que toma como ponto de partida das suas investigações, não a diversidade das disciplinas, mas pretensos postulados filosóficos, é a de considerar acidental esta incoerência. E no entanto, esta descontinuidade do método científico está tão longe de configurar um estágio inferior e provisório do conhecimento que poderia, pelo contrário, favorecer a sua teoria, se não viesse intrometer-se a ambição de se apropriar da verdade, que permanece uma unidade sem saltos, através da acumulação enciclopédica de conhecimentos. O sistema só tem validade quando a sua estrutura se inspira na própria constituição do mundo das ideias. As grandes articulações de categorias que determinam não apenas os sistemas mas também a terminologia filosófica – a lógica, a ética e a estética, para referir as mais gerais – não adquirem significado por serem nomes de disciplinas especializadas, mas como monumentos de uma estrutura descontínua do mundo das ideias. Os fenômenos, porém, não são assimilados pelo reino das ideias de forma integral, na sua mais rude configuração empírica, misturada

---

[1] Cf. Émile Meyerson, *De l'explication dans les sciences.* 2 vols. Paris, 1921, *passim.*

com a aparência, mas apenas, salvos, nos seus elementos básicos. Eles desfazem-se da sua falsa unidade para, assim divididos, poderem participar da unidade autêntica da verdade. Nesta sua divisão, os fenômenos subordinam-se aos conceitos. E são estes que dissolvem as coisas nos seus elementos constitutivos. As distinções conceituais só estão acima de qualquer suspeita de sofismas destrutivos se o seu fito for o de salvar os fenômenos nas ideias, o do *τα φαινόμενα δώσειν* ["salvar os fenômenos"] platônico. O papel mediador dos conceitos permite que os fenômenos participem do ser das ideias. E é precisamente este papel mediador que os torna adequados à outra tarefa, não menos primordial, da filosofia, a da representação das ideias. A salvação dos fenômenos por meio das ideias vai de par com a representação das ideias por meio da empiria. Pois as ideias não se representam em si mesmas, mas apenas e exclusivamente através de uma organização dos elementos coisais no conceito. E fazem-no sob a forma da configuração desses elementos.

O conjunto dos conceitos que servem à representação de uma ideia presentifica-a como configuração daqueles. De fato, os fenômenos não estão incorporados nas ideias, não estão contidos nelas. As ideias são antes a sua disposição virtual objetiva, são a sua interpretação objetiva. Se elas não contêm em si os fenômenos por incorporação nem se dissipam em funções, na lei dos fenômenos, na "hipótese", coloca-se então a questão de saber de que modo elas alcançam os fenômenos. A resposta é: na sua representação. Em si, a ideia pertence a um domínio radicalmente diverso daquele que apreende. O critério para definir a sua forma de existência não pode, por isso, ser o de dizer que ela compreende em si aquilo que apreende, por exemplo como o gênero compreende em si as suas espécies. Não é essa a tarefa da ideia. O seu significado pode ser ilustrado por meio de uma analogia. As ideias relacionam-se com as coisas como as constelações com as estrelas. Isto significa desde logo que elas não são nem os conceitos nem as leis das coisas. Não servem para o conhecimento dos fenômenos, e estes de nenhum modo podem servir de critério para a existência das ideias. Pelo contrário, o significado dos fenômenos para as ideias esgota-se nos seus elementos conceituais. Enquanto os fenômenos, pela sua existência, pelas suas afinidades e as suas diferenças, determinam o alcance e o conteúdo dos conceitos que os circunscrevem, a sua relação com as ideias é a inversa, na medida em que é a ideia, enquanto interpretação objetiva dos fenômenos – ou melhor, dos seus elementos – a determinar as formas da sua recíproca interação. As ideias são constelações eternas, e se os elementos se podem conceber como pontos em tais constelações, os fenômenos estão nelas simultaneamente dispersos e salvos. E aqueles elementos, que os conceitos têm por tarefa destacar dos fenômenos, são mais claramente visíveis nos extremos da constelação. A ideia é definível como a configuração daquele nexo em que o único e extremo se encontra com o que lhe é semelhante. Por isso é falso entender as normas mais gerais da língua como conceitos, em vez de as reconhecer como ideias. É errado pretender apresentar o universal como uma média estatística. O universal é a ideia. Já o empírico será tanto mais profundamente apreendido quanto mais claramente for visto como algo de extremo. O conceito procede de algo de extremo. Tal como a mãe só começa a viver plenamente quando o círculo dos seus filhos, sentindo-lhe a proximidade, se fecha à sua volta, assim também as ideias só ganham vida quando os extremos se reúnem à sua volta. As ideias – na formulação de Goethe: os ideais – são as Mães fáusticas. Permanecem obscuras se os fenômenos não se reconhecerem nelas e não se juntarem à sua volta. Cabe aos conceitos agrupar os fenômenos, e a fragmentação que neles se opera por ação do entendimento analítico é tanto mais significativa quanto, num único e mesmo lance, consegue um duplo resultado: a salvação dos fenômenos e a representação das ideias.

As ideias não são dadas no mundo dos fenômenos. Surge, por isso, a questão de saber de que forma elas são de fato dadas, como atrás se sugeriu, e se a função de justificar a estrutura do mundo das ideias se deve inevitavelmente atribuir à sempre invocada intuição (*An-schau-ung*) intelectual. Se há domínio em que a fraqueza com que o esoterismo sempre contamina a filosofia se revele de forma clara, esse domínio é o da "visão" (*Schau*), prescrita como procedimento filosófico aos adeptos de todas as doutrinas do paganismo neoplatônico. O ser das ideias de nenhum modo pode ser pensado enquanto objeto de uma intuição, nem mesmo da intelectual. De fato, nem na sua versão mais paradoxal, a de *intellectus archetypus*, ela pode aceder à forma de se dar que é própria da verdade, um dar-se desprovido de todas as formas de intenção – para além de que a própria verdade nunca pode aparecer como intenção. A verdade nunca se manifesta em relação, e muito menos numa relação intencional. O objeto de conhecimento determinado pela intencionalidade do conceito não é a verdade. A verdade é um ser inintencional, formado por ideias. O procedimento que lhe é adequado não será, assim, de ordem intencional cognitiva, mas passa, sim, pela imersão e pelo desaparecimento nela. A verdade é a morte da intenção. É o que parece querer dizer a história da imagem velada de Saïs, cujo desvelamento era fatal para quem, com esse gesto, quisesse descobrir a verdade. Isso deve-se, não a uma enigmática crueldade da situação, mas à própria natureza da verdade, perante a qual mesmo o mais puro fogo da busca se apaga como se estivesse debaixo de água. O ser da verdade, sendo da ordem da ideia, distingue-se do modo de ser próprio dos fenômenos. A estrutura da verdade exige, assim, um modo de ser que, na sua ausência de intenção, se aproxima do modo de ser simples das coisas, mas lhes é superior pela sua consistência e permanência. A verdade não consiste num intencionar que encontraria na empiria a sua determinação, mas na força que marca a própria essência dessa empiria. O ser livre de toda a fenomenalidade, e único detentor dessa força, é o ser do nome. É ele que determina o modo como são dadas as ideias. E estas dão-se, não tanto numa língua primordial, mas antes numa percepção primordial em que as palavras ainda não perderam a aura [*Adel*] da sua capacidade de nomear em favor de um significado cognitivo. "'Num certo sentido, poderia duvidar-se de que a doutrina das 'ideias' de Platão pudesse ter sido possível se o sentido das palavras não tivesse sugerido ao filósofo, que só conhecia a sua língua materna, uma deificação do conceito dessa palavra, uma deificação das palavras; se nos for permitido este ponto de vista unilateral, as 'ideias' platônicas serão, no fundo, apenas palavras ou conceitos de palavras deificados."[2] A ideia é da ordem da linguagem, mais precisamente, na essência da palavra,

---

[2] Hermann Güntert, *Von der Sprache der Götter und Geister. Bedeutungsgeschichtliche Untersuchungen zur homerischen und eddischen Göttersprache* [Da língua dos deuses e dos espíritos. Estudos de história semântica da língua dos deuses em Homero e no Edda]. Halle, 1921, p. 49. Ver Hermann Usener, *Götternamen. Versuch einer Lehre von der religiösen Begriffsbildung* [Os nomes dos deuses. Ensaio de doutrina Sobre a formação dos conceitos religiosos]. Bona, 1896, p. 321.

aquele momento em que esta é símbolo. Na percepção empírica, em que as palavras se decompuseram, elas possuem, paralelamente ao seu lado simbólico mais ou menos escondido, um explícito significado profano. Cabe ao filósofo restituir pela representação o primado do caráter simbólico da palavra, no qual a ideia chega ao seu autoconhecimento, que é o oposto de toda a comunicação orientada para o exterior. Como a filosofia não pode pretender falar em tom de revelação, isso só pode acontecer por meio de uma rememoração que recupere antes de mais nada a percepção primordial. A anamnese platônica não andará longe desta forma de rememoração. A diferença é que aqui não se trata de uma presentificação de imagens por via intuitiva; pelo contrário, na contemplação filosófica a ideia enquanto palavra solta-se do recesso mais íntimo da realidade, e essa palavra reclama de novo os seus direitos de nomeação. Mas na origem desta atitude não está, em última análise, Platão, mas Adão, o pai dos homens no papel de pai da filosofia. O ato adâmico da nomeação está tão longe de ser jogo e arbitrariedade que nele se confirma o estado paradisíaco por excelência, aquele que ainda não tinha de lutar com o significado comunicativo das palavras. Na nomeação, as ideias dão-se destituídas de intenção, a contemplação filosófica é o lugar da sua renovação. Nesta renovação reconstitui-se a percepção original das palavras. E assim a filosofia mostrou ser, e com razão, no decurso da sua história (tantas vezes objeto de zombaria), uma luta pela representação de algumas palavras, poucas e sempre as mesmas – que o mesmo é dizer, de ideias. Por isso é problemática, no âmbito filosófico, a introdução de novas terminologias, se não se mantiver no domínio estritamente conceitual e visar, pelo contrário, os objetos últimos da contemplação. Tais terminologias – uma nomeação falhada, da qual participa mais a intenção que a linguagem – são estranhas àquela objetividade que a história atribuiu aos mais significativos produtos da reflexão filosófica. Estes últimos estão aí, num perfeito isolamento a que as meras palavras nunca poderão chegar. E assim as ideias atestam a lei que diz: todas as essências existem numa completa autonomia e intangibilidade, não só em relação aos fenômenos, mas também na relação de umas com as outras. Tal como a harmonia das esferas se funda nas órbitas dos corpos celestes que não se tocam, assim também o *mundus intelligibilis* se funda na distância intransponível entre as essências puras. Cada ideia é um sol, e relaciona-se com as outras como os sóis se relacionam uns com os outros. A relação harmoniosa entre a música dessas essências é a verdade. A sua multiplicidade nomeada é finita. Pois a descontinuidade é o próprio das "essências…, que levam uma vida *toto coelo* independente dos objetos e seus atributos; a sua existência não pode ser provocada dialeticamente, isolando um qualquer complexo de propriedades encontradas num objeto e acrescentando-lhe um $\kappa\alpha\theta$' $\alpha\dot{\upsilon}\tau\acute{o}$ [por si mesmas"]; pelo contrário, o seu número é limitado e cada uma delas deve ser exaustivamente procurada no lugar que lhe cabe no seu mundo, até que demos com ela como com um *rocher de bronce*[*], ou até que a esperança na sua existência se revele ilusória".[3] Não raras vezes a ignorância quanto a esta sua finitude descontínua levou ao fracasso de algumas tentativas enérgicas de renovação da doutrina das ideias, a última das quais foi a do primeiro Romantismo. Nas suas especulações, a verdade, em vez assumir o seu caráter de linguagem, foi tomada por uma forma de consciência reflexiva.

O drama trágico (*Trauerspiel*), considerado do ponto de vista do tratado de filosofia da arte, é uma ideia. Este tipo de tratado distingue-se do histórico-literário antes de mais pelo fato de pressupor uma unidade, enquanto que o segundo se preocupa em demonstrar a multiplicidade. As diferenças e os extremos, que a análise histórico-literária tende a esfumar e a relativizar no devir que lhes é próprio, assumem na elaboração conceitual o estatuto de energias complementares, e a história manifesta-se apenas como a orla colorida de uma simultaneidade cristalina. Para a filosofia da arte, só os extremos são necessários, o processo histórico é contingente. Por seu lado, o extremo de uma forma ou de um gênero é a ideia, que, enquanto tal, não entra na história literária. O drama trágico como conceito poderia inserir-se sem problemas nas classificações conceituais da estética. Mas a ideia relaciona-se de modo diferente com as classificações, na medida em que não determina uma classe e não contém em si aquela universalidade sobre a qual assenta,

---

[*] Em francês no original (N.T.).

[3] Jean Hering, "Bemerkungen über das Wesen, die Wesenheiten und die Idee" [Observações sobre a essência, as essencialidades e a ideia], *in: Jahrbuch für philosophische und phänomenologische Forschung* [Anuário de investigação filosófica e fenomenológica], nº 4 (1921), p. 522.

no sistema das classificações, cada um dos graus do conceito, a universalidade da média estatística. Assim sendo, não seria possível em longo prazo esconder a situação precária da indução nas investigações sobre a teoria da arte. Reina a perplexidade crítica na investigação mais recente. Em referência ao seu estudo *Zum Phänomen des Tragischen* [Sobre o fenômeno do trágico], diz Scheler: "Como... devemos... proceder? Devemos reunir uma série de exemplos do trágico, isto é uma série de ocorrências e acontecimentos perante os quais os homens dizem sentir a impressão do trágico, e depois perguntar, de forma indutiva, o que têm eles 'em comum'? Seria uma espécie de método indutivo, suscetível de ser apoiado experimentalmente. No entanto, isso seria ainda menos produtivo que a observação do nosso eu quando algo de trágico sobre nós atua. De fato, que coisa legitima a nossa confiança nas afirmações das pessoas, para crermos que é trágico aquilo que elas assim designam?"[4] É infrutífero pretender determinar as ideias de forma indutiva – partindo de "dados quantitativos" – com base em expressões comuns, para depois investigar a essência do que assim foi fixado *in extenso*. Porque o uso linguístico corrente é sem dúvida um instrumento precioso se for tomado como alusão a ideias, mas enganador se o filósofo dele se servir nas suas investigações assumindo-o como fundamento formal dos conceitos, com palavras e pensamentos pouco rigorosos. Este estado de coisas permite-nos mesmo afirmar que o filósofo só com as maiores precauções deve aproximar-se daquele modo de proceder corrente que, para melhor se assegurar do significado das palavras, faz delas conceitos de grande amplitude semântica. Precisamente a filosofia da arte não raras vezes se deixou sugestionar por tais acenos. Pois quando – um exemplo drástico entre muitos outros – a *Ästhetik des Tragischen* [Estética do trágico], de Volkelt, coloca peças de Holz ou Halbe ao mesmo nível das de Ésquilo ou Eurípides, sem se perguntar se o trágico é uma forma com possibilidades de encontrar conteúdos atuais ou se é historicamente condicionada, o efeito que daí resulta, do ponto de vista do trágico e em matérias tão diversas, não é o da tensão, mas o da incongruência sem substância. Numa tal acumulação de fatos, na qual rapidamente os mais arcaicos e ásperos são soterrados pelos mais modernos e atraentes,

---

[4] Max Scheler, *Vom Umsturz der Werte* [Sobre a derrocada dos valores]. Estudos e ensaios. 2ª ed. revista. 1º vol. Leipzig, 1919, p. 241.

a investigação que pretende descobrir "aspectos comuns", e por isso se submete a este empilhamento de fatos, ficará de mãos vazias, tirando alguns dados psicológicos que, na subjetividade, se não do investigador pelo menos do cidadão comum seu contemporâneo, conseguem fazer coincidir o que é diverso no patamar pobre de uma reação que tende para a identidade. Talvez os conceitos da psicologia permitam a reconstituição de uma multiplicidade de impressões, tenham estas sido ou não produzidas por obras de arte, mas o mesmo não se pode dizer da essência de um campo artístico. Neste, isso só pode acontecer por meio de uma circunstanciada exposição do conceito subjacente à sua forma, cujo conteúdo metafísico não é algo que se encontre no seu interior, mas que se mostra em atividade, como o sangue circulando pelo corpo.

O fascínio pela multiplicidade, por um lado, e a indiferença em relação ao pensamento rigoroso, pelo outro, sempre foram as razões que explicaram o uso acrítico de métodos indutivos. Trata-se sempre de um certo receio das ideias constitutivas – os *universalia in re* – para me servir da expressão certeira ocasionalmente usada por Burdach. "Prometi falar das origens do humanismo, como se ele fosse um ser vivo que um dia veio ao mundo como totalidade em algum lugar, e como totalidade se desenvolveu… Procedemos, assim, como os chamados realistas da escolástica medieval, que atribuíam realidade aos conceitos gerais, aos 'universais'. Do mesmo modo, nós hipostasiamos, como as mitologias primitivas, um ser de substância unitária e plena realidade, e chamamos-lhe humanismo, como se ele fosse um indivíduo vivo. Mas neste, como em inúmeros outros casos…, deveríamos tomar consciência de que estamos apenas a inventar um conceito auxiliar abstrato para ordenar e tornar apreensíveis séries infinitas de múltiplos fenômenos espirituais e das mais diversas personalidades. Só podemos fazê-lo, de acordo com uma lei fundamental da percepção e do conhecimento humanos, dando maior relevo e acentuando, segundo uma necessidade sistemática que nos é inata, determinadas particularidades que, nessas séries de objetos diversos, nos parecem semelhantes ou coincidentes, mais do que as suas diferenças… estas etiquetas – humanismo, Renascimento – são arbitrárias e mesmo errôneas, porque atribuem a esta vida de muitas fontes, muitas formas, muitos espíritos, a falsa aparência de uma unidade essencial e real. Uma tal máscara arbitrária e enganadora é também a do 'homem do Renascimento', tão popular desde Burckhardt e Nietzsche."[5] Numa nota do autor sobre esta passagem pode ler-se:"O contraponto infeliz desse indestrutível 'homem do Renascimento' é 'o homem gótico', que hoje provoca graves confusões e assombra até o mundo do pensamento de historiadores tão importantes e respeitáveis como E. Troeltsch. A este vem acrescentar-se 'o homem barroco', etiqueta sob a qual nos apresentam, por exemplo, Shakespeare."[6] Este ponto de vista é evidentemente correto, na medida em que vai contra o hipostasiar de conceitos gerais – e nem sempre os universais se incluem nestes. Mas fracassa totalmente perante as questões levantadas por uma teoria da ciência platonicamente orientada para a representação das essências, cuja necessidade ignora. Só esta está em condições de preservar a forma linguística das exposições científicas, tal como elas funcionam fora da esfera matemática, do ceticismo sem limites que acaba por arrastar na sua vertigem todas as metodologias indutivas, por mais sutis que sejam, e que as considerações de Burdach não resolvem, porque são uma *reservatio mentalis* privada, e não um fundamento metodológico seguro. No que se refere em especial a tipos e épocas históricos, não será nunca possível partir do princípio de que ideias como as do Renascimento ou do Barroco sejam capazes de dominar conceitualmente as respectivas matérias; e a opinião segundo a qual uma perspectiva moderna dos períodos históricos poderia ser validada por eventuais discussões polêmicas nas quais as épocas se encontrariam umas com as outras como que de viseira aberta, e esses seriam os grandes momentos de viragem, seria uma opinião que desconheceria o conteúdo das fontes, que não depende geralmente de ideias historiográficas, mas de interesses atuais. Mas aquilo que esses nomes não conseguem transmitir como conceitos, obtêm-no enquanto ideias nas quais não é o homogêneo que coincide, mas o

---

[5] Konrad Burdach, *Reformation, Renaissance, Humanismus. Zwei Abhandlungen über die Grundlage moderner Bildung und Sprachkunst* [Reforma, Renascimento, Humanismo. Dois estudos sobre os fundamentos da moderna cultura e arte da palavra]. Berlim, 1918, p. 100 segs.

[6] Burdach, *op. cit.*, p. 213 (nota).

extremo que alcança uma síntese. Isto, apesar de termos de reconhecer que também a análise conceitual nem sempre se encontra com fenômenos completamente heterogêneos, e por vezes se torna visível nela o esboço de uma síntese, ainda que esta não possa ser legitimada. Assim é que Strich afirmou sobre o Barroco literário, no qual emerge o drama trágico alemão, "que os princípios formais se mantiveram idênticos ao longo de todo o século".[7]

A reflexão crítica de Burdach pretende, não tanto ser um projeto para uma revolução positiva do método, mas antes precaver erros de fato no pormenor. Mas, em última análise, a metodologia não pode apresentar-se em termos negativos, como um simples cânone de advertências, guiada apenas pelo receio de insuficiências factuais. Tem antes de partir de considerações de ordem mais elevada do que aquela que é fornecida pelo ponto de vista de um verismo científico. Este acabaria necessariamente por embater, no que respeita aos problemas específicos, naquelas questões autenticamente metodológicas que ele ignora no seu credo científico. A solução dessas questões leva geralmente à reformulação da problemática, formulável em termos de: "Como se passaram realmente as coisas?", uma pergunta que pode ser colocada, mas não respondida. Só com esta reflexão, que até aqui preparamos e no que se segue concluiremos, será possível decidir se a ideia é uma abreviatura indesejada ou se, pelo contrário, fundamenta por meio da sua expressão linguística o verdadeiro conteúdo científico. Uma ciência que entra em conflito com a linguagem das suas investigações é um absurdo. As palavras são, juntamente com os símbolos matemáticos, os únicos meios de representação à disposição da ciência, e em si mesmas elas não são signos. De fato, no conceito, ao qual o signo, é certo, corresponderia, a palavra despotencia-se, para encontrar na ideia a sua realidade essencial. O verismo, a cujo serviço se coloca o método indutivo da teoria da arte, nada ganha pelo fato de,

---

[7] Fritz Strich, "Der lyrische Stil des siebzehnten Jahrhunderts" [O estilo poético do século XVII], *in: Abhandlungen zur deutschen Literaturgeschichte*. Franz Muncker zum 60. Geburtstag [Estudos de história da literatura alemã. Nos sessenta anos de Franz Muncker]. Organiz. por Eduard Berend *et al*. Munique, 1916, p. 52.

no final, as questões discursivas e indutivas convergirem numa "visão intuitiva" (*Anschauung*)[8] que, como R.M. Meyer e muitos outros imaginam, se resolveria num sincretismo dos mais diversos métodos. Com isto, como acontece com todas as perífrases ingênuas e realistas da questão do método, somos remetidos para o nosso ponto de partida, pois é precisamente essa visão intuitiva que tem de ser interpretada. E a imagem do método indutivo da investigação estética mostra também neste ponto a sua costumada coloração esfumada, na medida em que a intuição não é a do objeto transposto para a ideia, mas a dos estados subjetivos do observador projetados na obra; é esse o sentido da empatia que informa o método de R.M. Meyer. Esse método, ao contrário daquele que usarei neste trabalho, "vê a forma artística do drama e também da tragédia ou da comédia, e ainda da comédia de caráter ou de intriga como grandezas dadas e pressupostos adquiridos. Depois procura, com base na comparação de grandes representantes de cada gênero, chegar a regras e princípios pelos quais cada um dos produtos individuais será julgado. E da comparação dos gêneros extraem-se leis artísticas gerais que se aplicarão a todas as obras".[9] A "dedução" dos gêneros no âmbito da filosofia da arte assentaria então num procedimento indutivo e abstratizante, e uma série de tais gêneros e subgêneros seria, não tanto deduzida, mas antes apresentada no esquema da dedução.

Enquanto a indução degrada as ideias em conceitos, renunciando à sua articulação e ordenação, a dedução chega aos mesmos resultados através da sua projeção num *continuum* pseudológico. O reino do pensamento filosófico não se desenrola numa linha ininterrupta de deduções conceituais, mas pela descrição do mundo das ideias. A atualização desse processo começa sempre de novo com cada ideia, tomando-a por uma ideia primordial, pois as ideias formam uma multiplicidade irredutível. Na sua qualidade de multiplicidade finita – de fato, nomeada –, elas oferecem-se à contemplação. Daqui a crítica violenta de Benedetto

---

[8] Richard M[oritz] Meyer, "Über das Verständnis von Kunstwerken" [Sobre a compreensão das obras de arte], *in: Neue Jahrbücher für das klassische Altertum, Geschichte und deutsche Literatur*, nº 4 (1901), p. 378.

[9] Meyer, *op. cit.*, p. 372.

Croce ao conceito dedutivo de gênero na filosofia da arte. Na classificação enquanto suporte de deduções especulativas ele vê, com razão, o fundamento de uma crítica esquematista superficial. E enquanto o nominalismo de Burdach para as épocas históricas, a sua resistência à mínima perda de contato com os fatos, se explicam pelo seu receio de se afastar da verdade desses fatos, um nominalismo análogo quanto aos conceitos estéticos de gênero, um análogo apego ao particular, leva em Croce à preocupação de, com o afastamento em relação a este, perder o que nele há de verdadeiramente essencial. Mais do que qualquer outra coisa, é este interesse pelo essencial que melhor poderá iluminar o verdadeiro sentido dos nomes dos gêneros estéticos. O *Breviário de Estética* denuncia o preconceito da "possibilidade de distinguir várias ou muitas formas de arte, cada uma delas determinável no seu conceito específico e nos seus limites, e dotada de leis próprias… Muitos tratadistas continuam a escrever obras sobre a estética do trágico ou do cômico, da poesia ou do humor, estéticas da pintura ou da música ou da literatura…; mas, pior do que isso, os críticos não perderam ainda, ao emitir juízos sobre as obras, o hábito de as medir pela sua consonância com o gênero ou a forma particular de arte a que, em sua opinião, elas pertencem."[10] "Nenhuma teoria da divisão das artes tem fundamento. O gênero ou a classe são neste caso únicos, a própria arte ou a intuição, sendo, por outro lado, as obras de arte isoladas em número infinito: todas originais, nenhuma traduzível na outra… Entre o universal e o particular não interfere, de um ponto de vista filosófico, nenhum outro elemento intermédio, nenhuma série de gêneros ou espécies, de *generalia*."[11] Estas considerações são plenamente justificadas no que se refere aos conceitos dos gêneros estéticos. Mas ficam a meio caminho. Pois se é certo que uma seriação de obras de arte com vista a detectar o seu elemento comum está condenada ao fracasso se não se tratar de coleções história ou estilisticamente paradigmáticas, mas do que lhes é essencial, não é menos certo que a filosofia da arte não pode prescindir das suas ideias mais ricas, como as do trágico ou do cômico. Porque estas ideias não são a quintessência de um conjunto de regras, mas antes figuras que, na sua densidade e no seu grau de

---

[10] Benedetto Croce, *Grundriß der Ästhetik. Vier Vorlesungen* [Breviário de Estética. Quatro lições]. Ed. alemã autorizada, de Theodor Poppe. Leipzig, 1913 (= Wissen und Forschen. 5), p. 43.

[11] Croce, *op. cit.*, p. 46.

realidade, são equivalentes a qualquer drama singular, não sendo com ele comensuráveis. Por isso elas não têm qualquer pretensão de subsumir "em si", com base em quaisquer afinidades, um certo número de obras. Ainda que não possa existir a tragédia pura, o puro drama cômico, classificados segundo a sua relação com essas ideias, estas têm, ainda assim, existência própria. E essa existência pode ser evidenciada por uma investigação que não se prenda à partida a tudo aquilo que um dia possa ter sido designado de trágico ou de cômico, mas que busque casos exemplares, ainda que tenha de atribuir este caráter a simples fragmentos isolados. Assim, uma tal investigação não fornece "critérios" para o crítico. A crítica, bem como os critérios terminológicos, pedras de toque de uma doutrina filosófica das ideias para a arte, não se constituem segundo o critério exterior da comparação, mas de forma imanente, através de uma evolução da linguagem formal da obra, que extrai dela um conteúdo sacrificando os seus efeitos. A isto vem acrescentar-se o fato de precisamente as obras mais notáveis – desde que nelas o gênero não se manifeste pela primeira vez ou, por assim dizer, de forma ideal – se situarem fora dos limites do gênero. Uma obra importante, ou funda o gênero ou se destaca dele, e nas mais perfeitas encontram-se as duas coisas.

A impossibilidade de uma evolução dedutiva das formas artísticas e a consequente desvalorização da regra como instância crítica – mas a regra manter-se-á como instância didática – podem constituir a base de um ceticismo produtivo. Essa impossibilidade é comparável à profunda respiração do pensamento, que depois de tomar fôlego se pode perder, sem pressas e sem o mínimo sinal de inibição, no exame minucioso dos pormenores. Teremos, aliás, de falar sempre de pormenores quando a observação mergulha na obra e na forma da arte para avaliar o seu conteúdo substancial (*Gehalt*). A pressa com que alguns deles se apropriam, como se de propriedade alheia se tratasse, é própria do trabalho crítico rotineiro, em nada melhor que a bonomia pequeno-burguesa. A verdadeira contemplação, pelo contrário, combina a rejeição do método dedutivo com um recurso cada vez mais amplo e intenso aos fenômenos, que nunca correm o perigo de se tornarem objetos de um espanto nebuloso enquanto a sua representação for ao mesmo tempo a das ideias, pois com isso salva-se a sua singularidade. Naturalmente que o radicalismo, que roubaria à terminologia estética uma grande parte das suas mais conseguidas expressões e levaria a filosofia da arte ao silêncio, não é também a última palavra de Croce. Antes pelo contrário, nele lemos: "Negar valor teorético às classificações abstratas não significa negar o valor teorético daquela classificação genética e concreta que, aliás, já não é 'classificação', mas se chama história."[12] Com esta frase obscura, o autor aflora, infelizmente de forma bastante apressada, o cerne da doutrina das ideias. Há nele um psicologismo, que dissolve a sua definição da arte como "expressão" na da arte como "intuição", e o impede de perceber isso. Não chega a entender como a forma de observação que ele designa de "classificação genética" se encontra, no problema da origem, com uma doutrina das ideias no âmbito dos gêneros artísticos. Mas, apesar de ser uma categoria plenamente histórica, a origem (*Ursprung*) não tem nada em comum com a gênese (*Entstehung*). "Origem" não designa o processo de devir de algo que nasceu, mas antes aquilo que emerge do processo de devir e desaparecer. A origem insere-se no fluxo do devir como um redemoinho que arrasta no seu movimento o material produzido no processo de gênese. O que é próprio da origem nunca se dá a ver no plano do factual, cru e manifesto. O seu ritmo só se revela a um ponto de vista duplo, que o reconhece, por um lado como restauração e reconstituição, e por outro como algo de incompleto e inacabado. Em todo o fenômeno originário tem lugar a determinação da figura através da qual uma ideia permanentemente se confronta com o mundo histórico, até atingir a completude na totalidade da sua história. A origem, portanto, não se destaca dos dados factuais, mas tem a ver com a sua pré e pós-história. Na dialética inerente à origem encontra a observação filosófica o registro das suas linhas-mestras. Nessa dialética, e em tudo o que é essencial, a unicidade e a repetição surgem condicionando-se mutuamente. A categoria da origem não é, assim, como quer Cohen[13], puramente lógica, mas histórica. É conhecida a fórmula de Hegel: "Tanto pior para os fatos". No fundo, o que ele quer dizer é: cabe ao filósofo estabelecer as conexões entre as essências, e estas

---

[12] Croce, *op. cit.*, p. 48.

[13] Cf. Hermann Cohen, *Logik der reinen Erkenntnis* [Lógica do conhecimento puro], 2ª ed., Berlim, 1914, pp. 35-36 (= System der Philosophie. 1).

permanecem inalteradas, ainda que no mundo dos fatos elas não se manifestem na sua forma pura. O preço que esta atitude genuinamente idealista paga pela sua segurança é o do abandono do cerne da ideia de origem, já que toda a prova quanto à origem tem de estar preparada para demonstrar a autenticidade daquilo que quer provar. Se não conseguir demonstrar essa autenticidade, não terá o direito ao título que ostenta. Com esta reflexão parece estar superada, para os mais elevados objetos da filosofia, a distinção entre a *quaestio juris* e a *quaestio facti*. Isto é incontestável e inevitável. Mas a consequência não é a de que o "fato" antigo se torne automaticamente um momento constitutivo da essência. Pelo contrário, o trabalho do investigador começa aqui, porque ele só pode considerar um tal fato como seguro quando a sua mais íntima estrutura aparecer com uma essencialidade tal que o fato se revele como um fenômeno de origem. O autêntico – esse selo de origem dos fenômenos – é objeto de descoberta, uma descoberta que se liga de forma única com o ato de reconhecimento. A descoberta é capaz de o trazer à luz no mais singular e intrincado fenômeno, nas experiências mais vulneráveis e toscas, mas também nas manifestações mais requintadas de uma época de decadência. A ideia absorve uma série de formas históricas, não para construir a partir delas uma unidade, menos ainda para delas derivar algo de comum. Não há qualquer analogia entre a relação do fenômeno singular com a ideia ou com o conceito: neste último contexto, o singular é subsumido no conceito e permanece o que era – singularidade; no primeiro, está na ideia e torna-se naquilo que não era – totalidade. Nisso consiste a sua "salvação" platônica.

A história filosófica enquanto ciência da origem é a forma que, dos extremos mais remotos, dos aparentes excessos da evolução, faz emergir a configuração da ideia como totalidade marcada pela possibilidade de uma coexistência daqueles opostos. A representação de uma ideia não pode em caso algum dar-se por conseguida antes de se ter percorrido virtualmente todo o círculo de todos os extremos nela possíveis. Esse percurso permanece virtual, porque aquilo que é apreendido pela ideia de origem tem história apenas enquanto conteúdo substancial, e já não como um acontecer que pudesse afetá-lo. Ele só conhece a história por dentro, e não já como algo sem limites, mas antes no sentido de algo relacionado com o ser essencial, que permite caracterizá-la como a sua pré e pós-história. A pré e pós-história de tais seres essenciais, testemunho da sua salvação ou reunião na coutada do mundo das ideias, não é história pura, mas natural. A vida das obras e das formas, que só adentro deste recinto protetor se desenvolve de forma límpida e não contaminada pela humana, é uma vida natural[14]. Uma vez constatado na ideia esse ser salvo, a presença da história natural inautêntica — a pré e pós-história — é virtual. Já não tem eficácia pragmática, mas, enquanto discurso da história natural, pode ser lida em estado de perfeição e quietude, na sua essencialidade. Com isto, é de novo determinada, no antigo sentido, a tendência de toda a formação de conceitos filosóficos: constatar o devir dos fenômenos no seu ser. Pois o conceito de ser da ciência filosófica não se satisfaz com o fenômeno, precisa de absorver toda a sua história. O aprofundamento da perspectiva histórica em tais investigações não conhece, em princípio, limites, quer no que se refere ao passado, quer ao futuro: dá à ideia a sua dimensão de totalidade. A sua estrutura, marcada pela totalidade, em contraste com o seu inalienável isolamento, é monadológica. A ideia é uma mônada. O ser que nela penetra com a sua pré e pós-história mostra, oculta na sua própria, a figura abreviada e ensombrada do restante mundo das ideias, tal como nas mônadas do *Discurso sobre a metafísica**, de 1686: em cada uma delas estão indistintamente presentes todas as demais. A ideia é uma mônada — nela repousa, preestabelecida, a representação dos fenômenos como sua interpretação objetiva. Quanto mais alta for a ordem das ideias, tanto mais perfeita será a representação nelas contida. E assim o mundo real poderia ser visto como problema, no sentido de que nos pede para penetrarmos de tal modo em tudo o que é real que daí resultasse uma interpretação objetiva do mundo. Se pensarmos nesse problema e nesse mergulho, em nada nos surpreende que o autor da *Monadologia* tenha

---

[14] Cf. Walter Benjamin, "Die Aufgabe des Übersetzers" [A tarefa do tradutor], *in:* Charles Baudelaire, *Tableaux Parisiens.* Versão alemã, com um prefácio de Walter Benjamin. Heidelberg, 1923, p. viii-ix (= Die Drucke des Argonautenkreises. 5).

* Trata-se do *Discours de Métaphysique*, de Leibniz, escrito em 1686, mas só publicado em 1846. (N.T.)

sido também o criador do cálculo infinitesimal. A ideia é uma mônada – isso significa, em suma, que cada ideia contém a imagem do mundo. A tarefa imposta à sua representação é nada mais nada menos que a do esboço dessa imagem abreviada do mundo.

A história da investigação do Barroco literário alemão dá um aspecto paradoxal à análise de uma das suas formas principais – uma análise cujo objetivo primordial não deve ser o do estabelecimento de regras e tendências, mas o da atenção à metafísica dessa forma, concretamente apreendida na sua plenitude. Entre os muitos obstáculos à compreensão da literatura dessa época conta-se inegavelmente, como um das mais importantes, a do tipo de composição, sem dúvida representativa, mas também estranhamente canhestra, característica da sua produção dramática. A forma dramática, mais do que qualquer outra, faz decididamente apelo a uma ressonância histórica, e esta foi negada ao drama do barroco. A renovação do patrimônio literário alemão iniciada com o Romantismo deixou praticamente intata, até hoje, a literatura barroca. Foi sobretudo o teatro de Shakespeare, com a sua riqueza e as suas liberdades, que eclipsou para os autores românticos os exemplos alemães coevos, tanto mais que a sua índole séria era estranha ao teatro destinado ao palco. Para a filologia germânica, que começava a constituir-se, essas produções de uma casta de funcionários cultos eram, por sua vez, muito pouco populares, e por isso suspeitas. Por mais importantes que fossem os méritos desses homens para a formação da língua e do espírito popular, por mais consciente que fosse a sua participação na constituição de uma literatura nacional, a máxima absolutista "tudo para o povo, nada que venha do povo" deixou marcas demasiado visíveis no seu trabalho para que eles pudessem ter atraído filólogos da escola dos Grimm e de Lachmann. Aquele espírito que impedia os que se esforçavam por pôr de pé um drama alemão de irem buscar os seus materiais às raízes da tradição popular alemã, contribuiu também, e não pouco, para o seu estilo tortuoso e violento. De fato, nem as lendas alemãs nem a história alemã desempenham qualquer papel no drama do Barroco. Mas também a vulgarização e a banalização historicista dos estudos germanísticos no último terço do século não favoreceu a investigação sobre o drama trágico do Barroco. A forma abstrusa permaneceu inacessível a uma ciência para a qual a crítica estilística e a análise formal eram disciplinas auxiliares de significado mínimo, e as obscuras fisionomias daqueles autores, que olhavam quem os lia a partir de obras incompreendidas, estimulavam pouco a elaboração de esboços histórico-biográficos. De qualquer modo, não se pode falar, nestas peças, de florescimento de um engenho poético livre ou mesmo lúdico. Pelo contrário, os dramaturgos da época sentiram-se fortemente obrigados a criar uma forma para o drama profano. E por mais que se tivessem esforçado por alcançar essa forma, muitas vezes em repetições bastante esquematistas, de Gryphius a Hallmann, o drama alemão da Contrarreforma nunca alcançou aquela forma dúctil e aquele virtuosismo que Calderón conferiu ao espanhol. Ele foi-se formando – e isto porque foi um produto desse seu tempo – através de um esforço extremamente violento, o que, só por si, demonstra que essa forma não foi moldada por nenhum gênio soberano. E no entanto é nela que se encontra o centro de gravidade de todos os dramas trágicos barrocos. Aquilo que cada um dos autores dela apreendeu, a ela o deve como marca inconfundível, e os seus limites pessoais não afetam a sua profundidade. Entender este fato é um pressuposto de qualquer investigação. Mas é ainda indispensável uma perspectiva que seja capaz de se elevar à intuição de uma forma em geral, de modo a descobrir nela mais do que uma abstração no corpo da obra literária. A ideia de uma forma – permita-se a repetição, a partir do que atrás se disse – não é nada de menos vivo do que uma qualquer obra literária concreta. Ela é mesmo, na forma do drama trágico, claramente a mais rica no confronto com outras experiências literárias do Barroco. E, do mesmo modo que toda a forma linguística, mesmo a menos usual e mais rara, pode ser apreendida, não apenas como testemunho de quem a criou, mas também como documento da vida da língua e das suas diversas possibilidades, assim também todas as formas artísticas contêm – e de forma muito mais autêntica do que cada obra isolada – os indícios de uma determinada morfologia da arte, objetiva e necessária. Esta perspectiva tinha de ser inacessível à velha escola, pelo simples fato de a análise formal e a história das formas escaparem à sua atenção. Mas não apenas por isso. Foi também decisiva a insistência acrítica numa teoria barroca do drama, uma adaptação da de Aristóteles às tendências da época. Na maior parte das peças, esta aproximação foi grosseira. Sem se interrogarem sobre as causas profundas que determinaram tais variações, os comentadores concluíram, rápida e levianamente, que se tratava de uma incompreensão que levou a distorções; e foi apenas um passo daí até à afirmação de que os dramaturgos da época mais não tinham feito do que aplicar, sem os compreender, uns quantos preceitos respeitáveis de Aristóteles. O drama trágico do Barroco alemão passou a ser visto como uma caricatura da tragédia antiga. Neste esquema entrava sem dificuldade tudo aquilo que um gosto cultivado achava estranho, e mesmo bárbaro, naquelas obras. A intriga dos seus dramas de pompa e circunstância (*Haupt- und Staatsaktionen*) desfigurava o antigo drama régio, a redundância retórica desfigurava o nobre *páthos* helênico, e os finais sangrentos desfiguravam a catástrofe trágica. O drama trágico aparecia assim como um renascimento tosco da tragédia. Com isso, impôs-se uma nova classificação que impediria definitivamente a compreensão desta forma: visto como drama renascentista, o drama trágico aparece, nos seus traços mais marcantes, como uma forma carregada de defeitos estilísticos. Durante muito tempo, e graças à autoridade dos compêndios histórico-estilísticos, esse inventário manteve-se inalterado. Devido a tal influência, não é dada a mínima importância à obra de Stachel *Seneca und das deutsche Renaissancedrama* [Sêneca e o drama renascentista alemão], altamente meritória e fundadora dos estudos neste domínio, para a compreensão essencial daquela forma – coisa a que, aliás, ela também não aspirava. No seu trabalho sobre o estilo poético do século XVII, Strich chamou a atenção para este equívoco, que durante muito tempo fez estagnar a investigação. "É costume designar de renascentista o estilo da literatura alemã do século XVII. Se, no entanto, o termo designa mais do que a imitação oca dos processos antigos, então é equívoco e demonstra as deficiências, em termos histórico-estilísticos, dos estudos literários: de fato, esse século não conservou nada do espírito clássico do Renascimento. O estilo da sua literatura é antes barroco, mesmo quando não pensamos apenas na pompa e no excesso ornamental, mas levamos em conta os seus princípios morfológicos mais profundos."[15] Um outro erro que se manteve com impressionante persistência na história deste período literário prende-se com o preconcei-

---

[15] Strich, *op. cit*, p. 21.

to em relação à crítica estilística. Eu penso na pretensa resistência desta dramaturgia ao palco. Não é provavelmente a primeira vez que o embaraço perante uma cena insólita leva a pensar que ela nunca existiu, que tais obras nunca tiveram eficácia real, que o palco nunca se lhes abriu. Deparamos, pelo menos nas interpretações de Sêneca, com controvérsias que se comparam neste aspecto às primeiras discussões sobre o drama barroco. Seja como for – no caso do Barroco não se confirma aquela fábula já com cem anos, que fez história de A.W. Schlegel[16] até Lamprecht,[17] segundo a qual a sua literatura dramática era drama de gabinete. Naquelas cenas violentas que estimulam a curiosidade do espectador, o elemento teatral manifesta-se com particular ênfase. A própria teoria acentua por vezes os efeitos cênicos. O lema horaciano *Et prodesse volunt et delectare poetae* coloca a poética de Buchner perante a questão de saber como pode o drama trágico "deleitar". E a resposta é: não pelo seu conteúdo, mas certamente pela sua montagem teatral[18].

Sobrecarregada com tantos impasses no confronto com este tipo de drama, a investigação e as suas tentativas de uma avaliação objetiva – que, bem ou mal, estavam condenadas a permanecer alheias ao seu objeto – só veio aumentar a confusão, com a qual terá de contar hoje qualquer reflexão sobre o estado das coisas neste domínio. Não são

---

[16] Cf. August Wilhelm von Schlegel, *Sämtliche Werke* [Obras completas]. Ed. de Eduard Böcking. Vol. 6: *Vorlesungen über dramatische Kunst und Litteratur* [Lições sobre a arte e a literatura dramáticas]. 3ª ed., segunda parte. Leipzig, 1846, p. 403. E ainda: A[ugust] W[ilhelm] Schlegel, *Vorlesungen über schöne Litteratur und Kunst* [Lições sobre literatura e arte] (Ed. J[akob] Minor). 3ª Parte (1803-1804): *Geschichte der romantischen Litteratur* [História da literatura romântica]. Heilbronn, 1884, p. 72 (= Deutsche Literaturdenkmale des 18. und 19. Jahrhunderts).

[17] Cf. Karl Lamprecht, *Deutsche Geschichte* [História Alemã]. 2ª seção: *Neuere Zeit. Zeitalter des individuellen Seelenlebens* [Época moderna. Era da vida anímica individual]. 3º vol., 1º tomo (= vol. 7, 1º tomo da série completa). 3ª ed. Berlim, 1912, p. 267.

[18] Cf. Hans Heinrich Borcherdt, *Augustus Buchner und seine Bedeutung für die deutsche Literatur des siebzehnten Jahrhunderts* [A. Buchner e a sua importância para a literatura alemã do século XVII]. Munique, 1919, p. 58. [A citação correta de Horácio, *De arte poetica*, 333, deveria ser: *Aut prodesse volunt aut delectare poetae*. (N.T.)]

muito credíveis as teses que, baseando-se no efeito do drama trágico do Barroco, afirmam a sua coincidência com o efeito da tragédia no que respeita aos sentimentos de terror e piedade, para concluírem que este drama é uma autêntica tragédia – uma vez que Aristóteles jamais afirmou que só as tragédias podiam despertar terror e piedade. É assaz bizarro o comentário de um autor do passado: "Pelos seus estudos, Lohenstein inseriu-se de forma tão viva num mundo passado que esqueceu o seu próprio tempo, e teria sido mais compreensível, na expressão, no pensamento e nos sentimentos, a um público antigo do que ao da sua época."[19] Mais urgente que rebater tais extravagâncias, será chamar a atenção para o fato de que uma forma de arte não pode ser determinada a partir da constelação dos seus efeitos. "A perfeição da obra de arte em si mesma é a única e inalienável exigência. Pôr Aristóteles, que tinha diante de si o que há de mais perfeito, a pensar nos efeitos – que pobreza!"[20] São palavras de Goethe. Não importa agora se Aristóteles estará completamente acima da suspeita de que Goethe o absolve. Mas uma coisa é certa: a completa erradicação dos efeitos psicológicos, por ele definidos, da discussão metodológica na filosofia da arte é uma exigência imperiosa. Neste sentido se pronuncia Wilamowitz-Moellendorff: "é absolutamente necessário entender que a $\kappa\alpha\theta\acute{\alpha}\rho\sigma\eta$ [catarse] não pode ser um requisito específico do drama; e ainda que se quisesse aceitar que os efeitos por ele produzidos são constitutivos do gênero, aquela infeliz parelha do temor e da piedade continuaria a ser claramente insuficiente."[21] Mais infeliz ainda, e muito mais frequente do que as tentativas de salvar o drama trágico com recurso a Aristóteles, é aquele tipo de "apreciações" que, por meio de *aperçus* ligeiros, pretende demonstrar a "necessidade" deste drama; com isso, torna-se difícil concluir se essa necessidade é um valor positivo ou a falência de qualquer juízo crítico. No domínio da

---

[19] Conrad Müller, *Beiträge zum Leben und Dichten Daniel Caspers von Lohenstein* [Achegas para a vida e obra de Daniel Casper von Lohenstein]. Breslau, 1882, pp. 72-73 (= *Germanistische* Abhandlungen. 1).

[20] Goethe, *Werke* [Obras] (= Weimarer Ausgabe). 4ª seção: *Cartas*, vol. 42 (Janeiro-Julho de 1827). Weimar, 1907, p. 104.

[21] Ulrich von Wilamowitz-Moellendorff, *Einleitung in die griechische Tragödie* [Introdução à tragédia grega]. Reprodução da primeira ed. de *Eurípides. Hércules I*, cap. I-IV. Berlim, 1907, p. 109.

história, a questão da necessidade das suas manifestações é, sem sombra de dúvida e em todos os casos, um *a priori*. O falso ornamento verbal da "necessidade", com que muitas vezes se decorou o drama trágico barroco, reverbera em muitas cores. Não se refere apenas à necessidade histórica, num contraste fútil com o mero acaso, mas também à necessidade subjetiva de uma *bona fides*, em contraste com o virtuosismo. Mas é elucidativo o fato de que nada se diz ainda com a constatação de que a obra nasce necessariamente de uma disposição subjetiva do seu autor. O mesmo acontece com aquela "necessidade" que entende, num contexto problemático, obras ou formas como estágios preliminares do seu desenvolvimento posterior. "Os conceitos de natureza e arte do século XVII poderão estar para sempre desfeitos e extintos; aquilo que, no entanto, se mantém vivo, sem murchar, sem se extinguir, sem se perder, são as descobertas no domínio dos assuntos e ainda mais as invenções técnicas desse século."[22] É assim que estudos mais recentes salvam a literatura desse tempo, mas tão somente como meio. A "necessidade"[23] destas apreciações cai numa esfera de equívocos, e ganha alguma plausibilidade apenas a partir do próprio conceito, esteticamente relevante, de necessidade. É aquele conceito que Novalis tem em mente ao falar do caráter apriorístico das obras de arte como uma necessidade de estar aí, que lhes seria inerente[*]. É óbvio que esta só é acessível a uma análise capaz de apreender o seu conteúdo metafísico, mas escapa a toda a "apreciação" moderada. Também a recente tentativa de Cysarz se enreda, em última instância, nesta aporia. Aos estudos mais antigos escapavam os modos de aproximação completamente novos, mas nos mais recentes surpreende-nos o fato de ideias valiosas e observações rigorosas não chegarem a dar fruto, impedidas que são pelo sistema da poética classicista a que expressamente se referem. Em última análise, ouve-se aqui, não tanto a vontade clássica

---

[22] Herbert Cysarz, Deutsche Barockdichtung. Renaissance, Barock, Rokoko [Literatura do Barroco alemão. Renascimento, Barroco, Rococó]. Leipzig, 1924, p. 299.

[23] Cf. J[ulius] Petersen, "Der Aufbau der Literaturgeschichte" [A construção da história literária], *in: Germanisch-romanische Monatsschrift*, nº 6 (1914), pp. 1-16 e 129-152, especialmente as pp. 149 e 151.

[*] A citação não é identificada por Benjamin. Novalis fala do "caráter de necessidade de toda a obra de arte", por exemplo nos *Novos Fragmentos* (1798-99), na seção "Poeticismos" (N.T.).

de "salvação", mas antes uma justificação não relevante. Nas obras mais antigas, é habitual neste contexto a referência à Guerra dos Trinta Anos, à qual se atribuem as culpas por todos os deslizes censuráveis na forma do drama barroco. *Ce sont, a-t-on dit bien de fois, des pièces écrites par des bourreaux et pour des bourreaux. Mais c'est ce qu'il fallait aux gens de ce temps là. Vivant dans une atmosphère de guerres, de luttes sanglantes, ils trouvaient ces scènes naturelles; c'était le tableau de leurs mœurs qu'on leur offrait. Aussi goûtèrent-ils naïvement, brutalement le plaisir qui leur était offert.* [Trata-se, como se disse por mais que uma vez, de peças escritas por carrascos para carrascos. Mas era disso que precisavam as pessoas naquele tempo. Vivendo numa atmosfera de guerras, de lutas sangrentas, elas achavam naturais essas cenas; o que se lhes oferecia era a imagem dos seus costumes, e por isso eles desfrutavam ingênua e brutalmente dos prazeres que lhes eram oferecidos].[24]

Desta forma a investigação do final do século se ia afastando irremediavelmente de uma exploração crítica da forma do drama trágico. O sincretismo dos estudos histórico-culturais, histórico-literários e biográficos com que essa investigação procurou substituir a reflexão propriamente estética tem na mais recente investigação um contraponto bem pouco inofensivo. Do mesmo modo que um doente em estado febril transforma todas as palavras que consegue apreender nas imagens obsessivas do delírio, assim também o espírito do tempo se volta para os testemunhos de mundos espirituais passados ou distantes, para deles se apropriar e os incorporar, sem amor, no ensimesmamento do seu fantasiar. É a marca deste tempo: não há estilo novo, não há tradição popular desconhecida que não fale logo, com plena evidência, à sensibilidade dos contemporâneos. A esta fatal e patológica característica de uma época altamente sugestionável, devido à qual o historiador procura sorrateiramente ocupar, por "substituição",[25] o lugar do criador, como se este, por ter criado a obra, fosse também o seu intérprete, deu-se o nome de "empatia", e com ela se ousa mascarar a simples curiosidade com o

---

[24] Louis G. Wysocki, *Andreas Gryphius et la tragédie allemande au XVIIᵉ siècle*. Thèse de doctorat. Paris, 1892, p. 14.

[25] Petersen, *op. cit.*, p. 13.

pobre disfarce do método. Nesta campanha conquistadora, a falta de autonomia da atual geração sucumbiu quase sempre à força imponente do Barroco, ao defrontar-se com ele. Até agora, só em muito poucos casos a mudança de perspectiva introduzida pelo Expressionismo – não totalmente imune à poética da escola de George[26] – levou a uma autêntica compreensão do fenômeno, capaz de abrir novas conexões, não entre o crítico moderno e o seu objeto, mas no interior do próprio objeto.[27] Mas os velhos preconceitos começam a perder a sua vigência. Surpreendentes analogias com a situação atual da literatura alemã deram azo a um aprofundamento do Barroco, que, apesar de as mais das vezes ter uma orientação sentimental, é no geral positivo. Já em 1904 um historiador da literatura desta época escrevia: "Tenho a impressão de que, nos últimos dois séculos, nenhuma época revela, na sua sensibilidade artística, tantas afinidades com a busca de um estilo na literatura do Barroco como a dos nossos dias. Interiormente vazios ou profundamente dilacerados, exteriormente absorvidos por problemas técnico-formais que, à primeira vista, não se encontravam com as questões existenciais do seu tempo: eram assim quase todos os poetas barrocos, e assim são, pelo que nos é dado ver, pelo menos os poetas que mais contribuem para dar à produção do nosso tempo um perfil próprio."[28] Entretanto, a opinião expressa nestas frases, ainda tímida e reservada, assumiu um significado muito mais amplo. Em 1915 é publicada, dando início ao drama expressionista, a peça *Die Troerinnen* [As Troianas], de Werfel*. Não é por acaso que o mesmo assunto se encontra, em Opitz*, no início do drama do Barroco. Em ambas as obras a preocupação do poeta era o instrumento linguístico e a ressonância do lamento, e para isso não

---

[26] Cf. Christian Hofman von Hofmannswaldau, *Auserlesene Gedichte* [Poemas escolhidos]. Introd. de Felix Paul Greve. Leipzig, 1907, p. 8.

[27] Ver, no entanto, Arthur Hübscher, "Barock als Gestaltung antithetischen Lebensgefühls. Grundlegung einer Phaseologie der Geistesgeschichte" [O Barroco como expressão de um sentimento antitético da vida. Fundamentação de uma faseologia da história das ideias], *in: Euphorion*, nº 24 (1922), pp. 517-562 e 759-805.

[28] Victor Manheimer, *Die Lyrik des Andreas Gryphius. Studien und Materialien* [A poesia de Andreas Gryphius. Estudos e materiais]. Berlim, 1904, p. XIII.

* *As Troiana*s de Eurípides, na adaptação de Franz Werfel, foi publicado em Leipzig em 1915. A peça de Martin Opitz é: *L. Annaei Senecae Trojanerinnen*, Wittenberg, 1625 (N.T.).

foram necessários, nem num caso nem no outro, processos artísticos complicados e artificiais, mas apenas uma arte prosódica moldada sobre o recitativo dramático. É sobretudo no plano da linguagem que as analogias entre as criações barrocas e as do passado recente e contemporâneas são mais evidentes. É próprio de ambas as épocas uma certa tendência para o exagero. Os produtos destas literaturas não nascem de uma existência comunitária; procuram antes, por um maneirismo violento, mascarar a ausência de produtos literários válidos. De fato, o Barroco, como o Expressionismo, é menos uma época do genuíno fazer artístico do que de um obstinado voluntarismo artístico. É o que sempre acontece com as chamadas épocas de decadência. A realidade suprema da arte é a obra isolada e completa. Por vezes, no entanto, a obra acabada só é acessível aos epígonos. São as épocas da "decadência" das artes, da afirmação do seu "voluntarismo". Isto explica que Riegl tenha cunhado este termo com referência à arte da última fase do império romano*. Este voluntarismo consegue chegar apenas à forma como tal, mas não à obra singular e bem construída. É nesse voluntarismo que se funda a atualidade do Barroco, depois do colapso da cultura classicista alemã. A isso acrescenta-se a busca de um estilo vigoroso na linguagem, para a colocar à altura da violência dos acontecimentos do tempo. O hábito de fundir o adjetivo sem função adverbial com o respectivo substantivo não é invenção de hoje. *Großtanz* ["Grandedança"], *Großgedicht* ["Grandepoema"], i.e. poema épico, são vocábulos barrocos. Encontramos por toda a parte neologismos. Hoje, como então, o que muitos deles pretendem é criar um novo estilo patético. Cada poeta procurava dominar de modo pessoal a força mais íntima da imagem a partir da qual nasce a capacidade metafórica, precisa e delicada, da linguagem. A glória do poeta não lhe vinha tanto do discurso figurado, mas mais da criação de palavras metafóricas, como se a invenção linguística fosse a primeira atribuição da criação poética com as palavras. Os tradutores barrocos gostavam de usar expressões de grande força, que hoje em

---

* Alois Riegl, *Die spät-römische Kunst-Industrie nach den Funden in Österreich-Ungarn* [A indústria artística da fase tardia do Império Romano, à luz dos achados feitos no território da Áustria-Hungria], Viena, 1901. Benjamin escreveu uma breve resenha desta obra em 1929 (N.T.).

dia encontramos sobretudo na forma de arcaísmos, com os quais se julga chegar mais perto das próprias fontes da vida da linguagem. Esta violência é sempre a marca de uma produção na qual é difícil não ter de inserir uma expressão de forma acabada e conteúdo verdadeiramente substancial no espaço do conflito de forças em jogo. Nesse dilaceramento, o presente espelha determinados aspectos da mentalidade barroca, até ao nível de pormenor das práticas artísticas. Hoje opõem-se ao romance político – uma forma a que, antes como agora, se dedicaram autores importantes – as profissões de fé na *simple life*, na bondade natural do homem, por parte dos literatos pacifistas, tal como aconteceu com o drama pastoril do Barroco. O literato, cuja existência se desenrola, hoje como sempre, numa esfera afastada da vida ativa, volta a ser consumido por uma ambição para a qual, apesar de tudo, os poetas daquela época encontraram mais facilmente satisfação que os de hoje. Pois Opitz, Gryphius, Lohenstein puderam, de vez em quando, prestar os seus serviços ao Estado, agradecendo as recompensas recebidas. E aqui os paralelos que vimos traçando encontram um limite. O literato barroco sentia-se totalmente ligado ao ideal de uma estrutura política absolutista, apoiada pela Igreja de ambas as confissões. A atitude dos seus herdeiros de hoje, quando não é hostil ao Estado, revolucionária, é pelo menos marcada pela ausência de qualquer ideia de Estado. Enfim, para lá de muitas analogias, não podemos esquecer a grande diferença: na Alemanha do século XVII, a literatura, por pouca importância que a nação lhe desse, foi decisiva para o seu renascimento. Já os vinte anos de literatura alemã que aqui se referem para explicar o despertar do interesse por aquela época correspondem a um período de decadência, por mais promissora e fecunda que a época possa ser.

Tanto mais poderosa será por isso a impressão que agora pode ser produzida pela expressão de tendências afins do Barroco alemão, com os seus processos artísticos rebuscados. Frente a uma literatura que, pela complexidade da sua técnica, pela maturidade uniforme dos seus produtos e pela veemência dos seus juízos de valor, procurou, de certo modo, reduzir ao silêncio o mundo contemporâneo e a posteridade, é necessário enfatizar aquela atitude soberana e distanciada exigida pela representação da ideia de uma forma. Mesmo assim, não pode ser desprezado o perigo de sermos arrastados das alturas do conhecimento para as monstruosas profundezas da alma barroca. Encontramos frequentemente, nas tentativas de apreender o sentido desta época, aquela típica sensação vertiginosa que em nós provoca a visão do seu universo espiritual, com todas as suas contradições. "Até as mais íntimas expressões do Barroco, até os seus mínimos pormenores – talvez, sobretudo, eles – têm uma natureza antitética."[29] Só uma reflexão com longa tradição, disposta a, inicialmente, renunciar à visão da totalidade, poderá ensinar o espírito, numa escola de certo modo ascética, a alcançar aquela força que lhe permitirá contemplar um tal panorama sem perder o domínio de si. Foi o processo dessa aprendizagem que até aqui procuramos traçar.

---

[29] Wilhelm Hausenstein, *Vom Geist des Barock* [Do espírito do Barroco]. 3ª-5ª ed. Munique, 1921, p. 28.

Drama trágico e tragédia

< 1 >

Primeiro ato. Primeira cena. Heinrich. Isabelle. Sala do trono.

Heinrich: Eu sou o rei.

Isabelle: Eu sou a rainha.

Heinrich: Eu posso e quero.

Isabelle: Vós não podeis, nem deveis querer.

Heinrich: E quem me impedirá?

Isabelle: Eu, que to proíbo.

Heinrich: Eu sou o rei.

Isabelle: Sois meu filho.

Heinrich: Embora vos respeite como minha mãe / bem sabeis / que sois apenas minha madrasta. Eu quero-a.

Isabelle: Não a tereis.

Heinrich: E eu digo: quero-a / à Ermelinde.

(Filidor, *Ermelinde Oder Die Viermahl Braut* [Ermelinda ou a quatro vezes noiva])*

A necessária orientação para os extremos, que nas investigações filosóficas constitui a norma da formação de conceitos, tem um duplo significado quando aplicada a uma exposição sobre a origem do drama trágico do Barroco alemão. Em primeiro lugar, sugere à investigação que

---

* Fillidor [Caspar Stieler?], *Trauer-Lust-und Misch-Spiele* [Peças trágicas, cômicas e híbridas]. Primeira Parte. Iena, 1655, p. 1 [da paginação especial de *Ermelinde Oder Die Viermahl Braut*. Mischspiel. Rudolstadt, s.d. (I, i)] (N.T.).

Teoria barroca do drama trágico   51

leve em conta, sem restrições, toda a amplitude do assunto. Considerando que não é excessivamente vasto o *corpus* da produção dramática, a sua preocupação não deve ser a de procurar nela, como a história literária legitimamente o faria, escolas poéticas, épocas da Obra de um autor, fases de produção de obras isoladas. Pelo contrário, deve guiar-se por uma hipótese: a de que aquilo que parece difuso e díspar pode ser visto, à luz dos conceitos adequados, como elementos de uma síntese. Neste sentido, não atribuirá menos importância aos produtos de poetas menores, em cujas obras se encontram as maiores extravagâncias, do que aos dos maiores. Uma coisa é encarnar uma forma, outra dar-lhe uma expressão própria. Se a primeira é atributo dos autores de eleição, a segunda acontece, muitas vezes de forma incomparavelmente mais significativa nas laboriosas tentativas dos escritores mais fracos. A própria forma, cuja vida não se identifica com a das obras que determina, que podem até na sua expressão mais própria entrar numa relação inversamente proporcional à da perfeição de uma obra literária, torna-se particularmente evidente no corpo frágil de uma obra inferior, por assim dizer como seu esqueleto. Em segundo lugar, o estudo dos extremos implica que se leve em conta a teoria barroca do drama. O simplismo dos teóricos barrocos na enunciação das suas normas é um traço particularmente fascinante dessa literatura, e as suas regras são extremas pelo simples fato de se apresentarem como mais ou menos vinculativas. Assim, as excentricidades deste drama resultam em grande parte das poéticas; e como até os poucos esquemas de intriga se pretendem derivados de teoremas, os manuais dos poetas acabam por ser fontes indispensáveis para qualquer análise. Se fossem críticos em sentido moderno, o seu testemunho seria insignificante. Assim, o recurso a eles não é apenas uma exigência do objeto, é também concretamente justificado pelo estado atual da investigação. Esta foi atravancada, até aos nossos dias, com os preconceitos da classificação estilística e dos juízos estéticos. A descoberta do Barroco literário foi tão tardia e deu-se sob o signo de uma grande ambiguidade, porque uma periodização demasiado cômoda gosta de extrair as suas características e os seus dados dos tratados de épocas passadas. Como nunca existiu verdadeiramente na Alemanha um "Barroco" literário – a expressão aparece, mesmo para as artes plásticas, apenas no século XVIII –, como a sua proclamação clara, explícita, belicosa não foi coisa de literatos, cujo tom cortês funcionava como paradigma, verifica-se mais tarde também alguma resistência em atribuir um lugar próprio a esta página da história da literatura alemã. "A atitude não polêmica é uma característica marcante do Barroco no seu conjunto. Cada um procura, o mais possível e ainda que siga a sua própria voz, dar a impressão de que segue os passos dos mestres que venera e das autoridades consagradas."[1] E não nos devemos deixar iludir pelo crescente interesse pelas controvérsias poéticas, que coincidiu com as apaixonadas disputas levadas a cabo pelas academias artísticas de Roma.[2] Assim, a poética barroca tornou-se uma série de variações dos *Poetices libri septem*, de Júlio César Scaliger, publicados em 1561. Dominavam os esquemas classicistas: "Gryphius é o mestre incontestado entre os mais antigos, o Sófocles alemão, a seguir a quem Lohenstein, o Sêneca alemão, ocupa um lugar secundário, e só com muitas reservas lhes podemos colocar ao lado Hallmann, o Ésquilo alemão."[3] É inegável que nos dramas alguma coisa corresponde a essa fachada renascentista das poéticas. A sua originalidade estilística, podemos já afirmá-lo a título de antecipação, é incomparavelmente maior nos pormenores do que no todo. Quanto a este último, o que é de fato característico, como Lamprecht[4] já destaca, é uma certa pesadez e, apesar de tudo, também uma singeleza da ação que lembra vagamente as peças burguesas do Renascimento alemão. No entanto, à luz de uma crítica estilística séria, à qual não é permitido ocupar-se do todo a não ser através da sua determinabilidade com base no pormenor, os traços estranhos ao Renascimento, para não dizer já barrocos, surgem por toda a parte, da língua e dos comportamentos das figuras até à concepção cênica e à escolha dos assuntos. Ao mesmo tempo, é reveladora, como veremos, a ênfase colocada nos textos tradicionais da poética, para permitir a interpretação barroca, do mesmo modo que a fidelidade a essa poética servia melhor as intenções do Barroco do que a revolta contra elas. A vontade de classicismo é quase o único traço

---

[1] Cysarz, *op. cit.* p. 72.

[2] Cf. Alois Riegl, *Die Entstehung der Barockkunst in Rom* [O nascimento da arte barroca em Roma]. Do espólio. Ed. Arthur Burda e Max Dvorak. 2ª edição. Viena, 1923, p. 147.

[3] Paul Stachel, *Seneca und das deutsche Renaissancedrama. Studien zur Literatur-und Stilgeschichte des 16. und 17. Jahrhunderts* [Sêneca e o drama renascentista alemão. Estudos de história literária e estilística dos séculos XVI e XVII]. Berlim, 1907, p. 326 (= Palaestra. 46).

[4] Cf. Lamprecht, *op. cit.,* p. 265.

genuinamente característico do Renascimento – apesar de o superar pela sua rudeza e o seu radicalismo – numa literatura que se viu colocada de forma direta perante exigências formais para as quais não tinha sido preparada. Qualquer tentativa, aproximando-se das formas antigas, tinha de predispor a matéria a um tipo de elaboração violentamente barroca, independentemente dos resultados conseguidos em cada caso particular. O esquecimento da análise estilística de tais tentativas pela ciência literária explica-se pelo seu veredito de condenação dessa época do excesso retórico, da corrupção linguística e da poesia de erudição. Procurando atenuar esse veredito com a tese de que a escola da dramaturgia aristotélica tinha sido uma fase de transição necessária para a literatura do Renascimento alemão, acabou por contrapor a esse preconceito um segundo. E ambos os preconceitos convergem, porque a tese da forma renascentista do drama alemão do século XVII se apoia no aristotelismo dos teóricos. Já apontamos o efeito paralisante das definições aristotélicas sobre a reflexão quanto ao valor efetivo de cada peça dramática. Por agora basta-nos acentuar o fato de que a influência da doutrina aristotélica sobre o drama do Barroco encontrou uma excessiva sobrevalorização na expressão "tragédia renascentista".

A história do drama alemão moderno não conhece período em que os assuntos dos tragediógrafos antigos tivessem tido menos influência. Só isso bastaria para refutar a tese da influência de Aristóteles. Faltava tudo para a compreensão da sua doutrina, e mais que tudo a vontade de o fazer. É óbvio que não se procuravam ensinamentos, técnicos ou de conteúdo, no autor grego, mas sim, desde Gryphius, no classicismo holandês e no teatro dos Jesuítas. O essencial era afirmar, pelo reconhecimento da sua autoridade, o contato com a poética renascentista de Scaliger e, com isso, a legitimidade da própria produção barroca. Para além disso, em meados do século XVII a poética de Aristóteles não era ainda a construção dogmática, simples e imponente, que Lessing iria pôr em questão. Trissino, o primeiro comentador da *Poética*, começa por introduzir a unidade de ação como complemento da de tempo: a unidade de tempo só tem função estética quando é acompanhada da unidade de ação. Gryphius e Lohenstein observaram estas unidades – e no *Papiniano* até a unidade de ação é discutível. O inventário das características por eles derivadas de Aristóteles resume-se a este fato isolado. A teoria da unidade de tempo da época não fornece explicação mais exata. A de Harsdörffer, que de resto não se diferencia da tradicional, admite ainda uma ação de quatro a cinco dias. A unidade de lugar, que só surge na discussão depois de Castelvetro, não é relevante para o drama trágico barroco, e também o teatro jesuíta não a conhece. Testemunho ainda mais forte é a indiferença com que os manuais tratam a teoria aristotélica do efeito trágico. Não se pretende dizer que esta parte da *Poética*, ainda mais claramente marcada do que a outra pelo caráter ritualístico do teatro grego, estivesse destinada a ser mais acessível à compreensão do século XVII. Mas, quanto mais impossível fosse a penetração desta doutrina, na qual estava presente uma teoria da catarse que passava pelos mistérios, tanto mais espaço de liberdade teria a interpretação. E esta é tão pobre no seu conteúdo ideativo quanto decidida na quebra das intenções antigas. O temor e a piedade, por exemplo, não são pensados como parte da totalidade integral da ação, mas como elemento do destino das figuras mais importantes. O temor é despertado pela morte do vilão, a piedade pela do bom herói. Birken acha esta definição ainda demasiado clássica, e em vez de temor e piedade aponta como finalidade do drama trágico a glorificação de Deus e a edificação dos concidadãos. "Em todas as nossas ações, portanto também na escrita e na representação teatrais, nós, Cristãos, devemos ter um único objetivo: a glorificação de Deus e a educação do nosso semelhante para o bem."[5] A função do drama trágico é a de fortalecer a virtude dos seus espectadores. E se havia virtude que fosse obrigatória para o herói e edificante para o público, ela era a da ἀπάθεια ["apatia", atitude oposta à catástrofe (*páthos*)]. A articulação da ética estoica com a teoria da nova tragédia fora já realizada na Holanda, e Lipsius tinha notado que o ἔλεος [piedade] aristotélico devia ser entendido apenas como impulso ativo para aliviar os sofrimentos e as angústias do outro, e não como um colapso patológico à vista de um destino terrível, ou seja, não

---

[5] Sigmund von Birken. *Deutsche Redebind- und Dichtkunst* / verfasset durch Den Erwachsenen [Arte retórica e poética alemã / redigida por O Adulto] Nuremberg, 1679, p. 336.

como *pusillanimitas*, mas como *misericordia*.[6] Não há dúvida de que tais comentários são essencialmente estranhos à descrição aristotélica dos modos de recepção da tragédia. Assim, aquilo que levou a crítica a ligar o novo drama trágico com a antiga tragédia grega, acabou por ser apenas a presença de um herói régio. Por isso, a nossa busca da sua especificidade não podia iniciar-se de forma mais adequada do que com a célebre definição de Opitz, formulada, aliás, no estilo do próprio drama trágico.

"A tragédia é igual em majestade à poesia heroica, de tal modo que raramente suporta a introdução de personagens de baixa condição e assuntos menos dignos: pois ela trata apenas da vontade régia, mortes violentas, desespero, infanticídios e parricídios, incêndios, incestos, guerras e insurreições, lamentações, choros, gemidos e coisas semelhantes."[7] Esta definição poderá não ser muito apreciada pela estética moderna, porque parece ser apenas uma perífrase da panóplia de assuntos trágicos. Por isso nunca foi considerada muito significativa. E no entanto essa aparência engana. Opitz não o diz abertamente – isso era óbvio na sua época –, mas os eventos inventariados, mais do que assunto, são o próprio cerne da arte no drama trágico. A vida histórica, tal como aquela época a concebia, é o seu conteúdo, o seu verdadeiro objeto, e nisso ele se distingue da tragédia, cujo objeto não é a história, mas o mito; para além disso, a estatura trágica das *dramatis personae* não lhes é dada pela sua condição atual – a realeza absoluta –, mas pela época pré-histórica da sua existência, a condição heroica passada. Do ponto de vista de Opitz, aquilo que predestina o monarca para protagonista do drama trágico não é a relação com Deus e o destino, a presentificação de um antiquíssimo passado, que é a chave de uma comunidade popular viva, mas antes a preservação das virtudes

---

[6] Cf. Wilhelm Dilthey, *Weltanschauung und Analyse des Menschen seit Renaissance und Reformation. Abhandlungen zur Geschichte der Philosophie und Religion* [Visão do mundo e análise do homem desde o Renascimento e a Reforma. Estudos de história da filosofia e da religião]. Leipzig-Berlim, 1923, p. 445 (= Obras completas. 2).

[7] Martin Opitz, *Prosodia Germanica, Oder Buch von der Deudschen Poeterey*. Nunmehr zum siebenden mal correct gedruckt [*Prosodia Germanica*, ou livro da poética alemã, em sétima impressão corrigida]. Frankfurt Main, s.d. [ca. 1650], pp. 30–3

do príncipe, a exposição dos seus vícios, a percepção das intrigas diplomáticas e a gestão de todas as maquinações políticas. O soberano como primeiro expoente da história é já quase a sua encarnação. De forma rudimentar, a participação no acontecer histórico universal e atual manifesta-se a par e passo na poética. "Quem quiser escrever tragédias", lemos na *Alleredelster Belustigung* [A mais nobre de todas as diversões] de Rist, "terá de ser bem lido em história e livros de história, tanto dos Antigos como dos Modernos, terá de conhecer a fundo as coisas do mundo e do Estado, de que verdadeiramente se faz toda a política…, terá de conhecer as disposições de ânimo de um rei ou de um príncipe, tanto em tempo de guerra como de paz, como se governa a terra e as pessoas, mantendo-se no poder, como evitar conselhos nefastos, a que expedientes recorrer para conquistar o poder, expulsar os rivais, e até eliminá-los. Em suma, ele terá de ter um domínio tão perfeito da arte de governar como da sua língua materna."[8] Acreditava-se que o drama trágico estava, de forma tangível e concreta, no próprio curso da história, e que a única coisa necessária era encontrar as palavras. Mas mesmo neste plano os autores não queriam assumir excessivas liberdades. Haugwitz poderá ter sido o menos talentoso de todos os autores de dramas trágicos do Barroco, ou mesmo o único que não tinha qualquer talento. Mas querer atribuir à sua incompetência a nota seguinte da sua *Maria Stuarda* equivaleria a desconhecer totalmente a técnica do drama trágico. Nessa nota, ele lamenta-se por apenas ter podido dispor de uma única fonte – *Hoher Trauersaal* [A grande sala do luto], de Franziscus Erasmus –, e por isso "ter de se apegar demasiado às palavras do tradutor de Franziscus."[9] O mesmo ponto de vista explica o corpus das notas em Lohenstein, que rivaliza em volume com o dos próprios dramas, e às palavras com que Gryphius, também nisto superior aos

---

[8] Johann Rist. *Die Aller Edelste Belustigung Kunst- und Tugendliebender Gemüther* [Aprilgespräch] / beschrieben und fürgestellt von Dem Rüstigen [A mais nobre de todas as diversões para as almas amantes da arte e da virtude. Diálogo de Abril, escrito e apresentado por O Rústico]. Frankfurt, 1666, pp. 241-242.

[9] A[ugust] A[dolph] von H[augwitz], *Prodromus Poeticus, Oder: Poetischer Vortrab* [Prodromus Poeticus: ou guarda avançada poética]. Dresden, 1684, p. 78 [da paginação especial de *Schuldige Unschuld / Oder Maria Stuarda* (Inocência culpada / Ou Maria Stuart), nota].

outros no espírito e na forma, conclui as notas ao seu *Papiniano*: "E por enquanto basta. Mas, por que me alonguei tanto? Para os cultos tudo isto seria dispensável, para os incultos ainda é pouco."[10] Tal como acontece hoje com o termo "trágico" – e com razão –, no século XVII a palavra "Trauerspiel" ["drama trágico"] aplicava-se, tanto ao drama como aos acontecimentos históricos. Até o estilo mostra como as duas coisas andavam próximas na consciência dessa época. Aquilo que geralmente se condena como sendo o estilo bombástico das obras teatrais poderia, em muitos casos, ser perfeitamente descrito com as palavras que Erdmannsdörffer usa para caracterizar o tom das fontes históricas daquele período: "Em todas as obras literárias que se ocupam da guerra e dos desastres da guerra damos por um excesso do tom de lamentação, a roçar o lamuriento, que se transformou quase num maneirismo de estilo; tornou-se corrente um modo de expressão que assenta, por assim dizer, num permanente torcer de mãos. Enquanto a miséria do mundo, por maior que fosse, tinha as suas gradações, a escrita da época quase não conhece matizes para a sua descrição."[11] A consequência radical da adequação da cena teatral à histórica teria sido a da necessidade de convocar desde logo, para o próprio ato da escrita, sobretudo o protagonista dos próprios destinos históricos. É neste sentido que Opitz abre o prólogo às suas *Troianas*: "Compor dramas trágicos foi em tempos ocupação de imperadores, príncipes, grandes heróis e sábios. Entre eles, Júlio César escreveu na sua juventude sobre Édipo, Augusto sobre Aquiles e Ajax, Mecenas sobre Prometeu, Cássio Severo Parmense, Pompônio Segundo, Nero e outros sobre matéria semelhante."[12] Klaj segue Opitz e acha que "não é difícil demonstrar como a escrita de dramas trágicos foi ocupação de imperadores, príncipes, grandes heróis e sábios, mas não de

---

[10] Andreas Gryphius, *Trauerspiele* [Dramas trágicos]. Ed. de Hermann Palm. Tübingen, 1882, p. 635 (nota a *Aemilius Paulus Papinianus*) (= Bibliothek des literarischen Vereins in Stuttgart. 162).

[11] Bernhard Erdmannsdörffer, *Deutsche Geschichte vom Westfälischen Frieden bis zum Regierungsantritt Friedrichs des Großen. 1648-1740* [História alemã. Da paz de Vestefália ao começo do reinado de Frederico, o Grande: 1648-1740]. Vol. I, Berlim, 1892, p. 102 (= Allgemeine Geschichte in Einzeldarstellungen. 3, 7).

[12] Martin Opitz, L. *Annaei Senecae Trojanerinnen* [As Troianas de L. Aneu Sêneca]. Wittenberg, 1625, p. 1 [do prólogo não paginado].

pessoas de classe inferior".[13] Sem chegar a exagerar deste modo, também Harsdörffer, amigo e mestre de Klaj, num esquematismo algo nebuloso que traça as correspondências entre condição social e forma – à vista do qual tanto se pode pensar no objeto como no leitor, no ator como no autor –, atribui, nas várias classes, o drama pastoril à camponesa, a comédia à burguesa, e à principesca, para além do romance, também o drama trágico. Mas estas teorias acabavam por ter um reverso ainda mais burlesco. As intrigas políticas invadiam o terreno dos conflitos literários, Hunold e Wernicke acusaram-se mutuamente junto dos reis de Espanha e de Inglaterra.

O soberano representa a história. Toma em mãos os acontecimentos históricos como um cetro. E este ponto de vista nada tem de privilégio das pessoas de teatro, baseando-se antes em teorias jurídicas do Estado. Num último momento da discussão das doutrinas jurídicas da Idade Média, constituiu-se no século XVII um novo conceito de soberani-dade. O velho caso exemplar do tiranicídio tornou-se o centro deste debate. Entre as várias formas de tirania previstas pela antiga doutrina, a do usurpador foi desde sempre a mais controversa. A Igreja tinha-se distanciado dela, mas a discussão continuou a centrar-se na questão de saber de onde deveria vir o sinal para o eliminar, se do povo, se do rei rival ou se apenas da Cúria. A posição da Igreja não tinha perdido a sua atualidade: precisamente num século de guerras religiosas, o clero insistia na afirmação de uma doutrina que lhe punha na mão armas contra príncipes hostis. O protestantismo recusava as pretensões teocráticas dessa doutrina, e denunciou as consequências de tal doutrina no caso do assassinato de Henrique IV de França. E com a publicação dos artigos galicanos em 1682 caíram os últimos baluartes da doutrina teocrática do Estado: tinha-se conseguido impor à Cúria a intangibilidade absoluta do soberano. Esta doutrina extrema do poder do soberano foi, nas suas origens – de sentido contrarreformista, apesar das diversas posições dos partidos –, muito mais aguda e profunda do que nas suas versões

---

[13] Johann Klaj, *apud* Karl Weiß, *Die Wiener Haupt-und Staatsaktionen. Ein Beitrag zur Geschichte des deutschen Theaters* [Os dramas de assunto histórico e político em Viena. Contributo para a história do teatro alemão]. Viena, 1854, p. 14.

DRAMA TRÁGICO E TRAGÉDIA

Teoria da soberania   59

modernas*. O conceito moderno da soberania tende para um poder executivo supremo assumido pelo príncipe, o Barroco desenvolve-se a partir da discussão do estado de exceção, considerando que a mais importante função do príncipe é impedi-lo[14]. Aquele que exerce o poder está predestinado de antemão a ser o detentor de um poder ditatorial em situações de exceção provocadas por guerras, revoltas ou outras catástrofes. Este ponto de vista é típico da Contrarreforma. A rica sensibilidade vital do Renascimento gera um sentido de despotismo mundano autônomo, para a partir dele se desenvolver o ideal de uma estabilização total, de uma restauração, tanto eclesiástica como política, com todas as suas consequências. E uma dessas consequências é a da exigência de um regime monárquico cujo estatuto constitucional garanta a continuidade de uma vida comunitária próspera no campo militar como no científico, no artístico como no eclesiástico. No pensamento teológico-jurídico, tão característico do século[15], manifesta-se aquela grande tensão não resolvida da transcendência, subjacente a toda a ênfase barroca, de sentido provocatório, na imanência mundana. O Barroco contrapõe frontalmente ao ideal histórico da Restauração a ideia da catástrofe. E a teoria do estado de exceção constrói-se sobre esta antítese. Por isso, não basta invocar a maior estabilidade das condições políticas do século XVIII para se explicar de que modo se perde neste

---

* O Galicanismo é uma doutrina eclesiástica, mas com implicações iminentemente políticas, nascida na França, e que advogava, contra o Ultramontanismo, fortes restrições do poder papal. Embora a expressão provenha das disputas entre estas duas facções da Igreja Católica no século XIX, as raízes da disputa remontam aos séculos VIII e IX e conheceram uma fase de grande florescimento no século XIV. A expressão acabada do Galicanismo encontra-se nos Quatro Artigos promulgados em 1682 pela assembleia do clero da França, que, para defender os interesses da coroa, limitavam o poder papal ao âmbito espiritual e faziam depender a autoridade e a infalibilidade do Papa das doutrinas emanadas dos Concílios da Igreja, a partir do Concílio de Constança (1414-1418) (N.T.).

[14] Cf. Carl Schmitt, *Politische Theologie. Vier Kapitel zur Lehre von der Souveränität* [Teologia política. Quatro capítulos sobre a doutrina da soberania]. Munique-Leipzig, 1922, pp. 11-12.

[15] Cf. August Koberstein, *Geschichte der deutschen Nationalliteratur vom Anfang des siebzehnten bis zum zweiten Viertel des achtzehnten Jahrhunderts* [História da literatura nacional alemã, dos começos do século XVII ao primeiro quartel do século XVIII]. 5ª ed. revista por Karl Bartsch. Leipzig, 1872, p. 15 (= Grundriß der Geschichte der deutschen Nationalliteratur. 2).

século "a consciência aguda da importância do estado de exceção, dominante no direito natural do século XVII"[16]. Se "para Kant… o direito de exceção deixou de ser direito"[17], isso deve-se ao seu racionalismo teológico. O homem religioso do Barroco prende-se tão fortemente ao mundo porque sente que com ele é arrastado para uma queda de água. Não existe uma escatologia barroca; por isso, o que existe é um mecanismo que acumula e exalta tudo o que é terreno antes de o entregar à morte. O além é esvaziado de tudo aquilo que possa conter o mínimo sopro mundano, e o Barroco extrai dele uma panóplia de coisas que até aí se furtavam a qualquer configuração artística, trazendo-as, na fase do seu apogeu, violentamente à luz do dia para esvaziar um derradeiro céu que, nessa sua vacuidade, será capaz de um dia destruir a terra com a violência de uma catástrofe. A esta mesma situação alude, de forma transposta, a ideia de que o naturalismo barroco é "a arte das distâncias mínimas… Em qualquer caso, os instrumentos naturalistas visam o encurtamento das distâncias… Para regressarem com mais segurança à sublimidade da forma e à antecâmara da metafísica, procuram instalar-se no domínio da mais viva e concreta atualidade."[18] Isto explica que as formas exacerbadas do bizantinismo barroco não neguem a tensão entre o mundo e a transcendência. Trazem a marca da inquietude e não conhecem o emanatismo* saturado. O prólogo às *Heldenbriefe* [Cartas de heróis] diz: "Vivo, assim, na consoladora confiança de que não seja recebida com muita hostilidade a minha ousadia, ao tentar renovar a chama do amor há muito tempo desvanecida de certas casas ilustres que humildemente respeito, e que estou disposto a venerar, desde que isso não desagrade a Deus."[19] Nisto, Birken é insuperável: quanto mais elevada for a posição das personagens, tanto mais fácil é o seu louvor "devido sobretudo a Deus e a piedosos deuses terrenos"[20]. Não será isto a resposta pequeno-burguesa aos cortejos reais pintados por Rubens? "O príncipe surge neles não apenas como o herói dos antigos triunfos, mas é posto em relação direta com

---

[16] Schmitt, *op. cit.*, p. 14.

[17] *Id., ibid.*

[18] Hausenstein, *op. cit.*, p. 42.

* O emanatismo é a doutrina neoplatônica da "emanação", segundo a qual todos os seres provêm de um Ser único (N.T.).

[20] Birken, *Deutsche Redebind- und Dichtkunst*, p. 242.

seres divinos, servido e celebrado por eles: e assim lhe é atribuído também um estatuto divino. No seu séquito aparecem indiscriminadamente figuras terrenas e celestiais, subordinando-se a uma mesma ideia de glorificação." * Mas esta continua a ser pagã. O monarca e o mártir não fogem à imanência no drama trágico. À hipérbole teológica vem juntar-se uma argumentação cosmológica muito comum. A comparação do príncipe com o Sol atravessa, em infindas repetições, a literatura da época, e a sua intenção é a de acentuar o caráter único dessa instância suprema:

> Wer iemand auf den thron
> An seine seiten setzt, ist würdig, daß man cron
> Und purpur ihm entzieh. Ein fürst und eine sonnen
> Sind vor die welt und reich.[21]

> [Quem alguém no trono senta a seu lado
> Da coroa e da púrpura merece ser privado
> Só pode haver um príncipe no reino
> E um Sol no mundo.]

> Der Himmel kann nur eine Sonne leiden
> Zwey können nicht in Thron'und Eh-Bett weiden.[22]

> [O céu não admite mais que um Sol
> Só um cabe no trono e no leito nupcial.]

Os últimos versos são postos na boca da personagem Ambição na *Mariana* de Hallmann. Há uma curiosa observação de Saavedra Fajardo em *Abris Eines Christlich-Politischen Printzens / In CI Sinn-Bildern* [Retrato de um príncipe político-cristão / Em cento e um emblemas] que mostra a facilidade com que este metaforismo foi transferido da definição jurídica do lugar do soberano num país para o ideal grandioso

---

* Citação não identificada. A fonte indicada por Benjamin (Werner Weisbach, *Der Barock als Kunst der Gegenreformation* [O Barroco como arte da Contrarreforma], Berlim, 1921, p. 148) não se confirma (N.T.).

[21] Gryphius, *op. cit.*, p. 61 (*Leo Armenius* II, p. 433 segs.).

[22] Johann Christian Hallmann, *Trauer-Freuden-und Schäfer-Spiele* [Dramas trágicos, cômicos e pastoris]. Breslau, s.d. [1684], p. 17 [da paginação especial de *Die beleidigte Liebe oder die großmütige Mariamne* [O amor ofendido ou a generosidade de Mariana], I, 477-478]. Ver, nesta edição, *Mariamne*, p. 12 (I, 355).

da soberania universal, um ideal que tanto correspondia à paixão teocrática barroca, mas que tão inconciliável era com a sua razão de Estado. O comentário de uma gravura alegórica representando um eclipse do Sol com a inscrição *Praesentia nocet (sc. lunae)** explica que os príncipes deviam evitar aproximar-se uns dos outros. "Os príncipes mantêm entre si uma boa amizade, servindo-se dos seus subalternos e de cartas; mas, quando querem discutir pessoalmente algum assunto, a simples presença gera suspeitas e má vontade de toda a ordem, porque nenhum deles encontra no outro aquilo que tinha imaginado; e também nenhum deles se julga a si próprio, porque em geral nenhum deles quer ser menos do que aquilo que por direito acha que lhe é devido. Os encontros pessoais de príncipes são uma guerra permanente, na qual se luta apenas pela própria pompa e se quer ter vantagem sobre o outro, lutando contra ele até à vitória."[23]

Isto explica a predileção pela história do oriente, onde o poder absoluto imperial se apresentava com uma amplitude desconhecida do Ocidente. Assim, Gryphius recorre à figura do xá da Pérsia no drama *Catharina*, e Lohenstein à do sultão no primeiro e no último dos seus dramas. Mas o papel principal cabe ao império teocrático de Bizâncio. Começou por essa época "a descoberta e a investigação sistemática da literatura bizantina..., com as grandes edições dos historiadores bizantinos, organizadas, sob os auspícios de Luís XIV, por eruditos franceses como Du Cange, Combefis, Maltrait e outros"[24]. Estes historiadores, em particular Cedrenus e Zonaras, foram muito lidos, e talvez não apenas pelos relatos sangrentos que fizeram dos destinos do império romano do Oriente, mas também por interesse pelas imagens exóticas que os acompanhavam. A influência de tais

---

* "A presença é prejudicial [i. e., da Lua]" (N.T.).

[23] Diego Saavedra Fajardo, *Abris Eines Christlich-Politischen Printzens / In CI Sinn-Bildern* [Orig.: *Idea de un principe politico cristiano representada en 101 empresas*]. Traduzida primeiro de espanhol em latim, e agora em alemão. Colônia, 1674, p. 897.

[24] Karl Krumbacher, "Die griechische Literatur des Mittelalters", *in: Die Kultur der Gegenwart. Ihre Entwicklung und ihre Ziele* ["A literatura grega da Idade Média", *in*: A cultura contemporânea. Desenvolvimento e objetivos]. Ed. Paul Hinneberg (I Parte, seção 8: A literatura e a língua gregas e latinas, por U(lrich) v(on) Wilamowitz-Moellendorff *et al*.). 3ª ed., Leipzig-Berlim, 1912, p. 367. por U(lrich) v(on) Wilamowitz-Moellendorff *et al*.). 3ª ed., Leipzig-Berlim, 1912, p. 367.

fontes acentuou-se ao longo do século XVII, e continuou pelo seguinte. Pois quanto mais, já na ponta final do Barroco, o tirano do drama trágico assumia aquele papel, não de todo inglório, que lhe cabia na farsa vienense de Stranitzky, tanto mais úteis pareciam ser as crônicas, cheias de monstruosidades, da história romana do Oriente. Deparamos então com passagens como: "Quem nos ofender que seja enforcado, queimado, desmembrado na roda, que se esvaia em sangue e se afogue no Estígio. (Deita tudo por terra e sai enfurecido)."[25] Ou: "Que floresça a justiça, que reine a crueldade, que triunfem a morte violenta e a tirania, para que Venceslau possa subir vitorioso ao trono, passando por cima de cadáveres ensanguentados como se subisse degraus."[26] Ao epílogo nórdico dos dramas de assunto histórico e político corresponde este final paródico em Viena. A peça *Eine neue Tragoedie, Betitult: Bernardon Die Getreue Prinzeßin Pumphia, Und Hanns-Wurst Der tyrannische Tartar-Kulikan, Eine Parodie in lächerlichen Versen* [Uma nova tragédia, intitulada: Bernardon, a fiel princesa Pumphia e o palhaço Hanns Wurst, o tirânico Culicão Tártaro. Uma paródia em verso cômico][27] leva ao absurdo os motivos do grande drama trágico, com a personagem do tirano covarde e a da Castidade que se refugia no matrimônio. Até esta paródia poderia ainda ter como lema uma passagem de Gracián que mostra à evidência como o papel do príncipe estava penosamente preso a estereótipos e extremos nos dramas trágicos: "Os reis não podem medir-se por padrões medianos. Ou os incluímos nos muito bons, ou nos muito maus."[28]

Os "muito maus" têm o seu lugar no drama de tiranos, e o sentimento que lhes corresponde é o do temor; os "muito bons" no drama de mártires, com a correspondente piedade. Estas duas formas apenas mantêm a sua curiosa justaposição se se ignorar o aspecto jurídico do

---

[25] [Anônimo], *Die glorreiche Marter Johannes von Nepomuck* [O glorioso martírio de João Nepomuceno], *apud Weiß, op. cit.*, p. 154.

[26] *Id., ibid.*, p. 120.

[27] Joseph [Felix] *Kurz, Prinzessin Pumphia*, Viena, 1883, p. 1 [Reprodução da página de rosto original] (= Wiener Neudrucke. 2).

[28] *Lorentz Gratians Staats-kluger Catholischer Ferdinand* [O engenhoso político Fernando, o Católico, de Lourenço Gracián]. Traduzido do espanhol por Daniel Caspern von Lohenstein. Breslau, 1676, p. 123.

estatuto do príncipe no Barroco. Mas se seguirmos as indicações da ideologia elas são rigorosamente complementares. O tirano e o mártir são no Barroco as faces de Jano do monarca. São manifestações necessariamente extremas da essência da condição régia. No que ao tirano respeita, isto é evidente. A teoria da soberania, para a qual é exemplar o caso especial do príncipe com poderes ditatoriais, quase nos obriga a arredondar a imagem do soberano no sentido do tirano. O drama pretende mesmo fazer do gesto autocrático a característica do soberano e fazê-lo agir com as palavras e os comportamentos do tirano, mesmo quando isso não é exigido pelas circunstâncias, à semelhança do que acontecia com os ornatos completos, a coroa e o cetro, que só excepcionalmente podiam faltar na sua entrada em palco[29]. Esta norma da condição do governante – e esse é o traço barroco da cena – não se altera nem mesmo nos casos em que a pessoa do príncipe é uma aparição terrivelmente degenerada. Os discursos solenes, com as suas intermináveis variantes da máxima "A púrpura tudo (en)cobre"[30], são vistos sem dúvida como provocatórios, mas o sentimento inclina-se para a sua admiração mesmo nos casos em que tem de encobrir o fratricídio, como no *Papiniano* de Gryphius, o incesto, como na *Agripina* de Lohenstein, a infidelidade, na sua *Sofonisba*, ou o uxoricídio, como na *Mariana* de Hallmann. A figura de Herodes, tal como o teatro europeu desta época a apresenta por toda a parte, é exemplar da concepção do tirano[31]. A sua história emprestou à representação dos excessos da realeza os traços mais marcantes. Ela teceu à volta do rei o véu de um terrível segredo, e não apenas nesta época. Antes de se tornar, na sua autocracia demente, um emblema da criação perturbada, ele apresentava-se, por exemplo ao cristianismo primitivo, de forma ainda mais cruel, como o Anticristo. Tertuliano – e nisto não é o único – fala de uma seita dos herodianos que venerava Herodes como o Messias. A sua vida não se limitou a fornecer assunto para o teatro. Gryphius escreveu na juventude uma

---

[29] Cf. Willi Fleming, *Andreas Gryphius und die Bühne* [A. Gryphius e o Palco]. Halle, 1921, p. 386.

[30] Gryphius, *op. cit.*, p. 212 (*Catarina da Geórgia* III, 438).

[31] Cf. Marcus Landau, "Die Dramen von Herodes und Mariamne" [Os dramas de Herodes e Mariana], *in: Zeitschrift für vergleichende Literaturgeschichte*, Nova Série, nº 8 (1895), pp. 175-212 e pp. 279-317; Nova Série, nº 9 (1896), pp. 185-223.

série de obras em latim, as epopeias de Herodes, que mostram de forma clara o que fascinava as pessoas da época: o soberano do século XVII, a criatura no seu auge, irrompendo na loucura como um vulcão para se destruir arrastando consigo toda a sua corte. A pintura gostava de o representar com dois recém-nascidos nas mãos, pronto a esmagá-los no seu acesso de loucura.* O espírito dos dramas de príncipe manifesta-se claramente no fato de este fim típico do rei dos Judeus se enredar nos traços do drama de mártires. Porque, se no momento em que o soberano ostenta o poder da forma mais furiosa for reconhecida a revelação da história e ao mesmo tempo a instância que põe termo às suas vicissitudes, então alguma coisa fala em favor do César que se perde no delírio do poder: ele torna-se vítima da desproporção entre a dignidade hierárquica desmedida de que Deus o investiu e a sua humilde condição humana.

A antítese entre o poder do soberano e a sua efetiva capacidade de governar levou, no drama trágico, a uma característica muito própria, que só aparentemente é um traço de gênero, e que só pode ser explicado à luz da teoria da soberania. Trata-se da incapacidade de decisão do tirano. O príncipe, cuja pessoa é depositária da decisão do estado de exceção, demonstra logo na primeira oportunidade que é incapaz de tomar uma decisão. Tal como a pintura maneirista não conhece a composição sob uma luz tranquila, assim também as figuras teatrais da época se perfilam no brilho cru das suas torturantes indecisões. O que nelas se evidencia não é tanto aquela soberania que transparece nas formulações estoicas do discurso, mas antes a arbitrariedade brusca de um vendaval dos afetos que pode mudar a qualquer momento, no qual as personagens – sobretudo as de Lohenstein – se agitam como bandeiras rasgadas e esvoaçantes. Não deixa de haver semelhanças entre elas e as figuras de El Greco na pequenez das cabeças[32], se é lícito entender a expressão em sentido figurado. De fato, o que determina o seu agir não

---

* A passagem (de "Gryphius…" a "…loucura") é transcrição quase literal do ensaio de Benjamin "'El mayor monstruo los celos', de Calderón, e 'Herodes e Mariana', de Hebbel", um trabalho não datado, que a edição crítica situa em 1923 (ver GS II/3, 998) (N.T.).

[32] Cf. Hausenstein, *op. cit.*, p. 94.

são ideias, mas impulsos físicos instáveis. É um estilo que corresponde à afirmação de que "a literatura da época, incluindo a ficção menos presa a normas, é capaz de captar de forma feliz os gestos mais efêmeros, mas não sabe o que fazer com o rosto humano"[33]. Masinissa envia a Sofonisba, por um mensageiro, Disalces, o veneno que a libertará do cativeiro romano:

> *Disalces, geh und wirff mir mehr kein Wort nicht ein.*
> *Jedoch, halt! Ich vergeh, ich zitter, ich erstarre!*
> *Geh immer! es ist nicht mehr Zeit zu zweifeln. Harre!*
> *Verzieh! Ach! schaue, wie mir Aug' und Hertze bricht!*
> *Fort! immer fort! der Schluß ist mehr zu ändern nicht.*[34]

> [Vai, Disalces, e nem mais uma palavra.
> Não, espera! Morro, tremo, estou paralisado!
> Vai, não é hora de duvidar. Não vás, não!
> Perdão! Choram-me os olhos, sangra o coração!
> Vai! O desfecho já não pode ser mudado.]

Na passagem correspondente de *Catharina*, o xá Abas despacha o imã Kuli com a ordem de execução de Catarina, e conclui:

> *Lass dich nicht eher schauen*
> *Als nach volbrachtem werck! Ach was beklämmt vor grauen*
> *Die abgekränckte brust! Verzeuch! geh hin! ach nein!*
> *Halt inn! komm her! ja geh! es muss doch endlich seyn.*[35]

> [Não te quero ver entrar por essa porta
> Antes da missão cumprida! Ah, como se me aperta
> O coração torturado! Vai! Não podes ir!
> Vamos pensar! Vem cá! Vai, sim, que tem de ser.]

E também na farsa vienense aparece aquele complemento da tirania sangrenta, a indecisão: "Pelifonte: Bom, pois que viva, que viva!, – não, não, – sim, sim, que viva… Não, não, que morra, que desapareça,

---

[33] Cysarz, *op. cit.*, p. 31.

[34] Daniel Caspar von Lohenstein, *Sophonisbe* [Sofonisba]. Frankfurt-Leipzig, 1724, p. 73 (IV, 504 segs.).

[35] Gryphius, *op. cit.*, p. 213 (*Catarina da Geórgia* III, 457 segs.). Cf. Hallmann, *Trauer-Freuden-und Schäfer-Spiele* (*op. cit.*), Mariamne, p. 86 (V, 351).

acabem-lhe com a alma... Vai então, ela viverá."[36] Assim fala o tirano, brevemente interrompido por outros.

O que fascina sempre na queda do tirano é a contradição em que convivem, na consciência da época, a impotência e a abjeção da sua pessoa e a convicção da força sacrossanta da sua função. Estava, assim, vedada a essa consciência a possibilidade de retirar da queda do tirano qualquer satisfação banalmente moralista, à maneira das peças de Hans Sachs. Na medida em que ele fracassa, não apenas como pessoa, mas também como soberano em nome da humanidade histórica, o seu fim desenrola-se como um julgamento que atinge os próprios súbditos. Aquilo que uma análise mais atenta revela nos dramas de Herodes torna-se óbvio em peças como *Leo Armenius, Carolus Stuardus, Papiniano*, que, aliás, se aproximam das tragédias de mártires ou se podem contar entre elas. Daqui que não seja exagero afirmar que em todas as definições dos manuais se encontra, no fundo, a descrição do drama de mártires. Elas orientam-se, não tanto pelas ações do herói, mas mais pelo seu sofrimento, muitas vezes mesmo mais pela tortura física que o aflige do que pelos tormentos da alma. Apesar disso, o drama de mártires nunca é expressamente exigido, a não ser talvez na seguinte frase de Harsdörffer: "O herói... deve ser um exemplo acabado de todas as virtudes, e afligir-se com a deslealdade dos seus amigos e inimigos. Mas isso deve acontecer de tal modo que ele se mostre magnânimo em todas as situações e seja capaz de superar corajosamente a dor, manifestada em suspiros, elevação da voz e muitas lamentações."[37] Aquele que se aflige "com a deslealdade dos seus amigos e inimigos": a expressão poderia aplicar-se à paixão de Cristo. Do mesmo modo que Cristo-Rei sofreu em nome da humanidade, assim também, do ponto de vista dos autores barrocos, sofre a majestade em geral. *Tollat qui te non noverit* ("Quem

---

[36] Joseph Anton Stranitzky, *Wiener Haupt-und Staatsaktionen* [Dramas vienenses de assunto histórico e político]. Introdução e ed. de Rudolf Payer von Thurn. Vol. 1, Viena, 1908, p. 301 (= Schriften des literarischen Vereins in Wien. 10) (*Die Gestürzte Tyrannay in der Person deß Messinischen Wüttrichs Pelifonte* [A tirania derrubada na pessoa do tirano Pelifonte de Messina], II, 8).

[37] Georg Philipp Harsdörffer, *Poetischen Trichters zweyter Theil* [Segunda parte do funil poético]. Nuremberg, 1648, p. 84.

não te conhece, que te erga"), diz a inscrição da prancha LXXI da obra de Zincgref *Emblematum ethico-politicorum centuria* [Uma centena de emblemas ético-políticos], que mostra em primeiro plano uma coroa gigantesca sobre uma paisagem, e por baixo os versos:

> *Ce fardeau paroist autre à celuy qui le porte,*
> *Qu'à ceux qu'il esblouyt de son lustre trompeur,*
> *Ceuxcy n'en ont jamais conneu la pesanteur,*
> *Mais l'autre sçait expert quel tourment il apporte.*[38]

> [Uma coisa parece este fardo a quem o traz,
> Outra a quem seu brilho consegue ofuscar,
> Estes jamais souberam o peso de o usar,
> O outro, por experiência, sabe o mal que ele faz.]

Assim, não se hesitava em atribuir ocasionalmente aos príncipes o título de mártir. Sob a gravura da folha de rosto da *Königliche Verthätigung für Carl I* [Apologia régia de Carlos I] lê-se: *Carolus Marthyr*[39]. No primeiro drama trágico de Gryphius tais antíteses interagem de uma forma que não tem paralelo, ainda que bastante confusa. A posição sublime do imperador, por um lado, e a ignominiosa impotência do seu agir, por outro, deixam, no fundo, em aberto se se trata de um drama de tirano ou de mártir. Gryphius teria certamente preferido a primeira hipótese; Stachel parece considerar a segunda como óbvia.[40] Nestes dramas é a estrutura que põe fora de questão aqueles esquemas pre-concebidos quanto ao assunto. E em nenhuma outra peça mais do que no *Leo Armenius*, em detrimento de uma figura moral de contornos bem delineados. Não é, pois, necessário ir muito a fundo na investigação para se perceber como em cada drama de tirano se esconde um elemento da tragédia de mártires. Muito menos fácil é descobrir nas histórias de mártires o momento do drama de tirano. A condição prévia para isso é ter presente aquela estranha imagem do mártir que foi tradicional do Barroco, pelo menos do literário. Não tem nada em comum com as concepções religiosas: o mártir perfeito foge tão pouco à imanência

---

[38] Julius Wilhelm Zincgref, *Emblematum Ethico-Politicorum Centuria*. Editio secunda. Frankfurt, 1624. Embl. 71.

[39] Claudius Salmasius, *Königliche Verthätigung für Carl den I*. Enviada a Sua Majestade Carlos II, rei da Grã-Bretanha. 1650.

[40] Cf. Stachel, *op. cit.*, p. 29.

como a imagem ideal do monarca. No drama do Barroco este é um estoico radical, posto à prova a pretexto de um conflito dinástico ou de uma disputa religiosa cujo desfecho lhe traz a tortura e a morte. Mas há um aspecto particular, o de em alguns destes dramas ser a mulher a vítima da ação: é o caso da *Catarina da Geórgia*, de Gryphius, da *Sophia* e da *Mariamne*, de Hallmann, e da *Maria Stuarda*, de Haugwitz. Este aspecto é decisivo para uma correta avaliação da tragédia de mártires. A função do tirano é a restauração da ordem na situação de exceção: uma ditadura cuja utopia será sempre a de colocar as leis férreas da natureza no lugar do instável acontecer histórico. Mas também a técnica estoica visa um objetivo parecido: controlar, com o domínio dos afetos, o que pode ser visto como estado de exceção da alma. Também ela busca uma nova criação, contra a história – no caso da mulher a afirmação da castidade –, e que não está menos distante da inocência da criação original do que a constituição ditatorial do tirano. Se a marca própria desta última é a devoção à coisa pública, a da primeira é o ascetismo físico. Por isso a princesa casta ocupa lugar de destaque no drama de mártires.

Enquanto a fórmula do "drama de tirano", mesmo tendo em conta as suas formas mais extremas, nunca suscitou um debate teórico, a discussão sobre o drama de mártires constitui, como se sabe, o núcleo duro da crítica dramática alemã. Todas as reservas habitualmente avançadas contra os dramas trágicos do século – baseadas em Aristóteles, no desprezo pelas abomináveis intrigas e também em motivos linguísticos – se tornam insignificantes perante a complacência satisfeita com que, desde há cento e cinquenta anos, os autores conseguiram liquidar esse drama atribuindo-lhe o rótulo de tragédia de mártires. A explicação para essa unanimidade não deve ser procurada na matéria em si, mas na autoridade de Lessing[41]. Essa aceitação de Lessing não surpreende se pensarmos na insistência com que as histórias da literatura fazem depender de controvérsias há muito esgotadas a análise crítica das obras. E essa tendência não podia ser corrigida por um ponto de vista psicológico

---

[41] Cf. Gotthold Ephraim Lessing, *Sämtliche Werke* [Obras completas]. Nova ed. autorizada, de Karl Lachmann. Vol. 7, Berlin, 1839, pp. 7 segs. (*Hamburgische Dramaturgie* [Dramaturgia de Hamburgo], caps. 1 e 2).

que não partia da própria matéria, mas dos seus efeitos sobre o cidadão comum contemporâneo, cuja relação com o palco e o público se atrofiou e se limita a um rudimentar gosto pela ação. De fato, aquele fraco resto de emoções na tensão dramática, que foi aquilo que restou a esse público como testemunho de teatralidade, não pode ser satisfeito pela representação das histórias de mártires. A sua desilusão assumiu, assim, a forma de um protesto erudito que julgou ter cristalizado definitivamente o valor destes dramas, alegando a falta de conflito interior e a ausência de culpa trágica. A isto vem juntar-se a apreciação da intriga. Esta distinguir-se-ia do chamado enredo antitético da tragédia clássica pelo isolamento dos motivos, das cenas e dos tipos. Do mesmo modo que os tiranos, os demônios e os Judeus se mostram no palco do teatro da Paixão na sua crueldade e maldade abissais, incapazes de se explicarem ou de evoluir, não podendo fazer mais do que confessar os seus planos infames, assim também o drama do Barroco coloca os antagonistas sob uma luz crua, em cenas separadas nas quais a motivação não costuma ter qualquer importância. A intriga barroca desenrola-se, poderia dizer-se, como uma mudança de cenário em palco aberto, tão diminuta é aqui a preocupação com a ilusão cênica, tão acentuada a economia desta contra-ação. Nada é mais elucidativo deste fato do que a desenvoltura com que alguns motivos decisivos da intriga são remetidos para notas de pé de página. No drama de Mariana, de Hallmann, Herodes admite:

> *Wahr ists: Wir hatten ihm die Fürstin zu entleiben*
> *Im Fall uns ja Anton möcht'unverseh'ns auffreiben*
> *Höchstheimlich anbefohl'n.*[42]

> [É verdade: em segredo lhe ordenamos a morte
> Da princesa, se Antônio desse à nossa sorte
> Um fim abrupto.]

E na nota diz-se: "Ou seja, porque ele a amava muito, e para que ela não caísse nas mãos de outro depois da sua morte."[43] Poderíamos também citar – se não como exemplo de uma intriga fraca, pelo menos de composição desleixada – o *Leo Armenius*. A própria imperatriz Teodósia convence o príncipe a adiar a execução de Balbus, o insurreto, e

---

[42] Hallmann, *op. cit., Mariamne*, p. 27 (II, 263-264).

[43] *Ibid., Mariamne*, p. 112 (nota).

isso provoca a morte do imperador, Leo. Na sua longa lamentação pelo marido ela não menciona com uma única palavra a atitude que tivera antes. Ou seja, um motivo determinante é totalmente ignorado. – A "unidade" de uma ação estritamente histórica impunha ao drama um desenvolvimento claro, e com isso prejudicava-o. Pois, se é certo que um desenvolvimento desse tipo é essencial para uma apresentação pragmática da matéria histórica, por outro lado o drama exige, pela sua própria natureza, uma forma fechada para chegar à totalidade que é negada a todo o decurso temporal exterior. Isto lhe é garantido pela ação secundária, quer se trate de ação paralela, quer de uma ação em contraste com o filão principal. Mas acontece que apenas Lohenstein se serve dela com alguma frequência; de resto, os autores não a incluíam, achando que era o modo mais seguro de pôr em cena a história nua e crua. A escola de Nuremberg ensinava, ingenuamente, que estas composições receberam o nome de dramas trágicos "porque antigamente, no mundo pagão, a maior parte dos governantes eram tiranos, e por isso tinham geralmente um fim horrível"[44]. Assim, a opinião de Gervinus sobre a construção dramática das peças de Gryphius, segundo a qual "as cenas só se seguem umas às outras para explicar e desenvolver as ações, mas nunca visando um efeito dramático"[45], é correta no geral, ainda que se não aplique a casos como o de *Cardenio und Celinde*. O que importa, no entanto, é que tais constatações, por vezes bem fundamentadas mas isoladas, não constituem uma base sólida para a crítica. A forma dramática das peças de Gryphius e dos seus contemporâneos não é inferior à dramaturgia que se lhe seguiu pelo fato de a não ter influenciado. O seu valor terá de ser determinado num contexto próprio e autônomo.

Para o compreender é preciso ter em mente o parentesco entre o drama do Barroco e os autos religiosos medievais, em especial o modo como neles se apresenta o tema da Paixão. Mas, tendo em conta as interpretações por parte de uma crítica dominada pela empatia, será

---

[44] Birken, *Deutsche Redebind- und Dichtkunst*, p. 323.

[45] G[eorg] G[ottfried] Gervinus, *Geschichte der Deutschen Dichtung* [História da literatura alemã]. Vol. 3, 5ª ed., dirigida por Karl Bartsch. Leipzig, 1872, p. 553.

necessário libertar esta relação da suspeita de ser um método analógico estéril, que obscureceria a análise estilística, em vez de a favorecer. Neste sentido, é preciso observar desde já que o comentário sobre os elementos medievais no drama do Barroco e na sua teoria deve ser lido aqui como um prolegômenos a outros confrontos entre os mundos espirituais da Idade Média e do Barroco, que serão expostos noutros contextos deste livro. Já se observou há muito tempo que as teorias medievais renascem no período das guerras religiosas[46], que a Idade Média se fez sentir durante muito tempo "na política e na economia, na arte e na ciência"[47], que a sua superação – e mesmo a sua fixação como categoria epocológica – só se verificou no decurso do século XVII[48]. Se dermos atenção a certos pormenores, ficaremos surpreendidos com a quantidade de testemunhos que podemos recolher. Até uma compilação meramente estatística feita a partir da poética da época chega à conclusão de que o cerne das definições de tragédia é "exatamente o mesmo que encontramos nas obras gramaticais e lexicográficas da Idade Média"[49]. E que força tem, contra a notória semelhança da citada definição de Opitz com as que eram correntes na Idade Média, por exemplo em Boécio e Plácido, o argumento de Scaliger – que, de resto, não se afasta deles –, quando vem com exemplos da distinção, por eles proposta, entre literatura trágica e cômica, uma distinção que, como é sabido, vai muito para além do campo dramático?[50] No texto de Vicente de Beauvais ela é assim formulada: *Est autem Comoedia poesis, exordium triste laeto fine comutans. Tragoedia vero poesis, a laeto principio in*

---

[46] Cf. Alfred v[on] Martin, *Coluccio Salutati's Traktat "Vom Tyrannen". Eine kulturges-chichtliche Untersuchung nebst Textedition.* Mit einer Einleitung über Salutati's Leben und Schriften und einem Exkurs über seine philologisch-historische Methode [O tratado "Do Tirano", de Collucio Salutati. Uma investigação histórico-cultural, acompanhada da edição do texto. Com uma introdução sobre a vida e a obra de Salutati e um excurso sobre o seu método histórico-filológico]. Berlim-Leipzig, 1913, p. 48 (= Abhandlungen zur Mittleren und Neueren Geschichte. 47).

[47] Flemming, *Andreas Gryphius und die Bühne*, p. 79.

[48] Cf. Burdach, *op. cit.*, pp. 135-136 e 215 (nota).

[49] Georg Popp, *Über den Begriff des Dramas in den deutschen Poetiken des 17. Jahrhunderts* [Sobre o conceito de drama nas poéticas alemãs do século XVII]. Diss. Leipzig, 1895, p. 80.

[50] Cf. Julius Caesar Scaliger, *Poetices libri septem.* Editio quinta. [Genebra], 1617, pp. 333-334 (III, 96).

tristem finem desinens.[51] [A comédia é, assim, uma composição poética que transforma um exórdio triste num final alegre. A tragédia, porém, um a composição poética que, partindo de um princípio alegre, termina num fim triste]. E considera-se uma distinção quase irrelevante a forma de apresentação do evento lutuoso, em diálogo teatral ou prosa corrida. Nesta linha, Franz Joseph Mone mostrou de forma convincente a relação entre o teatro e a crônica medievais. Segundo este autor, "a história universal era vista pelos cronistas como um grande drama trágico (…), e existe uma relação explícita entre as crônicas da história universal e os antigos autos alemães. Na medida em que estas crônicas terminam com o Juízo Final, enquanto fim do drama do mundo, a historiografia cristã está ligada ao drama cristão, e o importante neste contexto é dar atenção às opiniões dos cronistas que se referem claramente a esta conexão. Como diz Otto von Freisingen (*praefat. ad Frid. imp.*): *cognoscas, nos hanc historiam ex amaritudine animi scripsisse, ac ob hoc non tam rerum gestarum seriem quam earundem miseriam in modum tragoediae texuisse* [(Prefácio ao Imperador Frederico): sabei que escrevemos esta história movidos pela amargura da nossa alma, e que por isso não descrevemos tanto uma sequência de ações como a sua miséria, à maneira da tragédia]. E repete a mesma ideia no *praefat. ad Singrimum: in quibus (libris) non tam historias quam aerumnosas mortalium calamitatum tragoedias prudens lector invenire poterit* [Prefácio a Singrimus: o leitor prudente poderá encontrar nestes livros, não tanto histórias, mas infelizes tragédias de calamidades mortais]. A história universal era, assim, para Otto, uma tragédia, se não na forma, pelo menos no conteúdo."[52] E quinhentos anos mais tarde, em Salmasius, encontramos a mesma concepção: *Ce qui restoit de la Tragedie iusques à la conclusion a esté le personnage des Independans, mais on a veu les Presbyteriens iusques au quatriesme acte et au delà, occuper auec pompe tout le theatre. Le seul cinquiesme et dernier acte est demeure pour le partage des Independans; qui ont paru en cette scene, apres auoir sifflé et chassé les premiers acteurs. Peut estre que ceux-là n'auroient pas fermé la scene par vne*

---

[51] Vicente de Beauvais, *Bibliotheca mundi seu speculi majoris. Tomus secundus, qui speculum doctrinale inscribitur* [Biblioteca do mundo, ou dos espelhos dos grandes. Tomo segundo, com o espelho doutrinal]. Duaci, 1624, col. 287.

[52] *Schauspiele des Mittelalters* [Dramas medievais]. Editados a partir dos manuscritos e comentados por F[ranz] J[oseph] Mone. Vol. I. Karlsruhe, 1846, p. 336.

si tragique et sanglante catastrophe.[53] [Os Independentes foram o elemento trágico que restou até ao desfecho, embora os Presbiterianos tenham ocupado com pompa todo o teatro, até ao quarto ato e depois dele. Só o quinto e último ato ficou para os Independentes, que entraram em cena depois de terem vaiado e expulsado os primeiros atores. É possível que estes não tivessem concluído o drama com uma catástrofe tão trágica e sangrenta]. Aqui, muito longe do território da dramaturgia de Hamburgo, para não falar já da pós-clássica, na "tragédia" que a Idade Média interpretou mais à luz das suas fracas noções da matéria do drama antigo, mas não viu concretizada nos seus mistérios, surge o universo formal do drama trágico barroco.

No entanto, enquanto que os mistérios e as crônicas cristãos dão a ver a totalidade do processo histórico, o decurso da história universal como história salvífica, o drama de assunto histórico e político posterior ocupa-se de uma parte apenas dos acontecimentos empíricos. A cristandade ou a Europa está dividida numa série de reinos cristãos cujas ações históricas já não pretendem decorrer adentro do processo salvífico da história. A afinidade do drama trágico com o mistério é posta em causa pelo desespero sem saída que parece querer ser a última palavra do drama cristão secularizado. De fato, agora ninguém considera a moralidade estoica em que desemboca o martírio do herói, nem a justiça que transforma a cólera do tirano em loucura, suficientes para fundamentar o arco tensivo de uma forma dramática própria. Uma pesada camada de estuque ornamental, verdadeiramente barroco, esconde a sua pedra-mestra, a que só se poderá chegar por meio de uma investigação rigorosa das tensões que sustentam essa arquitetura dramática. É a tensão própria de uma interrogação sobre a história salvífica, levada ao extremo pela secularização dos mistérios medievais realizada, não só pelos protestantes das escolas da Silésia e de Nuremberg, mas também pelos Jesuítas e Calderón. A afirmação, em ambas as confissões, da secularização levada a cabo pela Contrarreforma não significou uma perda das preocupações religiosas: o que aconteceu foi que a época

---

[53] Claude de Saumaise, *Apologie royale pour Charles I, roy d'Angleterre*. Paris, 1650, pp. 642-643.

lhes recusou a solução religiosa, exigindo ou impondo, em seu lugar, uma solução profana. Sob o peso desta imposição, sob o ferrão daquela exigência viveram essas gerações os seus conflitos. De todas as épocas mais dilaceradas e contraditórias da história europeia, o Barroco foi a única que coincidiu com um período de hegemonia incontestada do cristianismo. A via medieval da revolta – a heresia – estava-lhe vedada, em parte porque o cristianismo afirmou vigorosamente a sua autoridade, mas sobretudo porque os matizes heterodoxos da doutrina e dos modos de vida nem de longe comportavam a possibilidade de expressão do fervor de uma nova vontade mundana. Como, neste contexto, nem a rebelião nem a submissão eram realizáveis em termos religiosos, toda a força da época se concentrou na revolução total dos conteúdos de vida, preservando a ortodoxia das formas religiosas. Resultado: os homens ficaram impedidos de se expressar de forma autêntica e imediata. A acontecer, isso levaria à manifestação clara da vontade da época e ao confronto com a vida cristã, que seria mais tarde o do Romantismo. Este confronto foi evitado, tanto em sentido positivo como negativo, pois a época era dominada por um espírito que, por mais que se empenhasse em acentuar de forma bizarra os momentos de êxtase, os via menos como uma transfiguração do mundo e mais como um céu nublado cobrindo a superfície desse mundo. Os pintores do Renascimento sabiam manter o céu bem alto, nos quadros do Barroco a nuvem desce, carregada ou luminosa, sobre a Terra. Confrontado com o Barroco, o Renascimento não surge como uma época de irreligião e paganismo, mas como uma era de liberdade profana na vida da fé, enquanto o espírito hierárquico da Idade Média, com a Contrarreforma, se impunha num mundo ao qual estava vedado o acesso imediato à transcendência. Ao redefinir, contra Burckhardt, as categorias históricas de Renascimento e Reforma, Burdach coloca na sua verdadeira luz, *per contrarium*, estes traços fundamentais da Contrarreforma. Nada era mais alheio a esta do que a expectativa de um fim dos tempos, nem sequer de uma viragem epocal, forças que, como demonstrou Burdach, moveram o Renascimento. A sua filosofia da história tinha como ideal o apogeu, uma idade de ouro da paz e das artes a que são estranhas todas as tintas apocalípticas, criada e garantida *in aeternum* pela espada da Igreja. A influência deste ideário estende-se também ao teatro religioso que chegou até nós. Assim, os Jesuítas "já não recorrem, como assunto, ao drama da salvação como um todo, cada vez menos também à Paixão; tratam de preferência assuntos do Antigo Testamento e dão melhor expressão ao seu projeto missionário através das vidas dos santos."[54] O drama profano foi ainda mais claramente afetado pela filosofia da história da Restauração, confrontado como estava com matéria histórica. Foi decisiva a iniciativa de autores como Gryphius, que tomou como tema a história contemporânea, ou Lohenstein e Hallmann, com os seus dramas de assunto histórico e político de matéria oriental. Mas estes ensaios mantêm-se, desde o início, presos a uma rigorosa imanência, sem apontarem para o Além dos mistérios, limitando-se, com um aparato teatral rico, à descrição de aparições de espíritos e apoteoses de tiranos. Foi adentro destas limitações que se desenvolveu o drama alemão do Barroco. Não admira, por isso, que esse desenvolvimento se tenha dado de forma complicada, mas por isso mesmo também intensa. Do teatro alemão renascentista quase nada sobreviveu nele: já *As Troianas* de Opitz tinham renunciado à alegria temperada e à singeleza moralizante dessas peças. Gryphius e Lohenstein teriam exigido às suas peças ainda mais valor artístico e peso metafísico se as convenções lhes tivessem permitido levar mais longe o virtuosismo do *métier*, noutras formas que não apenas as dedicatórias e os panegíricos.

A linguagem formal do drama trágico, que está a constituir-se, pode perfeitamente ser vista como o desenvolvimento de necessidades contemplativas inerentes à situação teológica da época. Uma delas, resultante da ausência de toda a escatologia, é a tentativa de encontrar consolo para a renúncia ao estado de graça através de um retorno ao estado original da criação. Nesta, como em outras esferas da vida do Barroco, é determinante a transposição dos dados originalmente temporais para uma simultaneidade espacial figurada, que nos permite penetrar na estrutura íntima desta forma dramática. Enquanto que a Idade Média acentuava a precariedade do acontecer histórico e a transitoriedade da criatura como estações de um percurso salvífico, o drama trágico alemão

---

[54] Willi Flemming, *Geschichte des Jesuitentheaters in den Landen deutscher Zunge* [História do teatro jesuíta nos territórios de língua alemã]. Berlim, 1923, pp. 3-4 (= Schriften der Gesellschaft für Theatergeschichte. 32).

mergulha inteiramente na desolação da condição terrena. Se nele existe redenção, ela está mais nas profundezas deste próprio destino do que na concretização de um plano soteriológico divino. O que caracteriza o novo drama em toda a Europa é o afastamento da escatologia presente no teatro religioso; apesar disso, a fuga cega para uma natureza desprovida de Graça é especificamente alemã. De fato, o drama espanhol – o mais perfeito desse teatro europeu –, no qual os traços barrocos se manifestam de forma mais ofuscante e mais marcada, mais feliz, nesse país de cultura católica, resolve os conflitos de um estado de criação destituído de Graça de certo modo à escala reduzida e lúdica de uma corte secularizada para a qual se passou o poder salvífico. A *stretta* do terceiro ato, com a sua integração indireta da transcendência, como que através de espelhos, de cristais ou de um teatro de marionetes, assegura ao drama de Calderón uma saída que é superior aos desfechos do drama trágico alemão. Aquele não pode esconder a sua aspiração a atingir e tocar o cerne da própria existência. Se, apesar disso, o drama profano tem de parar no limite da transcendência, ele procura assegurar-se dela por desvios, de forma lúdica. Em nenhuma outra peça isto é mais evidente do que em *La vida es sueño*, onde constitui uma unidade, no fundo própria do mistério, e na qual o sonho cobre, como um céu, a vida desperta. Nele, a moralidade faz valer os seus direitos:

> *Mas, sea verdad o sueño,*
> *obrar bien es lo que importa;*
> *si fuera verdad, por serlo;*
> *si no, por ganar amigos*
> *para cuando despertemos.*[55][*]

É em Calderón que podemos estudar o drama trágico do Barroco na sua forma mais acabada. A sua eficácia – eficácia da palavra e do objeto – resulta, entre outros fatores, da precisão com que se harmonizam a dimensão do "luto" (*Trauer*) e do "jogo" (*Spiel*). A história do conceito de "jogo" na estética alemã conhece três períodos: o Barroco, o

---

[55] Don Pedro Calderón de la Barca, *Schauspiele* [Teatro]. Trad. de J[hoann] D[iederich] Gries. Vol. I. Berlim, 1815, p. 295 (*Das Leben ein Traum* [A vida é sonho], III).

[*] Transcrevo os excertos de peças de Calderón citados por Benjamin na versão original, de acordo com a edição de Ángel Valbuena Briones, *Obras Completas*. Tomo I: Dramas. Madrid, Aguilar, 1954 (N.T.).

Classicismo e o Romantismo. No primeiro, o importante é o produto, no segundo a produção e no terceiro ambas as coisas. A ideia da própria vida como um jogo e, assim, *a fortiori* da própria obra de arte como jogo, é estranha ao Classicismo. A teoria schilleriana do impulso lúdico visava a gênese e os efeitos da arte, mas não a estrutura das suas obras. Estas podem ser "serenas" quando a vida é "grave", mas só podem ser lúdicas quando também a vida, perante uma intensidade orientada para o ilimitado, perdeu a sua gravidade última. Isto foi o que aconteceu, de modos diferentes, com o Barroco e o Romantismo. E em ambos os casos de tal modo que essa intensidade teve de encontrar a sua expressão nas formas e nos assuntos da prática artística secular. Uma prática que acentuava ostensivamente o momento lúdico do drama, e só deixou que a transcendência tivesse a sua última palavra no disfarce mundano do espetáculo dentro do espetáculo. Nem sempre esta técnica é manifesta, apresentando-se um palco dentro do palco ou deixando que a sala seja absorvida pelo palco. Mas a instância salvífica e libertadora, para o teatro da sociedade profana, que assim se torna um teatro "romântico", reside sempre numa mútua reflexão paradoxal entre jogo e aparência (*Schein*). Aquela intencionalidade cuja aparência era, para Goethe, própria de toda a obra de arte, dispersa o elemento do luto no drama trágico de Calderón, idealista e romântico. O deus do novo palco é o artifício. O que é característico do drama trágico alemão é que nele o elemento lúdico não se desdobra com o brilhantismo próprio do espanhol nem com a engenhosidade das peças românticas posteriores. Mas o motivo do jogo, que deixou na poesia de Andreas Gryphius as suas marcas mais fortes, está também presente nos dramas do Barroco alemão. A dedicatória da *Sofonisba* de Lohenstein contém repetidas variações desse motivo:

> *Wie nun der Sterblichen ihr gantzer Lebens-Lauf*
> *Sich in der Kindheit pflegt mit Spielen anzufangen,*
> *So hört das Leben auch mit eitel Spielen auf.*
> *Wie Rom denselben Tag mit Spielen hat begangen,*
> *An dem August gebohrn; so wird mit Spiel und Pracht*
> *Auch der Entleibten Leib in sein Begräbnüs bracht.*
> *…Der blinde Simson bringt sich spielend in das Grab;*
> *Und unsre kurtze Zeit ist nichts als ein Getichte.*
> *Ein Spiel, in dem bal der tritt auf, bald jener ab;*
> *Mit Thränen fängt es an, mit Weinen wirds zu nichte,*

Ja nach dem Tode pflegt mit uns die Zeit zu spieln,
Wenn Fäule, Mad' und Wurm in unsern Leichen wühln.[56]

[Transcorre para os mortais a sua vida inteira
A partir de uma infância que com jogos começou,
E com jogos vãos chega a hora derradeira.
Tal como a antiga Roma com jogos celebrou
O dia em que Augusto nasceu; pompa encenada
Leva também o morto à última morada…
…Precipita-se para a tumba o cego Sansão;
Não é mais que um poema o nosso tempo breve,
Um jogo em que uns entram em cena, outros se vão;
Com lágrimas começa, com pranto seu fim escreve.
Depois de morto até, brinca o tempo com o homem
E a podridão, os vermes, nossos corpos consomem.]

O monstruoso enredo da *Sofonisba* antecipa o desenvolvimento posterior desta vertente lúdica, num forma artística tão importante como o teatro de fantoches, que a faz evoluir, por um lado na direção do grotesco, e por outro na do sublime. O dramaturgo tem plena consciência deste caráter tortuoso da trama:

Die für den Ehmann itzt aus Liebe sterben wil,
Hat in zwey Stunden sein' und ihrer Hold vergessen.
Und Masinissens Brunst ist nur ein Gaukelspiel,
Wenn er der, die er früh für Liebe meint zu fressen,
Den Abend tödlich Gift als ein Geschencke schickt,
Und, der erst Buhler war, als Hencker sie erdrückt.
So spielet die Begierd und Ehrgeitz in der Welt![57]

[Esta que quer morrer de amor por seu marido,
Em duas horas esquece o amor dele e o dela.
E o cio de Masinissa é um jogo fingido
Se ele, que antes de amor dizia querer comê-la,
À noite a presenteia com veneno mortal
E em carrasco se torna o amante ideal.
É o jogo do desejo e da ambição no mundo.]

---

[56] Lohenstein, *Sophonisbe, op. cit.*, pp. 13-14 [da dedicatória não paginada].

[57] Lohenstein, *Sophonisbe, op. cit.*, pp. 8-9 [da dedicatória não paginada].

Este jogo não tem de ser visto apenas como aleatório; pode também ser calculista e planejado, pensado por marionetes cujos fios são manipulados pelo desejo e pela ambição. Mas é incontestável que o drama alemão no século XVII ainda não chegou a desenvolver aquele meio de expressão artística que serviu ao drama romântico, de Calderón a Tieck, para aplicar as técnicas do enquadramento e da miniaturização, e que é o da reflexão. Esta não se afirma apenas na comédia romântica, como um dos seus mais notáveis instrumentos artísticos, mas igualmente na chamada tragédia dessa época, o drama de destino (*Schicksalsdrama*). No drama de Calderón ela assume plenamente o papel que na arquitetura da época é atribuído à voluta: repete-se até ao infinito, e miniaturiza até ao imprevisível o círculo que circunscreve. Os dois lados da reflexão são igualmente essenciais: a miniaturização lúdica do real e a introdução de uma infinitude reflexiva do pensamento na finitude fechada de um espaço de destino profano. De fato, o mundo dos dramas de destino – podemos já avançar aqui esta ideia – é um espaço fechado sobre si próprio. Foi assim particularmente em Calderón, em cuja peça *El mayor monstruo, los celos**, sobre a figura de Herodes, se pretendeu ver o primeiro drama de destino da literatura universal. Tratava-se aí do mundo sublunar no mais rigoroso sentido do termo, um mundo da criatura sofredora ou triunfante em que as leis do destino teriam de se impor, de um modo programado e surpreendente, *ad maiorem dei gloriam* e para deslumbramento do espectador. Não é por acaso que um homem como Zacharias Werner, antes de se refugiar no seio da Igreja Católica, tentou a sua sorte escrevendo dramas de destino. O seu caráter mundano, só aparentemente pagão, é, na verdade, o complemento profano dos mistérios religiosos. Mas aquilo que, no teatro de Calderón, também fascinava tanto os românticos mais orientados para a teoria – a ponto de se poder dizer que ele foi, apesar de Shakespeare, o seu dramaturgo $\kappa\alpha\tau'\dot{\epsilon}\xi o\chi\dot{\eta}\nu$ ["por excelência"] – era o virtuosismo sem igual da reflexão a que os seus heróis recorrem em qualquer momento para com ela manipularem a ordem do destino como um globo que pode ser observado, ora de um lado, ora do outro. Afinal, não foi o gênio a grande aspiração dos românticos, o gênio que reflete irresponsavelmente

---

* Benjamin cita a peça de Calderón sempre com este título. O título original é, no entanto, *El mayor monstruo del mundo* (N.T.).

preso aos grilhões dourados da autoridade? Mas precisamente esta perfeição ímpar do drama espanhol, que, por mais alto que seja o seu nível artístico, parece estar ainda alguns degraus acima no que respeita à reflexão e ao cálculo, faz com que a estatura do drama barroco europeu, que se eleva a partir da esfera de uma literatura pura, seja em muitos aspectos menos visível do que a do alemão, no qual uma criatura em situação-limite, em vez de surgir velada na perfeição artística, é posta a nu pelo primado da moral. O moralismo luterano, sempre preocupado em articular a transcendência da vida da fé com a imanência da vida quotidiana – como o proclama expressamente a sua ética vocacional –, nunca permitiu a confrontação decidida entre a perplexidade terrena do homem e a potência hierárquica dos príncipes, na qual assenta o desfecho de tantas peças de Calderón. O desfecho no drama trágico alemão é, assim, formalmente menos acabado e também menos dogmático, é – do ponto de vista moral, mas não artístico – mais responsável do que o espanhol. Apesar de tudo, esta investigação não pode deixar de encontrar algumas conexões significativas com a forma, tão rica e fechada, do drama calderoniano. Nas páginas seguintes não haverá muito espaço para excursos e remissões, mas o trabalho terá de clarificar as relações fundamentais com os dramas trágicos do autor espanhol, com o qual não se pode comparar nenhum dos dramaturgos alemães.

O plano do estado criatural, o terreno sobre o qual se desenrola o drama trágico, determina também inequivocamente o soberano. Por mais alto que ele se eleve acima dos súditos e do Estado, o seu estatuto insere-se no mundo da criação, ele é senhor das criaturas, mas não deixa de ser também criatura. Seja-me permitido exemplificar isto com o caso de Calderón, já que das seguintes palavras do príncipe constante, D. Fernando, se pode deduzir um ponto de vista especificamente espanhol. Elas aplicam a toda a criação o motivo do nome real:

> *...que aun entre brutos y fieras*
> *este nombre es de tan suma*
> *autoridad, que la ley*
> *de naturaleza ajusta*
> *obeduencias; y así leemos*
> *en republicas incultas,*

al león, rey de las fieras,
que cuando la frente arruga
de guedejas se corona,
es piadoso, pues que nunca
hizo presa en el rendido.
En las saladas espumas
del mar, el delfín, que es rey
de los peces, le dibujan
escamas de plata y oro
sobre la espalda cerulea
coronas, y ya se vio
de una tormenta importuna
sacar los hombres a tierra
porque el mar no los consuma…
Pues si entre fieras y peces,
plantas, piedras y aves, uso
esta majestad del rey
de piedad, no será injusta
entre los hombres, seno…[58]

A tentativa de remeter as origens da condição real para o estado da criação encontra-se até na teoria jurídica. Assim, os adversários do tiranicídio insistiam em que era preciso denunciar os regicidas como "parricidas". Claudius Salmasius, Robert Silmer e outros derivavam "o poder real do domínio do mundo atribuído a Adão enquanto senhor de toda a criação, um poder que foi herdado por certos chefes de família, para finalmente se tornar hereditário no interior de uma dinastia, ainda que com certos limites. Por isso, um regicídio equivale a um parricídio."[59] Até a nobreza podia ser vista como fenômeno da natureza, de tal modo que Hallmann, nas *Leichreden* [Discursos fúnebres] se dirige à Morte com o seguinte lamento: "Ah, nem sequer diante dos privilegiados teus olhos e ouvidos

---

[58] Don Pedro Calderón de la Barca, *Schauspiele* [Obras dramáticas]. Trad. de August Wilhelm Schlegel. Segunda Parte. Viena, 1813, pp. 88-89; ver também p. 90 (*Der standhafte Prinz* [O príncipe constante], III).

[59] Hans Georg Schmidt, *Die Lehre vom Tyrannenmord. Ein Kapitel aus der Rechtsphilosophie* [A doutrina do tiranicídio. Um capítulo da filosofia do direito]. Tübingen-Leipzig, 1901, p. 92

se abrem!"[60] O simples súbdito, o ser humano, é, nesta ordem de ideias, um animal: "o animal divino", "o animal inteligente"[61], "um animal curioso e sensível".[62]

São estas as expressões usadas por Opitz, Tscherning e Buchner. Por seu lado, Butschky escreve: "Que é… um monarca virtuoso, senão um animal celeste?"[63] A estes podiam juntar-se os belos versos de Gryphius:

> *Ihr, die des höchsten bild verlohren,*
> *Schaut auf das bild, das euch gebohren!*
> *Fragt nicht, warum es in dem stall einzieh!*
> *Er sucht uns, die mehr viehisch als ein vieh.*[64]

> [Vós, que perdestes a imagem do Céu,
> Olhai para a imagem que por vós nasceu!
> Quereis saber por quem no estábulo espera?
> Espera por nós, mais feros do que a fera.]

É o que demonstram os déspotas na sua loucura. Quando o Antíoco de Hallmann fica subitamente horrorizado e cai na loucura à vista de uma cabeça de peixe sobre a mesa[65], ou Hunold faz entrar em cena o seu Nabucodonosor em figura de animal (o cenário mostra "um ermo árido. Nabucodonosor agrilhoado, com penas e garras de águia, no meio de muitos animais selvagens…, com gestos estranhos, rugindo e exibindo a sua maldade"[66]), isso acontece na convicção de

---

[60] Johann Christian Hallmann, *Leich-Reden / Todten-Gedichte und Aus dem Italiänischen übersetzte Grab-Schriften* [Discursos fúnebres, poemas aos mortos e epitáfios traduzidos do italiano]. Frankfurt-Leipzig, 1682, p. 88.

[61] Cf. Hans Heinrich Borcherdt, *Andreas Tscherning. Ein Beitrag zur Literatur-und Kultur-Geschichte des 17. Jahrhunderts* [Andreas Tscherning. Um contributo para a história literária e cultural do século XVII]. Munique-Leipzig, 1912, pp. 90-91.

[62] August Buchner, *Poetik* [Poética]. Ed. de Othone Prätorio. Wittenberg, 1665, p. 5.

[63] Sam[uel] von Butschky, *Wohl-Bebauter Rosen-Thal* [O vale das roseiras bem plantadas]. Nuremberg, 1679, p. 761.

[64] Gryphius, *op. cit.*, p. 109 (*Leo Armenius*, IV, 387 segs.).

[65] Cf. Hallmann, *op. cit.*, p. 104: *Die göttliche Rache oder der verführte Theodoricus Veronensis* [A divina vingança ou Teodorico Veronense seduzido] (V, 364 segs.).

[66] Christian Friedrich Hunold. *Theatralische / Galante Und Geistliche Gedichte / Von Menantes* [Poemas teatrais, galantes e espirituais]. Hamburgo, 1706, p. 181 [da paginação especial dos poemas teatrais] (Nabucodonosor, III, 3; didascália).

que no soberano, na suprema criatura, pode emergir o animal com uma força insuspeitada.

O teatro espanhol desenvolveu sobre esta base um importante motivo específico que, como nenhum outro, nos permite reconhecer, na estreiteza da seriedade do drama trágico alemão, particularidades nacionais. Pode ser surpreendente a ideia de que o papel determinante da honra nas intrigas da comédia de capa e espada, e também no drama trágico, nasce da condição criatural da personagem dramática, mas de fato é assim que as coisas se passam. A honra, tal como Hegel a definiu, é "aquilo que é vulnerável em absoluto"[67]. "A autonomia pessoal pela qual a honra luta não se mostra como coragem para defender um coletivo, a reputação de justiça nessa comunidade ou de honestidade na vida privada; pelo contrário, bate-se apenas pelo reconhecimento e pela inviolabilidade do sujeito singular."[68] Esta inviolabilidade abstrata é, porém, apenas a mais rigorosa inviolabilidade da pessoa física, na qual têm o seu fundamento primeiro, sob a forma da integridade da carne e do sangue, até as mais insignificantes exigências do código de honra. É por isso que a honra se sente tão atingida pela vergonha de um parente como pelo opróbrio que recai sobre o nosso próprio corpo. E o nome, que pretende testemunhar a inviolabilidade aparentemente abstrata da pessoa, não é, no contexto da vida criatural, e diferentemente do religioso, nada em si mesmo, a não ser o escudo destinado a proteger a *phýsis* vulnerável do homem. O homem desonrado é um proscrito. Ao exigir a punição do ofendido, a vergonha revela que a sua origem está num defeito físico. O drama espanhol foi capaz, como nenhum outro, de apresentar a uma luz superior, e mesmo reconciliadora, a nudez criatural da pessoa, através de uma incomparável dialética do conceito de honra. O suplício sangrento com o qual termina a vida das criaturas no drama de mártires tem o seu contraponto na via dolorosa da honra, que, por mais ofendida que seja, é sempre reparada no fim dos dramas caldero-

---

[67] Georg Wilhelm Friedrich Hegel, *Werke* [Obras]. Edição completa, por um grupo de amigos do falecido, Ph[ilipp] Marheineke *et al*. Vol. 10/2: *Vorlesungen über die Ästhetik* [Lições de estética], ed. de H[einrich] G[ustav] Hotho. Vol. 2. Berlim, 1837, p. 176.

[68] Hegel, *op. cit.*, p. 167.

nianos pela intervenção do soberano ou por meio de um sofisma. Na essência da honra, o drama espanhol descobriu para o corpo da criatura uma espiritualidade adequada a ele, e com isso um universo profano que nem os autores do Barroco alemão nem os teóricos posteriores vislumbraram. Mas não lhes escapou a afinidade de motivos referida. Schopenhauer escreve a este respeito: "A diferença entre a literatura clássica e a romântica, tão comentada nos nossos dias, parece-me assentar no fato de a primeira não conhecer outros motivos que não sejam os puramente humanos, reais e naturais, enquanto que a segunda afirma também a eficácia de motivos artificiais, convencionais e imaginários. Entre estes contam-se os que derivam do mito cristão e também os do princípio cavalheiresco da honra, exacerbado e fantástico... Nos melhores autores do gênero romântico, por exemplo em Calderón, pode constatar-se como tais motivos levaram a desfigurações grotescas das relações e da natureza humanas. Para já não falar dos autos, refiro apenas peças como *No siempre el peor es cierto* e *El postrero duelo de España* e comédias de capa e espada semelhantes: aos elementos referidos vem juntar-se aqui a engenhosidade escolástica da conversação, que na época fazia parte da formação intelectual das classes altas."[69] Schopenhauer não penetrou no espírito do drama espanhol, embora, noutro lugar, tenha querido colocar o drama trágico cristão acima da tragédia. É forte a tentação de atribuir a sua estranheza àquela amoralidade, tão pouco germânica, da perspectiva espanhola. Foi essa amoralidade que permitiu a interação entre tragédia e comédia no drama espanhol.

Os problemas e as soluções sofísticos que aí encontramos não aparecem nos pesados raciocínios dos dramaturgos protestantes alemães. Mas a concepção da história da sua época impôs limites apertados ao seu moralismo luterano. O espetáculo sempre renovado da ascensão e queda dos príncipes, ou da constância de uma virtude inabalável, não se apresentavam aos autores tanto como moralidade, mas antes como a faceta natural do processo histórico, essencial na sua permanência. Toda

---

[69] Arthur Schopenhauer, *Sämtliche Werke* [Obras completas]. Ed. de Eduard Grisebach. Vol. 2: *Die Welt als Wille und Vorstellung* [O mundo como vontade e representação], t. 2. Leipzig s.d. [1891], pp. 505-506.

a fusão íntima dos conceitos históricos com os morais tinha sido quase tão desconhecida para o Ocidente pré-racionalista como estranha à Antiguidade, e isto confirma-se também para o Barroco, particularmente na sua intenção de olhar e tratar a história universal como uma crônica. Nos casos em que essa intenção mergulhava nos pormenores, mais não fazia do que, servindo-se de um método microscópico, seguir penosamente os passos do calculismo político no plano da intriga. O drama do Barroco só conhece a atividade histórica sob a forma das abjetas maquinações dos intrigantes. Em nenhum dos inúmeros rebeldes que se confrontam com um monarca petrificado na pose do mártir cristão encontramos um sopro que seja de convicção revolucionária. O descontentamento é a sua clássica motivação. Apenas o soberano ostenta o esplendor da dignidade moral, e esta não é outra senão a dos estoicos, totalmente estranha à história. É esta, e não a esperança salvífica do herói da fé cristã, a atitude que encontramos em todos os protagonistas do drama do Barroco. Entre todas as objeções às histórias de mártires, a mais fundamentada é aquela que contesta a sua pretensão a ter um conteúdo histórico. Acontece que essa objeção dirige-se a uma falsa teoria dessa forma, e não à própria forma. A seguinte passagem de Wackernagel vai até mais longe: uma tese acertada serve uma conclusão claramente insuficiente. Aí se lê que "a tragédia não deve apenas demonstrar que toda a realidade humana é precária quando comparada com o divino, mas também que tem de ser assim; ela não pode esconder as fragilidades que constituem a razão necessária da catástrofe. Se apresentasse um castigo sem culpa, estaria... a contradizer a história, que não conhece tal coisa e à qual a tragédia vai buscar as manifestações daquela ideia essencial do trágico."[70] Para não falar já do duvidoso otimismo desta concepção da história, convém notar que, no sentido da tragédia de mártires, a causa da catástrofe não está na transgressão moral, mas no próprio estado criatural do homem. Era esta forma própria da catástrofe, tão diferente da queda excepcional do herói trágico, que os autores tinham em vista ao classificarem – com um termo que os dramaturgos usaram de forma mais coerente do que os críticos – uma obra como "drama trágico" (*Trauerspiel*). Assim, não é por acaso – para citar um

---

[70] Wilh[elm] Wackernagel, *Über die dramatische Poesie* [Sobre a poesia dramática]. Trabalho acadêmico. Basileia, 1838, pp. 34-35.

exemplo cuja autoridade pode fazer esquecer a distância que o separa do nosso objeto específico – que *Die natürliche Tochter** [A filha natural], longe como está de ser movida pela violência histórica do processo revolucionário à sua volta, foi designada de *Trauerspiel*. Na medida em que Goethe lia nos acontecimentos políticos apenas o horror de uma vontade de destruição periodicamente reativada, à semelhança das catástrofes naturais, a sua relação com o assunto dramático era a de um poeta do século XVII. O tom da peça, com ecos de tragédia antiga, remete os acontecimentos para uma pré-história concebida quase como uma história natural, e o poeta acentua-o até ao ponto de o colocar numa relação tensa com a ação, incomparável no seu lirismo, mas inibitória do ponto de vista dramático. O *éthos* do drama histórico é tão alheio a esta obra de Goethe como a um drama barroco de assunto político e histórico, sem que, no entanto, em Goethe o heroísmo histórico tenha abdicado em favor do estoico. A pátria, a liberdade e a fé são no drama barroco apenas pretextos, perfeitamente intercambiáveis, para a afirmação da virtude privada. Lohenstein é o autor que vai mais longe neste caminho. Nenhum autor recorreu, como ele, ao processo artístico de neutralizar uma reflexão ética emergente através de um metaforismo que estabelece uma analogia entre o acontecer histórico e o natural. À margem da pose ostentatória dos estoicos, toda a ação ou discussão eticamente motivada é banida com um radicalismo que, mais ainda que as atrocidades da ação, confere às peças de Lohenstein a sua substância própria, em vivo contraste com os preciosismos da dicção. Quando, em 1740, Johann Jacob Breitinger faz, na *Critische Abhandlung von der Natur, den Absichten und dem Gebrauche der Gleichnisse* [Tratado crítico sobre a natureza, as finalidades e o uso dos símiles], o seu ajuste de contas com aquele famoso dramaturgo, refere-se ao seu hábito de pretender aparentemente dar ênfase a princípios morais servindo-se de exemplos naturais que, na verdade, os contrariam[71]. Este uso do símile só chega ao seu significado mais próprio quando uma transgressão moral é pura e simplesmente justificada com recurso a formas de comportamento da

---

* *A filha natural*, escrita em 1802, é uma de três peças planejadas por Goethe sobre matéria ligada com os acontecimentos da Revolução Francesa (N.T.).

[71] *Gebrauche der Gleichnisse*. Zurique, 1740, p. 489.

natureza. "Evitamos as árvores que estão a ponto de cair"[72]: com estas palavras, Sofia despede-se de Agrippina, que se aproxima do seu fim. Tais palavras têm de ser entendidas, não como características da personagem que fala, mas como máxima de um comportamento natural que assim torna-se adequado a um acontecimento de grande carga política. Era grande a panóplia de imagens que os autores tinham à sua disposição para dissolverem de forma convincente conflitos histórico-morais no terreno da história natural. Breitinger comentou assim o fato: "Toda esta ostentação de erudição naturalista é qualquer coisa de tão próprio no nosso Lohenstein que ele nunca deixa de descobrir um qualquer segredo da natureza de cada vez que quer dizer que alguma coisa é estranha, impossível, que poderá acontecer mais ou menos facilmente, ou nunca… Quando o pai de Arsínoe quer mostrar que não é próprio que sua filha case com alguém de condição inferior à de um príncipe, fá-lo nos seguintes termos: 'Espero de Arsínoe, se ela é verdadeiramente minha filha, que não seja como a hera, espelho da plebe, que tão depressa abraça uma avelaneira como uma tamareira. Pois as plantas nobres voltam a cabeça para o céu, as rosas só se abrem à luz do Sol, as palmeiras não se dão com arbustos rasteiros, e até o ímã inerte só obedece à nobre Estrela Polar. E a casa de Polemon (é esta a conclusão) há-de curvar-se diante dos descendentes do servil Machor?'"[73]. Perante passagens como esta, que enchem inumeráveis obras de retórica, poemas epitalâmicos e orações fúnebres, o leitor acompanhará Erich Schmidt na sua hipótese de que as coletâneas eram um normal instrumento de trabalho para aqueles poetas[74]. Tais coletâneas continham, não apenas fatos, mas também florilégios poéticos do tipo do *Gradus ad Parnasum* medieval. É o que se pode concluir com segurança a partir das *Leichreden* [Discursos Fúnebres] de Hallmann, que recorrem a fórmulas estereotipadas para uma série de palavras-chave como "Genofeva"[75], "Quäker"[76],

---

[72] Daniel Casper v[on] Lohenstein, *Agrippina. Trauer-Spiel.* Leipzig, 1724, p. 78 (V, 118).

[73] Breitinger, *op. cit.*, p. 467 e p. 470.

[74] Cf. Erich Schmidt, resenha de Felix Bobertag, *Geschichte des Romans und der ihm verwandten Dichtungsgattungen in Deutschland*, 1. Abt., 2. Bd., 1. Hälfte [História do romance e dos gêneros literários afins na Alemanha], 1ª seção, vol. 1, tomo 1]. *In:* Archiv für Literaturgeschichte 9 (1880), p. 441.

[75] Hallmann, *Leichreden*, pp. 115 e 299.

[76] Cf. Hallmann, *op. cit.*, pp. 64 e 212.

etc. A prática das metáforas derivadas da história natural e o uso meticuloso das fontes históricas colocavam grandes exigências à erudição dos autores. Os poetas barrocos aderiram ao ideal cultural do polímate, que Lohenstein via realizado em Gryphius:

> *Herr Gryphens…*
> *Hielt für gelehrt-seyn nicht in einem etwas missen*
> *In vielen etwas nur in einem alles wissen.*[77]

> [Para o senhor Gryphius…
> Ser erudito era: em nada ignorante ser,
> De muita coisa um pouco, de uma tudo saber.]

A criatura é o espelho em cuja moldura, e só nela, o mundo moral se apresentava ao Barroco. Um espelho côncavo, porque isso só era possível com distorções. Uma vez que a época considerava que toda a vida histórica era desprovida de virtude, esta era irrelevante também para a vida interior das personagens dramáticas. Nunca ela foi menos interessante do que nos heróis daqueles dramas trágicos em que apenas a dor física do martírio respondia ao apelo da história. E do mesmo modo que a vida interior da personagem no estado criatural tinha de realizar-se misticamente, ainda que no meio de sofrimentos atrozes, assim também os autores procuravam impor limites aos acontecimentos históricos. A sequência das ações dramáticas desenrola-se como nos dias da criação, nos quais ainda não há história. A natureza da criação, que absorve em si o acontecer histórico, é totalmente diferente da ideia rousseauísta da natureza. Aflora-se esta questão, mas sem chegar aos seus fundamentos, quando se afirma que "uma vez mais a tendência deriva da contradição… Como compreender a poderosa e violenta tentativa do Barroco de operar uma síntese dos elementos mais heterogêneos num poema pastoril e galante? Também aqui se aplica certamente a lei de uma antítese entre a nostalgia da natureza perdida e uma ligação harmoniosa com a natureza. Mas a vivência oposta é outra, nomeadamente a vivência do tempo que mata, da inevitável transitoriedade das coisas, da

---

[77] Daniel Casper von Lohenstein, *Blumen* [Flores]. Breslau, 1708, p. 27 [da paginação especial do cap. "Jacintos" ("Die Höhe Des Menschlichen Geistes über das Absterben Herrn Andreae Gryphii" / A elevação do espírito humano a propósito do passamento do senhor Andreas Gryphius)].

queda das alturas. Por isso, longe de tudo o que é elevado, a existência do *beatus ille* deve decorrer bem longe de toda a mudança. Assim, a natureza é, para o Barroco, apenas um caminho para sair do tempo, e a problemática de épocas posteriores é-lhe estranha."[78] A verdade é outra: é precisamente no auto pastoril que se tornam visíveis as fantasias sobre a paisagem, típicas do Barroco. Porque a última palavra, nesta tendência barroca para fugir ao mundo, não cabe à antítese entre história e natureza, mas à total secularização do histórico no estado criatural. À desolação do desenrolar da crônica do mundo não se opõe a eternidade, mas sim a restauração de um estado paradisíaco fora do tempo. A história desloca-se para o centro da cena, e são precisamente peças como os autos pastoris que espalham a história, como sementes, no solo materno. "No lugar em que se diz que se deu um acontecimento memorável, o pastor deixa versos que o recordem num rochedo, numa pedra, numa árvore. As colunas comemorativas dos heróis, que podemos admirar por toda a parte nestes templos da fama erigidos pelos pastores, ostentam todas inscrições panegíricas."[79] A concepção da história do século XVII foi definida, numa expressão feliz, como "panorâmica"[80]. "Toda a concepção da história deste tempo pitoresco é determinada por uma montagem de tudo o que é memorável."[81] Ao secularizar-se a história no palco segue-se a mesma tendência metafísica que, pela mesma época, levou, no campo das ciências exatas, à descoberta do cálculo infinitesimal. Em ambos os casos o dinamismo do processo temporal é captado e analisado numa imagem espacial. A imagem do espaço cênico, mais exatamente, da corte, torna-se chave da compreensão do processo histórico, porque a corte é o mais íntimo dos palcos. Harsdörffer reuniu no seu *Poetischer Trichter* [Funil Poético] uma quantidade infinita de propostas para a representação alegórica – e também crítica – da vida na corte,

---

[78] Hübscher, *op. cit.*, p. 542.

[79] Julius Tittmann, *Die Nürnberger Dichterschule. Harsdörffer, Klaj, Birken. Beitrag zur deutschen Literatur-und Kulturgeschichte des siebzehnten Jahrhunderts* [A Escola de Poetas de Nuremberg. Harsdörffer, Klaj, Birken. Achegas para a história da literatura e da cultura alemãs do século XVII]. Göttingen, 1847, p. 148 (= Kleine Schriften zur deutschen Literatur-und Kulturgeschichte. 1).

[80] Cysarz, *op. cit.*, p. 27 (nota).

[81] Cysarz, *op. cit.*, p. 108 (nota); cf. também pp. 107-108.

a mais digna de ser observada e representada[82]. No interessante prólogo de Lohenstein à *Sofonisba* chega-se mesmo a dizer:

> *Kein Leben aber stellt mehr Spiel und Schauplatz dar,*
> *Als derer, die den Hof fürs Element erkohren.*[83]

> [Não há vida mais cheia de jogo e de espetáculo
> Do que a de quem faz da corte seu elemento.]

E este juízo mantém toda a sua validade quando a grandeza heroica decai, quando a corte se reduz a um sangrento patíbulo e "tudo o que é mortal entra em cena"[84]. Na corte, o drama trágico depara com o cenário eterno e natural do curso da história. Desde o Renascimento e de Vitrúvio que ficara convencionado que o drama trágico "deve ter como cenário palácios majestosos e pavilhões em jardins principescos"[85]. Enquanto que o teatro alemão fica preso a esta norma – nos dramas trágicos de Gryphius não há cenários de paisagens –, o teatro espanhol gosta de pôr em cena toda a natureza, subordinada à autoridade do soberano, desenvolvendo com isso uma autêntica dialética cênica. E é assim porque, por outro lado, a ordem social e a sua representação, a corte, é em Calderón um fenômeno natural da mais alta hierarquia, cuja primeira lei é a honra do soberano. Com aquela segurança que lhe é própria, e sempre surpreendente, August Wilhelm Schlegel vai ao fundo da questão ao afirmar sobre Calderón: "A sua poesia, qualquer que seja o seu objeto aparente, é um incansável hino jubiloso ao esplendor da criação; por isso ele celebra, com um espanto sempre renovado e exultante, os produtos da natureza e da arte humana, como se os visse pela primeira vez na sua pompa festiva ainda intata. É o primeiro despertar de Adão, associado a uma eloquência e uma ductilidade da expressão, a uma penetração das mais secretas relações da natureza, como só as pode ter quem dispõe de uma cultura espiritual superior e de uma rica

---

[82] Cf. [Georg Philipp Harsdörffer], *Poetischen Trichters Dritter Teil* [Terceira parte do funil poético]. Nuremberg, 1653, pp. 265-272.

[83] Lohenstein, *Sophonisbe*, p. 10 [da dedicatória não paginada]

[84] Gryphius, *op. cit.*, p. 437 (*Carolus Stuardus* IV, 47).

[85] [Georg] Philipp Harsdörffer, *Vom Theatrum oder Schawplatz*. Für die Gesellschaft für Theatergeschichte aufs Newe in Truck gegeben [Do teatro ou do espaço cênico. De novo dado à estampa para a sociedade de história do teatro]. Berlim, 1914, p. 6.

capacidade contemplativa. Quando aproxima o que está mais distante, o maior e o menor, as estrelas e as flores, o sentido de todas as suas metáforas é o da atração de todas as coisas criadas umas para com as outras, explicada pela sua origem comum."[86] O poeta gosta de trocar, ludicamente, a ordem das criaturas: um "cortesão... dos montes"[87], assim se chama a Segismundo em *La vida es sueño*; e fala-se do mar como um "animal de cristal colorido"[88]. Mas também no drama trágico alemão o cenário natural penetra progressivamente na ação dramática. É certo que Gryphius só na tradução da peça *Gebroeders* [Os irmãos], de Vondel, cedeu ao novo estilo, situando um coro de sacerdotes no Jordão, entre ninfas[89]. Mas já no terceiro ato de *Epicharis* Lohenstein introduz os coros do Tibre e das sete colinas[90]. À maneira das "representações mudas" do teatro jesuíta, o cenário, por assim dizer, imiscui-se na ação da *Agrippina*: a imperatriz, embarcada por ordem de Nero numa nave que depois se desfaz em alto mar, graças a um mecanismo escondido, é salva, no coro, com a ajuda das sereias[91]. Na *Maria Stuarda* de Haugwitz encontramos um "coro das sereias"[92] e Hallmann tem várias passagens do mesmo estilo. Na *Mariamne*, o próprio monte Sião participa da ação e justifica pormenorizadamente a sua intervenção:

> *Hier, Sterbliche, wird euch der wahre Grund gewehrt,*
> *Warumb auch Berg und Zungen-lose Klippen*
> *Eröffnen Mund und Lippen.*
> *Denn, wenn der tolle Mensch sich selber nicht mehr kennt,*
> *Und durch blinde Rasereyen auch dem Höchsten Krieg ansaget,*
> *Werden Berge, Fluß'und Sternen zu der Rache auffgejaget,*
> *So bald der Feuer-Zorn des grossen Gottes brennt.*
> *Unglückliche Sion! Vorhin des Himmels Seele,*
> *Itzt eine Folter-Höle!*
> *Herodes! ach! ach! ach!*

---

[86] August Wilhelm Schlegel, *Sämtliche Werke* [Obras completas], vol. 6, p. 397.

[87] Calderón, *Schauspiele*. Trad. de Gries. Vol. I, p. 206 (*La vida es sueño, I*).

[88] Calderón, *op. cit.* Vol. III, Berlim, 1818, p. 236 (*El mayor monstruo los celos*, I).

[89] Cf. Gryphius, *op. cit.*, pp. 756 segs. (*Die sieben Brüder* [Os sete irmãos] II, 343 segs.).

[90] Cf. Daniel Caspar v[on] Lohenstein, *Epicharis. Trauer-Spiel* [Epícaris. Drama trágico]. Leipzig, 1724, pp. 74–75 (III, 721 segs.).

[91] Cf. Lohenstein, *Agrippina*, pp. 53 segs. (III, 497 segs.).

[92] Cf. Haugwitz, *op. cit., Maria Stuarda*, p. 50 (III, 237 segs.).

Dein Wütten, Blut-Hund, macht, daß Berg' auch müssen schreyen,
Und dich vermaledeyen!
Rach! Rach! Rach! [93]

[Aqui, mortais, vos é dada a razão verdadeira
Por que os montes e a muda roca
Abrem lábios e boca.
Pois quando em sua demência o homem se desconhece
E em cego delírio até contra o Altíssimo se lança,
Montes, rios e estrelas são levados à vingança
Se a ira de fogo do grande Deus aquece.
Desgraçada Sião! Outrora alma do reino celestial,
Agora câmara de tortura infernal!
Herodes! Não há esperança! Não há esperança!
O teu furor, cão de fila, obriga os montes a gritar
Para te amaldiçoar!
Vingança! Vingança! Vingança!]

Se o drama trágico e o pastoril se encontram na sua concepção da natureza, como demonstram passagens destas, não admira que os dois gêneros tenham tentado chegar a um equilíbrio ao longo de uma evolução que tem em Hallmann o seu apogeu. A sua antítese é apenas superficial, em latência os dois aspiram a fundir-se. Assim é que Hallmann integra "motivos pastoris no drama sério, por exemplo o louvor estereotipado da vida de pastor, o motivo do sátiro de Tasso em *Sophia e Alexandre*; por outro lado transpõe para os autos pastoris cenas trágicas, como despedidas heroicas, suicídios, julgamentos divinos sobre o bem e o mal e aparições de espíritos"[94]. Mesmo fora das histórias dramáticas, na poesia lírica, encontramos uma projeção do decorrer temporal no espaço. Os livros de poesia dos poetas de Nuremberg introduzem, como por vezes também a poesia erudita alexandrina, "torres…, fontes, globos imperiais, órgãos, alaúdes, ampulhetas, balanças, grinaldas, corações"[95], como enquadramento gráfico dos seus poemas.

---

[93] Hallmann, *Trauer-Freuden-und Schäfer-Spiele: Mariamne*, p. 2 (I, 40 segs.).

[94] Kurt Kolitz, *Johann Christian Hallmanns Dramen. Ein Beitrag zur Geschichte des deutschen Dramas in der Barockzeit* [Os dramas de J. C. Hallmann. Um contributo para a história do drama alemão na época barroca]. Berlim, 1911, pp. 158-159.

[95] Tittmann, *op. cit.*, p. 212.

O predomínio destas tendências teve um papel determinante na dissolução do drama barroco. Pouco a pouco – e isto é particularmente visível na poética de Hunold[96] – o bailado ocupou o seu lugar. Na teoria estética da Escola de Nuremberg, a palavra "confusão" é já um termo técnico da dramaturgia. A peça de Lope de Vega *La corte confusa*, também representada na Alemanha, é disto sintomática, já no título. Em Birken lemos: "O encanto das peças heroicas vem de nelas tudo ser narrado em confusão, e não de maneira ordenada, como nas narrativas, de a inocência ser ofendida, a maldade recompensada, até que no fim tudo se recompõe e é conduzido para o caminho certo."[97] O termo "confusão" não deve ser entendido apenas em sentido moral, mas também pragmático. Em contraste com um desenvolvimento temporal e descontínuo próprio da tragédia, o drama trágico desenrola-se no contínuo do espaço – podíamos, por isso, chamar-lhe coreográfico. O organizador do seu enredo, o antecessor do coreógrafo, é o intriguista, um terceiro tipo, ao lado do déspota e do mártir[98] As suas infames maquinações despertavam o interesse do espectador dos dramas de assunto histórico e político, um interesse tanto maior quanto reconhecia nele, não apenas o domínio da atividade política, mas ainda um saber antropológico, e mesmo fisiológico, que apaixonava o público. O intriguista de nível é todo ele inteligência e vontade. Nisso corresponde a um ideal que Maquiavel tinha esboçado pela primeira vez e que foi desenvolvido em grande estilo pela literatura e pela teoria do século XVII, antes de degenerar no estereótipo do intriguista na comédia vienense ou no drama trágico burguês. "Maquiavel fundou o pensamento político nos seus princípios antropológicos. A uniformidade da natureza humana, a força da animalidade e dos afetos, sobretudo do amor e do medo, a sua ausência de limites – são estes os princípios sobre os quais tem de se fundar todo o pensamento e toda a ação políticos consequentes e a própria ciência política. A imaginação positiva do estadista, assente em fatos, tem o seu fundamento nestes conhecimentos, que entendem o homem como uma força da natureza e ensinam a dominar os afetos

---

[96] Cf. Hunold, *op. cit.*, *passim*.

[97] Birken, *Deutsche Redebind- und Dichtkunst,* pp. 329-330

[98] Cf. Erich Schmidt, *op. cit.*, p. 412

através da mobilização de outros afetos."[99] Os afetos humanos como motores que acionam de forma previsível a criatura – esta é a última peça no inventário de conhecimentos cuja função era a de transformar o dinamismo da história universal em ação política. E é ao mesmo tempo a origem de um metaforismo que se esforçou por manter vivo esse conhecimento no plano da linguagem literária, tal como Sarpi e Guicciardini o fizeram entre os historiadores. Esse metaforismo não se limitava à esfera política. Ao lado de uma expressão como "No relógio do poder os conselheiros são as engrenagens, mas o príncipe deve ser o seu ponteiro e o seu peso"[100] podemos colocar as palavras da "Vida" no segundo coro da *Mariamne*:

> *Mein güldnes Licht hat Gott selbst angezündet,*
> *Als Adams Leib ein gangbar Uhrwerk ward.*[101]

[A minha áurea luz o próprio Deus a acendeu
Quando o corpo de Adão começou a trabalhar como um relógio.]

E na mesma passagem:

> *Mein klopffend Hertz'entflammt, weil mir das treue Blut*
> *Ob angebohrner Brunst an alle Adern schläget,*
> *Und einem Uhrwerck gleich sich durch den Leib beweget.*[102]

[Meu coração bate e arde porque o meu sangue leal
Com ardor inato pulsa por todas as minhas veias,
E o corpo me atravessa, a um mecanismo igual.]

E de Agrippina diz-se ainda:

> *Nun liegt das stoltze Thier, das aufgeblasne Weib*
> *Die in Gedancken stand: Ihr Uhrwerck des Gehirnes*
> *Sey mächtig umbzudrehn den Umkreiß des Gestirnes.*[103]

---

[99] Dilthey, *op. cit.*, pp. 439-440.

[100] Johann Christoph Mennling [Männling], *Schaubühne des Todes / Oder Leich-Reden* [O palco da morte, ou discursos fúnebres]. Wittenberg, 1692, p. 367.

[101] Hallmann, *Trauer-Freuden-und Schäfer-Spiele: Mariamne*, p. 34 (II, 493-94).

[102] *Id., ibid.*, p. 44 (III, 194 segs.).

[103] Lohenstein, *Agrippina, op. cit.*, p. 79 (V, 160 segs.).

[Já dorme o altivo animal, a orgulhosa mulher
Que imaginou que o relógio do seu cérebro
Podia a trajetória dos astros inverter.]

Não é por acaso que o relógio domina com a sua imagem estas passagens. No célebre símile do relógio, de Geulincx, que esquematiza o paralelismo psicofísico na forma de dois relógios precisos e sincronizados, o ponteiro dos segundos impõe, por assim dizer, o seu ritmo aos acontecimentos dos dois mundos. Por muito tempo – como se pode ver ainda nos textos das cantatas de Bach –, a época pareceu fascinada por esta ideia. Como Bergson mostrou, a imagem do movimento dos ponteiros é indispensável para a representação do tempo repetível e não qualitativo da ciência matemática.[104] Nesse movimento reflete-se, não apenas a vida orgânica do homem, mas também as manobras do cortesão e as ações do soberano, que, seguindo o modelo do Deus que intervém em ocasiões específicas, interfere continua e diretamente nos mecanismos do Estado para ordenar os dados do processo histórico numa sequência por assim dizer espacialmente mensurável, regular e harmônica. "O príncipe desenvolve todas as virtualidades do Estado por meio de uma espécie de criação contínua. O príncipe é o Deus cartesiano transposto para o mundo político."[105] A intriga marca o ritmo dos segundos que capta e fixa o curso dos acontecimentos políticos. A lucidez sem ilusões do cortesão é para ele próprio uma fonte de profundo sofrimento, e ao mesmo tempo, devido ao uso que ele dela pode fazer em qualquer momento, perigosa para os outros. É a esta luz que a figura do cortesão assume os seus traços mais sombrios. Se penetrarmos na alma do cortesão entenderemos plenamente as razões pelas quais a corte é o cenário incomparável do drama trágico. No *Cortegiano* de Antonio de Guevara podemos ler a seguinte observação: "Caim foi o primeiro cortesão porque, devido à maldição divina, não tinha casa própria".[106] Do ponto de vista do autor espanhol não é certamente este o único traço que o cortesão partilha com

---

[104]Cf. Henri Bergson, *Zeit und Freiheit. Eine Abhandlung über die unmittelbaren Bewußtseinstatsachen* [Tempo e liberdade. Estudo sobre os dados imediatos da consciência]. Iena, 1911, pp. 84–85.

[105]Frédéric Atger, *Éssai sur l'histoire des doctrines du contrat social*. Thèse pour le doctorat. Nîmes, 1906, p. 136.

[106]Rochus Freiherr v[on] Liliencron (Ed.), Introdução a: Aegidius Albertinus, *Lucifers Königreich und Seelengejaidt* [O reino de Lúcifer e a sua caça às almas]. Berlim-Stuttgart, s.d. [1884], p. xi (= Deutsche National-Litteratur. 26).

Caim; a maldição com que Deus fulminou o assassino abate-se também muitas vezes sobre ele. Mas enquanto no drama espanhol o esplendor do poder era, apesar de tudo, a principal característica da corte, o drama trágico alemão está totalmente dominado pelo tom sombrio da intriga.

> *Was ist der hof nunmehr als eine mördergruben,*
> *Als ein verräther-platz, ein wohnhauß schlimmer buben?* [107]

> [Que é a corte senão um antro de assassinos,
> Um lugar de traição, morada de canalhas?]

Este é o lamento da personagem Michael Balbus no *Leo Armenius*. Lohenstein apresenta no *Ibrahim Bassa* o intriguista Rusthan de certo modo como figura dominante do palco, e chama-lhe "um cortesão hipócrita sem honra e urdidor de tramoias criminosas".[108] Com estas e outras descrições é apresentado o funcionário da corte, com um poder, um saber e uma vontade a roçar o demoníaco, o conselheiro privado que tem livre acesso ao gabinete do príncipe, onde se traçam os planos da alta política. É a isso que se alude quando Hallmann, numa elegante expressão dos *Discursos Fúnebres*, nota: "Mas não me compete, como político, entrar no gabinete secreto da celeste sabedoria."[109] O drama dos autores protestantes alemães acentua os traços infernais deste conselheiro; já na Espanha católica ele aparece vestido da dignidade do *sosiego*, "cruzando no ideal do cortesão eclesiástico e mundano o *éthos* católico com a ataraxia antiga".[110] E nesta incomparável ambiguidade da sua grandeza espiritual assenta a dialética, absolutamente barroca, da sua posição. O espírito – é esta a tese do século – mostra-se no poder; o espírito é a capacidade de exercer a ditadura. E esta capacidade exige ao mesmo tempo uma rigorosa disciplina interior e uma ação exterior sem escrúpulos. À sua prática corresponde um desencantamento com o curso do mundo, cuja frieza só é comparável em intensidade com a febre ardente da vontade de poder. Este ideal de conduta mundana, perfeito no

---

[107] Gryphius, *op. cit.*, p. 20 (*Leo Armenius* I, 23-24).

[108] Daniel Casper von Lohenstein, *Ibrahim Bassa*. Trauer-Spiel [Ibrahim Bassa. Drama trágico]. Breslau, 1709, pp. 3-4 [da dedicatória não paginada]. Cf. Johann Elias Schlegel, *Ästhetische und dramaturgische Schriften* [Escritos estéticos e dramatúrgicos]. Ed. por Johann von Antoniewicz, Heilbronn, 1887, p. 8 (= Deutsche Litteraturdenkmale des 18. und 19. Jahrhunderts. 26).

[109] Hallmann, *Leichreden, op. cit.*, p. 133.

seu calculismo, desperta na criatura despida de todas as emoções ingênuas o sentimento do luto (*Trauer*). E esta sua disposição de espírito permite colocar ao cortesão a exigência paradoxal – ou afirmá-la mesmo, como no caso de Gracián – de santidade[111]. A associação, de todo imprópria, entre a santidade e o sentimento de luto abre caminho para o grande compromisso com o mundo que caracteriza a imagem ideal do cortesão no autor espanhol. Os dramaturgos alemães não ousaram explorar as profundezas vertiginosas desta antítese numa única personagem. Do cortesão eles conhecem as suas duas faces: o intriguista como espírito maligno do déspota, e o fiel servidor como companheiro de sofrimento da inocência coroada.

Em qualquer caso, ao intriguista cabia um papel dominante na economia do drama. De fato, o verdadeiro objetivo do drama, segundo a teoria de Scaliger (nisto compatível com os interesses do Barroco) era a de transmitir o conhecimento da alma, em cuja observação o intriguista não ficava atrás de ninguém. À intenção moral do poeta renascentista vinha agora acrescentar-se a científica na consciência da nova geração. *Docet affectus poeta per actiones, vt bonus amplectamur, atque imitemur ad agendum: malos aspernemur ob abstinendum. Est igitur actio docendi modus: affectus, quem docemur ad agendum. Quare erit actio quasi exemplar, aut instrumentum in fabula, affectus vero finis. At in ciue actio erit finis, affectus erit eius forma.*[112] [O poeta ensina os afetos através das ações, para que abracemos os bons e os imitemos na nossa conduta, e desprezemos os maus e os evitemos. A ação é, portanto, um modo de ensinar, e o afeto aquilo que nos é ensinado tendo em vista a nossa conduta. Por isso, no enredo da peça a ação é como se fosse um exemplo, ou instrumento, e o afeto a sua finalidade. Mas na vida civil a ação é a finalidade e o afeto a sua forma.] Este esquema, no qual Scaliger pretende subordinar a representação da ação, vista como um meio, à representação dos afetos, considerados como finalidade do espetáculo dramático, pode até certo ponto servir de critério para a identificação de elementos barrocos, por contraste com os do estilo poético anterior. Com efeito, é característico

---

[111]Cf. Egon Cohn, *Gesellschaftsideale und Gesellschaftsroman des 17. Jahrhunderts. Studien zur deutschen Bildungsgechichte* [Ideais sociais e romance social no século XVII. Estudos para a história da cultura alemã]. Berlim, 1921, p. 11 (= Germanische Studien. 13).

[112]Scaliger, *op. cit.*, p. 832 (VII, 3).

da evolução do século XVII que a representação dos afetos se faça cada vez com maior ênfase, ao passo que o delineamento bem marcado da ação, que nunca faltava no drama renascentista, se torna cada vez mais vacilante. O ritmo da vida dos afetos acelera a um ponto tal que as ações serenas e as decisões amadurecidas se tornam cada vez mais raras. O conflito entre sensibilidade e vontade não se dá apenas na configuração plástica da norma barroca do humano – como Riegl tão bem mostrou na sua análise do contraste entre a postura da cabeça e do corpo nas obras de Giuliano da Sangallo e na *Noite* dos túmulos dos Medici[113] – , mas também na sua forma dramática. Isto torna-se particularmente evidente no caso do tirano. No decorrer da ação, a sua vontade vai sendo progressivamente enfraquecida pela sensibilidade, até que por fim se instala a loucura. Os dramas trágicos de Lohenstein, onde, num furor didático, as paixões se sucedem freneticamente, mostram como a representação dos afetos se sobrepõe à da ação, que deveria ser o seu fundamento. Isto esclarece a obstinação com que os dramas trágicos do século XVII se fecham num círculo limitado de assuntos. Nas condições da época, o importante era medir-se com os predecessores e os contemporâneos, pondo em cena os excessos passionais de forma cada vez mais imperativa e drástica. Precisamos de nos apoiar numa série de fatos dramatúrgicos que nos são fornecidos pela antropologia política e pela tipologia do drama trágico, para nos libertarmos dos entraves de um historicismo que liquida o seu objeto como manifestação transitória, necessária mas não essencial. Entre esses fatos destaca-se o aristotelismo do Barroco, cuja importância particular só pode ser mal entendida por uma observação superficial. O modelo antigo impregnou, sob a forma dessa "teoria estranha à essência do seu objeto",[114] as interpretações que permitiram que o novo, através do gesto de uma submissão ao modelo, encontrasse a garantia de uma autoridade incontestada. Ao Barroco foi concedida a possibilidade de compreender a força do presente através da referência a esse modelo antigo. Por isso ele entendia as suas próprias formas como "naturais", não tanto em contraste com as formas concorrentes, mas como superação delas para alcançar um nível superior. A tragédia antiga é a escrava acorrentada ao carro triunfal do drama trágico barroco.

---

[113] Cf. Riegl, *op. cit.*, p. 33.

[114] Hübscher, *op. cit.*, p. 546.

< 2 >

Aqui, no tempo do mundo,
Minha coroa está tapada
Com o véu triste do luto;
No outro, onde me foi dada
Pela Graça generosa,
Ela é livre e radiosa.

(Johann Georg Schiebel, *Neuerbauter*
Schausal [Sala de teatro reconstruída])*

Sempre se quis encontrar no drama trágico, como seus traços essenciais, os elementos da tragédia grega – a fábula trágica, o herói trágico e a morte trágica –, ainda que com as deformações que eles têm sofrido nas mãos de imitadores incompetentes. Por outro lado – e isto já teria muito mais peso numa história crítica da filosofia da arte –, quis-se ver na tragédia, e concretamente na grega, uma forma primitiva do drama trágico, na sua essência aparentada à deste último. A filosofia da tragédia foi, assim, e sem qualquer consideração pelos fatos históricos, construída como uma teoria da ordem ética do mundo, adentro de um sistema de sentimentos gerais que se julgava logicamente fundado nos conceitos

---

* Johann Georg Schiebel, *Neu-erbauter Schausal*. Nuremberg, 1684, p. 127 (N.T.).

de "culpa" e "expiação". Na dependência da dramaturgia naturalista, a teoria poética e filosófica epigonal da segunda metade do século XIX assimilou, com surpreendente ingenuidade, essa ordem ética do mundo a uma ordem causal da natureza, transformando assim o destino trágico numa condição "que se manifesta na interação do indivíduo com um universo regido por leis"[1]. É isto que se lê na *Ästhetik des Tragischen*, verdadeira codificação dos referidos preconceitos, fundada no pressuposto de que o trágico é atualizável, sem mais, em determinadas constelações factuais da vida quotidiana. É precisamente o que se quer dizer quando se define "a moderna visão do mundo" como o único elemento "em que o trágico se pode desenvolver livremente em toda a sua força e consequências"[2]. "Assim, a moderna visão do mundo tem de ver o herói trágico, cujo destino depende das intervenções extraordinárias de um poder transcendente, como alguém inscrito numa ordem insustentável, incapaz de resistir a uma visão mais despojada, e reconhecer que a humanidade que ele representa traz em si a marca da estreiteza, da opressão e da não liberdade."[3] Estes esforços vãos de atualização do trágico como conteúdo universalmente humano poderá eventualmente explicar que se fundamente, com reservas, a sua análise na impressão "que nós, homens modernos, experimentamos quando nos submetemos aos efeitos estéticos das formas que os povos antigos e os tempos passados deram ao destino trágico nas suas obras"[4]. Na verdade, nada é mais problemático do que a competência dos sentimentos não orientados do "homem moderno", e mais ainda quando se trata de formar juízos sobre a tragédia. Este ponto de vista foi cabalmente demonstrado, quarenta anos antes da *Estética do Trágico*, em *Die Geburt der Tragödie* [*O nascimento da tragédia*], e torna-se ainda mais plausível pelo simples fato de o teatro moderno não conhecer nenhuma forma de tragédia comparável à dos Gregos. Ao negarem este fato, tais teorias do trágico pretendem, descabidamente, que ainda hoje é possível escrever tragédias. Essa pretensão é o seu motivo essencial e oculto, e uma teoria do trágico capaz de

---

[1] Johannes Volkelt, *Ästhetik des Tragischen* [Estética do trágico]. 3ª ed. revista. Munique, 1917, pp. 469-470.

[2] Volkelt, *op. cit.*, p. 469.

[3] Volkelt, *op. cit.*, p. 450.

[4] Volkelt, *op. cit.*, p. 447.

abalar esse axioma cultural arrogante foi, por isso, vista como suspeita. A filosofia da história foi excluída. Se, no entanto, se reconhecer que as suas perspectivas são uma peça indispensável de uma teoria da tragédia, então resulta claro que esta só poderá concretizar-se por meio de uma investigação capaz de compreender a situação da sua própria época. É este o ponto de Arquimedes que pensadores recentes, em particular Franz Rosenzweig e Georg Lukács, descobriram na obra de juventude de Nietzsche. "Foi em vão que a nossa era democrática quis impor uma igualdade de direitos em relação ao trágico, vãs todas as tentativas de abrir aos pobres de espírito as portas deste reino dos céus."[5]

Com as suas intuições sobre a ligação da tragédia com a lenda e sobre a independência do trágico em relação ao ético, Nietzsche ergueu os fundamentos de tais teses. Não precisamos de referir os preconceitos da geração de investigadores seguinte para explicar a recepção hesitante, para não dizer penosa, dessas ideias. Era antes a própria obra de Nietzsche que trazia em si, com a sua metafísica schopenhaueriana e wagneriana, os ingredientes que haveriam de minar o que de melhor havia nela. Esses ingredientes são já evidentes na sua concepção do mito. "[O mito] leva o mundo fenomênico até ao limite em que ele se nega e procura de novo refúgio no seio da realidade verdadeira e única… Assim imaginamos, de acordo com as experiências do ouvinte verdadeiramente estético, o próprio artista trágico e o modo como ele cria as suas figuras como uma exuberante divindade da *individuatio* (e neste sentido a sua obra dificilmente poderia ser entendida como 'imitação da natureza'), para depois o seu fortíssimo ímpeto dionisíaco engolir todo o mundo dos fenômenos, para dar a ver, por detrás dele e pela sua destruição, a suprema alegria estética original no seio do Uno primordial."[6] O mito trágico é para Nietzsche, como esta passagem deixa entender suficientemente, uma construção puramente estética, e o jogo das forças apolíneas e dionisíacas, enquanto aparência e dissolução dessa aparência,

---

[5] Georg von Lukács, *Die Seele und die Formen. Essays* [A alma e as formas. Ensaios]. Berlim, 1911, pp. 370-371.

[6] Friedrich Nietzsche, *Werke* [Obras. 2ª ed. completa]. 1ª seção, vol. I, *Die Geburt der Tragödie* usw. [*O nascimento da tragédia* etc.]. Ed. por Fritz Kögel. Leipzig, 1895, p. 155.

é igualmente remetido para a esfera estética. Renunciando a um conhecimento histórico-filosófico do mito trágico, Nietzsche pagou um alto preço pela emancipação da tragédia em relação ao lugar-comum de uma moralidade geralmente aplicada aos eventos trágicos. Eis a formulação clássica desta renúncia: "Porque acima de tudo uma coisa tem de ficar clara para nós, para nossa humilhação e elevação: toda a comédia da arte não é de modo algum representada para nós, para nosso aperfeiçoamento e nossa ilustração, e nós tampouco somos os verdadeiros criadores desse mundo de arte; podemos, isso sim, admitir que somos, para o verdadeiro criador desse mundo, imagens e projeções artísticas, e que alcançamos a nossa mais alta dignidade na significação das obras de arte — porque só como fenômeno estético a existência e o mundo encontram uma legitimação eterna —, enquanto, é certo, a nossa consciência dessa nossa significação dificilmente será diferente daquela que os guerreiros pintados na tela têm da batalha nela representada."[7] Abre-se aqui o abismo do esteticismo, no qual esta genial intuição perdeu todos os conceitos, e em que deuses e heróis, pertinácia e sofrimento, os pilares da construção trágica, se dissolvem em nada. Quando a arte ocupa desta maneira o centro da existência, fazendo do homem uma manifestação sua, em vez de o reconhecer como seu fundamento — não seu criador, mas eterno pretexto das suas criações —, toda a reflexão sóbria cai pela base. O pragmatismo é o mesmo: uma vez removido o homem do centro da arte, é indiferente que seja o nirvana, a letárgica vontade de vida, a ocupar o seu lugar (como acontece em Schopenhauer), ou que seja "o devir humano da dissonância"[8], como em Nietzsche, a produzir as manifestações do mundo humano e o próprio homem. Pois que importa se toda a obra de arte é inspirada pela vontade de vida ou da sua destruição, se ela, sendo o produto monstruoso de uma vontade absoluta, se desvaloriza a si mesma ao desvalorizar o mundo? O niilismo alojado nas profundezas da filosofia da arte de Bayreuth deitou a perder — e não podia ser de outro modo — a sólida factualidade histórica da tragédia grega. "Centelhas de imagens…, poemas líricos que, nas suas formas mais perfeitas, se chamam tragédias e ditirambos"[9]: a tragédia

---

[7] Nietzsche, *op. cit.*, pp. 44–45.

[8] Nietzsche, *op. cit.*, p. 171.

[9] Nietzsche, *op. cit.*, pp. 41.

dissolve-se em visões do coro e dos espectadores. Neste sentido, Nietzsche desenvolve a ideia de que é preciso "ter sempre presente que o público da tragédia ática se reencontrava no coro da orquestra, que no fundo não havia oposição entre público e coro: pois tudo é apenas um grande e sublime coro de sátiros que dançam e cantam ou daqueles que são representados por eles... O coro dos sátiros é antes de mais uma visão da massa dionisíaca" – ou seja, dos espectadores –, "do mesmo modo que o mundo do palco é uma visão do coro dos sátiros."[10] Uma ênfase tão extrema na ilusão apolínea – pressuposto da dissolução estética da tragédia – é insustentável. Do ponto de vista filológico, "falta ao coro trágico a relação com o culto"[11]. Além disso: o extático, seja ele a massa ou um indivíduo, se não estiver hirto, só é imaginável em estado de ação e totalmente dominado pelas paixões; é impossível ver no coro, com as suas intervenções ponderadas e comedidas, ao mesmo tempo o sujeito das visões – para não falar já de um coro que, ele mesmo manifestação de uma massa, se tornaria suporte de novas visões. Acima de tudo, os coros e o público não constituem uma unidade. É preciso que isto fique dito, se não bastar a prova dada pela existência do fosso da orquestra como separação física entre os dois.

A teorização de Nietzsche afastou-se da interpretação epigonal da tragédia sem a refutar. De fato, não dedicou atenção crítica à sua noção central, a doutrina da culpa e da expiação trágicas, porque deixou deliberadamente a essa teoria o campo dos debates morais. Tendo negligenciado essa crítica, ficou-lhe vedado o acesso aos conceitos da filosofia da história e da religião decisivos para clarificar a essência da tragédia. Qualquer que seja o ponto de partida da discussão, será difícil iludir um preconceito que, ao que parece, continua inquestionado. Trata-se da suposição de que as ações e os comportamentos de personagens do drama podem ser utilizados para a análise de problemas morais do mesmo modo que se usa um manequim para o ensino da anatomia. À obra de arte, que ninguém se atreve a considerar levianamente como uma reprodução fiel da natureza, atribui-se sem reservas o estatuto de

---

[10] Nietzsche, *op. cit.*, pp. 58-59.

[11] Wilamowitz-Moellendorff, *op. cit.*, p. 59.

cópia exemplar de fenômenos morais, sem sequer se colocar a questão da sua possibilidade de reprodução. O que nisso está em jogo não é o significado dos fatos morais para a crítica de uma obra de arte, mas um outro problema, talvez melhor, um duplo problema. Têm as ações e os comportamentos, tal como uma obra de arte os apresenta, um significado moral enquanto reproduções da realidade? E ainda: poderá o conteúdo de uma obra ser adequadamente apreendido por meio de noções de ordem moral? A resposta afirmativa a estas duas questões – e, melhor ainda, a atitude que as ignora – confere às interpretações e teorias correntes do trágico, melhor que qualquer outra coisa, os seus traços inconfundíveis. E no entanto só a resposta negativa a estas perguntas pode abrir caminho à necessidade de entender o conteúdo moral da poesia trágica, não como a sua última palavra, mas como momento do seu conteúdo de verdade integral, ou seja em termos de uma filosofia da história. É certo que a resposta negativa à primeira pergunta terá de ser fundamentada com recurso a outros contextos que não os da filosofia da arte, que serve sobretudo a segunda. Mas também para a primeira vale o postulado de que as personagens de ficção só existem na ficção. São como as cenas de uma tapeçaria: estão tão intimamente integradas na tessitura global da composição que de modo nenhum podem ser destacadas dela como motivos particulares. A figura humana, na literatura e na arte em geral, tem um estatuto diferente da real, na qual o isolamento do corpo, em tantos aspectos apenas aparente, se apresenta, do ponto de vista da percepção, precisamente como a expressão menos ilusória da solidão moral do homem face a Deus. O "Não farás nenhuma imagem" não serve apenas para evitar a idolatria. Com incomparável evidência, a proibição de representar o corpo afasta também a ilusão de que a esfera a reproduzir seria aquela em que a essência moral do homem se torna perceptível. Toda a esfera moral está ligada à vida no seu sentido extremo, nomeadamente naquele ponto em que, na morte, a vida se realiza como o lugar do perigo por excelência. E esta vida, que nos afeta moralmente, isto é, na nossa singularidade, apresenta-se, do ponto de vista da criação artística, como algo de negativo – ou pelo menos assim deveria ser. A arte não pode, de fato, permitir de forma alguma que alguém a promova, nas suas obras, a tribunal da consciência, dando mais atenção ao assunto representado do que à representação. O conteúdo de verdade dessa totalidade, que não se encontra nunca na doutrina abstrata, e muito menos na moral, mas apenas no desdobramento crítico e comentado da própria obra[12], só de uma forma altamente mediatizada pode incluir prescrições de ordem moral[13]. Nos casos em que estas últimas se impõem como núcleo fundamental da investigação, como acontece com a crítica da tragédia do idealismo alemão – o ensaio de Solger sobre Sófocles poderia ser visto como um dos exemplos mais típicos[14] –, o pensamento abdicou do esforço muito mais nobre que é o de investigar o lugar histórico-filosófico de uma obra ou de uma forma, para se vender a uma reflexão inautêntica, e por isso ainda mais destituída de sentido do que qualquer doutrina moral, por mais filistina que seja. No que à tragédia diz respeito, aquele esforço é um guia seguro para o estudo das suas relações com a lenda.

Segundo a definição de Wilamowitz, "a tragédia ática é uma peça autônoma da lenda (*Sage*) heroica, poeticamente elaborada num estilo sublime para ser representada por um coro de cidadãos da Ática e dois a três atores, e destinada a ser exibida, como parte do culto público, no santuário de Dioniso".[15] E noutro lugar acrescenta: "Deste modo, toda a reflexão nos reconduz à relação entre a tragédia e a lenda. É esta a raiz da sua essência, é daqui que vem a sua força e a sua fraqueza, é nisto que reside a diferença entre a tragédia ática e todas as outras formas da poesia dramática".[16] A caracterização filosófica da tragédia tem de partir daqui, fazendo-o em plena consciência de que ela não se deixa reduzir a mera forma teatral da lenda. De fato, a lenda é, por natureza, desprovida de tendência. As correntes da tradição, que muitas vezes se precipitam com violência impetuosa, vindas de direções opostas, acabaram por se pacificar na superfície especular da poesia épica, como num leito dividido e com vários braços. A poesia trágica opõe-se

---

[12] Cf. Walter Benjamin, "Goethes Wahlverwandtschaften" [As afinidades eletivas, de Goethe], *in: Neue Deutsche Beiträge*. 2ª série, n° 1 (Abril de 1924), pp. 83 segs.

[13] Cf. Croce, *op. cit.*, p. 1.

[14] Cf. [Carl Wilhelm Ferdinand] Solger, *Nachgelassene Schriften und Briefwechsel* [Escritos póstumos e correspondência], ed. Ludwig Tieck e Friedrich von Raumer. Vol. 2, Leipzig, 1826, pp. 445 segs.

[15] Wilamowitz-Moellendorff, *op. cit.*, p. 107.

[16] Wilamowitz-Moellendorff, *op. cit.*, p. 119.

à épica por ser uma reelaboração tendenciosa da tradição. O motivo de Édipo mostra bem como ela foi capaz de proceder a uma tal reelaboração de forma intensa e significativa[17]. Apesar disso, alguns estudiosos mais antigos, como Wackernagel, têm razão quando declaram incompatíveis a invenção e o trágico[18]. A reelaboração da lenda não busca, de fato, constelações trágicas, mas tende a marcar uma tendência que perderia todo o seu significado se deixasse de ser lenda, manifestação da história primitiva de um povo. A marca identificativa da tragédia não está, pois, num "conflito de níveis"[19] entre o herói e o mundo circundante, como pretende o estudo de Scheler *Zum Phänomen des Tragischen* [Sobre o fenômeno do trágico], mas sim a forma única, grega, de tais conflitos. E onde deve ser procurada essa forma? Que tendência se esconde no fenômeno trágico? Por que causa morre o herói? A poesia trágica assenta na ideia do sacrifício. Mas o sacrifício trágico difere, no seu objeto – o herói –, de todos os outros, e é ao mesmo tempo inaugural e terminal. Terminal no sentido do sacrifício expiatório devido aos deuses, guardiães de um antigo direito; e inaugural no sentido de uma ação que, em lugar desse direito, anuncia novos conteúdos da vida do povo. Estes conteúdos, que, diferentemente da antiga jurisdição sacrificial, não emanam de um decreto superior, mas da vida do próprio herói, acabam por destruí-lo, porque, sendo desproporcionais à vontade individual, só podem beneficiar a vida da comunidade popular ainda não nascida. A morte trágica tem um duplo significado: anular o velho direito dos deuses olímpicos e sacrificar o herói, fundador de uma nova geração humana, ao deus desconhecido. Mas este duplo caráter pode também estar presente no sofrimento trágico, como na *Oresteia* de Ésquilo e no *Édipo* de Sófocles. Se é verdade que nesta nova forma o caráter de expiação do sacrifício é menos evidente, já a sua metamorfose é bem mais clara: ela é expressão da substituição do ato de entrega inexorável à morte por um acontecimento que satisfaz a velha consciência dos deuses e do sacrifício e ao mesmo tempo se reveste da nova

---

[17] Cf. Max Wund, *Geschichte der griechischen Ethik* [História da ética grega]. Vol. I: *Die Entstehung der griechischen Ethik* [O nascimento da ética grega]. Leipzig, 1908, pp. 178-179.

[18] Cf. Wackernagel, *op. cit.*, p. 39.

[19] Cf. Scheler, *op. cit.*, pp. 266 segs.

forma. Agora, a morte converte-se em salvação: é a morte como crise. Um dos primeiros exemplos é o da passagem do sacrifício humano no altar para a fuga da vítima diante da faca ritual, com a corrida em volta desse altar para depois lhe tocar, e a transformação do altar em refúgio, do deus irado em misericordioso e da vítima condenada em prisioneiro e servo do deus. É exatamente este o esquema da *Oresteia*. Esta profecia agônica distingue-se de todas as formas épico-didáticas por se limitar à esfera da morte, pela sua vinculação absoluta à comunidade, e sobretudo pelo caráter nada menos que definitivo da solução e da redenção que oferece. Mas, afinal, com que direito falamos de uma representação "agônica"? A hipotética derivação da ação trágica da corrida ritual à volta do tímele não nos confere ainda tal direito. Esse direito vem, em primeiro lugar, do fato de os espetáculos áticos decorrerem em forma de competição. Não eram só os poetas que entravam em concorrência, mas também os protagonistas e os coregos. Mas a razão profunda desse direito encontra-se na angústia muda de toda a ação trágica, não tanto ao comunicá-la aos espectadores, mas ao expô-la já nas próprias personagens. Entre estas, a ação trágica consuma-se na concorrência muda do *ágon*. A não responsabilidade do herói trágico, que distingue o protagonista da tragédia grega de todos os tipos posteriores, fez da análise do "homem metaético" por Franz Rosenzweig uma pedra-chave da teoria da tragédia. "Pois esta é a marca própria do si-mesmo (*Selbst*), o selo da sua grandeza e também o sinal da sua fraqueza: ele cala-se. O herói trágico tem apenas uma linguagem que plenamente lhe corresponde: precisamente a do silêncio. Assim é desde o início. Por isso o trágico escolheu a forma artística do drama, para poder representar o silêncio... Ao ficar em silêncio, o herói quebra as pontes que o ligam ao deus e ao mundo, ergue-se e sai do domínio da personalidade que se define e se individualiza no discurso intersubjetivo, para entrar na gélida solidão do si-mesmo. Este nada conhece fora de si, é a pura solidão. Como há-de ele dar expressão a esta solidão, a esta intransigente obstinação consigo próprio, a não ser calando-se? É o que acontece nas tragédias de Ésquilo, como já os próprios contemporâneos notaram."[20] O silêncio trágico, significativamente ilustrado nestas palavras, não pode, porém, ser pensado apenas nesta dependência de uma

---

[20] Franz Rosenzweig, *Der Stern der Erlösung* [A estrela da redenção]. Frankfurt / Main, 1921, pp. 98-99. Cf. Walter Benjamin, "Schicksal und Charakter" [Destino e

obstinação. Esta vai-se formando antes na experiência do silêncio, do mesmo modo que este último se reforça nela. A substância da ação heroica pertence, tal como a língua, à comunidade. Uma vez renegada pela comunidade, ela permanece muda no herói. E este tem de circunscrever toda a sua ação e todo o seu saber, quanto maior for o seu peso e o seu alcance, tanto mais violentamente adentro dos limites do si-mesmo físico. Só à sua *phýsis*, e não à língua, ele deve a capacidade de permanecer fiel à sua causa, e por isso tem de fazê-lo na morte. Lukács tem em vista esta mesma problemática quando nota, ao referir-se à decisão trágica: "A essência destes grandes momentos da vida é a pura vivência da essência de si (*Selbstheit*).".[21] Há também uma passagem em Nietzsche que mostra claramente que não lhe escapou esta questão do silêncio trágico. Sem suspeitar da sua importância enquanto fenômeno agônico no domínio do trágico, a oposição que traça entre imagem e discurso toca exatamente neste ponto: "Os heróis [trágicos] falam, de certo modo, mais superficialmente do que agem; o mito de modo nenhum encontra na palavra falada a sua objetivação adequada. A articulação entre as cenas e a plasticidade das imagens revela uma sabedoria mais profunda do que aquela que o próprio poeta consegue dar através de palavras e conceitos."[22] Mas dificilmente se pode interpretar este fato, e Nietzsche deixa ainda entender isso, como um fracasso artístico. Quanto mais a palavra trágica ficar atrás da situação – que não poderá já ser dita trágica quando aquela a alcança –, mais o herói escapa às antigas normas; quando estas por fim o alcançam, ele só tem para lhes oferecer a sombra muda do seu ser, aquele si-mesmo como sacrifício, enquanto a alma se salva refugiando-se na palavra de uma comunidade distante. A representação trágica da lenda ganhou com isso uma inesgotável atualidade. Face ao sofrimento do herói, a comunidade aprende uma grata veneração pela palavra de que a sua morte a dotou – uma palavra que resplandecia como um novo dom a cada nova expressão que o poeta ia buscar à lenda. O silêncio trágico, mais ainda que o *páthos* trágico, tornou-se o lugar de uma experiência do sublime na expressão

---

caráter], *in: Die Argonauten*, 1ª série (1914 segs.), 2º vol. (1915 segs.), nos 10-12 (1921), pp. 187-196.

[21] Lukács, *op. cit.*, p. 336.

[22] Nietzsche, *op. cit.*, p. 118.

linguística, uma experiência que vive geralmente de forma mais intensa na escrita dos Antigos do que na que veio depois. O confronto decisivo dos Gregos com a ordem demoníaca do mundo apõe também à poesia trágica a sua assinatura histórico-filosófica. O trágico relaciona-se com o demoníaco como o paradoxo com a ambiguidade. Em todos os paradoxos da tragédia – no sacrifício que, obedecendo às normas antigas, cria novas normas; na morte, que é expiação mas se limita a arrebatar o si-mesmo; no desfecho que decreta a vitória do homem, mas também do deus – a ambiguidade, estigma do demoníaco, está em extinção. Por toda a parte se descobrem sinais disso, ainda que fracos. Também no silêncio do herói, que não encontra nem procura responsabilidade, e assim remete a suspeita para a instância perseguidora. O seu significado, de fato, inverte-se: o que aparece em cena não é a consternação de um acusado, mas o testemunho de um sofrimento mudo, e a tragédia, que parecia ser um julgamento do herói, transforma-se num tribunal dos olímpicos em que aquele é citado como testemunha e anuncia, contra a vontade dos deuses, "a glória do semideus".[23] O profundo impulso para a justiça no teatro de Ésquilo[24] animiza a profecia antiolímpica de toda a poesia trágica. "Não foi no direito, mas na tragédia, que a cabeça do gênio de elevou pela primeira vez das névoas da culpa, pois foi a tragédia que rompeu com o destino demoníaco. Mas isso não aconteceu por substituição do encadeamento, sem fim à vista da perspectiva pagã, de culpa e expiação pela pureza do homem redimido e reconciliado com o deus puro, mas porque na tragédia o homem pagão se dá conta de que é melhor do que os seus deuses, ainda que este reconhecimento lhe tolha a língua e o deixe ficar mudo. Sem o fazer abertamente, ele procura em segredo reunir as suas forças… Não se trata de restaurar a 'ordem moral do mundo', mas da vontade do homem moral, ainda mudo, ainda não responsável – e é nessa qualidade que ele se chama herói –, para se erguer no meio das convulsões daquele mun-

---

[23] [Friedrich] Hölderlin, *Sämtliche Werke. Historisch-kritische Ausgabe* [Obras completas. Edição histórico-crítica]. Ed. por Norbert v[on] Hellingrath, com a colaboração de Friedrich Seebaß. Vol. 4: *Gedichte 1800-1806* [Poemas 1800-1806]. Munique-Leipzig, 1916, p. 195 ("Patmos", 1ª versão, 144–145).

[24] [Friedrich] Hölderlin, *Sämtliche Werke. Historisch-kritische Ausgabe* [Obras completas. Edição histórico-crítica]. Ed. por Norbert v[on] Hellingrath, com a colaboração de Friedrich Seebaß. Vol. 4: Gedichte.

do atormentado. O sublime da tragédia está no paradoxo do nascimento do gênio em plena mudez e infantilidade moral."[25]

Seria desnecessário observar que a sublimidade do conteúdo não resulta do estrato social nem da linhagem das personagens, se não se tivessem associado à condição régia as mais estranhas especulações e os mais óbvios equívocos. Em ambos os casos essa condição de realeza é entendida em si mesma e em sentido moderno. Mas é mais do que óbvio que ela é um momento acidental, proveniente da tradição que constitui o fundo da poesia trágica. Nas épocas arcaicas essa tradição centra-se na figura do rei, e por isso a origem régia da personagem trágica a situa desde logo na idade heroica. Só por esta razão a ascendência é importante. E essa importância é decisiva, porque a rudeza do eu heroico – que não é um traço de caráter, mas a assinatura histórico-filosófica do herói – corresponde à do seu estatuto dominante. Perante este simples fato, a interpretação da realeza trágica por Schopenhauer constitui um daqueles nivelamentos à luz de uma universalidade do humano que tornam irreconhecível a diferença entre a dramaturgia antiga e a moderna. "Os Gregos tomavam como heróis da tragédia apenas personagens régias, e o mesmo acontece em geral nos tempos modernos. Isto não se deve certamente ao fato de a posição conferir mais dignidade àquele que age e sofre. E como o importante é apenas o jogo das paixões humanas, o valor relativo dos objetos que o proporcionam é indiferente, e um camponês serve tanto como um rei... Mas as personagens de grande poder e dignidade são mais adequadas à tragédia porque a desgraça que se nos oferece como destino de uma vida humana exige uma grandeza que possa suscitar terror no espectador, qualquer que ele seja... Ora, as circunstâncias que levam uma família burguesa à desgraça e ao desespero são, aos olhos dos poderosos e ricos, insignificantes, e podem resolver-se com ajuda humana, por vezes apenas com um pequeno esforço: por isso, tais espectadores não podem verdadeiramente sentir a emoção trágica. A desgraça dos grandes e poderosos, pelo contrário, é terrível em sentido absoluto, e não há ajuda exterior que a possa aliviar, uma vez que os reis, ou encontram ajuda em si próprios, ou soçobram. Para

---

[25] Benjamin, "*Schicksal und Charakter*", *loc. cit.*, p. 191.

além disso, a queda é maior quando se cai de mais alto. Às personagens burguesas falta, assim, a altura da queda."[26] O que aqui se fundamenta como dignidade hierárquica da personagem trágica – e fundamenta-se de um modo absolutamente barroco, a partir dos acontecimentos funestos da "tragédia" – não tem nada a ver com o estatuto das figuras heroicas subtraídas ao tempo; mas a condição régia tem, isso sim, para o drama trágico moderno, o significado exemplar e muito mais preciso que no lugar próprio lhe atribuímos. A investigação mais recente ainda não se deu conta daquilo que separa o drama trágico e a tragédia grega, para lá dessa ilusória afinidade. Há uma suprema ironia, involuntária embora, no comentário de Borinski às experiências trágicas de Schiller em *Die Braut von Messina* [A noiva de Messina], que, devido à atitude romântica que as informa, resvalaram decisivamente para o âmbito do drama trágico. A posição de Borinski explica-se pela sua dependência de Schopenhauer, no que se refere ao estatuto elevado das personagens, repetidamente acentuado pelo coro: "A poética renascentista estava absolutamente certa – não por 'pedantismo', mas adentro de um espírito vivo e humano – ao reclamar-se escrupulosamente dos 'reis e heróis' da tragédia antiga".[27]

Schopenhauer entendeu a tragédia como drama trágico. Entre os grandes metafísicos alemães depois de Fichte ele terá provavelmente sido aquele que menos se aproximou da compreensão do drama grego. Por isso viu no drama moderno um estágio superior de desenvolvimento e este confronto, por mais inadequado que seja, permitiu-lhe pelo menos situar o problema. "Aquilo que confere ao trágico, qualquer que seja a forma em que se manifeste, o seu impulso característico para a elevação, é a percepção de que o mundo, a vida, não podem garantir uma satisfação autêntica, nem são dignos da nossa dependência deles.

---

[26] Schopenhauer, *Sämtliche Werke*, vol. 2, *op. cit.*, pp. 513-514.

[27] Karl Borinski, *Die Antike in Poetik und Kunsttheorie vom Ausgang des klassischen Altertums bis auf Goethe und Wilhelm von Humboldt* [A antiguidade na poética e na teoria da arte, do fim da Antiguidade clássica a Goethe e Wilhelm von Humboldt]. *II: Aus dem Nachlass* [II: do espólio], ed. por Richard Newald. Leipzig, 1924, p. 315 (= Das Erbe der Alten. Schriften über Wesen und Wirkung der Antike. 10).

É nisso que consiste o espírito trágico: por isso ele leva à resignação. Reconheço que na tragédia antiga este espírito de resignação raramente surge de forma explícita e verbalizada... Do mesmo modo que a indiferença estoica se distingue radicalmente da resignação cristã pelo fato de apenas ensinar uma paciência tranquila e uma espera serena do mal necessário e inevitável, enquanto que o Cristianismo prega a renúncia e a abdicação da vontade, assim também os heróis trágicos da Antiguidade mostram uma sujeição constante aos golpes inexoráveis do destino, por contraste também com o drama trágico cristão, que propõe a renúncia a toda a vontade de viver, o alegre abandono do mundo, em plena consciência de que ele nada vale e nada é. Mas penso também que o drama trágico dos modernos está acima da tragédia dos Antigos."[28] Contra esta metafísica depreciativa, imprecisa e desprovida de sentido histórico, será bom lembrar algumas frases de Rosenzweig, para nos apercebermos dos progressos feitos pela história filosófica do drama com as descobertas deste pensador. "A mais profunda diferença da nova tragédia, por confronto com a antiga..., é a de que os seus conteúdos são todos diferentes uns dos outros, como é diferente cada personalidade em relação a outras... As coisas passavam-se de maneira diferente na tragédia antiga: aí, apenas as ações eram diferentes, mas o herói, enquanto herói trágico, era sempre igual, sempre o mesmo eu obstinadamente fechado sobre si próprio. A exigência de que o herói seja essencial e absolutamente consciente de si, nomeadamente quando está só, contraria a consciência necessariamente limitada do herói moderno. A consciência aspira sempre à clareza; a consciência limitada é uma consciência imperfeita... Por isso, a nova tragédia visa um objetivo completamente estranho à antiga, o da tragédia do homem absoluto na sua relação com um objeto absoluto... Esse objetivo, precariamente consciente, é o seguinte: colocar no lugar da infinita multiplicidade de personagens a personagem absoluta, um herói moderno que seja uno e sempre igual, como o antigo. Este ponto de convergência, no qual se cruzariam as linhas de todas as personagens trágicas, este homem absoluto... é um só, o santo. A tragédia da santidade é a mais secreta nostalgia do autor trágico... Não importa agora saber se este objetivo é ainda atingível pelo autor trágico; em qualquer caso, ainda que seja

---

[28] Schopenhauer, *Sämtliche Werke*, vol. 2, *op. cit.*, pp. 509-510.

inatingível na tragédia como obra de arte, ele constitui, para a consciência moderna, o contraponto exato do herói da tragédia antiga."[29] A "tragédia moderna", que esta passagem procura deduzir da antiga, tem – e é quase desnecessário lembrá-lo – um nome significativo, o de "drama trágico" (*Trauerspiel*). Colocadas sob esta designação, as ideias que fecham a passagem citada deixam de ser uma questão hipotética. O drama trágico é uma forma da tragédia de santos, como demonstra o drama de mártires. E se o nosso olhar aprender a descobrir os seus traços em diversas formas de drama, de Calderón a Strindberg, o futuro ainda em aberto desta forma, uma forma do "mistério", revelar-se-á de forma evidente.

Trata-se aqui do passado dessa forma. Esta remonta a uma época muito distante, a um ponto de viragem na história do espírito grego: a morte de Sócrates. O drama de mártires tem a sua origem na figura de Sócrates agonizante como paródia da tragédia. E neste caso, como em tantos outros, a paródia de uma forma é o sinal do seu fim. Wilamowitz mostra como esse episódio significa, para Platão, o fim da tragédia: "Platão queimou a sua tetralogia; não porque desistisse de ser um poeta na linha de Ésquilo, mas porque reconheceu que o tragediógrafo não podia já ser o guia e mestre do povo. É certo que tentou – tal era a força da tragédia – criar uma nova forma artística de caráter dramático, e criou, em vez da lenda heroica já ultrapassada, uma nova matéria lendária, a de Sócrates."[30] Este novo ciclo lendário centrado em Sócrates é uma exaustiva secularização da lenda heroica pela renúncia aos seus paradoxos demoníacos em favor da razão. Exteriormente, a morte do filósofo ainda tem semelhanças com a morte trágica. Ela é um sacrifício expiatório que segue a letra de um antigo direito, morte sacrificial que inaugura uma nova comunidade, no espírito de uma justiça vindoura. Mas é precisamente esta coincidência que evidencia a natureza do caráter agônico da verdadeira tragédia, que está naquela luta sem palavras, na fuga muda do herói, que deu lugar, nos diálogos, a um brilhante desenvolvimento do discurso e da consciência. O elemento agônico

---

[29] Rosenzweig, *op. cit.*, pp. 268-269.

[30] Wilamowitz-Moellendorff, *op. cit.*, p. 106.

desapareceu do drama de Sócrates – a sua própria disputa filosófica é um exercício competitivo – , e de um momento para o outro a morte do herói transformou-se no último suspiro de um mártir. Como o herói da fé cristã – e isto foi pressentido, com um faro infalível, quer pela simpatia de muitos padres da Igreja, quer por Nietzsche –, Sócrates morre voluntariamente, e voluntariamente, num gesto de inaudita superioridade e sem obstinação, emudece ao recusar a fala. "Mas o fato de ter sido a morte, e não apenas o exílio, a sentença pronunciada contra ele, é uma conquista do próprio Sócrates, alcançada com toda a lucidez e sem o natural terror da morte… O Sócrates agonizante transformou-se no novo ideal, nunca antes visto, da nobre juventude grega."[31] A melhor e mais expressiva maneira que Platão encontrou de mostrar como este novo herói estava longe do trágico foi a de escolher a imortalidade para tema do último diálogo do seu mestre. Se, à luz da *Apologia*, a morte de Sócrates ainda poderia ser vista como trágica – nisso aparentada com a de Antígona, ela também atravessada por um conceito do dever excessivamente racionalizado –, já o espírito pitagórico do *Fédon* apresenta essa morte completamente liberta de qualquer sentido trágico. Sócrates olha a morte de frente como um mortal – o melhor, o mais virtuoso dos mortais, se quisermos –, mas reconhece nele algo que lhe é estranho, para lá do qual espera reencontrar-se na imortalidade. O herói trágico é diferente: ele estremece ante o poder da morte, mas como algo que lhe é familiar, próprio e destinado. A sua vida desenvolve-se a partir da morte, que não é o seu fim, mas a sua forma, pois a existência trágica só chega à sua realização porque os limites, os da vida na linguagem e os da vida do corpo, lhe são dados *ab initio* e lhe são inerentes. Esta ideia recebeu já as mais diversas formulações, mas talvez nenhuma seja tão certeira como aquele comentário de passagem que vê na morte trágica "apenas… o sinal exterior de que a alma morreu"[32]. Pode mesmo dizer-se, talvez, que o herói trágico não tem alma. No imenso vazio da sua interioridade, ele faz ressoar ao longe os novos mandamentos dos deuses, e nesse eco as gerações por vir aprendem a sua língua. Tal como na existência normal a vida atua e alastra, assim também no herói trágico

---

[31] Nietzsche, *op. cit.,* p. 96.

[32] Leopold Ziegler, *Zur Metaphysik des Tragischen. Eine philosophische Studie* [Sobre a metafísica do trágico. Um estudo filosófico]. Leipzig, 1902, p. 45.

a morte; e a ironia trágica surge sempre que ele – com toda a razão, mas sem consciência disso – começa a falar das circunstâncias do seu fim como se elas fossem a história da sua vida. "Também a escolha da morte pelo homem trágico... é um heroísmo só aparentemente heroico, só assim visto de um ponto de vista humano e psicológico; os heróis moribundos da tragédia – escrevia há pouco tempo um jovem autor trágico – estão mortos muito tempo antes de morrerem."[33] O herói, na sua existência espiritual e física, é a moldura que enquadra os eventos trágicos. Se o "poder da moldura", como alguém disse numa fórmula feliz, é uma peça essencial para distinguir a concepção de vida antiga da moderna, na qual a vibração infinita e múltipla dos sentimentos ou das situações parece ser coisa óbvia, esse poder não pode ser separado do da própria tragédia. "Não é a força, mas a duração dos sentimentos elevados, que faz do homem um ser superior."* Esta duração monótona do sentimento do herói só é garantida pela moldura predefinida da sua vida. O oráculo da tragédia não é apenas um sortilégio mágico do destino; é a certeza, deslocada para o plano exterior, de que uma vida não é trágica se não decorrer no âmbito da sua moldura. A necessidade que se manifesta adentro desta moldura não é de ordem causal nem mágica. É a necessidade muda da obstinação, por meio da qual o si-mesmo dá a ver a sua fala. Como a neve sob o vento sul, essa necessidade fundir-se-ia sob a ação do sopro da palavra. Mas somente de uma palavra desconhecida. A obstinação do herói contém em si essa palavra desconhecida; é isso que a distingue da *hýbris* de um homem a quem a consciência plenamente desenvolvida da comunidade não reconhece já qualquer conteúdo oculto.

Só o mundo arcaico podia conhecer a *hýbris* trágica, que resgata com a vida do herói o direito ao seu silêncio. O herói, que desdenha justificar-se perante os deuses, entra em acordo com eles, estabelecendo por assim dizer um acordo de expiação de duplo significado, com vista,

---

[33] Lukács, *op. cit.*, p. 342.

* A citação não identificada parafraseia um aforismo de Nietzsche: "Não é a força, mas a duração da sensibilidade superior, que faz o homem superior" (Nietzsche, *Para além do bem e do mal*, § 72). (N.T.)

não apenas a restaurar, mas sobretudo a soterrar a velha ordem jurídica na consciência linguística da comunidade renovada. Os jogos atléticos, o direito e a tragédia, a grande trindade agônica da vida grega – e a *História da Cultura Grega* de Jakob Burckhardt aponta já o *ágon* como esquema dessa vida[34] – fecha-se sob o signo do contrato. "A legislação e a prática da justiça formaram-se na Hélade em reação contra a vingança de sangue e a justiça privada. Quando a tendência para fazer justiça pelas próprias mãos desapareceu, ou quando o Estado conseguiu refreá-la, o processo não assumiu logo a forma de uma busca de decisão judicial, mas a de um ato conciliatório de expiação... No âmbito de um tal procedimento, cujo objetivo principal não era o de encontrar uma forma absoluta de direito, mas o de demover o ofendido de exercer o direito de vingança, era natural que as formas sagradas de que se revestiam a prova e o veredito adquirissem uma especial importância, devido à impressão que causavam também sobre os que perdiam."[35] O processo antigo – sobretudo o processo penal – é diálogo, porque assenta, sem procedimento oficial, na duplicidade de papéis do réu e dos acusadores. Ele dispõe do seu coro, em parte nos jurados (no antigo direito cretense, por exemplo, as partes apresentavam as suas provas com testemunhas compurgatórias, isto é, testemunhas que atestavam a sua boa reputação e originalmente defendiam também pelas armas a justiça da sua causa no ordálio), em parte nos companheiros do acusado, que se mobilizavam para implorar a misericórdia do tribunal, e finalmente em parte na assembleia popular com funções judiciais. Para o direito ateniense, o importante e característico é a irrupção do transe dionisíaco, a possibilidade de a palavra possessa e extática romper o perímetro regular do *ágon* e de uma justiça superior nascer da força de convicção do discurso vivo, e não necessariamente do processo de confrontação dos clãs que lutavam com armas ou com fórmulas verbais estereotipadas. O ordálio é livremente interrompido pelo *logos*, e é por aqui que passa a mais profunda afinidade entre o processo judicial e a tragédia em Atenas.

---

[34] Cf. Jakob Burckhardt, *Griechische Kulturgeschichte*. Ed. por Jakob Oeri. Vol. 4. Berlim-Stuttgart, 1902, pp. 89 segs.

[35] Kurt Latte, *Heiliges Recht. Untersuchungen zur Geschichte der sakralen Rechtsformen in Griechenland* [Direito sagrado. Estudos sobre as formas sagradas do direito na Grécia]. Tübingen, 1920, pp. 2-3.

A palavra do herói, ao romper, isolada, a carapaça rígida do si-mesmo, transforma-se num grito de revolta. A tragédia insere-se neste quadro do processo judicial, também nela tem lugar um ato conciliatório de expiação. Por isso os heróis de Sófocles e Eurípides "não aprendem a falar…, mas apenas a debater", por isso "falta à antiga dramaturgia a cena de amor"[36]. Mas se, no sentido do poeta, o mito é o ato de expiação, a sua obra é ao mesmo tempo reprodução e revisão do processo judicial. E todo este processo se alarga à dimensão do anfiteatro. A comunidade assiste a esta reconstituição do processo como instância controladora, e mesmo julgadora. Por seu lado, ela procura julgar aquele confronto, cuja interpretação pelo poeta renova a memória dos feitos heroicos. Mas no final da tragédia ecoa sempre um *non liquet* [não é evidente]. É certo que a solução é sempre uma redenção, mas provisória, problemática, limitada. O drama satírico, que precede ou se segue à tragédia, pretende mostrar que o *non liquet* do processo representado só pode ser preparado ou seguido por um episódio cômico. E também nisto se afirma o terror perante o caráter insondável do desfecho: "O herói, que desperta nos outros terror e piedade, permanece sempre um si-mesmo rígido e imutável. No espectador, por seu lado, esses efeitos têm uma repercussão interior imediata, fazendo também dele um si-mesmo fechado sobre si. Todos ficam entregues a si próprios, todos são um si-mesmo. Não nasce uma comunidade, mas, no entanto, nasce um conteúdo comum. Os si-mesmos não se encontram, e apesar disso ressoa em todos o mesmo som, o sentimento do seu próprio si-mesmo."[37] A dramaturgia processual da tragédia teve na doutrina das três unidades o seu efeito mais funesto e duradouro. Esta sua determinação, a mais objetiva de todas, não foi entendida nem pela profunda interpretação que se segue, segundo a qual "a unidade de lugar é o símbolo mais óbvio e imediato dessa paralisação no meio da permanente mudança da vida envolvente; isto explica os recursos técnicos necessários à sua expressão. O trágico resume-se a um instante: é este o sentido contido na unidade de tempo."[38] Não se pode pôr isto em causa: o período alargado em que os heróis emergem do mundo dos mortos confere uma expressão alta-

---

[36] Rosenzweig, *op. cit.*, pp. 99–100.

[37] Rosenzweig, *op. cit.*, p. 104.

[38] Lukács, *op. cit.*, p. 430.

mente enfática a esta paragem no decurso do tempo. Jean Paul desmente apenas a mais espantosa das profecias, com a sua pergunta retórica sobre a tragédia: "Quem é que quereria apresentar num festival público, e perante uma multidão, o lúgubre mundo das sombras?".[39] Ninguém, na sua época, imaginou coisa parecida. Mas, como sempre acontece, também aqui descobrimos a mais fecunda camada de sentido metafísico no próprio nível do pragmático. A este nível, a unidade de lugar é o tribunal; a unidade de tempo é a do tempo – medido pelo ciclo solar ou por qualquer outro critério –, desde sempre delimitado, da sessão; e a unidade de ação é a do julgamento. São estas circunstâncias que fazem do diálogo socrático o irrevogável epílogo da tragédia. O herói adquire durante o tempo da sua própria vida, não apenas a palavra, mas também uma legião de discípulos, os seus porta-vozes juvenis. A partir de agora, é sobre o seu silêncio, e não sobre a sua fala, que recairá toda a ironia. Ironia socrática, que é o oposto da trágica. Trágico é o lapso do discurso, que aflora inconscientemente a verdade da vida heroica, o si-mesmo, tão profundamente fechado sobre si que não acorda nem se-quer quando, em sonhos, se chama pelo próprio nome. O silêncio irônico do filósofo, rude e mímico, é consciente. No lugar da morte sacrificial do herói, Sócrates coloca o exemplo do pedagogo. Mas a guerra que o seu racionalismo havia declarado à arte trágica é decidida pela obra de Platão contra a tragédia, com uma superioridade que acaba por atingir mais decisivamente o desafiador do que o objeto do desafio. De fato, isto não acontece no espírito racional de Sócrates, mas antes no espí-rito do próprio diálogo. Quando, no fim do *Banquete*, Sócrates, Agatão e Aristófanes ficam sentados sozinhos – não fará Platão descer sobre os três, com a aurora, a sóbria luz dos seus diálogos, no discurso sobre o poeta autêntico, igualmente dotado para a tragédia e para a comédia? No diálogo entra em cena a pura linguagem dramática, aquém do trá-gico e do cômico e da sua dialética. Esse elemento puramente dramático reconstitui o mistério que se fora progressivamente secularizando nas formas do drama grego: a sua língua, enquanto linguagem do drama moderno, é a do drama trágico.

---

[39] Jean Paul [Friedrich Richter], *Sämtliche Werke* [Obras completas]. Vol. 18. Berlim, 1841, p. 82 (*Vorschule der Ästhetik* [Propedêutica estética], 1ª seção, § 19).

Uma vez aceite a equiparação de tragédia e drama trágico, deveria ter-se achado muito estranho que a poética aristotélica não fale do luto (*Trauer*) como ressonância do trágico. Mas aconteceu o contrário: a estética moderna acreditou muitas vezes ter apreendido no próprio conceito do trágico um sentimento, a reação afetiva à tragédia e ao drama trágico. O trágico é um estágio preparatório da profecia. É um estado de coisas que se encontra apenas no plano da linguagem: trágicos são a palavra e o silêncio das épocas arcaicas, nos quais a voz profética ensaia os primeiros sons, o sofrimento e a morte, quando libertam essa voz, e nunca um destino no conteúdo pragmático do seu enredo. O drama trágico é concebível como pantomima, a tragédia não, porque a luta contra o demonismo do direito se liga à palavra do gênio. A diluição psicologista do trágico e a equiparação de tragédia e drama trágico são aspectos da mesma problemática. Basta atentar no nome deste último (*Trauerspiel**) para perceber que o seu conteúdo desperta no espectador uma emoção de luto. Isso não significa que ele se deixe desenvolver melhor com categorias da psicologia empírica do que com as da tragédia; significa antes que, muito mais do que servirem para apresentar um estado de perturbação, estes dramas servem antes a descrição do luto. Eles não são, de fato, peças que nos ponham tristes (*traurig*), mas antes um espetáculo pelo qual é possível dar satisfação ao luto (*Trauer*): um espetáculo para um público em luto (ou tristeza). É próprio dele uma certa ostentação. Os seus quadros são dispostos para serem vistos, e ordenados na sequência em que querem ser vistos. Assim, o teatro italiano do Renascimento, que influencia de modos diversos o Barroco alemão, nasceu da pura ostentação, concretamente dos *Trionfi*[40], os cortejos com recitativos que explicavam a ação, surgidos em Florença com Lorenzo de Medici. E também em todo o drama trágico europeu

---

* *Trauer-spiel*, à letra: "drama lutuoso". Esta seria a tradução mais exata para o termo alemão que designa a forma que constitui o objeto deste livro. Só não me decidi por ela por não se tratar de uma designação aceitável para uma forma dramática, e devido ao peso da estranheza maior com que iria sobrecarregar o texto, por comparação com a de "drama trágico". Por outro lado, há uma raiz comum para lutuoso e triste (*trauer-*), com a qual Benjamin joga nesta passagem, e ainda mais no pequeno texto intitulado "O significado da linguagem no drama trágico e na tragédia". Aí, usei a expressão "drama trágico-lutuoso" (ver nota da página 269 (N.T.).

[40] Cf. Werner Weisbach, *Trionfi*. Berlim, 1919, pp. 17-18.

o palco não é rigidamente fixável, um lugar definido, mas dialeticamente dilacerado. Ligado à corte, permanece, no entanto, teatro ambulante; as suas tábuas representam, de forma imprópria, a Terra como cenário criado para o espetáculo da história; com a sua corte, é um palco itinerante, de cidade em cidade. Para a concepção grega, pelo contrário, o palco é um *topos* cósmico. "A forma do teatro grego lembra a de um vale solitário na montanha: a arquitetura da cena parece uma nuvem iluminada, olhada lá do alto pelas bacantes perdidas pelos montes no seu transe, uma esplêndida moldura no centro da qual lhes aparece a imagem de Dioniso."[41] Não importa agora se esta bela descrição é ou não exata, se, por analogia com a arena da justiça, "o palco se transformará em tribunal" para uma qualquer comunidade. Em qualquer caso, a trilogia grega não é ostentação repetível, mas o retomar único do processo trágico perante uma instância superior. O que nela se passa, como mostram a forma aberta do teatro e a representação que nunca se repete da mesma maneira, é um evento cósmico decisivo. A comunidade reúne-se para assistir a esse evento e servir de juiz. Enquanto que o espectador da tragédia é interpelado e legitimado por ela, o drama trágico deve ser compreendido a partir da perspectiva do espectador. A sua experiência é a de um palco, um espaço interior do sentimento sem qualquer relação com o cosmos, em que determinadas situações lhe são apresentadas de modo imperativo. A conexão entre luto e ostentação, na forma específica do teatro barroco, é sustentada pela linguagem, e lacônica. Assim se define, por exemplo: *Trauerbühne* [o "palco lutuoso"] "fig., a Terra enquanto palco de episódios tristes ou lutuosos…" [*traurig*]; *Trauergepränge* ["grande cerimonial lutuoso"]; *Trauergerüst* ["armação lutuosa"], "uma armação recoberta de panos e ornamentada com decorações, símbolos, etc., sobre a qual é exposto o cadáver de um defunto ilustre (catafalco, *castrum doloris*, cena lutuosa)"[42]. A palavra *Trauer* ("luto") está sempre disponível para estes compostos, nos quais, por assim dizer, absorve a medula semântica das palavras

---

[41] Nietzsche, *op. cit.*, p 59.

[42] Theodor Heinsius, *Volksthümliches Wörterbuch der Deutschen Sprache mit Bezeichnung der Aussprache und Betonung für die Geschäftsund Lesewelt* [Dicionário popular da língua alemã, com a indicação da pronúncia e da acentuação, para uso do mundo dos negócios e da leitura]. Vol. 4, Seção I. Hanover, 1822, p. 1050.

a ela associadas[43]. Em Hallmann, num registro muito significativo dos sentidos drásticos, não dominados pelo plano estético, que encontramos para este termo, pode ler-se:

> *Solch Traur-Spiel kommt aus deinen Eitelkeiten!*
> *Solch Todten-Tantz wird in der Welt gehegt!*[44]

> [Eis o drama lutuoso nascido das tuas vaidades!
> Eis a dança da morte que o mundo cultiva!]

As épocas subsequentes devem à teoria barroca a atribuição, aos assuntos históricos, de uma particular predisposição para o drama trágico. E do mesmo modo que elas não se aperceberam da metamorfose naturalista da história nos dramas do Barroco, assim também não deram a atenção devida à separação entre lenda e tragédia na análise da tragédia. Deste modo chegaram ao conceito de uma tragicidade histórica. A equiparação de drama trágico e tragédia foi outra consequência deste ponto de vista, que assumiu a função teórica de camuflar a problemática do drama histórico, tal como o Classicismo alemão o tinha dado a conhecer ao mundo. Um dos aspectos mais evidentes desta problemática é o da relação insegura com a matéria histórica. A liberdade da sua interpretação ficará sempre muito atrás do rigor tendencioso da renovação trágica dos mitos; por outro lado, este tipo de drama, por contraste com a fixação às fontes própria do cronista, a que o drama trágico barroco cede – e que de modo nenhum é incompatível com a criação poética –, sentir-se-á sempre perigosamente preso à própria "essência" da história. Mas a total liberdade da elaboração da fábula é, no fundo, perfeitamente adequada ao drama trágico. O extraordinário desenvolvimento desta forma no *Sturm und Drang** pode entender-se, se quisermos, como experiência da manifestação das potencialidades nela contidas e como emancipação em relação ao âmbito arbitrariamente limitado da crônica. Sob outra forma ainda, esta influência do mundo das formas

---

[43] Cf. Gryphius, *op. cit.*, p. 77 (*Leo Armenius*, III, 126).

[44] Hallmann, *Trauer-Freuden-und Schäfer-Spiele*, *op. cit.*, p. 36 (*Mariamne* II, 529-530). Cf. Gryphius, *op. cit.*, p. 458 (*Carolus Stuardus*, V, 250).

* O movimento literário alemão da segunda metade do século XVIII, de tendência pré-romântica e antirracionalista, em que se insere a produção de juventude de Goethe e Schiller. (N.T.)

barrocas evidencia-se também no titanismo das figuras "geniais", forma híbrida, em contexto burguês, do tirano e do mártir. Minor notou já esta síntese no *Átila* de Zacharias Werner[45]. O mártir propriamente dito e a configuração dramática dos seus sofrimentos estão ainda presentes na morte por inanição do drama *Ugolino* [de H.W. von Gerstenberg], ou no motivo da castração em *Der Hofmeister* [O preceptor, de J.M.R. Lenz]. Continua, aliás, a ser representado o drama da criatura, com a diferença de que agora a morte dá lugar ao amor. Mas a última palavra é também aqui a da transitoriedade. "Ah, o homem está condenado a passar assim pela Terra sem deixar vestígios, como o sorriso passa pelo rosto ou o canto dos pássaros pela floresta!"[46] O *Sturm und Drang* leu os coros da tragédia no sentido destas lamentações, recuperando assim um dos elementos da interpretação barroca do trágico. Ao fazer a sua crítica do *Laocoonte* [de Lessing], no primeiro capítulo das suas *Kritische Wälder* [Selva crítica], *Erstes kritisches Wäldchen* [Primeira selvazinha crítica], Herder, assumindo-se como porta-voz da época de Ossian, fala da forte tendência dos Gregos para a lamentação e da sua "sensibilidade… às doces lágrimas"[47]. Na verdade, não há lamentação no coro da tragédia. A sua atitude coloca-o perante profundos sofrimentos, mas acima deles, e isso contraria a ideia da entrega à lamentação. Será uma leitura superficial aquela que procurar as raízes dessa superioridade na indiferença ou na compaixão. Trata-se antes de restaurar, pela dicção coral, as ruínas do diário trágico numa sólida construção linguística aquém e além do conflito – na sociedade ética e na comunidade religiosa. A presença permanente do coro, longe de dissolver os acontecimentos trágicos em lamentações, coloca antes, como Lessing já notou[48], uma barreira ao próprio afeto nos diálogos. A leitura do coro como "lamentação lutuosa" na qual "ecoa a

---

[45] Cf. Jacob Minor, *Die Schicksals-Tragödie in ihren Hauptvertretern* [A tragédia de destino e os seus principais representantes]. Frankfurt / Main, 1883, pp. 44 e 49.

[46] Joh[ann] Anton Leisewitz, *Sämtliche Schriften* [Obra completa]. Primeira edição integral, introduzida por uma biografia do Autor, para além de um retrato de Leisewitz e um fac-símile. Única edição completa autorizada. Braunschweig, 1838, p. 88 (*Julius von Tarent* V, 4).

[47] [Johann Gottfried] Herder, *Werke* [Obras]. Ed. Hans Lambel. 3ª parte, 2ª seção. Stuttgart, s.d. [cerca de 1890], p. 19 (*Kritische Wälder* I, 3) (= Deutsche National-Litteratur. 76).

[48] Cf. Lessing, *op. cit.*, p. 264 (*Hamburgische Dramaturgie*, cap. 59).

dor primordial da criação"[49] é uma deformação genuinamente barroca da sua essência. É aos coros do drama trágico que cabe, pelo menos em parte, essa função. Mas há uma segunda, mais oculta. Os coros (*Reyen*) do drama barroco não são tanto interlúdios, como os do antigo, mas antes molduras que enquadram um ato e que se relacionam com ele como os frisos ornamentais das obras impressas renascentistas com a mancha tipográfica. Nisso se acentua a sua natureza como ingredientes de uma mera encenação. Daí que os coros do drama trágico sejam em geral mais ricamente desenvolvidos e se relacionem menos com a ação do que o coro da tragédia. O drama trágico denuncia a continuidade de uma existência apócrifa nas tentativas classicistas do drama histórico, mas de modo muito diferente do *Sturm und Drang*. Entre os novos poetas, nenhum como Schiller se esforçou por afirmar ainda o *páthos* antigo em assuntos dramáticos que já nada têm a ver com o mito dos tragediógrafos gregos. Ele julgou ter encontrado na história o contraponto daquele pressuposto irrepetível que para a tragédia tinha sido o mito. Mas da história não é próprio nem um momento trágico no sentido antigo, nem um momento de destino em sentido romântico, a não ser que os dois se aniquilem e nivelem mutuamente no conceito de necessidade causal. O drama histórico do Classicismo aproxima-se perigosamente desta concepção vaga e conciliatória, e a sua estrutura não se consolida pelo recurso a uma eticidade liberta do trágico ou a uma argumentação derivada das dialéticas do destino. Enquanto Goethe se sentia inclinado a mediações significativas e fundamentadas na matéria – não é por acaso que um dos seus fragmentos dramáticos, com o título curiosamente apócrifo de *Trauerspiel aus der Christenheit* [Drama trágico da cristandade], retoma, por influência de Calderón, um assunto da história carolíngia –, Schiller procura fundar o drama sobre o espírito da história, tal como o Idealismo alemão a entendia. E seja qual for a opinião que se tenha dos seus dramas como obras poéticas de um grande artista, é um fato indesmentível que, com eles, ele abriu o caminho à figura do epígono. Nestas obras foi buscar ao Classicismo a possibilidade de, no contexto da história, configurar de forma reflexiva a noção de destino enquanto antítese da liberdade individual. Mas quanto

---

[49] Hans Ehrenberg, *Tragödie und Kreuz* [Tragédia e cruz]. 2 Vols. Würzburg, 1920. Vol I: *Die Tragödie unter dem Olymp* [A tragédia sob o Olimpo], pp. 112-113.

mais longe levava estas tentativas, mais inexoravelmente se aproximava do drama trágico barroco, através do drama de destino romântico, do qual *Die Braut von Messina* [A noiva de Messina] é uma variação. Um sinal das suas potencialidades artísticas superiores é o fato de, contra os teoremas idealistas, recorrer à astrologia no *Wallenstein*, aos efeitos miraculosos calderonianos na *Jungfrau von Orleans* [A donzela de Orleans] e a motivos introdutórios do dramaturgo espanhol em *Wilhelm Tell*. Naturalmente que a forma romântica do drama trágico, no drama de destino ou em outros tipos, mais não poderia ser, depois de Calderón, que uma *reprise*. Isto explica o comentário de Goethe segundo o qual Calderón poderia ser perigoso para Schiller. E tinha razão ao julgar-se ao abrigo de tais perigos quando, na cena final do *Fausto*, com uma força que superou a do próprio Calderón, dá forma, de forma consciente e sóbria, *àquilo* para que Schiller se sentia impelido, em parte contra sua vontade, em parte devido a uma atração irresistível.

As aporias estéticas do drama histórico haveriam de se evidenciar com a máxima clareza, na sua forma mais radical e por isso menos artística, nos dramas de assunto histórico e político (*Haupt-und Staatsaktionen*). Estes são o contraponto meridional e popular do drama trágico erudito do Norte. Significativamente, o único testemunho deste ponto de vista, ou de um afim, provém do Romantismo. É o literato Franz Horn quem, com surpreendente clarividência, caracteriza este teatro de pompa e circunstância, apesar de, ao longo da sua história da "Literatura e Eloquência dos Alemães" (*Poesie und Beredsamkeit der Deutschen*), não se deter muito nele. Aí podemos ler: "No tempo de Velthem os gêneros mais apreciados eram: os chamados dramas de assunto histórico e político, pomposamente ridicularizados e desprezados por quase todos os historiadores da literatura, que, no entanto, não dão razões para esse desprezo. Aquelas peças têm uma origem genuinamente alemã e são perfeitamente adequadas ao caráter alemão. O pendor para o chamado trágico puro sempre foi raro entre nós, mas a tendência natural para o romântico precisava ser bem alimentada, e não menos o gosto pela farsa, que costuma ser mais vivo precisamente nos espíritos mais reflexivos. Para além disso, existe ainda outra tendência muito própria dos alemães que não encontrou satisfação em todos estes gêneros, a tendência para a ação séria em geral, para a solenidade, ora mais prolixa, ora concentrada na sentença curta, enfim, para o empolamento. Para corresponder a esta tendência inventaram-se aquelas peças de pompa e circunstância sobre assuntos históricos e políticos, quase sempre histórias retiradas do Antigo Testamento (?), da Grécia e de Roma, da Turquia, etc., mas raramente da Alemanha. Nelas, reis e príncipes aparecem, tristes e melancólicos, com as suas coroas de papel na cabeça, para assegurarem ao público compassivo que nada é mais difícil do que governar, e que um lenhador dorme muito melhor do que eles; os generais e oficiais fazem belos discursos e contam as suas grandes façanhas, as princesas, como tinha de ser, são altamente virtuosas e, como também não podia deixar de ser, sublimemente apaixonadas, geralmente por um dos generais... Já os ministros merecem bem menos o favor destes poetastros, sendo em geral pérfidos e de caráter negro, ou pelo menos cinzento... O palhaço e o bobo são quase sempre muito incômodos para as personagens; mas estas não se libertam do estigma imortal da paródia a que dão corpo."[50] Não é por acaso que esta humorada descrição lembra o teatro de fantoches. Stranitzky, o excelente autor vienense de tais peças, era proprietário de um teatro de marionetes. Ainda que os textos que dele conhecemos não tivessem sido representados nesse teatro, é inconcebível que qualquer repertório desses teatros de fantoches não tenha tido pontos de contato com estas peças, cujas versões parodísticas posteriores poderiam perfeitamente ser representadas neles. As miniaturas em que essas peças tendem a transformar-se mostram como elas estão próximas do drama trágico. Quer ele escolha, à espanhola, a reflexão sutil, quer se decida, à alemã, pelo gesto mais bombástico, não perde nunca aquela excentricidade lúdica que é apanágio dos heróis do teatro de marionetes. "Não poderiam os cadáveres de Papiniano e de seus filhos... ser representados por bonecos? Em qualquer caso, é isso que deve ter acontecido quando o corpo de Leo era arrastado pelo palco, ou quando se mostravam os cadáveres de Cromwell, Irreton e Bradshaw na forca... E também assim terá de ter sido com aquela horrível relíquia, a cabeça queimada da nobre princesa da Geórgia. No Prólogo da Eternidade na *Catharina* há

---

[50] Franz Horn, *Die Poesie und Beredsamkeit der Deutschen, von Luthers Zeit bis zur Gegenwart* [Literatura e eloquência dos alemães, da época de Lutero à atualidade]. Vol. 2, Berlim, 1823, pp. 294 segs.

uma grande quantidade de adereços espalhados pelo palco, talvez como na gravura da página de rosto de 1657. Ao lado do cetro e do báculo, veem-se 'joias, um quadro, metal e um manuscrito erudito'. A Eternidade, segundo as suas próprias palavras, espezinha... pai e filho. Estes, tal como o príncipe também mencionado, só podem ter sido fantoches."[51] A filosofia política, para a qual tais atitudes seriam sacrílegas, permite fazer a contraprova. Em Salmasius lemos: *Ce sont eux qui traittent les testes des Roys comme des ballons, qui se ioüent des Couronnes comme les enfans font d'vn cercle, qui considerent les Sceptres des Princes comme des marottes, et qui n'ont pas plus de veneration pour les liurées de la souueraine Magistrature, que pour des quintaines.*[52] [São eles que tratam as cabeças dos reis como se fossem bolas, que brincam com as coroas como as crianças com a roda, que veem os cetros dos príncipes como bastões de bobos, e que não têm mais respeito pelos símbolos da soberana magistratura do que teriam por estafermos]. O próprio aspecto físico dos atores, sobretudo do rei muito ornamentado, podia assemelhar-se à rigidez do fantoche:

> *Die Fürsten denen ist die Purpur angebohrn*
> *Sind ohne Scepter kranck.*[53]

> [Os príncipes, nascidos para a púrpura,
> Ficam enfraquecidos sem o cetro.]

Estes versos de Lohenstein legitimam a comparação dos soberanos barrocos em palco com o rei dos baralhos de cartas. Na mesma peça, Micipsa fala da queda de Masinissa, "que sucumbiu ao peso das coroas"[54]. E, finalmente, Haugwitz:

> *Reicht uns den rothen Sammt und dies geblümte Kleid*
> *Und schwartzen Atlaß daß man was den Sinn erfreut*
> *Und was den Leib betrübt kann auff den Kleidern lesen*
> *Und sehet wer wir sind in diesem Spiel gewesen*
> *Indem der blasse Tod den letzten Auffzug macht.*[55]

> [Dai-nos o veludo vermelho, floridas capas

---

[52] Saumaise, *Apologie royale pour Charles I*, p. 25.

[53] Lohenstein, *Sophonisbe, op. cit.*, p. 11 (I, 322-323).

[54] *Id., ibid.*, p. 4 (I, 89).

[55] Haugwitz, *op. cit.*, p. 63 (*Maria Stuarda* V, 75 segs.).

E o cetim negro, para que se possa ver nas roupas
O que aflige o corpo e o que alegra os sentidos;
E vede quem temos sido nesta peça
Enquanto a lívida morte faz a última aparição.]

Entre os traços do drama de assunto histórico e político inventariados por Horn, o mais relevante para o estudo do drama trágico barroco é o da intriga palaciana. Ela desempenha um papel importante até no drama mais poético: paralelamente a "jactâncias, lamentações, enterros e epitáfios", Birken inclui "o perjúrio e a traição..., o engano e as artimanhas"[56] entre os motivos próprios do drama trágico. Mas a figura do conselheiro ardiloso não se movimenta com muita liberdade no drama erudito; é nas peças populares que ele está no seu elemento, como personagem cômica. O "Doutor Babra", por exemplo, "um jurista confuso e favorito do rei". As suas "manobras políticas e a sua simplicidade fingida... dão às cenas políticas um modesto efeito de diversão".[57] Com a figura do intriguista o cômico faz a sua entrada no drama trágico, mas ele não será um mero episódio na sua economia. O cômico – melhor, o puro divertimento – é o reverso obrigatório do luto, que espreita aqui e ali como o forro de um vestido na bainha ou nas gola. O seu representante está ligado ao do luto. "Nada de zangas, somos todos bons amigos e os senhores colegas não vão fazer mal uns aos outros"[58], diz a personagem Hanswurst à "personagem de Pelifonte, tirano de Messina". Outro exemplo é o da inscrição epigramática de uma gravura que representa um palco com um bufão á esquerda e um príncipe à direita:

Wann die Bühne nu wird leer
Gilt kein Narr und König mehr.[59]

[Um palco vazio, eu sei,
É o fim do bobo e do rei.]

---

[56] Birken, *Deutsche Redebind- und Dichtkunst*, p. 29.

[57] *Die Glorreiche Marter Joannes von Nepomuck* [O glorioso martírio de João Nepomuceno], *apud* Weiß, *op. cit.*, pp. 113-114.

[58] Stranitzky, *op. cit.*, p. 276 (*A tirania derrubada...*, I, 8).

[59] Filidor, *Trauer-, Lustund Misch-Spiele* [Peças trágicas, cômicas e híbridas], página de rosto.

Raramente, talvez mesmo nunca, a estética especulativa procurou encontrar explicação para o fato de a comicidade mais estrita confinar com o horror. Quem é que nunca viu crianças a rir em situações que põem os cabelos em pé aos adultos? O que importa ler no intriguista é aquilo que faz o sádico oscilar entre a infantilidade que ri e a seriedade adulta que se horroriza. É o que faz Mone na excelente descrição que dá do patife truão num auto do século XIV sobre a infância de Jesus: "É evidente que nesta personagem está o gérmen do bobo da corte... Qual é o traço mais forte no caráter desta personagem? O seu desprezo pela arrogância humana. É isto que distingue este truão das personagens cômicas gratuitas de épocas posteriores. A figura de palhaço que dá pelo nome de Hanswurst tem qualquer coisa de inofensivo, este velho patife mostra um sarcasmo cortante e provocatório que indiretamente o leva a um cruel infanticídio. Há nisso qualquer coisa de diabólico, e é por ter também algo de diabo que este patife entra neste auto: para, se isso fosse possível, gorar a redenção assassinando o menino Jesus."[60] Quando, no drama barroco, o funcionário assume o lugar do diabo, isso é perfeitamente coerente com a secularização que ocorre nessa forma. A caracterização da personagem intriguista retoma então, numa análise do drama vienense de pompa e circunstância, traços do Maligno, talvez influenciada pela passagem citada de Mone. O Hanswurst das peças vienenses entrava em cena "com as armas da ironia e do sarcasmo, enganava geralmente, pela astúcia, os seus pares – como Scapin e Riepl –, e não hesitava em assumir a direção da intriga da peça... O patife diabólico já tinha assumido nos autos religiosos do século XV o papel de figura cômica da peça, tal como acontece agora no drama profano; e tal como agora, também já nessa época ela estava perfeitamente adaptada ao enquadramento da peça, exercendo uma influência decisiva sobre o desenrolar da ação."[61] Mas esse papel não era, como estas palavras querem sugerir, uma junção de elementos na sua essência estranhos. O divertimento cruel é tão original como a brincadeira inofensiva, nas origens eles andam juntos, e é precisamente a essa figura do intriguista que o drama trágico do Barroco, que tantas vezes parece caminhar sobre pernas de pau, deve o contato vital com o terreno de experiências oniricamente profundas.

---

[60] Mone, *in*: *Schauspiele des Mittelalters* [Autos medievais], *op. cit.*, p. 136.

[61] Weiß, *op. cit.*, p. 48.

Mas se ambos, o luto do príncipe e o histrionismo do seu conselheiro, se aproximam tanto, isso só acontece porque neles se representam as duas províncias do reino de Satanás. E o luto, cuja falsa santidade torna tão ameaçadora a queda do homem ético, surge subitamente, em todo o seu desamparo, a uma luz não isenta de esperança quando comparada com aquele histrionismo que põe à mostra, sem máscara, o esgar demoníaco. Poucas coisas mostram mais implacavelmente os limites na arte do drama barroco alemão do que o fato de ele ter remetido para o drama popular a expressão desta significativa relação. Em Inglaterra, pelo contrário, Shakespeare aproveitou para figuras como Iago ou Polônio o velho esquema do bobo demoníaco. Com elas, a comédia migra para o drama trágico. A afinidade entre estas duas formas, tão próximas empiricamente mas também pela lei da sua própria constituição, manifesta-se nestas passagens que as ligam tão estreitamente como a tragédia e a comédia se opõem, e essa mesma afinidade permite que o drama cômico migre para o trágico; mas já este nunca poderia desenvolver-se adentro da comédia. Esta imagem tem a sua razão de ser: o drama cômico faz-se pequeno e entra, por assim dizer, no drama trágico. "Eu, criatura terrena e chalaça da mortalidade"[62], escreve Lohenstein. Precisamos de lembrar de novo o fenômeno de miniaturização do objeto refletido. A figura cômica é um *raisonneur*, na sua reflexão ela transforma-se em marionete de si própria. O drama trágico não alcança a sua perfeição nos casos em que é mais canônico, mas naqueles em que passagens jocosas deixam ouvir o timbre da comédia. É por isso que Calderón e Shakespeare conseguiram criar dramas trágicos mais importantes que os do século XVII alemão, que nunca foram além da tipificação rígida da forma. "Pois o drama cômico e o trágico ganham muito e tornam-se verdadeiramente poéticos apenas quando entram numa delicada ligação simbólica"[63], diz Novalis, tocando numa verdade essencial, pelo menos para o drama trágico. E o gênio de Shakespeare confirma-lhe esta exigência: "Em Shakespeare alternam sempre a poesia e a antipoesia, a harmonia e a dissonância, o vulgar, o mais baixo e feio com o romântico, o mais alto e belo, o real

---

[62] Lohenstein, *Blumen, op. cit.* ("Jacintos"), p. 47 (*Redender Todten-Kopff Herrn Matthäus Machner* [A caveira falante do Senhor Mateus Machner]).

[63] Novalis [Friedrich von Hardenberg], *Schriften* [Obras], ed. de J[akob] Minor. Iena, 1907, vol. 3, p. 4.

com a invenção: estamos nos antípodas da tragédia grega."[64] De fato, o caráter grave do drama barroco alemão será talvez um dos poucos traços que podem ser explicados, ainda que não deduzidos, a partir do teatro grego. Sob a influência de Shakespeare, o *Sturm und Drang* procurou fazer emergir o núcleo cômico no drama trágico, provocando com isso o reaparecimento da figura do intriguista cômico.

A história da literatura alemã reage com rudeza à descendência do drama trágico barroco – os dramas políticos de pompa e circunstância, o teatro do *Sturm und Drang*, a tragédia de destino –, uma rudeza que não deriva tanto da incompreensão como de uma animosidade cujo objeto só se torna visível com as fermentações metafísicas daquela forma. Entre os referidos, o mais atingido, até ao desprezo, parece ser, e com razão, o drama de destino. Essa atitude é de fato justa se pensarmos na qualidade de certos produtos tardios deste gênero. Mas a argumentação habitual fundamenta a sua atitude no esquema global desta forma dramática, e não na eventual fragilidade na construção dos pormenores. E no entanto é destes que temos necessariamente de nos ocupar, uma vez que o esquema, como já antes se esclareceu, se aparenta tanto com o do drama trágico barroco que tem de ser visto como uma variante dele. Na obra de Calderón isso torna-se particularmente evidente, e de forma muito expressiva. É impossível contornar esta província florescente do drama lamentando as pretensas limitações da figura dos soberanos, como faz a teoria do trágico de Volkelt, ignorando pura e simplesmente todos os verdadeiros problemas do seu objeto. "Não se pode esquecer", diz ele, "que esse poeta escrevia sob a pressão de uma fé católica intransigente e de uma ideia de honra absurdamente exagerada"[65]. Já Goethe contraria divagações deste teor quando escreve: "Pense-se em Shakespeare e Calderón! Eles estão aí, sem mácula, resistindo à mais alta instância do julgamento estético. E se algum analista de minúcia e bom senso se queixasse deles apontando-lhes certas passagens, eles limitar-se-iam a mostrar-lhes, com um sorriso, imagens da nação e do tempo para os quais trabalharam, obtendo com isso, não apenas a nossa compreensão,

---

[64] *Id., ibid.*, p. 20.

[65] Volkelt, *op. cit.*, p. 20.

mas também novos louros pela forma feliz como conseguiram adaptar-se ao tempo e ao lugar."[66] A razão por que Goethe exige o estudo de Calderón não é, assim, a da indulgência pela relatividade dos seus condicionamentos, mas a da tomada de consciência do modo absoluto como se liberta deles. Este ponto de vista é decisivo para a compreensão do drama de destino, porque o destino não é um acontecimento puramente natural, nem tão pouco puramente histórico. Por detrás das suas vestes pagãs ou mitológicas, o destino só se torna inteligível como categoria histórico-natural no espírito da teologia restauracionista da Contrarreforma. É a força elementar da natureza no processo histórico, um processo que não é totalmente natureza porque o estado da Criação reflete ainda o sol da Graça – mas a superfície desse espelhamento é a da lama da culpa adamítica. Pois aquilo que tem caráter de destino não é a cadeia inelutável da causalidade. Por mais que essa ideia seja repetida, não se pode aceitar que a função do dramaturgo seja a de desenvolver no teatro um acontecimento como se lhe fosse inerente uma necessidade causal. Como poderia a arte sustentar uma tese cuja defesa é atribuição do determinismo? Se uma obra de arte acolhe em si determinações filosóficas, estas deverão referir-se ao sentido da existência; são irrelevantes as doutrinas sobre a facticidade natural da ordem do mundo, mau grado o seu alcance universal. Uma visão determinista não pode ser determinante para nenhuma forma de arte. Outro é o caso da genuína ideia de destino, cujo motivo decisivo deveria procurar-se no sentido eterno daquela determinalibidade. Nesta perspectiva, ela não necessita de submeter-se às leis da natureza para se realizar: também um milagre pode mostrar esse sentido, que não se enraíza na inevitabilidade factual. O cerne da ideia de destino é antes a convicção de que a culpa – neste contexto, sempre a culpa da criatura, isto é, em termos cristãos, o pecado original, e não o erro moral de quem age – desencadeia, ainda que através de manifestação fugidia, a causalidade como instrumento de uma série de fatalidades incontroláveis. O destino é a enteléquia do acontecer na esfera da culpa. Um campo de forças assim

---

[66] Goethe, *Sämtliche Werke*. Jubiläums-Ausgabe. Bd. 34: *Schriften zur Kunst 2* [Obras completas. Edição do Jubileu, vol. 34: Escritos sobre arte. 2], pp. 165-166 ("Rameaus Neffe, ein Dialog von Diderot; Anmerkungen" ["O sobrinho de Rameau, um diálogo de Diderot; notas"]).

isolado é o que distingue o destino, no âmbito do qual tudo o que é intencional ou acidental se intensifica de tal modo que as intrigas, a da honra, por exemplo, deixam entender, pela sua veemência paradoxal, que um destino galvanizou a ação da peça. Seria completamente falso pretender que "se dissipa a impressão de destino quando deparamos com coincidências improváveis, situações artificiais, intrigas demasiado complicadas"[67]. Pois são precisamente as conjunções mais rebuscadas, que neste contexto não podiam ser senão naturais, que correspondem aos vários destinos nos vários domínios dos acontecimentos. Mas o drama de destino alemão não encontrou um tal campo de ideias, exigido pela representação do destino. A intenção teológica de um autor como Werner não podia suprir a falta de uma convenção católico-pagã que em Calderón confere a pequenos fragmentos de vida a eficácia de um destino astral ou mágico. Nas peças do autor espanhol, o destino desenvolve-se como o espírito elementar da história, e é lógico que só o rei, o grande restaurador da ordem perturbada da Criação, possa aplacá-lo. Os polos do mundo calderoniano são os do destino astral e da majestade soberana. O drama trágico do Barroco alemão, pelo contrário, caracteriza-se pela grande pobreza de ideias não cristãs. Por isso — quase somos tentados a dizer: apenas por esta razão — ele não conseguiu chegar ao drama de destino. O que mais salta à vista é o modo como um cristianismo honesto levou à supressão de elementos astrológicos. Quando o Masinissa de Lohenstein observa que "ninguém pode resistir aos apelos do céu"[68], ou quando a "correspondência entre os astros e as almas" suscita doutrinas egípcias sobre a subordinação da natureza ao curso dos astros[69], trata-se de casos isolados e ideológicos. Contra isto, a Idade Média — como que para compensar o erro da crítica recente, que coloca o drama de destino sob o signo do trágico — procurava na tragédia grega a fatalidade astrológica. Aquela era vista no século XI por Hildeberto de Tours "já no sentido da versão grotesca que a concepção moderna dela fez na tragédia de destino, ou seja, em sentido grosseiramente mecanicista, ou, como na época se dizia, de acordo com a imagem corrente da antiga

---

[67] Volkelt, *op. cit.*, p. 125.

[68] Lohenstein, *Sophonisbe*, *op. cit.*, p. 65 (IV, 242).

[69] Cf. Lohenstein, *Blumen*, *op. cit.* ("Rosas"), pp. 130-131 (*Vereinbarung der Sterne und der Gemüther* [Coincidência entre os astros e as almas]).

visão do mundo pagã, em sentido astrológico. Hildeberto caracteriza a sua versão, muito pessoal e livre (e infelizmente incompleta), do assunto de Édipo como *liber mathematicus*."[70]

O destino desliza ao encontro da morte. Não é castigo, mas expiação, expressão da entrega da vida em culpa à lei da vida natural. No destino e no drama de destino, a culpa, à volta da qual tantas vezes se elaborou uma teoria do trágico, está no seu elemento. No decorrer da ação trágica, um herói assume e internaliza esta culpa, que, segundo as antigas normas, é imposta aos homens a partir de fora pela desgraça. Ao refleti-la na sua consciência de si, ele furta-se à sua tutela demoníaca. Quando se busca nos heróis trágicos "a consciência da sua dialética do destino" e se encontra nas reflexões trágicas um "racionalismo místico"[71], talvez se tenha em mente a nova culpa trágica do herói – mas o contexto suscita dúvidas e torna as palavras altamente problemáticas. Paradoxal como todas as manifestações da culpa trágica, ela consiste apenas numa orgulhosa consciência de culpa na qual a figura heroica se liberta da servidão que, na sua "inocência", a sujeita à culpa demoníaca. A interpretação de Lukács aplica-se ao herói trágico, e apenas a ele: "De uma perspectiva exterior não há culpa, nem pode havê-la; cada um vê a culpa do outro como resultado de intrigas e do acaso, como qualquer coisa que poderia alterar-se a uma mudança mínima do sopro do vento. Mas através da culpa o homem diz sim a tudo o que lhe aconteceu… Os homens superiores não se desfazem de nada do que em tempos foi parte da sua vida: por isso têm a tragédia como sua prerrogativa."[72] Estas palavras são uma variação do famoso comentário de Hegel: "Ser culpado é a honra do grande caráter".* Esta é culpa dos que não são culpados pelos atos, mas pela vontade, enquanto que no caso do destino demoníaco é apenas o

---

[70] Karl Borinski, *Die Antike in Poetik und Kunsttheorie…*, vol. I: *Mittelalter, Renaissance, Barock* [Idade Média, Renascimento, Barroco]. Leipzig, 1914, p. 21.

[71] Lukács, *op. cit*, pp. 352-353.

[72] Lukács, *op. cit.*, pp. 355-356.

* A citação não é identificada por Benjamin. Trata-se de uma passagem das *Vorlesungen über die Ästhethik* [Lições de estética], Parte 3. Cf. *Sämtliche Werke*. Ed. do Jubileu, ed. por Hermann Glockner. Stuttgart, 1928, vol. 14, p. 553 (N.T.).

ato que, por obra de um acaso cínico, arrasta inocentes para o abismo da culpa universal[73]. A velha maldição, que se transmitia por gerações e gerações, transforma-se na poesia trágica em patrimônio interior, por ela própria descoberto, da personagem heroica. E assim essa maldição se extingue. No drama de destino, pelo contrário, ela continua a atuar, e de tal modo que se esclarece, numa distinção entre tragédia e drama trágico, a observação segundo a qual "o trágico costuma circular, como um espírito inquieto, entre as personagens das 'tragédias" sangrentas'[74]. "O sujeito do destino é indeterminável."[75] Por isso o drama trágico não conhece heróis, mas tão somente constelações. A maior parte dos protagonistas que encontramos nos dramas barrocos – Leo e Balbus no *Leo Arminius*, Catharina e Abas, o Xá da Pérsia, na *Catarina da Geórgia*, Cardenio e Celinde na peça epônima, Nero e Agripina, Masinissa e Sofonisba em Lohenstein – são figuras não trágicas, mas adequadas ao drama de caráter lutuoso.

A fatalidade não recai apenas sobre as personagens, mas domina também as coisas. "O próprio da tragédia de destino não é apenas a transmissão de uma maldição ou de uma culpa através de gerações, mas também a ligação delas a… um objeto fatal entre os adereços de cena."[76] Agora, mesmo a vida das coisas aparentemente mortas ganha poder sobre as vidas humanas que desceram ao nível da mera criatura. A sua aparição ativa no espaço da culpa é um prenúncio de morte. O movimento das paixões na vida criatural do indivíduo – numa palavra: a própria paixão – introduz na ação o fatídico adereço cênico. Ele será a agulha do sismógrafo que anuncia as vibrações passionais. No drama de destino, sob a lei comum desse destino, manifestam-se a natureza do homem nas suas paixões cegas e a das coisas na sua contingência igualmente cega. Aquela lei evidencia-se tanto mais claramente quanto mais adequado

---

[73] Cf. Walter Benjamin, "Zur Kritik der Gewalt" [Sobre a crítica da violência], *in*: *Archiv für Sozialwissenschaft und Sozialpolitik*, n° 47 (1920/21), p. 828.

[74] Ehrenberg, *op. cit.* (*Tragödie und Kreuz*), vol. 2, p. 53.

[75] Benjamin, "Schicksal und Charakter", *l.c.*, p. 192. Cf., sobre a questão em geral, Benjamin: "Goethes Wahlverwandtschaften", *l.c.*, pp. 98 segs.; e Benjamin, "Schicksal und Charakter", l.c., pp. 189-192.

[76] Minor, *op. cit.*, pp. 75-76.

for o instrumento de registro. Por isso, não é indiferente a presença de um objeto insignificante que, como acontece em tantos dramas de destino alemães, persegue as personagens em peripécias mesquinhas, ou de antiquíssimos motivos que, no caso de Calderón, se manifestam no momento próprio da ação. Neste contexto torna-se evidente toda a verdade do comentário de A.W. Schlegel, quando diz que "não conhece nenhum dramaturgo que [como Calderón] tão bem soubesse poetizar os efeitos teatrais"[77]. Calderón foi um mestre nesta matéria, porque o efeito teatral representa a necessidade interior da sua forma mais peculiar, o drama de destino. E a misteriosa exterioridade deste autor não está tanto no modo como, na intriga do drama de destino, o adereço se afirma constantemente, vindo de forma virtuosística a primeiro plano, mas muito mais na exatidão com a qual as próprias paixões assumem a natureza do adereço. Numa tragédia de ciúme, o punhal forma uma unidade com as paixões que o movem, porque o ciúme em Calderón é tão aguçado e manejável como um punhal. Toda a mestria do poeta se revela na grande precisão com que, numa peça como o drama de Herodes, a paixão se destaca do motivo psicológico da ação que o leitor moderno nela procura. Este fato já foi notado, mas apenas para ser criticado. "O mais natural teria sido motivar a morte de Mariana com o ciúme de Herodes. Esta solução impunha-se de forma imperativa, e é evidente que Calderón a contraria deliberadamente para dar à 'tragédia de destino' o desfecho que mais lhe convém."[78] Na verdade, não é Herodes que mata a esposa *por* ciúme; é *através* do ciúme que ela encontra a morte. Através do ciúme, Herodes está preso ao destino, e este serve-se dele na sua esfera própria como um aspecto da natureza humana perigosamente inflamada, do mesmo que se serve do punhal para provocar a desgraça e como prenúncio dela. O acaso, entendido como decomposição dos acontecimentos em elementos fragmentários e coisificados, corresponde plenamente ao sentido do adereço teatral. Este torna-se, assim, o critério do verdadeiro drama romântico de destino, em contraste com a tragédia antiga, que se nega, no seu âmago mais fundo, a qualquer ordem do destino.

---

[77] August Wilhelm Schlegel, *Sämtliche Werke, op. cit.*, vol. 6, p. 386.

[78] P[eter] Berens, "Calderóns Schicksalstragödien" [As tragédias de destino de Calderón], *in*: *Romanische Forschungen*, nº 39 (1926), pp. 55-56.

A tragédia de destino é antecipada pelo drama trágico barroco. Apenas a introdução do adereço de cena a separa do drama trágico do Barroco alemão. A sua exclusão deste evidencia uma autêntica influência antiga, um genuíno traço renascentista, se quisermos. Porque aquilo que de forma mais clara distingue a dramaturgia posterior da antiga é o fato de nesta última o mundo profano das coisas não ter lugar. O mesmo se passa com a classicidade do Barroco na Alemanha. Mas se a tragédia se demarcou totalmente deste mundo das coisas, já no drama trágico ele paira de forma ominosa sobre o horizonte. A função da erudição, com toda a panóplia de notas explicativas, é a de sugerir o mundo de pesadelo que é o do peso dos objetos sobre a ação. A forma mais evoluída do drama de destino não se pode conceber sem a presença do adereço. Mas ao seu lado estão os sonhos, as aparições de espíritos, os terrores do fim, e todos estes elementos são ingredientes obrigatórios da sua forma fundamental, o drama trágico. Agrupados em círculos, mais próximos ou mais distantes, à volta da morte, esses elementos aparecem plenamente desenvolvidos no Barroco, como representantes de um mundo transcendente e de referência temporal, por contraste com os elementos imanentes e predominantemente espaciais do mundo dos objetos. Em particular um autor como Gryphius dá grande importância a tudo o que tenha a ver com espíritos. A ele deve a língua alemã, na passagem seguinte, uma maravilhosa transposição do conceito de *deus ex machina*: "Se alguém achar estranho que nós, ao contrário dos Antigos, não façamos descer um deus da maquinaria, mas subir um espírito da cova, pois que se lembre de muito do que, até hoje, foi escrito sobre os fantasmas."[79] Pensou mesmo em escrever sobre esta matéria (não sabemos se chegou a fazê-lo) um tratado com o título *De spectris*. Às aparições de espíritos associam-se os também quase sempre obrigatórios sonhos premonitórios, com cuja narrativa por vezes o drama abre, à guisa de prólogo. Em geral, estes sonhos anunciam ao tirano o seu fim. A dramaturgia da época acreditou provavelmente que desta forma podia transpor o oráculo grego para o teatro alemão; é importante neste contexto lembrar a inserção de tais sonhos na esfera de um destino que é parte da natureza, o que permite relacioná-los apenas com alguns dos oráculos gregos, em particular os telúricos. Já a hipótese de que a

---

[79] Gryphius, *op. cit.*, p. 265 (*Cardenio und Celinde,* Prólogo).

importância destes sonhos era a de "proporcionar ao espectador uma comparação racional entre a ação e a sua antecipação metafórica"[80], não passa de uma invenção intelectualista. Também a noite tem um papel determinante, como se pode deduzir das aparições oníricas e da atuação dos espíritos. Estamos apenas a um passo do drama de destino, com a sua canônica e decisiva cena da hora dos espíritos. A ação do *Carolus Stuardus* de Gryphius, da *Agrippina* de Lohenstein, começa à meia-noite; outros passam-se de noite, não só para corresponder à unidade de tempo exigida, mas porque a noite lhes oferece a melhor ambiência poética para as grandes cenas, como é o caso do *Leo Armenius*, de *Cardenio und Celinde*, de *Epicharis*. A ligação dos acontecimentos dramáticos à noite, e especialmente à meia-noite, tem uma boa razão de ser. Existe uma crença generalizada de que a esta hora o tempo para, como o fiel de uma balança. Ora, como o destino, a verdadeira ordem do eterno retorno, só de forma imprópria, parasitariamente, pode ser visto como temporal[81], as suas manifestações procuram o espaço-tempo. Situam-se à meia-noite como que na escotilha do tempo, em cuja moldura aparece e volta a aparecer sempre a mesma imagem espectral. O abismo que se abre entre a tragédia e o drama trágico ilumina-se até ao fundo se lermos com todo o rigor terminológico a excelente anotação do Abbé Bossu, autor de um *Traité sur la poésie épique*, citada por Jean Paul, e que diz que "nenhuma tragédia deve passar-se de noite"*. As regras exigem que a ação trágica se passe de dia, e a isso se opõe a introdução daquela hora dos espíritos no drama trágico. "Esta é a autêntica hora do feitiço da noite / Em que os cemitérios bocejam e o próprio inferno / Lança o seu sopro pestilento sobre o mundo."[82] O mundo dos espíritos está fora da história. É para aí que o drama trágico faz deslizar as suas vítimas. "Ai

---

[80] Kolitz, *op. cit.*, p. 63.

[81] Cf. Benjamin, "Schicksal und Charakter", *l.c.*, p. 192.

* Na primeira edição, Benjamin dá como fonte da citação uma indicação errada: Jean Paul, *op. cit.* (*Vorschule der Ästhetik* [Propedêutica estética], p. 326) (N.T.).

[82] [William] Shakespeare, Dramatische Werke [Obras dramáticas], Berlin, 1877, p. 98 (Hamlet III, 2). (A tradução citada por Benjamin é a de Schlegel-Tieck, na edição revista e prefaciada por Hermann Ulrici para a Sociedade Alemã de Shakespeare, 2ª ed., vol. 6. A letra da passagem original é em Shakespeare a seguinte: '*Tis now the very witching time of night, / Wenn churchyards yawn, and hell itself breathes out / Contagion to this world...* [N.T.]).

de mim, que morro, sim, sim, maldito, eu morro, mas tu ainda hás-de sentir a minha vingança: mesmo debaixo da terra continuarei a ser teu inimigo figadal, o tirano vingativo do reino de Messina. Farei tremer o teu trono, não darei tréguas ao teu leito nupcial, ao teu amor e à tua serenidade, e com a minha cólera farei todo o mal que puder ao rei e ao seu reino."[83]   Com razão se disse do drama inglês pré-shakespeariano que ele "não tem propriamente fim, a corrente continua a fluir"[84]. Isto aplica-se em geral ao drama trágico do Barroco; o seu desfecho não assinala o fim de uma época, como acontecia inequivocamente, em sentido histórico e individual, com a morte do herói da tragédia. Esse sentido individual – ao qual, porém, se vem juntar o histórico, o do fim do mito – pode ser elucidado com as palavras que dizem que a vida trágica é "a mais exclusivamente imanente de todas as vidas. Por isso os seus limites confinam sempre com a morte… Para a tragédia, a morte – o limite por excelência – é sempre uma realidade imanente, indisso-luvelmente ligada a cada um dos acontecimentos trágicos."[85] A morte, enquanto figura da vida trágica, é um destino individual; no drama trágico, não raras vezes ela surge como destino da comunidade, como se quisesse convocar todos os intervenientes perante o tribunal supremo:

> *In dreien Tagen solln zu Recht sie stehen:*
> *Sie sind geladen hin vor Gottes Throne;*
> *Nun laßt sie denken, wie sie da bestehen.*[86]

> [Em três dias estarão perante a mesa
> Do juiz, o grande trono de Deus;
> Que pensem agora na sua defesa.]

Se o herói trágico, na sua "imortalidade", não salva a vida, mas apenas o nome, as personagens do drama trágico pagam com a morte apenas a sua individualidade nominal, mas não a força vital do papel. Esta continua a viver, com a mesma intensidade, no mundo dos espíritos. "Pode ocorrer a outro dramaturgo escrever um *Fortinbras* depois do

---

[83] Stranitzky, *Die Gestürtzte Tyrannay…*, III, 12, *op. cit.*, p. 322.

[84] Ehrenberg, *op. cit.*, vol. 2, p. 46.

[85] Lukács, *op. cit.*, p. 345.

[86] Friedrich Schlegel, *Alarcos. Ein Trauerspiel* [Alarcos. Um drama trágico]. Berlim, 1802, p. 46 (II, 1).

Hamlet; ninguém me pode impedir de promover um novo encontro no inferno ou no céu, de permitir novos ajustes de contas entre eles."[87] Ao autor desta observação escapou-lhe que isso se deve a uma lei do drama trágico, e não à obra referida, e muito menos ao seu assunto. Em face daqueles grandes dramas trágicos que, como o *Hamlet*, sempre fascinaram a crítica, o desajustado conceito de tragédia com que esta ajuíza daqueles há muito tempo tinha de se revelar obsoleto. Aonde iremos parar, de fato, se se quiser ver em Shakespeare, no episódio da morte de Hamlet, um último "resíduo de naturalismo e de imitação da natureza, que leva o poeta trágico a esquecer que não é sua tarefa motivar a morte, também fisiologicamente"? Quando se argumenta que no *Hamlet* a morte "não tem qualquer relação com o conflito, Hamlet, que se destrói interiormente por não encontrar outra solução para o problema da existência que não seja a negação da vida, morre de um golpe de espada envenenada! Ou seja, devido a um acaso totalmente exterior... Em rigor, essa cena de morte simplista anula completamente o elemento trágico do drama."[88] É um exemplo dessa crítica aberrante que, pelo zelo da sua informação filosófica, não se dá ao trabalho de aprofundar mais o estudo da obra de um gênio. A morte de Hamlet, que tem tanto a ver com a morte trágica como o príncipe da Dinamarca com Ajax, é característica do drama trágico na sua veemente exterioridade, e só por isso digna do mestre que a criou, porque Hamlet, como deixa perceber o diálogo com Osric, quer respirar fundamente, como se fosse um gás sufocante, o ar pesado de destino. Hamlet quer morrer por obra do acaso, e uma vez que os adereços ominosos se juntam à sua volta como se ele fosse seu senhor e conhecedor, no final deste drama trágico, como algo que lhe é inerente e que ele supera, cintila por um instante a luz do drama de destino. Enquanto a tragédia termina com uma decisão, por mais incerta que seja, ressoa na essência do drama trágico e na da sua morte um apelo próprio dos mártires. A linguagem dos dramas trágicos pré-shakespearianos foi muito bem caracterizada como "diálogo legal sangrento"[89]. Este excurso pela área

---

[87] Albert Ludwig, "Fortsetzungen. Eine Studie zur Psychologie der Literatur" [Continuação. Um estudo de psicologia da literatura], *in*: *Germanisch-romanische Monatsschrift*, nº 6 (1914), p.433.

[88] Ziegler, *op. cit.*, p. 52.

[89] Ehrenberg, *op. cit.*, vol. 2, p. 57.

jurídica pode ser levado ainda mais longe, para falarmos, no sentido do "lamento" medieval, do processo da criatura, cujo lamento acusatório contra a morte – ou contra quem de direito – só em parte é instruído, para ser arquivado no fim do drama trágico. O retomar do processo está implícito no drama trágico, e por vezes essa latência atualiza-se. Mas também isto acontece apenas nos exemplos espanhóis, mais acabados. Em *La vida es sueño*, a repetição da situação principal ocupa o centro da peça. Os dramas trágicos do século XVII tratam repetidamente dos mesmos objetos, e de tal modo que eles possam, e devam, ser repetidos. Devido aos habituais preconceitos teóricos, isso foi ignorado, e quis-se atribuir a Lohenstein "curiosos erros" quanto ao trágico, "como aquele que supõe que o efeito trágico da ação sai reforçado quando a própria ação é amplificada por meio de acrescentos de episódios semelhantes. Em vez de configurar plasticamente o andamento da ação através da acentuação de novos eventos importantes, Lohenstein prefere ornamentar os momentos principais da peça com arabescos arbitrários, análogos aos anteriores, como se uma estátua ganhasse em beleza por lhe duplicarem os membros artisticamente esculpidos em mármore!".[90] O número de atos destes dramas não deveria ser ímpar, como aconteceu, por influência do teatro grego; o número par está mais de acordo com os acontecimentos repetíveis que eles apresentam. Mas pelo menos no *Leo Armenius* a ação termina com o quarto ato. Emancipando-se assim do esquema dos três ou cinco atos, a dramaturgia moderna assegura o triunfo de uma das tendências do Barroco[91].

---

[90] Müller, *op. cit.*, pp. 82-83.

[91] Cf. Konrad Höfer, *Die Rudolstädter Festspiele aus den Jahren 1665-67 und ihr Dichter. Eine literarhistorische Studie* [Os autos festivos de Rudolstadt nos anos de 1665-67 e o seu Autor. Um Estudo Histórico-literário]. Leipzig, 1904, p. 141 (= Probefahrten. 1).

< 3 >

Sento-me, deito-me, levanto-me, tudo em pensamento.
Em nenhum lugar tenho paz,
Com meu conflito me atormento.

Andreas Tscherning, *Melancholey redet selber*
[Fala a própria melancolia]*

Os grandes dramaturgos do Barroco alemão eram luteranos. Enquanto que nos decênios da restauração contrarreformista o catolicismo tinha impregnado a vida profana com toda a força da sua disciplina, o luteranismo desde sempre se situara numa posição antinômica em relação à vida quotidiana. À moralidade rigorosa da conduta dos cidadãos, por ele ensinada, contrapunha-se o seu afastamento das "boas obras". Recusando-se a aceitar os efeitos milagrosos espirituais e especiais dessas obras, entregando a alma à graça da fé e fazendo da esfera mundana e política o banco de ensaios de uma vida apenas indiretamente religiosa, destinada à demonstração de virtudes burguesas, o luteranismo conseguiu efetivamente enraizar no povo um forte sentimento de obediência ao dever, mas nos grandes provocou a hipocondria

---

* Andreas Tscherning, *Vortrab des Sommers Deutscher Getichte* [Vanguarda estival de poemas alemães]. Rostock, 1655 [não paginado] (N.T.).

(*Trübsinn*). Até no próprio Lutero, cujos dois últimos decênios de vida foram dominados por um crescente peso na alma, se anuncia uma reação à cruzada antes feita contra as boas obras. No seu caso, a "fé" ainda continuou a sustentá-lo, mas nem ela conseguiu evitar que a vida se tornasse insípida. "Que é um homem, / Se o seu maior bem, o ganho do seu tempo, / É só comer e dormir? Um animal, não mais. / Decerto quem nos fez com tão amplo discernir, / Olhando para trás e para diante, não nos deu / Tais faculdades, razão quase divina, / Para em nós criar bolor"[1] – esta fala de Hamlet é pura filosofia de Wittenberg, e rebelião contra ela. Naquela reação excessiva que, em última análise, eliminou as boas obras enquanto tais, e não apenas por aquilo que nelas servia para atribuir mérito ou permitir a expiação, manifestava-se certa forma de paganismo germânico e de crença sombria na sujeição ao destino. Retirou-se todo o valor às ações humanas, e algo de novo nasceu: um mundo vazio. O calvinismo, apesar do seu lado sinistro, percebeu esta impossibilidade e corrigiu-a como pôde. A fé luterana olhava com suspeita para essa banalização e opôs-se a ela. Que sentido teria a vida humana se nem a fé, como no calvinismo, precisava ser posta à prova? Se por um lado a fé era nua, absoluta, eficaz, mas por outro as ações humanas não se podiam distinguir? Não havia resposta para isto, a não ser na moral dos humildes – "fidelidade nas coisas pequenas", "levar uma vida honesta" – que começou a difundir-se por essa época e se contrapunha ao *taedium vitae* das naturezas mais sofisticadas. Pois aqueles que meditavam e iam mais fundo viam-se na existência como num campo de ruínas preenchido por ações não concluídas e inautênticas. A própria vida se rebelava contra este estado de coisas. Ela sente profundamente que não está aí apenas para ser desvalorizada pela fé. E um frêmito de horror atravessa-a perante a ideia de que a existência inteira poderia decorrer assim. Lá bem no fundo, assusta-a a ideia da morte. O luto é o estado de alma em que o sentimento reanima o mundo vazio apondo-lhe uma máscara, para experimentar um prazer enigmático à vista dele. Todo o sentimento está ligado a um objeto apriorístico, e a representação deste é a sua fenomenologia. A teoria do luto, tal como ela ia se delineando enquanto contraponto para a da tragédia, só pode, por isso, ser desenvolvida através da descrição daque-

---

[1] Shakespeare, *op. cit.*, pp. 118-119 (Hamlet, IV, 4).

le mundo que se abre diante do olhar do melancólico. Pois os sentimentos, por mais vagos que possam parecer à autopercepção, respondem como um reflexo motor à estrutura objetiva do mundo. Se as leis do drama trágico lutuoso se encontram no âmago do próprio luto, em parte explícitas, em parte implícitas, a sua representação não se destina ao estado afetivo do poeta nem ao do público, mas antes a um sentir dissociado do sujeito empírico e intimamente ligado à plenitude de um objeto. Uma atitude motriz, que tem um lugar bem determinado na hierarquia das intenções e só recebe o nome de sentimento porque esse lugar não é o mais elevado. O que o determina é a espantosa pertinácia da intenção, que, entre os sentimentos, e excluindo este, talvez só se encontre – e não por acaso – no amor. De fato, enquanto que no domínio afetivo não raras vezes a atração e a estranheza alternam na relação de uma intenção com o seu objeto, o luto é capaz de uma muito especial intensificação e de um aprofundamento continuado da sua intenção. A meditação profunda (*Tiefsinn*) é sobretudo própria de quem é triste. No caminho para o objeto – melhor: na via interior ao próprio objeto – esta intenção progride tão lenta e solenemente como os cortejos dos poderosos. O interesse veemente pela ostentação nos dramas políticos de pompa e circunstância, que por um lado representa uma evasão do espaço da pacatez devota, resultou, por outro lado, daquela tendência que leva a meditação profunda a sentir-se atraída pelo pensamento grave. Neste, ela reconhece o ritmo que lhe é próprio. A afinidade entre luto e ostentação, tão bem documentada nas construções linguísticas do Barroco, tem nisto uma das suas raízes; e o mesmo se passa com o alheamento (*Versunkenheit*), diante do qual se abrem, como um jogo, estas grandes constelações da crônica do mundo. Vale a pena cair nessa contemplação absorta, que mais não seja pelos significados que ela certamente permite decifrar nessas constelações; mas a sua repetição sem fim estimula o desânimo vital do temperamento melancólico a consolidar o seu desolado domínio. Até à herança renascentista a época foi buscar os assuntos que iriam servir para aprofundar esta fixidez contemplativa. Da ἀπάθεια estoica ao luto é apenas um passo, aliás apenas possível no espaço do cristianismo. Também o estoicismo do Barroco, como tudo o que nele é de inspiração antiga, é pseudoantigo. Para a sua recepção, o mais importante não é o pessimismo racional, mas a desolação com que a prática estoica confronta o homem. A desvitalização dos afetos que provoca a maré baixa das ondas que os faziam erguer-se no corpo pode levar a que a distância em relação ao mundo exterior se transforme em alienação em relação ao próprio corpo. A partir do momento em que se interpretou este sintoma de despersonalização como um grau avançado de tristeza, a ideia que se fazia desse estado patológico em que as coisas mais insignificantes aparecem como chaves de uma sabedoria enigmática, porque nos falta a relação natural e criativa com elas, entrou num contexto incomparavelmente fecundo. É nesse espírito que, na *Melancolia* de Albrecht Dürer, os instrumentos da vida ativa estão espalhados pelo chão como objeto de um estéril ruminar. Esta gravura antecipa em muito o Barroco. O saber de quem medita e a investigação do erudito fundiram-se nela tão intimamente como nos homens do período barroco. O renascimento investiga o universo, o Barroco as bibliotecas. Tudo o que pensa ganha forma de livro. "O mundo não conhece livro maior do que ele próprio; mas a sua parte mais nobre é o homem, para o qual Deus, em vez de um belo frontispício, imprimiu a sua imagem incomparável; e além disso fez dele compêndio, cerne e gema preciosa de todas as outras partes desse grande livro do mundo."[2] O "Livro da Natureza" e o "Livro do Tempo" são objetos dessa meditação barroca. Eles são a sua casa e o seu teto. Mas há neles também o embaraço burguês do poeta coroado, que há muito tinha deixado de ter a dignidade de Petrarca e assim se eleva solenemente acima do deleite prazenteiro das suas "horas de ócio". Por último, o livro era considerado um monumento duradouro no contexto da cena natural, rica em manifestações escriturais. Num prólogo às obras do poeta, notável pelo acentuar da melancolia como espelho da mentalidade da época, o editor de Ayrer assinalou a importância do livro, que recomenda como *arcanum* contra as investidas da hipocondria: "Considerando que as pirâmides, colunas e estátuas de todos os materiais se danificam ou são destruídas pelo tempo ou simplesmente ficam em ruínas…, que cidades inteiras se afundam, desaparecem ou ficam cobertas de água, enquanto que os livros e escritos são imunes a essa destruição, já que se alguns desaparecem num lugar ou país, podemos encontrá-los facilmente em inúmeros

---

[2] Samuel von Butschky, "Parabeln und Aphorismen" [Parábolas e aforismos], *in: Monatsschrift von und für Schlesien*, ed. Heinrich Hoffmann. Breslau, 1829, vol. I, p. 330.

outros, e deixando falar a experiência humana, conclui-se que não há nada de mais duradouro e imortal que os livros."[3] É preciso um idêntico cruzamento de complacência e contemplação para se perceber que "o nacionalismo barroco nunca apareceu associado à ação política... tal como a hostilidade barroca às convenções nunca cristalizou na vontade revolucionária do *Sturm und Drang* ou na luta romântica contra o filistinismo do Estado e da vida pública"[4]. O afã vão do intriguista era visto como o contraponto ignóbil da contemplação apaixonada, a única à qual se atribuía o dom de libertar os grandes dos enredos satânicos da história, na qual o Barroco não via mais que política. E apesar disso, também o alheamento contemplativo levava facilmente à queda num abismo sem fundo. É o que ensina a teoria da disposição melancólica.

Neste imponente patrimônio, que o Renascimento deixou em herança ao Barroco, e que tinha sido moldado durante quase dois milênios, a posteridade dispõe de um comentário do drama trágico mais preciso do que aquele que podem oferecer todas as poéticas. À volta desse drama ordenam-se harmonicamente as ideias filosóficas e as convicções políticas que estão na base da representação da história como um drama trágico. O príncipe é o paradigma do melancólico. Nada ilustra melhor a fragilidade da criatura do que o fato de também ele estar sujeito a ela. Uma das mais poderosas passagens dos *Pensamentos* de Pascal é aquela em que ele, partindo de uma reflexão análoga, dá voz ao sentimento da sua época: *L'Ame ne trouve rien en elle qui la contente. Elle n'y voit rien qui ne l'afflige quand elle y pense. C'est ce qui la contraint de se répandre au dehors, et de chercher dans l'application aux choses extérieures, à perdre le souvenir de son état véritable. Sa joie consiste dans cet oubli; et il suffit, pour la rendre misérable, de l'obliger de se voir et d'être avec soi.*[5] [A alma nada encontra em si que a satisfaça. Quando pensa em si, não há

---

[3] [Jakob] Ayrer, *Dramen* [Dramas]. Ed. de Adelbert von Keller. Vol. I, Stuttgart, 1865, p. 4 (= Bibliothek des litterarischen Vereins in Stuttgart. 76). Cf. também Butschky, *op. cit.* pp. 410-411 (*Wohlbebauter Rosenthal* [O vale das roseiras bem plantadas]).

[4] Hübscher, *op. cit.*, p. 552.

[5] B[laise] Pascal, *Pensées* (Édition de 1670. Avec une notice sur Blaise Pascal, un avant-propos et la préface de'Étienne Périer). Paris, s.d. [1905], pp. 211-212 (= Les meilleurs auteurs classiques).

nada que não a aflija. Isso obriga-a a sair de si para procurar, na aplicação às coisas exteriores, perder a recordação do seu verdadeiro estado. A sua alegria consiste nesse esquecimento; e basta, para a entristecer, forçá-la a ver-se e a estar consigo mesma.] *La dignité royale n'est-elle pas assez grande d'elle-même pour rendre celui qui la possède heureux par la seule vue de ce qu'il est? Faudra-t-il encore le divertir de cette pensée comme les gens du commun? Je vois bien que c'est rendre un homme heureux que de le détourner de la vue de ses misères domestiques, pour remplir toute sa pensée du soin de bien danser. Mais en sera-t-il de même d'un Roi? Et sera-t-il plus heureux en s'attachant à ces vains amusements qu'à la vue de sa grandeur? Quel objet plus satisfaisant pourrait-on donner à son esprit? Ne serait-ce pas faire tort à sa joie d'occuper son âme à penser à ajuster ses pas à la cadence d'un air, ou à placer adroitement une balle, au lieu de le laisser jouir en repos de la contemplation de la gloire majestueuse qui l'environne? Qu'on en fasse l'épreuve; qu'on laisse un Roi tout seule, sans aucune satisfaction des sens, sans aucun soin dans l'esprit, sans compagnie, penser à soi tout à loisir, et l'on verra qu'un Roi qui se voit est un homme plein de misères, et qu'il les ressent comme un autre. Aussi on évite cela soigneusement et il ne manque jamais d'y avoir auprès des personnes des Rois un grand nombre de gens qui veillent à faire succéder le divertissement aux affaires, et qui observent tout le temps de leur loisir pour leur fournir des plaisirs et des jeux, en sorte qu'il n'y ait point de vide. C'est-à-dire qu'ils sont environnés de personnes qui ont un soin merveilleux de prendre garde que le Roi ne soit seul et en état de penser à soi, sachant qu'il sera malheureux, tout Roi qu'il est, s'il y pense.*[6] [Não será a dignidade real suficientemente grande em si mesma para tornar feliz aquele que a possui à vista daquilo que é? Será preciso ainda distraí-lo desse pensamento, como os homens vulgares? Admito que desviar um homem das suas misérias domésticas, ocupando-lhe os pensamentos com a preocupação de bem dançar, é um meio de o fazer feliz. Mas passar-se-á o mesmo com um rei? E será ele mais feliz apegando-se a esses vãos divertimentos, em vez de olhar para a sua grandeza? Que objeto mais satisfatório poderia ser dado ao seu espírito? Não seria prejudicar a sua alegria levar a sua alma a preocupar-se em ajustar os seus passos à cadência de uma ária, ou em colocar habilmente uma bola, em vez de o deixar fruir tranquilamente da contemplação da glória majestosa

---

[6] Pascal, *op. cit.*, pp. 215-216.

que o rodeia? Faça-se a experiência: deixe-se um rei completamente só, sem nenhuma satisfação dos sentidos, sem nenhum cuidado no espírito, sem companhia, pensar em si mesmo com todo o lazer, e veremos que um rei que a si mesmo se vê é um homem cheio de misérias, e que as sente como qualquer outro. Por isso tal situação é cuidadosamente evitada, e nunca faltam à volta das pessoas dos reis muitos homens que velam para que os divertimentos alternem com as obrigações, e que passam todo o seu tempo inventando para o monarca prazeres e jogos, para que ele não caia no vazio. Ou seja, o rei está rodeado de pessoas dotadas de um zelo maravilhoso em evitar que o rei fique só e em estado de pensar em si, sabendo que se o fizer será infeliz, por mais rei que seja]. O drama trágico alemão ecoa de diversas maneiras este pensamento. Mal uma ideia é formulada, e ouve-se logo a seguir o seu eco. Leo Armenius fala do príncipe nos seguintes termos:

> *Er zagt vor seinem schwerdt. Wenn er zu tische geht,*
> *Wird der gemischte wein, der in crystalle steht,*
> *In gall und gifft verkehrt. Alsbald der tag erblichen,*
> *Kommt die beschwärzte schaar, das heer der angst geschlichen,*
> *Und wacht in seinem bett. Er kan in helffenbein,*
> *In purpur und scharlat niemahl so ruhig seyn*
> *Als die, so ihren leib vertraun der harten erden.*
> *Mag ja der kurtze schlaff ihm noch zu theile werden,*
> *So fällt ihn Morpheus an und mahlt ihm in der nacht*
> *Durch graue bilder vor, was er bey lichte dacht,*
> *Und schreckt ihn bald mit blut, bald mit gestürztem throne,*
> *Mit brandt, mit ach und tod und hingeraubter crone.*[7]

[Treme de ver a espada. Quando à mesa se senta,
O vinho misturado que em cristais se apresenta
Em fel se lhe transforma. E, mal se põe o dia,
Vem o negro cortejo, a legião da agonia
Rastejando, e ali fica, na cama de marfim.
Mesmo em púrpura e escarlate, a aflição não tem fim;
Antes ser como quem já dorme em terra dura.
Se acaso o breve sono um pouco mais perdura,
Logo Morfeu ataca e a noite lhe desfia
As imagens soturnas com que sonhou de dia,
Com sangue o apavora, com a coroa roubada,
Trono caído, fogo, e morte amargurada.]

---

[7] Gryphius, *op. cit.*, p. 34 (*Leo Armenius I*, 385 segs.).

E, em forma mais epigramática: "Onde há um cetro, há medo!"[8] Ou: "A triste melancolia vive as mais das vezes em palácios."[9] Estas afirmações referem, tanto a disposição interior do soberano, como a sua situação exterior, e podem com fundamento ser associadas ao pensamento de Pascal, pois o melancólico "é, a princípio…, como alguém que foi mordido por um cão raivoso: tem sonhos horríveis e sente medo sem razão".[10] A citação é de Aegidius Albertinus, escritor muniquense de vocação edificante, em *O reino de Lúcifer e a sua caça às almas*, uma obra que contém exemplos característicos das crenças populares, precisamente por estar livre das novas especulações. Aí podemos ler também: "Nas cortes dos príncipes em geral faz frio e é sempre inverno, porque o sol da justiça está longe delas… Por isso os cortesãos tremem de frio, medo e tristeza."[11] Estes cortesãos são da estirpe do cortesão estigmatizado, como o descrito por Guevara, que Albertinus traduziu; e se imaginarmos nele o intriguista e nos lembrarmos do tirano, a imagem da corte não anda longe da do inferno, de resto chamado o lugar da eterna tristeza. E também aquele "espírito da tristeza"[12] que encontramos em Harsdörffer não é provavelmente mais que o diabo. A essa mesma melancolia que assinala o seu domínio sobre os homens com os calafrios do medo atribuem também os estudiosos aquelas manifestações que acompanham obrigatoriamente o fim dos déspotas. E ninguém duvida de que os casos mais graves culminam na loucura. E o tirano, até ao momento da queda, é o grande modelo. "Vivo, os seus sentidos vão no entanto morrendo, pois ele deixa de ver e ouvir o mundo que vive e age à sua volta, para só pensar nas mentiras que o diabo lhe pinta no cérebro e lhe sopra ao ouvido, até que por fim começa a dar sinais de loucura e se afunda no desespero."* Assim descreve Aegidius Albertinus o fim do melancólico. Na *Sofonisba* deparamos com a tentativa, característica

---

[8] Gryphius, *op. cit.*, p. 111 (*Leo Armenius* V, 53).

[9] Filidor, *op. cit.*, p. 138 (*Ernelinde*).

[10] Cf. Aegidius Albertinus, *Lucifers Königreich und Selengejaidt: Oder Narrenhatz* [O reino de Lúcifer e a sua caça às almas. Ou a montaria dos loucos]. Augsburg, 1617, p. 390.

[11] Albertinus, *op. cit.*, p. 411.

[12] Harsdörffer, *Poetischer Trichter*, 3ª parte, *op. cit.*, p. 116.

* Benjamin não indica a fonte da citação, que é mais uma passagem da obra referida de Aegidius Albertinus, como o texto confirma logo a seguir (N.T.).

e invulgar, de refutar o Ciúme como figura alegórica, atribuindo-lhe um comportamento à imagem do melancólico demente. Se a refutação alegórica do Ciúme nesta passagem[13] é já estranha, porque o ciúme de Syphax por Masinissa é mais que justificado, por outro lado é altamente surpreendente que o delírio do Ciúme comece por ser caracterizado como ilusão dos sentidos – levando a figura a ver rivais em escaravelhos, gafanhotos, pulgas, sombras, etc. –, para depois, apesar de todos os esclarecimentos da Razão, suspeitar que aquelas criaturas, evocando certos mitos, sejam rivais divinos metamorfoseados. Toda a cena não é, assim, típica da expressão de uma paixão, mas de uma perturbação mental. Albertinus recomenda expressamente que os melancólicos sejam postos a ferros, "para que de tais espíritos delirantes não saiam homens furiosos, tiranos e assassinos de jovens e mulheres"[14]. E a ferros é posto também o Nabucodonosor de Hunold[15].

A codificação deste complexo de sintomas remonta à alta Idade Média, e a forma dada no século XII à doutrina dos temperamentos pela escola médica de Salerno, através do seu maior representante, Constantinus Africanus, manteve-se em vigor até ao Renascimento. De acordo com essa doutrina, "o melancólico é invejoso, triste, avaro, ganancioso, infiel, medroso e de cor terrosa"[16], e o *humor melancholicus* é "o menos nobre dos complexos"[17]. As causas destes sintomas eram atribuídas pela patologia dos humores ao excesso do elemento seco e frio no indivíduo. Esse elemento era a bílis negra – *bilis innaturalis* ou *atra*, por contraste com a *bilis naturalis* ou *candida* –, do mesmo modo que se remetia o temperamento úmido e quente (sanguíneo) para o sangue, o úmido e

---

[13] Cf. Lohenstein, *Sophonisbe*, *op. cit.*, pp. 52 segs. (III, 431 segs.).

[14] Albertinus, *op. cit.*, p. 414.

[15] Cf. Hunold, *op. cit.*, p.180 (Nebucadnezar III, 3).

[16] Carl Giehlow, "Dürers Stich 'Melencolia I' und der maximilianische Humanistenkreis" [A gravura de Dürer "Melencolia I" e o círculo de humanistas de Maximiliano da Baviera], *in*: *Mitteilungen der Gesellschaft für vervielfältigende Kunst*. Beilage der "Graphischen Künste". Viena, vol. 26, nº 2 (1903), p. 32.

[17] Biblioteca da Corte de Viena, códice 5486 (Coletânea de manuscritos médicos, de 1471), *apud* Giehlow, *op. cit.*, p. 34.

frio (fleumático) para a água e o seco e quente (colérico) para a bílis amarela. Segundo esta teoria, o pâncreas tinha uma importância decisiva para a formação da funesta bílis negra. O sangue "espesso e seco" que para ela corre e se torna dominante inibe o riso e provoca a hipocondria. A origem fisiológica da melancolia – "Ou será só a fantasia, pondo o espírito em comoção, / Que por estar no corpo gosta da sua própria aflição?"[18], interroga-se Gryphius – não podia deixar de impressionar profundamente a época barroca, que tão nitidamente tinha diante dos olhos a miséria da humanidade no seu estado criatural. Se a melancolia irrompe das profundezas da esfera criatural, à qual a especulação da época se via acorrentada pelos laços da própria Igreja, isso explicava a sua onipotência. De fato, entre as intenções contemplativas, ela é a mais própria da criatura; desde sempre se observou que a sua força não tem de ser menor no olhar do cão do que na atitude meditativa do gênio. "Meu amo, é verdade que a tristeza não foi feita para os bichos, mas só para os homens; mas quando os homens deixam que ela tome conta deles, tornam-se bichos"[19], diz Sancho a D. Quixote. Encontramos o mesmo pensamento, em versão teológica – e dificilmente como resultado das suas próprias deduções –, em Paracelso: "A alegria e a tristeza também nasceram de Adão e Eva. A alegria é própria de Eva, e a tristeza de Adão… Uma pessoa tão alegre como Eva nunca mais nascerá, e nenhum homem será tão triste como Adão o foi. Depois, as duas matérias contidas em Adão e Eva misturaram-se, de modo que a tristeza foi temperada pela alegria, e a alegria pela tristeza… Deles provêm também a cólera, a tirania e a ferocidade, tal como a doçura, a virtude e a modéstia: as primeiras de Eva e as segundas de Adão, e, misturadas, foram transmitidas a toda a sua descendência."[20] Adão, o primeiro ser criado, é a criatura em estado puro, e recebeu a tristeza criatural; Eva, criada para o alegrar, tem como atributo a alegria. A ligação convencional entre melancolia e loucura não é referida; Eva tinha de ser referida como instigadora

---

[18] Gryphius, *op. cit.*, p. 91 (*Leo Armenius* III, pp. 406-407).

[19] [Miguel] Cervantes [de Saavedra], *Don Quixote* [Edição de bolso alemã, completa, em 2 volumes, baseada na edição anônima de 1837, da responsabilidade de Konrad Thorer, e com uma introdução de Felix Poppenberg]. Leipzig, 1914, vol. 2, p. 106.

[20] Theophrastus Paracelsus, Erster Theil der Bücher und Schriften [Primeira parte dos livros e escritos], Basileia, 1589, pp. 363-364.

do pecado original. Mas esta concepção sombria da melancolia não tem raízes nas origens. Foi, pelo contrário, entendida na Antiguidade de forma dialética. Com referência ao conceito de melancolia, uma passagem canônica de Aristóteles liga a genialidade à loucura. A doutrina dos sintomas da melancolia, tal como é exposta no capítulo XXX dos *Problemata*, exerceu a sua influência durante mais de dois milênios. Hércules Egipcíaco é o protótipo do espírito engenhoso que, antes de cair na loucura, se lança nos mais altos voos da atividade criativa. "Os contrastes entre a mais intensa atividade espiritual e a sua mais profunda decadência"[21] suscitarão, pela sua proximidade, sempre o mesmo frêmito de horror. A isto acrescenta-se o fato de que a genialidade melancólica costuma manifestar-se associada ao dom divinatório. Antiga – derivada do escrito de Aristóteles *De divinatione somnium* – é também a convicção de que a melancolia estimula a capacidade profética. E este resto não recalcado dos teoremas antigos reaparece, na tradição medieval, nos sonhos proféticos atribuídos precisamente ao melancólico. E também no século XVII encontramos tais caracterizações, agora mais frequentemente em versões sombrias ("A tristeza generalizada costuma anunciar desgraças futuras'"*), como também confirma, de forma enfática, o belo poema de Tscherning "Melancholey Redet selber" [Fala a própria Melancolia]:

> Ich Mutter schweren bluts, ich faule Last der Erden
> Will sagen, was ich bin, und was durch mich kan werden.
> Ich bin die schwartze Gall, 'nechst im Latein gehört,
> Im Deutschen aber nun, und keines doch gelehrt.
> Ich kann durch wahnwitz fast so gute Verse schreiben,
> Als einer der sich läst den weisen Föbus treiben,
> Den Vater aller Kunst. Ich fürchte nur allein
> Es möchte bey der Welt der Argwohn von mir seyn,
> Als ob vom Höllengeist ich etwas wolt' ergründen,
> Sonst könt' ich vor der Zeit, was noch nicht ist, verkünden,
> Indessen bleib ich doch stets eine Poetinn,
> Besinge meinen fall, und was ich selber bin.
> Und diesen Ruhm hat mir mein edles Blut geleget

---

[21] Giehlow, *op. cit.*, vol. 27, n° 4 (1904), p. 72.

* Fonte não indicada. Na primeira edição remete-se para Männling, *op. cit.*, p. 7 (i.e., *Schaubühne des Todes* [Palco da morte], Wittenberg, 1692). Os organizadores da edição crítica de Benjamin não confirmam a fonte indicada pelo autor (N.T.).

Und Himmelischer Geist, wann der sich in mir reget,
Entzünd ich als ein Gott die Hertzen schleunig an,
Da gehn sie ausser sich, und suchen eine Bahn
Die mehr als Weltlich ist. Hat jemand was gesehen,
Von der Sibyllen Hand so ists durch mich geschehen.[22]

[Eu, mãe de sangue denso, fardo podre da Terra,
Quero dizer-vos quem sou, e o que de mim se espera.
Eu sou a bílis negra, primeiro dita em latim,
E agora em alemão, línguas que não aprendi.
Possuída pela loucura, versos tão bons escrevo
Como os de algum poeta inspirado por Febo,
Pai de todas as artes. Só receio que o mundo
Suspeite que haja em mim qualquer desejo fundo
De me voltar para o espírito que do inferno faz
Sua morada, para ver o que o futuro nos traz.
Em verdade, de mim só a poeta restou,
Só canto a minha história, e o que eu própria sou.
A fama que me coube vem-me do sangue nobre,
Do espírito celeste; sempre que em mim se move,
Inflamo como um deus os corações. E um dia
Ficam fora de si, e procuram uma via
Que vá para além do mundo. Se alguém já algo viu
Da sibilina mão, por mim aconteceu.]

É extraordinária a longa vida deste esquema, nada desprezível, de profundas análises antropológicas. Kant pinta ainda a imagem do melancólico com as cores que aparecem nos teóricos mais antigos. Nas *Beobachtungen über das Gefühl des Schönen und Erhabenen* [Observações sobre o sentimento do belo e do sublime], o filósofo atribui ao melancólico "desejo de vingança…, inspirações, visões, tentações…, sonhos significativos, pressentimentos e prodígios"[23].

Do mesmo modo que, na escola de Salerno, a patologia antiga dos humores renasce através das ciências do mundo árabe, assim também este mundo árabe haveria de ser o transmissor de uma outra ciência helenística que alimentou a doutrina do melancólico: a astrologia.

---

[22] Tscherning, *op. cit.* ("Melancholey Redet selber").

[23] Immanuel Kant, *Beobachtungen über das Gefühl des Schönen und Erhabenen.* Königsberg, 1764, pp. 33-34.

Costuma apontar-se como principal fonte do saber astrológico medieval a astronomia de Abû Masar, que por sua vez deriva da Antiguidade tardia. A teoria da melancolia está intimamente ligada à doutrina da influência dos astros. E entre essas influências só a mais funesta, a de Saturno, presidia à disposição de ânimo melancólica. Por muito evidente que seja a separação, na teoria do temperamento melancólico, dos sistemas astrológico e médico – assim, Paracelso pretendia excluir totalmente a melancolia deste último, atribuindo-a apenas ao primeiro[24] –, são igualmente evidentes as especulações harmonizadoras desenvolvidas a partir de ambos. E se estas especulações podem parecer casuais em relação ao seu caráter empírico, é surpreendente, e mais dificilmente explicável, a riqueza de observações antropológicas em que elas desembocam. Surgem aí pormenores rebuscados, como a tendência do melancólico para as grandes viagens (o que explica o mar como horizonte da "Melancolia" de Dürer); mas também o exotismo fanático dos dramas de Lohenstein, ou o gosto da época pelas descrições de viagens. Neste caso, a explicação astronômica é obscura. Outra é a situação quando a distância que separa a Terra do planeta, e a correspondente longa duração da sua órbita, deixa de ser interpretada no sentido de mau prenúncio, como faziam os médicos de Salerno, para ser vista como sinal da razão divina que atribuíra esse lugar mais distante ao planeta ameaçador, como uma bênção; por outro lado, a meditação profunda do espírito perturbado é atribuída à influência de Saturno, que, "como planeta supremo, o mais afastado da vida quotidiana, é responsável por aquela funda contemplação que leva a alma a desviar a atenção das coisas exteriores para o interior, fazendo-a subir cada vez mais alto e finalmente lhe concede o saber supremo e dons proféticos"[25]. Em interpretações deste tipo, que conferem aos desenvolvimentos daquelas doutrinas o seu caráter de fascínio, anuncia-se um traço dialético da concepção de Saturno que corresponde de forma surpreendente ao conceito grego de melancolia. A descoberta

---

[24] Cf. Paracelso, *op. cit.*, pp. 82-83., p. 86; *op. cit.* (*Andrer Theil der Bücher und Schriften* [Segunda parte dos livros e escritos]), pp. 206-207; *op. cit.*, (*Vierdter Theil der Bücher und Schriften* [Quarta parte dos livros e escritos]), pp. 157-158. E ainda: I, p. 44; IV, pp. 189-190.

[25] Giehlow, *op. cit.*, vol. 2, n° 1/2 (1904), p. 14.

deste núcleo vital da imagem de Saturno é o grande mérito de Panofsky e Saxl, que, no belo estudo sobre "A "Melencolia I" de Dürer", exploraram a fundo e aperfeiçoaram a leitura do seu extraordinário precursor, os estudos de Giehlow sobre "A "Melencolia I" de Dürer e o Círculo de Humanistas de Maximiliano I". Neste mais recente escrito podemos ler: "Acontece que esta *extremitas*, que, em confronto com os outros três 'temperamentos', tornou a melancolia tão importante e problemática, tão digna de inveja e tão inquietante nos séculos que se seguiram…, é a mesma que fundamenta as mais fundas e decisivas correspondências entre a melancolia e Saturno. Tal como a melancolia, também Saturno, esse demônio dos contrastes, investe a alma, por um lado com a indolência e a apatia, por outro com a força da inteligência e da contemplação; como ela, também ele ameaça os que lhe estão sujeitos, por mais distintos que sejam esses espíritos, com os perigos da hipocondria ou da demência extática. Para citar Ficino, Saturno 'raramente marca temperamentos e destinos vulgares, mas antes pessoas diferentes das outras, divinas ou bestiais, felizes ou esmagadas pela mais funda desgraça'."[26] Esta dialética de Saturno precisa de uma explicação, "que só pode ser procurada na própria estrutura interna da concepção mitológica de Cronos… Esta é de natureza dualista, não apenas em relação aos efeitos externos da ação do deus, mas também no que se refere ao seu destino próprio, por assim dizer pessoal; e ela é dualista de forma tão ampla e intensa que se poderia caracterizar Cronos como um deus dos extremos. Por um lado, ele é o grande senhor da Idade de Ouro…, por outro, o deus triste, destronado e humilhado…; por um lado, cria (e devora) inúmeros filhos, por outro está condenado a ser eternamente infértil; por um lado, é um monstro que tem de ser vencido pela astúcia mais simplória, por outro é o velho deus da sabedoria, venerado como a inteligência suprema, como $\pi\rho o\mu\eta\theta\epsilon\upsilon\varsigma$ [prudente, vidente] e $\pi\rho o\mu\acute{\alpha}\nu\tau\iota o\varsigma$ [adivinho, voz do oráculo]… Nesta polaridade imanente da imagem de Cronos… encontra o caráter especial da concepção astrológica de Saturno a sua derradeira

---

[26] Erwin Panofsky [e] Fritz Saxl, *Dürers "Melencolia I". Eine quellen-und typengeschichtliche Untersuchung* [A "Melancolia I" de Dürer. Um estudo de fontes e tipologia histórica]. Berlim, 1922, pp. 18-19 (= Studien der Bibliothek Warburg. 2).

explicação – aquele caráter que, em última análise, é marcado por um agudo e fundamental dualismo."[27] "O comentador de Dante Jacopo della Lana, por exemplo, destacou ainda de forma clara e fundamentou com muita argúcia esta constituição antitética imanente, mostrando que Saturno, devido às suas qualidades de astro pesado, frio e seco, gera homens completamente presos à vida material, só adaptados ao duro trabalho do campo, mas devido à sua localização, como o mais alto dos planetas, produz, pelo contrário, os *religiosi contemplativi*, homens extremamente espiritualizados e indiferentes à vida terrena."[28] É no contexto desta dialética que se desenrola a história do problema da melancolia. Essa história alcança o seu clímax com a magia do Renascimento. Enquanto as ideias aristotélicas sobre a ambivalência da disposição anímica melancólica, tal como as antíteses medievais explicativas da influência de Saturno, abriam caminho a uma representação estritamente demonológica, de acordo com a especulação cristã, o Renascimento foi de novo buscar às suas fontes toda a panóplia de antigas especulações. O grande mérito e a beleza muito especial dos trabalhos de Giehlow foi o de ter descoberto este ponto de viragem e de o ter exposto com o vigor de uma peripécia dramática. Para o Renascimento, que levou a cabo, com um radicalismo nunca atingido pelos Antigos, a reinterpretação da melancolia saturnina no sentido de uma doutrina do gênio, "o temor de Saturno", para referir a expressão de Warburg, "estava no centro das crenças astrológicas"[29]. Já a Idade Média se tinha apoderado, sob as mais diversas formas, do ciclo das especulações saturninas. O governante dos meses, "o deus grego do tempo e o espírito romano das sementeiras"[30] transformaram-se na alegoria da Morte segadora com a sua gadanha, que agora se destina, não à colheita, mas à estirpe humana; também já não é o ciclo anual, com a sua recorrência de sementeira, colheita e repouso invernal, que domina o tempo, mas o

---

[27] Panofsky e Saxl, *op. cit.*, p. 10.

[28] *Id., ibid.*, p. 14.

[29] A[by] Warburg, *Heidnisch-antike Weissagung in Wort und Bild zu Luthers Zeiten* [Vaticínios pagãos antigos em texto e imagem na época de Lutero] (Comunicações à Academia das Ciências de Heidelberg, Classe histórico-filosófica, 1920 [i. e. 1919], 26° caderno, p. 24).

[30] Warburg, *op. cit.*, p. 25.

implacável caminho de cada vida em direção à morte. Mas a imagem do melancólico colocava a esse tempo, empenhado em aceder a todo o custo às fontes ocultas do conhecimento da natureza, a questão de saber como seria possível roubar a Saturno as energias espirituais sem cair na loucura. Era preciso libertar a melancolia sublime, a *melencolia illa heroica* de Marsilio Ficino e de Melachton[31], da melancolia comum e destruidora. A uma rigorosa dietética do corpo e da alma vem juntar-se a magia astrológica: o enobrecimento da melancolia é o tema principal da obra *De vita triplici*, de Marsilio Ficino. O quadrado mágico que vemos desenhado num quadro por cima da cabeça da "Melancolia" de Dürer é o selo planetário de Júpiter, cuja influência se opõe à forças obscuras de Saturno. Ao lado desse quadro está pendurada a balança, uma alusão ao signo astrológico de Júpiter. *Multo generosior est melancholia, si coniunctione Saturni et Iouis in libra temperetur, qualis uidetur Augusti melancholia fuisse*[32] [A melancolia é muito mais generosa se for temperada pela conjunção de Saturno e de Júpiter em Libra, como parece ter sido o caso da melancolia de Augusto]. Sob esta influência jupiteriana, as inspirações nefastas transformam-se em benéficas, e Saturno torna-se protetor das mais sublimes pesquisas; a própria astrologia se lhe submete. Isso permitiu a Dürer conceber o projeto de "exprimir também nos traços fisionômicos do saturnino a concentração espiritual divinatória"[33].

A teoria da melancolia formou-se em torno de uma série de antigos símbolos, nos quais, porém, só o Renascimento projetou, com uma genialidade interpretativa incomparável, a imponente dialética daqueles dogmas. Uma das figuras emblemáticas que se acumulam no primeiro plano da "Melancolia" de Dürer é a do cão. Não é por acaso que uma descrição do estado de espírito do melancólico, feita por Aegidius Albertinus, menciona a raiva. Segundo a tradição antiga, "o baço domina

---

[31] Philippus Melachton, *De anima*. Vitebergae, 1548, fol. 82 *recto*, *apud* Warburg, *op. cit.*, p. 61.

[32] Melanchton, *op. cit.*, fol. 76 *verso*, *apud* Warburg, *op. cit.*, p. 62.

[33] Giehlow, *op. cit.*, vol. 27 (1904), n° 4, p. 78.

o organismo do cão"[34]. Este é um traço que ele tem em comum com o melancólico. Se este órgão, particularmente delicado, se altera, o cão perde a alegria e fica raivoso. Deste ponto de vista, o cão simboliza o aspecto sombrio da complexão melancólica. Por outro lado, o faro e a resistência do animal permitiram construir dele a imagem do incansável pesquisador e do pensador meditativo. "Pierio Valeriano diz expressamente, no seu comentário a este hieróglifo, que o melhor cão a farejar e a correr é aquele que *faciem melancholicam prae se ferat* [...apresenta uma face melancólica]."[35] Na gravura de Dürer a ambivalência deste símbolo é ainda reforçada pelo fato de o animal estar a dormir: se os maus sonhos vêm do baço, os divinatórios são privilégio do melancólico. Estes são bem conhecidos no drama trágico, como próprios de príncipes e mártires. Mas tais sonhos devem ainda ser entendidos como provenientes de um sono geomântico no templo da Criação, e não como inspiração sublime ou mesmo divina. Porque toda a sabedoria do melancólico obedece a uma lei das profundezas; a ela chega-se a partir do afundamento, na vida, das coisas criaturais, a voz da revelação é-lhe desconhecida. Tudo o que é saturnino remete para as profundezas da Terra, pois é aí que se conserva a natureza do velho deus das sementeiras. Segundo Agrippa von Nettesheim, Saturno concede aos homens "as sementes das profundezas e... os tesouros escondidos"[36]. Os olhos postos no chão caracterizam aí o saturnino, que perfura a terra com os olhos. Esta ideia aparece também em Tscherning:

> *Wem ich noch unbekandt, der kennt mich von Geberden*
> *Ich wende fort und für mein' Augen hin zur Erden*
> *Weil von der Erden ich zuvor entsprossen bin*
> *So seh ich nirgends mehr als auff die Mutter hin.*[37]

---

[34] Giehlow, *op. cit.*, p. 72.a

[35] *Id., ibid.*

[36] Citado de Franz Boll, *Sternglaube und Sterndeutung. Die Geschichte und das Wesen der Astrologie* [A crença nos astros e a leitura dos astros. História e essência da astrologia]. Apresentado por Franz Boll, com a colaboração de Carl Bezold. Leipzig-Berlim, 1918, p. 46 (= Aus Natur und Geisteswelt. 638).

[37] Tscherning, *op. cit.* ("Melancholey Redet selber").

[Os que me não conhecem, pelo gesto lá chegarão:

O meu tempo é passado de olhos postos no chão;

Se foi a terra-mãe que, antes, nascer me viu,

Mais não faço que olhar para a mãe que me pariu.]

As inspirações que vêm da terra-mãe cintilam na noite da meditação do melancólico como tesouros no interior da terra; ele não conhece a intuição fulminante. A Terra, antes apenas significativa como elemento frio e seco, alcança toda a riqueza do seu significado esotérico numa reflexão científica de Ficino. O velho símbolo inscreve-se no grande processo exegético do filósofo renascentista através da nova analogia entre a força da gravidade e a concentração mental: *Naturalis autem causa esse videtur, quod ad scientias, praesertim difficiles consequendas, necesse est animum ab externis ad interna, tamquam a circumferentia quadam ad centrum sese recipere atque, dum speculatur, in ipso (ut ita dixerim) hominis centro stabilissime permanere. Ad centrum vero a circumferentia se colligere figique in centro, maxime terrae ipsius est proprium, cui quidem atra bilis persimilis est. Igitur atra bilis animum, ut se et colligat in unum et sistat in uno comtempleturque, assidue provocat. Atque ipsa mundi centro similis ad centrum rerum singularum cogit investigandum, evehitque ad altissima quaeque comprehendenda.*"[38] [Mas parece ser um princípio natural que, na investigação das ciências particularmente complexas, a mente deve orientar-se das coisas externas para as internas, por assim dizer da circunferência para o centro, e que, enquanto prossegue as suas especulações, ela deve permanecer solidamente fixada, permita-se a expressão, no próprio centro do indivíduo. Ora, a atividade mental que caminha da circunferência para o centro para nele se fixar é a característica principal daquela região da mente com a qual a bílis negra tem afinidades. Por isso a bílis negra desafia permanentemente o espírito a dirigir-se para um ponto e a concentrar-se nele, para aí se entregar à contemplação. E como a bílis negra é em si mesma semelhante ao centro do mundo, ela obriga a investigar o centro de todas as coisas singulares e leva à compreensão das mais profundas verdades.] Panofsky e Saxl observam a este propósito, contra Giehlow, e com razão, que não se pode dizer que Ficino "recomenda" a concentração ao melancólico[39].

---

[38] Marsilius Ficinus, *De vita triplici I* (1482), 4 (*Marsilii Ficini opera*, Basileae, 1576, p. 496). *Apud* Panofsky e Saxl, *op. cit.*, p. 51, nota 2.

[39] Cf. Panofsky e Saxl, *op. cit.*, p. 51 (nota 2).

Mas tal afirmação pouco significa face à série de analogias que abrange pensamento – concentração – terra – fel, e não apenas com a finalidade de conduzir do primeiro ao último elo da cadeia, mas também aludindo, de forma insofismável, a uma nova interpretação da terra adentro do antigo complexo de saberes da doutrina dos temperamentos. De fato, segundo uma opinião antiga, a Terra deve à força de concentração a sua forma esférica e, por conseguinte, como já achava Ptolomeu, a sua perfeição e a sua posição central no universo. Assim sendo, não se pode afastar sem mais a hipótese de Giehlow segundo a qual a esfera da gravura de Dürer seria um símbolo do homem contemplativo[40]. E este "fruto, o mais maduro e enigmático, da cultura cosmológica do círculo de Maximiliano"[41], como bem escreve Warburg, poderia ser visto como gérmen que contém já toda a plenitude alegórica do Barroco, pronta a desabrochar, mas aqui ainda contida pela força de um gênio. A salvação de antigos símbolos da melancolia, fornecida por esta gravura e pela especulação coeva, deixou um deles – a pedra – sem comentário, e também Giehlow e outros investigadores parecem não ter dado por ele. Mas ela tem um lugar assegurado no inventário simbólico. Há um significado especial que dificilmente podemos deixar de lhe atribuir ao ler as seguintes palavras de Aegidius Albertinus sobre o melancólico: "A tristeza melancólica, que em geral amolece o coração pela humildade, torna-o cada vez mais obstinado nos seus pensamentos perversos, pois as suas lágrimas não lhe caem no coração para amaciarem a sua dureza, mas passa-se com ele o mesmo que com a pedra, que só sua por fora quando o tempo está úmido"[42]. Mas a imagem muda quando encontramos a seguinte frase no discurso fúnebre de Hallmann ao senhor Samuel von Butschky: "Ele era por natureza hipocondríaco e de compleição melancólica, um estado de espírito propenso à reflexão insistente sobre uma coisa e a formas de agir cheias de cautelas. Nem a cabeça de Medusa cheia de serpentes, nem o monstro africano, nem as lágrimas de crocodilo deste mundo são capazes de seduzir os seus olhos, e muito menos de transformar os seus membros numa pedra tosca."[43] E,

---

[40] Cf. Panofsky e Sal, *op. cit.*, 64 (nota 3).

[41] Warburg, *op. cit.*, p. 54.

[42] Cf. Albertinus, *op. cit.*, p. 406 (a citação não se encontra nesta página da edição de Munique, pelo menos nesta forma. Poderá tratar-se de uma paráfrase de Benjamin. [N.T.]).

[43] Hallmann, *Leichreden, op. cit.,* p. 137.

como terceiro exemplo, a pedra no belo diálogo de Filidor entre a Melancolia e a Alegria:

Melancholey, Freude. Jene ist ein altes Weib in verächtlichen Lumpen gekleidet, mit verhülleten (!) Haupt, sitzet auff einem Stein unter einem dürren Baum, den Kopff in den Schooß legend. Neben ihr steht eine Nacht-Eule…

Melankoley:
*Der harte Stein, der dürre Baum,
Der abgestorbenen Zypressen
Giebt meiner Schwermuth sichern Raum
und macht der Scheelsucht mich vergessen…*

Freude:
*Wer ist diß Murmelthier
hier an den dürren Ast gekrümmet?
Der tieffen Augen röhte
straalt, wie ein Blut Comete
der zum verderb und Schrecken glimmer…
Jetzt kenn ich dich, du Feindin meiner Freuden,
Melanckoley, erzeugt im Tartarschlund
vom drey geköpfften Hund'.
O! sollt' ich dich in meiner Gegend leiden?
Nein, wahrlich nein!
          der kalte Stein,
          der Blätterlose Strauch
          muß augerottet seyn
          und du Unholdin auch.*[44]

[Melancolia, Alegria. A primeira é uma mulher velha, vestida com farrapos sujos, cabeça velada, sentada numa pedra debaixo de uma árvore seca, pousando a cabeça no regaço. A seu lado uma coruja…

Melancolia:
A pedra dura, a árvore esguia,
o cipreste morto oferece
um abrigo à melancolia
e a inveja quase me esquece…

Alegria:
Quem é esta marmota
encostada aos ramos secos?
De olhos fundos e vermelhos,
cometa em sangue, com brilhos
que prenunciam desgraça e medos?…
Bem sei: és a inimiga da minha alegria,

---

[44] Filidor, *op. cit.* (*Ernelinde*), pp. 135–136.

das goelas do Tártaro nascida,
pelo tricéfalo cão gerada.
E hei-de eu tolerar-te, melancolia?
Não, em verdade não!
A fria pedra então,
o arbusto nu além,
desaparecerão,
e tu, monstro, também.]

Pode ser que o símbolo da pedra represente apenas a forma mais óbvia do reino da terra, frio e seco. Mas também é perfeitamente plausível, nada improvável até, à luz da citação de Albertinus, que a massa inerte contenha uma alusão ao conceito mais propriamente teológico do melancólico, presente num dos pecados capitais: o da acédia, a indolência do coração. A partir dela, o ritmo arrastado de Saturno na sua órbita e a sua luz baça estabelecem uma relação com o melancólico que, baseada em fundamentos astrológicos ou outros, é já atestada por um manuscrito do século XIII: "Da indolência. O quarto pecado capital é: a indolência ao serviço de Deus. E isto é quando volto costas a uma boa obra laboriosa e difícil, para me dedicar a um ocioso descanso. E quando desisto da boa obra, porque ela se torna demasiado árdua, daí resulta a amargura do coração."[45] Em Dante, a acédia é o quinto elo na ordem dos pecados capitais. No seu círculo infernal reina o frio glacial, o que remete para os dados da patologia dos humores, a natureza fria e seca da Terra. Sob a forma da acédia, a melancolia do tirano surge a uma nova e mais nítida luz. Albertinus insere expressamente o complexo de sintomas do melancólico no âmbito da acédia: "A acédia ou indolência é comparável à mordedura de um cão raivoso, pois quem é mordido por um tal cão é logo assaltado por sonhos aterradores, tem medos no sono, torna-se colérico e desequilibrado, recusa todas as bebidas, teme a água, ladra como um cão e tem tanto medo que cai apavorado. Tais pessoas morrem logo, se não forem socorridas."[46] Em particular a indecisão do príncipe mais não é do que acédia saturnina. Saturno torna-nos "apáticos, indecisos, lentos"[47]. O tirano sucumbe a esta indolência do coração. E do mesmo modo que esta característica

---

[45] Citado em *Schauspiele des Mittelalters*, *op. cit.*, p. 329.

[46] Albertinus, *op. cit.*, p. 390.

[47] A[nton] Hauber, *Planetenkinderbilder und Sternbilder. Zur Geschichte des menschlichen Glaubensund Irrens* [Imagens infantis dos planetas e constelações. Para a história das

atinge a figura do tirano, também a da infidelidade – um outro traço próprio do homem saturnino – atinge a do cortesão. Não há nada de mais inconstante do que a disposição do homem da corte, tal como os dramas trágicos a apresentam: a traição é o seu elemento. Não se trata de leviandade, nem de incapacidade dos autores no desenho dos caracteres, quando o cortesão hipócrita, nos momentos críticos, e mal tendo tempo de refletir, abandona o soberano e se passa para o partido contrário. Pelo contrário, o seu modo de agir trai uma ausência de princípios que, em parte, é um gesto consciente do maquiavelismo, mas por outro lado denuncia a entrega desamparada e melancólica a uma ordem de constelações funestas consideradas insondáveis, e que assume um caráter manifestamente coisal. A coroa, a púrpura, o cetro são, em última análise, adereços no sentido do drama de destino, e trazem consigo um *fatum* (destino) ao qual o cortesão se entrega em primeiro lugar, na medida em que é o seu áugure. À sua infidelidade aos seres humanos corresponde uma fidelidade às coisas, que verdadeiramente o mergulha numa entrega contemplativa. O lugar da concretização adequada do conceito que espelha este comportamento só pode ser o dessa fidelidade desesperançada ao mundo criatural e à lei da culpa que governa a sua vida. Todas as decisões essenciais na relação com os homens podem ofender os princípios da fidelidade, elas regem-se por leis superiores. Essa fidelidade só está perfeitamente adequada à relação dos homens com o mundo das coisas. Este não conhece lei mais alta, e a fidelidade não conhece objeto a que mais exclusivamente pertença do que o mundo das coisas. Este apela constantemente para ela, e toda a promessa e toda a memória em nome da fidelidade rodeia-se de fragmentos do mundo das coisas como se fossem os seus próprios, como objetos cujas exigências nunca são excessivas. De forma desajeitada, e mesmo injustificada, ela proclama a seu modo uma verdade por amor da qual, de fato, trai o mundo. A melancolia trai o mundo para servir o saber. Mas o seu persistente alheamento meditativo absorve na contemplação as coisas mortas, para as poder salvar. O poeta a quem se atribui a seguinte passagem fala sob o signo da tristeza melancólica: *Péguy parlait de cette inaptitude des choses à être sauvées, de cette résistance, de cette pesanteur des*

---

crenças e dos erros humanos]. Estrasburgo, 1916, p. 126 (= Studien zur deutschen Kunstgeschichte. 194).

choses, des êtres mêmes, qui ne laisse subsister enfin qu'un peu de cendre de l'effort des héros et des saints.[48] [Péguy falava daquela inaptidão das coisas para serem salvas, daquela resistência, daquela pesadez das coisas, dos próprios seres, que por fim não deixa que subsista mais que um pouco de cinza do esforço dos heróis e dos santos.] A obstinação que se manifesta na intenção do luto nasceu da sua fidelidade ao mundo das coisas. E por essa via terá de se entender também a infidelidade que os almanaques atribuem ao homem saturnino, bem como a – mais rara – oposição dialética que reinterpreta o "fiel no amor", atribuído por Abû Masar ao homem saturnino[49]. A fidelidade é o ritmo dos níveis de intenção das emanações descendentes, no qual se refletem, transformadas e com ele relacionadas, as emanações ascendentes da teosofia neoplatônica.

Com uma atitude característica, marcada pela reação da Contrarreforma, a tipologia do drama trágico segue a imagem escolástica medieval da melancolia. Mas a forma global desse drama, totalmente diversa daquela tipologia – a que se refere ao estilo e à linguagem –, é inconcebível sem aquela ousada inovação graças à qual as especulações renascentistas descobriram, nos traços da meditação lacrimosa[50], o reflexo de uma luz distante que cintilava a partir dos fundos da contemplação absorta. Uma vez, pelo menos, a época conseguiu conjurar aquela figura humana que correspondia à dicotomia entre a iluminação neoantiga e medieval, à luz da qual o Barroco via o melancólico. Mas isso não aconteceu na Alemanha. Está no *Hamlet*. O mistério da sua personagem está contido na travessia, lúdica, mas por isso mesmo equilibrada, por todas as estações desse espaço intencional, do mesmo modo que o mistério do seu destino está contido numa ação totalmente em sintonia com o seu olhar. Só Hamlet é, para o drama trágico, espectador por graça divina; mas o que pode satisfazê-lo não é o que se representa, é apenas o seu próprio destino. A sua vida, como objeto exemplarmente emprestado ao seu luto, aponta, antes de se extinguir, para a providência

---

[48] Daniel Halévy, *Charles Péguy et les Cahiers de la Quinzaine*. Paris, 1919, p. 230.

[49] Abû Masar, trad. segundo o Cod. Leid. Or. 47, p. 255; *apud* Panofsky e Saxl, *op. cit.*, p. 5.

[50] Cf. Boll, *op. cit.*, p. 46.

cristã, em cujo seio as suas tristes imagens passam a ter uma existência bem-aventurada. Só numa vida de príncipe como esta a melancolia se resolve, encontrando-se consigo mesma. O resto é silêncio, pois tudo o que não foi vivido está destinado à ruína neste espaço assombrado pela palavra, meramente ilusória, da sabedoria. Só Shakespeare conseguiu fazer brilhar a centelha cristã a partir da rigidez do melancólico, uma rigidez barroca tão antiestoica como anticristã, pseudoantiga e pseudopietista. Se não quisermos que o olhar perspicaz com que Rochus von Liliencron leu em Hamlet uma ascendência saturnina e traços da acédia[51] seja privado do seu objeto mais importante, teremos de ver nesse drama o espetáculo único da superação dessas características no espírito do cristianismo. Só neste príncipe a contemplação absorta e melancólica se torna cristã. O drama trágico alemão nunca conseguiu ganhar alma, nunca soube despertar no seu interior o olhar transfigurado da reflexão sobre si próprio. Permaneceu estranhamente obscuro para si mesmo, e apenas soube pintar o melancólico com as cores berrantes e gastas dos compêndios medievais sobre os temperamentos. Por que então este excurso? As imagens e figuras que esse drama põe em cena são dedicadas ao gênio düreriano da melancolia alada. O seu palco grosseiro lança os alicerces da sua vida mais íntima diante daquele gênio.

---

[51] Cf. Rochus Freiherr von Liliencron, *Wie man in Amwald Musik macht. Die siebente Todsünte* [Como se faz música em Amwald. O sétimo pecado capital]. Leipzig, 1903.

Alegoria e drama trágico

< 1 >

Quem quisesse abrilhantar esta frágil cabana em que a miséria adorna cada canto com uma fórmula razoável, não usaria uma expressão inadequada nem ultrapassaria os limites de uma verdade fundamentada se definisse o mundo como uma grande loja, um posto aduaneiro da morte, onde o homem é a mercadoria corrente, a morte o prodigioso comerciante, Deus o guarda-livros mais consciencioso e o túmulo a embalagem selada e o armazém.

(Christoph Männling, *Schaubühne des Todes oder Leich-Reden* [O palco da morte ou discursos fúnebres])[*]

Há mais de cem anos que a filosofia da arte é dominada por um usurpador que chegou ao poder no caos gerado pelo Romantismo. O desejo da estética romântica de chegar ao conhecimento de um absoluto, reverberante e em última instância não vinculativo, permitiu que se instalasse nos mais simplistas debates estéticos um conceito de símbolo que nada tem de comum com o autêntico, exceto a designação. Trata-se de um conceito que, oriundo do domínio teológico, nunca poderia ter derramado na filosofia do belo aquela penumbra da alma

---

[*] Christoph Männling, *op. cit.*, pp. 86-87 (N.T.).

que se foi tornando mais densa desde o primeiro Romantismo. Mas é precisamente este uso não legitimado do simbólico que possibilita a investigação de todas as formas de arte "em profundidade" e contribui enormemente para que todo o estudo das manifestações artísticas se sinta confortavelmente apoiado. O que mais chama a atenção no uso corrente do termo é o fato de o conceito, que remete de forma quase imperativa para a indissociabilidade de forma e conteúdo, ser posto ao serviço de uma eufemização da impotência filosófica que, por falta de têmpera dialética, perde de vista o conteúdo na análise formal e deixa cair a forma quando pratica uma estética dos conteúdos. E este abuso acontece, de forma generalizada, sempre que na obra de arte a "manifestação fenomênica" de uma "ideia" é tratada como "símbolo". A unidade de objeto sensível e do suprassensível, paradoxo do símbolo teológico, é deformada para corresponder a uma relação entre fenômeno e essência. A introdução na estética desse conceito de símbolo distorcido precedeu, sob a forma de um excesso romântico e contrário à vida, o deserto da moderna crítica de arte. Na sua configuração simbólica, o belo formaria com o divino um todo contínuo. A imanência ilimitada do mundo ético na esfera estética foi elaborada pela estética teosófica dos românticos. Mas os seus fundamentos há muito que tinham sido lançados. É já evidente a tendência do Classicismo para a apoteose da existência no indivíduo perfeito, e não apenas em sentido moral. O que houve de típico no Romantismo foi a inserção desse indivíduo perfeito num processo que, sendo infinito, era também salvífico, portanto sagrado[1]. Mas, a partir do momento em que o sujeito ético se afunda no indivíduo, nenhum rigorismo, nem mesmo o kantiano, o pode salvar, preservando o seu perfil viril. O seu coração perde-se na bela alma. E o raio de ação — melhor, o raio de formação — do indivíduo assim perfeito, do belo indivíduo, descreve o círculo do "simbólico". A apoteose barroca, pelo contrário, é dialética. Consuma-se na alternância dos extremos. A interioridade sem contrastes do Classicismo não desempenha qualquer papel nesse movimento excêntrico e dialético, e isso acontece porque os problemas da atualidade do Barroco, que são de natureza político-religiosa, não tinham tanto a ver com o indivíduo

---

[1] Cf. Walter Benjamin, *Der Begriff der Kunstkritik in der deutschen Romantik* [O conceito de crítica de arte no Romantismo alemão], Berna, 1920, pp. 6-7 (nota 3) e 80-81.

e a sua ética, mas mais com a sua comunidade religiosa. Simultaneamente com o conceito profano do símbolo, no Classicismo, emerge o seu contraponto especulativo, o do alegórico. Não surgiu nessa época uma verdadeira teoria da alegoria, nem ela tinha existido antes. Mas a referência ao novo conceito do alegórico como especulativo é legitimada pelo fato de ele estar destinado a ser o fundo sombrio contra o qual se destacaria o mundo luminoso do símbolo. A alegoria, tal como muitas outras formas de expressão, não perdeu o seu significado pelo simples fato de se tornar "antiquada". Pelo contrário, e como acontece frequentemente, gerou-se um antagonismo entre a forma antiga e a mais recente, tanto mais dado a desenrolar-se em silêncio quanto era desprovido de conceitos, profundo e exasperado. O pensamento simbolizante de finais do século XVIII era tão estranho à forma de expressão alegórica original que as tentativas, muito esporádicas, de discussão teórica conducente ao esclarecimento da alegoria não têm qualquer valor – fato bem representativo desse antagonismo profundo. Goethe faz, de passagem, uma reconstrução negativa da alegoria que pode ser vista como sintomática: "Há uma grande diferença entre o poeta procurar o particular para chegar ao geral e contemplar o geral no particular. No primeiro procedimento temos uma alegoria e o particular serve apenas como exemplo, como caso exemplar do geral. Mas na segunda situação estamos de fato perante a natureza da poesia: ela dá expressão a um particular sem pensar no geral e sem apontar diretamente para ele. Quem for capaz de apreender esse particular como coisa viva dispõe ao mesmo tempo do geral, mesmo sem disso ter consciência, ou só chegando a tê-la mais tarde."[2] Assim Goethe se referiu à alegoria, em resposta a uma carta de Schiller, não vendo nela propriamente um objeto digno de reflexão. O comentário, mais tardio mas na mesma linha, de Schopenhauer, é mais desenvolvido: "Se o objetivo de toda a arte é a comunicação da ideia apreendida…; se, para além disso, é condenável em arte tomar o conceito como ponto de partida, então não

---

[2] Goethe, *Sämtliche Werke*. Jubiläums-Ausgabe [Obras completas. Edição do Jubileu], vol. 38 (*Schriften zur Literatur. 3* [Escritos sobre literatura. 3]), p. 261 (*Maximen und Reflexionen*). A tradução citada é de José M. Justo, *in*: J. W. Goethe, *Obras Escolhidas* (Dir. de João Barrento). Vol. 5: *Máximas e Reflexões*. Lisboa, Círculo de Leitores, 1992 (e Relógio d'Água, 2000), p. 189.

poderemos aceitar que se faça de uma obra de arte, deliberada e declaradamente, expressão de um conceito: mas é esse o caso da alegoria... Se então uma imagem alegórica tem também valor artístico, este será totalmente distinto e independente daquele que lhe cabe enquanto alegoria. Uma tal obra de arte serve dois objetivos ao mesmo tempo, a expressão de um conceito e a expressão de uma ideia. Mas só este último pode ser um objetivo artístico, o outro é estranho à arte, um deleite frívolo que pretende que um quadro possa fazer as funções de inscrição ou hieróglifo... É verdade que uma imagem alegórica pode, enquanto tal, suscitar uma viva impressão na alma: mas o mesmo efeito faria, em circunstâncias idênticas, uma simples inscrição. Por exemplo, quando a ambição da fama está firme e duradouramente enraizada na alma de um indivíduo... e este depara subitamente com o 'Gênio da Fama'*, com a sua coroa de louros, o seu espírito ficará excitado e as suas forças serão mobilizadas para a ação; mas o mesmo aconteceria se ele deparasse com a palavra 'Fama' escrita na parede em letras grandes e nítidas."[3] Muito embora a última observação aflore de perto a essência da alegoria, o fundo logicista da argumentação, que, na distinção entre "a expressão de um conceito e a expressão de uma ideia" aceita precisamente a proposta moderna e insustentável da distinção entre alegoria e símbolo (independentemente do fato de Schopenhauer conceber o símbolo noutro sentido), impede estas observações de sair do círculo das definições redutoras da forma de expressão alegórica. E tais definições impuseram-se até há bem pouco tempo. Mesmo grandes artistas e teóricos de grande craveira, como Yeats[4], insistem no pressuposto de que a alegoria é uma relação convencional entre uma imagem significante e o seu significado. Na generalidade dos casos, os autores têm um conhecimento muito vago dos autênticos documentos dos modos de ver alegóricos modernos, documentados pelo acervo dos emblemas barrocos, na sua vertente literária e gráfica. O espírito dessas

---

* Quadro do pintor italiano Annibale Carracci (N.T.).

[3] Schopenhauer, *Sämtliche Werke* [Obras completas], *op. cit.*, vol. I: *Die Welt als Wille und Vorstellung I* [O mundo como vontade e representação I], 2ª impressão. Leipzig, s.d. [1892], pp. 314 segs.

[4] Cf. William Butler Yeats, *Erzählungen und Essays* [Contos e ensaios]. Versão e introdução de Friedrich Eckstein. Leipzig, 1916, p. 114.

obras fala de forma tão tênue a partir dos seus epígonos mais conhecidos do século XVIII, que só o leitor das obras originais poderá aperceber-se da força intata da sua intenção alegórica. Mas essas obras foram encobertas pelo veredito dos preconceitos classicistas que sobre elas recaiu. Numa palavra, pela denúncia da alegoria, que é uma forma de expressão, como mero modo de ilustração significante. Ora, a alegoria – e as páginas que se seguem procurarão demonstrar esta tese – não é uma retórica ilustrativa através da imagem, mas expressão, como a linguagem, e também a escrita. E nisto reside precisamente o *experimentum crucis*, porque a escrita era vista como o sistema convencional de signos por excelência. Schopenhauer não é o único a descartar a alegoria com o argumento de que ela não se distingue essencialmente da escrita. Desta objeção depende, em última análise, a relação com todos os grandes objetos da filologia do Barroco. É indispensável avançar para a sua fundamentação filosófica, por mais penoso e prolixo que o processo possa parecer. E no seu centro está a discussão do fenômeno alegórico, cujas primícias se encontram incontestavelmente na *Deutsche Barockdichtung* [Literatura do Barroco alemão], de Herbert Cysarz. Mas, seja porque o primado assumido do Classicismo como enteléquia da literatura barroca torne vã qualquer tentativa de compreender a alegoria e de penetrar a sua essência, seja porque o pertinaz preconceito contra ela desloque para primeiro plano o Classicismo como seu genuíno antepassado, o fato é que o novo reconhecimento de que a alegorese é "a lei estilística dominante, em particular do apogeu do Barroco"[5], perde todo o seu valor, porque não passa de uma formulação marginal e de um chavão. O que seria próprio do Barroco, por oposição ao Classicismo, seria então "não tanto a arte do símbolo como a técnica da alegoria"[6]. Também esta nova fórmula pretende atribuir à alegoria o caráter de signo. E mantém-se o velho preconceito, ao qual Creuzer deu expressão verbal com o termo "alegoria sígnica" (*Zeichen-allegorie*)[7].

---

[5] Cysarz, *op. cit.*, p. 40.

[6] Cysarz, *op. cit.*, p. 296.

[7] Friedrich Creuzer, *Symbolik und Mythologie der alten Völker, besonders der Griechen* [Simbolismo e mitologia dos povos antigos, em Especial dos Gregos]. 1ª parte. 2ª ed., totalmente revista. Leipzig-Darmstadt, 1819, p. 118.

Não obstante, a grande reflexão teórica sobre o simbolismo no primeiro volume da *Mitologia* de Creuzer é, indiretamente, de grande relevância para a percepção do alegórico. Paralelamente à banalidade da velha doutrina, que sobrevive neste livro, ele contém observações cujo desenvolvimento epistemológico Creuzer poderia ter levado muito mais longe. O autor pretende captar a essência do símbolo em quatro momentos, assinalando-lhe a hierarquia e a distância em relação à alegoria: "O momentâneo, o total, o insondável da sua origem, o necessário"[8]; e faz um excelente comentário sobre o primeiro numa outra passagem: "Aquele aspecto instigante e por vezes perturbante associa-se a uma outra qualidade, a da brevidade. É como um espírito que aparece subitamente, ou como um relâmpago que ilumina a noite de repente. É um momento que toma conta de todo o nosso ser... É devido a essa fecunda brevidade que eles [os Antigos] o comparam ao laconismo... Nas situações decisivas da vida, em que cada instante esconde um futuro prenhe de consequências e mantém a alma em tensão nos momentos fatídicos, também os Antigos viviam na expectativa dos sinais dos deuses, a que chamavam... *symbola*."[9] Em compensação, o símbolo "exige clareza... brevidade... o que é gracioso e belo"[10]; na primeira e nas duas últimas é manifesta uma concepção que Creuzer partilha com as teorias classicistas do símbolo. É a teoria do símbolo artístico, que ocupa um lugar superior, distinto do símbolo religioso mais limitado, ou também do místico. Não há dúvida que a veneração da escultura grega por Winckelmann, cujas imagens de deuses lhe servem de exemplo neste contexto, foi decisiva para Creuzer. O símbolo artístico é de natureza plástica. Na antítese de Creuzer que opõe o símbolo plástico ao místico revive o espírito de Winckelmann. "Aqui sente-se o sopro do indizível, que, na sua busca de expressão, acabará por destruir, com a força infinita da sua essência, a forma terrena, receptáculo demasiado frágil. Mas com isso desaparece também a clareza da visão, e o que resta é apenas um espanto mudo." Já no símbolo plástico "a essência não aspira ao excesso, mas, obedecendo à natureza, ajusta-se à sua forma, penetra-a e anima-a. Dissipa-se, assim, aquele antagonismo entre

---

[8] Creuzer, *op. cit.*, p. 64.

[9] Creuzer, *op. cit.*, pp. 59 segs.

[10] Creuzer, *op. cit.*, pp. 66–67.

o infinito e o finito, na medida em que o primeiro, autolimitando-se, se humaniza. Desta purificação do pictórico, por um lado, e da renúncia voluntária ao desmedido, por outro, brota o mais belo fruto do simbólico. É o símbolo dos deuses, que reúne de forma prodigiosa a beleza da forma e a suprema plenitude da essência do ser; e por ganhar corpo acabado e perfeito na escultura grega, podemos chamar-lhe símbolo plástico."[11] O "humano" como "suprema plenitude da essência do ser" era o que o Classicismo buscava; mas, ao desprezar a alegoria, apreendeu nesse anseio apenas uma miragem do simbólico. Isto explica que também em Creuzer encontremos uma comparação, não muito distante das teorias correntes, do símbolo "com a alegoria, que o uso linguístico tantas vezes confunde com o símbolo"[12]. A "diferença entre a representação simbólica e a alegórica" está em que "esta significa apenas um conceito geral, ou uma ideia, diferentes dela mesma, enquanto aquele é a própria ideia tornada sensível, corpórea. No caso da alegoria há uma substituição…, no do símbolo, o próprio conceito desce e integra-se no mundo corpóreo, e a imagem fornece-o em si mesmo e de forma não mediatizada." Com isto, porém, Creuzer regressa à sua concepção original: "Por isso a distinção entre estes dois modos deve ser procurada no momentâneo, que a alegoria não conhece… No outro caso [no símbolo] estamos perante uma totalidade momentânea, aqui existe uma progressão numa sequência de momentos. Por esta razão, é a alegoria, e não o símbolo, a conter em si o mito…, cuja essência se exprime mais perfeitamente na progressão do poema épico."[13] Mas este novo ponto de vista, longe de levar a uma nova apreciação do modo de expressão alegórico, produz pelo contrário, numa outra passagem e partindo destas afirmações, um comentário sobre os filósofos jônicos da natureza:"Eles devolvem ao símbolo, reprimido pela lenda palavrosa, as suas antigas prerrogativas: o símbolo, que, originalmente nascido da figuração, depois incorporado também na discursividade, é muito mais adequado que a lenda para sugerir o uno e inefável da religião, devido à sua concisão significativa, à totalidade e à exuberância concentrada

---

[11] Creuzer, *op. cit.*, pp. 63–64.

[12] Creuzer, *op. cit.*, p. 68.

[13] Creuzer, *op. cit.*, pp. 70–71.

da sua essência."[14] Sobre estas e outras observações faz Görres, em carta, excelentes comentários: "Não aposto muito na hipótese distintiva que diz que o símbolo é e a alegoria significa… Basta-nos a explicação do primeiro como signo das ideias – autárquico, compacto e entrincheirado em si mesmo –, e da segunda como figuração das mesmas em progressão contínua, acompanhando o fluxo do tempo, dramaticamente móvel, torrencial. Símbolo e alegoria estão um para o outro como o grande, mudo e poderoso mundo natural da montanha e das plantas para a história humana, viva e em contínua progressão."[15] A passagem coloca alguns aspectos no seu devido lugar, pois o conflito entre uma teoria do símbolo que acentua neste a analogia com o mundo natural das montanhas e das plantas e a ênfase do momentâneo nele, por parte de Creuzer, apontam de forma clara para o verdadeiro estado das coisas nesta questão. A medida de tempo da experiência do símbolo é o instante místico, no qual o símbolo absorve o sentido no âmago mais oculto, por assim dizer na floresta, da sua interioridade. Por seu lado, a alegoria não está livre de uma dialética correspondente, e a calma contemplativa com que ela mergulha no abismo entre o ser figural a significação não tem nada da autossuficiência indiferente que encontramos na intenção, aparentemente afim, do signo. O estudo da forma do drama trágico mostrará, mais do que qualquer outro, como no fundo desse abismo da alegoria ruge violentamente o movimento dialético. A amplitude mundana e histórica que Görres e Creuzer atribuem à intenção alegórica é de tipo dialético na sua condição de história natural, de história primordial do significar ou da intenção. A relação entre símbolo e alegoria pode ser fixada com a precisão de uma fórmula remetendo-a para a decisiva categoria do tempo, que a grande intuição romântica desses pensadores trouxe para este domínio da semiótica. Enquanto no símbolo, com a transfiguração da decadência, o rosto transfigurado da natureza se revela fugazmente na luz da redenção, na alegoria o observador tem diante de si a *facies hippocratica* da história como paisagem primordial petrificada. A história, com tudo aquilo que desde o início tem em si de extemporâneo, de sofrimento e de malogro, ganha expressão na imagem de um rosto – melhor, de uma caveira.

---

[14] Creuzer, *op. cit.*, p. 199.

[15] Creuzer, *op. cit.*, pp. 147-148.

E se é verdade que a esta falta toda a liberdade "simbólica" da expressão, toda a harmonia clássica, tudo o que é humano – apesar disso, nessa figura extrema da dependência da natureza exprime-se de forma significativa, e sob a forma do enigma, não apenas a natureza da existência humana em geral, mas também a historicidade biográfica do indivíduo. Está aqui o cerne da contemplação de tipo alegórico, da exposição barroca e mundana da história como *via crucis* do mundo: significativa, ela o é apenas nas estações da sua decadência. Quanto maior a significação, maior a sujeição à morte, porque é a morte que cava mais profundamente a tortuosa linha de demarcação entre a *phýsis* e a significação. Mas a natureza, se desde sempre está sujeita à morte, é também desde sempre alegórica. A significação e a morte amadureceram juntas no decurso do processo histórico, do mesmo modo que se interpenetram, como sementes, na condição criatural, pecaminosa e fora da Graça. A ideia da alegoria como mito desdobrado, que tem um papel importante em Creuzer, revela-se como uma perspectiva mais moderada e moderna, em última análise desenvolvida a partir do mesmo ponto de vista barroco. É sintomática a reação de Voß a ela: "As lendas homéricas do mundo e dos deuses foram tomadas por Aristarco, e por todos os homens sensatos, como crenças ingênuas da época heroica de Nestor. Mas Crates, a quem se vieram juntar o geógrafo Estrabão e os gramáticos posteriores, via nelas símbolos arcaicos dos mistérios órficos, provenientes sobretudo do Egito. Essa simbologia, que remetia arbitrariamente para épocas arcaicas as experiências e os princípios religiosos pós-homéricos, permaneceu dominante durante séculos de monaquismo e era em geral denominada de alegoria."[16] Esta relação do mito com a alegoria não tem a aprovação do autor, mas ele admite a sua plausibilidade, e esta assenta numa teoria da lenda como a desenvolvida por Creuzer. De fato, a epopeia é a forma clássica de uma história da natureza significante, tal como a alegoria é a sua forma barroca. O Romantismo, próximo como estava destas duas tendências, tinha de aproximar a epopeia e a alegoria. Por isso Schelling pôde formular numa célebre frase o programa da leitura alegórica da epopeia: a *Odisseia* é a história do espírito humano, a *Ilíada,* a história da natureza.

---

[16] Johann Heinrich Voß, *Antisymbolik* [Anti-Simbolismo], vol. 2. Stuttgart, 1826, p 223.

A expressão alegórica nasceu de uma curiosa combinação de natureza e história. Karl Giehlow dedicou toda uma vida a iluminar as suas origens. Só desde o seu estudo monumental sobre *A ciência humanística dos hieróglifos na alegoria do Renascimento, em particular no Arco Triunfal do imperador Maximiliano I* se tornou possível documentar também em termos históricos como a alegoria moderna, surgida no século XVI, se distingue da medieval. É certo que existe um nexo definível e essencial entre as duas, e esse será um dos aspectos mais significativos deste estudo. Mas essa conexão só se dá a ver em termos de conteúdos quando se distingue, enquanto constante, das variantes históricas, e uma tal distinção só foi possível depois das descobertas de Giehlow. Entre os investigadores mais antigos, apenas Creuzer, Görres, e em especial Herder, parecem ter tido um olhar sensível aos enigmas desta forma de expressão. Sobre a época em questão, este último reconhece que "a história desse tempo e do seu gosto está ainda mergulhada na obscuridade."[17] A sua própria hipótese, segundo a qual "se imitavam as velhas pinturas dos monges, mas com grande discernimento e muita atenção às coisas, razão pela qual eu me sinto tentado a designar esta época de emblemática"[18], é historicamente falsa, mas é proposta a partir de uma intuição desta literatura que o coloca acima dos mitólogos românticos. Creuzer refere-se a ele nas suas considerações sobre o emblema moderno: "Também mais tarde esse amor pelo alegórico persistiu, e pareceu mesmo reacender-se com o século XVI... Nesse mesmo período, a alegoria tomou entre os alemães uma orientação mais ética, de acordo com a seriedade do seu caráter nacional. Com os progressos da Reforma, o simbólico como expressão dos mistérios da religião tendeu a desaparecer, naturalmente, cada vez mais... O velho amor pelo concreto manifestava-se agora... em representações simbólicas de natureza moral e política, uma vez que a alegoria precisava dar forma sensível à verdade recém-descoberta. Um grande escritor da nossa nação, que, no seu espírito universal, não vê nesta manifestação da força alemã nada de infantil ou imaturo, mas algo digno e merecedor de atenção, fundamenta-se na universalidade desta forma de representação

---

[17] J[ohann] G[ottfried] Herder, *Vermischte Schriften* [Miscelânea de escritos], vol. 5: *Zerstreute Blätter* [Folhas dispersas]. 2ª ed. revista. Viena, 1801, p. 58.

[18] Herder, *op. cit.*, p. 194.

para designar essa época da Reforma como emblemática, e dá sobre a matéria algumas indicações encorajantes."[19] Atendendo aos conhecimentos ainda inseguros da época, entende-se que Creuzer só pudesse corrigir os juízos de valor sobre a alegoria, mas não a sua compreensão teórica. Só a obra de Giehlow, que é de caráter histórico, abre a possibilidade de uma decifração histórico-filosófica desta forma. O impulso para o seu florescimento descobriu-o ele nos esforços dos eruditos humanistas para decifrar os hieróglifos. Foram buscar o método das suas pesquisas a um *corpus* pseudoepigráfico, os *Hieroglyphica* de Horapólon, escrito no século II, ou possivelmente no século IV a.D. esta obra só se ocupa dos hieróglifos simbólicos ou enigmáticos (e esta sua característica determinou decisivamente a sua influência sobre os humanistas), meros pictogramas, distintos dos signos fonéticos, que eram apresentados aos hierogramatas no âmbito do ensino religioso como último degrau de uma filosofia mística da natureza. Sob a influência desta leitura, começaram a estudar-se os obeliscos, e foi assim que um mal-entendido deu origem a uma forma de expressão rica e destinada a ter um futuro imprevisível. De fato, partindo da exegese alegórica dos hieróglifos egípcios, na qual lugares-comuns da filosofia da natureza, morais e místicos se substituíram aos dados históricos e do culto, os literatos empreenderam a elaboração desta nova forma de escrita. Surgiram as iconologias, que não se limitavam a dar forma visual a frases feitas, a traduzir frases inteiras "palavra a palavra por meio de uma linguagem figurativa especial"[20], mas também apareciam frequentemente sob forma de dicionários[21]. "Sob a orientação de Alberti, artista e erudito, os humanistas começaram assim a escrever com imagens das coisas (*rebus*), em vez de palavras, e nasceu, baseada nos hieróglifos enigmáticos, a palavra *rebus*, e os medalhões, as colunas, os arcos triunfais e toda a espécie de objetos de arte do Renascimento se encheram dessa escrita de

---

[19] Creuzer, *op. cit.*, pp. 227–228.

[20] Karl Giehlow, *Die Hieroglyphenkunde des Humanismus in der Allegorie der Renaissance, besonders der Ehrenpforte Kaisers Maximilian I. Ein Versuch* [A ciência humanista dos hieróglifos na alegoria do Renascimento, em particular no Arco Triunfal do imperador Maximiliano I. Ensaio de interpretação]. Com um posfácio de Arpad Weixlgärtner. Viena-Leipzig, 1915, p. 36 (= *Jahrbuch der kunsthistorischen Sammlungen des allerhöchsten Kaiserhauses*, vol. 32, nº 1).

[21] Cf. Cesare Ripa, *Iconologia*. Roma, 1609.

enigmas."[22] "Juntamente com a doutrina grega da liberdade da intuição artística, o Renascimento foi ao mesmo tempo buscar à Antiguidade o dogma egípcio da observância estrita de regras na criação artística. As duas concepções não podiam deixar de entrar em conflito, que alguns artistas geniais a princípio disfarçaram, mas a última estava destinada a prevalecer de cada vez que um espírito hierático dominasse o mundo."[23] Nas criações do apogeu do Barroco é cada vez mais perceptível a distância em relação aos começos, cem anos antes, da arte do emblema, cada vez mais tênues as semelhanças com o símbolo e mais premente a ostentação hierática. Algo assim como uma teologia natural da escrita está já presente nos *Libri de re aedificatoria decem* (Os dez livros da arquitetura) de Leon Battista Alberti. "Por ocasião de um estudo sobre os títulos, sinais e esculturas apropriados para monumentos fúnebres, ele aproveita para traçar um paralelo entre a escrita alfabética e os sinais egípcios. E assinala como defeito da primeira o ela ser apenas conhecida do seu tempo e mais tarde cair no esquecimento... E contrapõe-lhe o sistema egípcio, que representa deus por meio de um olho, a natureza por meio de um abutre, o tempo por meio de um círculo, a paz por meio de um boi."[24] Mas pela mesma época a especulação voltava-se para uma apologia menos racionalista da emblemática, que acentua de forma muito mais decidida o lado hierático. No seu comentário às *Enéades* de Plotino, Marsilio Ficino nota a propósito da arte dos hieróglifos que através dela os sacerdotes egípcios "teriam pretendido criar algo que se pudesse comparar ao pensamento divino, uma vez que a divindade não possui o conhecimento de todas as coisas como uma representação mutável, mas por assim dizer como a forma simples e imutável da coisa. Os hieróglifos, portanto, como imagem das ideias divinas! Como exemplo aduz o hieróglifo, usado para o conceito do tempo, da serpente alada que morde a própria cauda: a imagem específica e fixa da serpente fechada em círculo conteria toda uma série de ideias associadas à multiplicidade e mobilidade da concepção humana do tempo que une começo e fim num rápido

---

[22] Giehlow, *Die Hieroglyphenkunde...*, p. 34.

[23] Giehlow, *op. cit.*, p. 12.

[24] Giehlow, *op. cit.*, p. 31.

ciclo, que ensina a prudência, que traz e leva consigo as coisas."[25] E não será a convicção teológica de que os hieróglifos dos egípcios contêm uma sabedoria hereditária capaz de iluminar todas as trevas da natureza, e que se ouve na frase de Piero Valeriano: "*Quippe cum hieroglyphice loqui nihil aliud sit, quam diuinarum humanarumque rerum naturam aperire?*"[26] [Posto que falar por hieróglifos mais não é que desvendar a natureza das coisas divinas e humanas]. Na *Epistola nuncupatoria* [Epístola nomeadora] dos mesmos *Hieroglyphica* lemos as seguintes observações: *Nec deerit occasio recte sentientibus, qui accommodate ad religionem nostram haec retulerint et exposuerint. Nec etiam arborum et herbarum consideratio nobis otiosa est, cum B. Paulus et ante eum Dauid ex rerum creatarum cognitione, Dei magnitudinem et dignitatem intellegi tradant. Quae cum ita sint, quis nostrum tam torpescenti, ac terrenis faecibusque immerso erit animo qui se non innumeris obstrictum a Deo beneficiis fateatur, cum se hominem creatum uideat, et omnia quae coelo, aëre, aqua, terraque continent, hominis causa generata esse.*[27] [Não faltará oportunidade aos homens de correta sensibilidade para descreverem e exporem estas questões de modo compatível com a nossa religião. Nem sequer a consideração das árvores e das ervas será para nós ociosa, já que o bem-aventurado Paulo, e antes dele David, afirmam que é possível compreender a grandeza e a dignidade de Deus a partir das coisas criadas. Assim sendo, quem entre nós terá um espírito tão apático e tão imerso nas coisas terrenas que seja incapaz de confessar que Deus o cumula de benefícios incontáveis, quando ele reconhece, enquanto homem, a sua condição criatural, e que todas as coisas contidas no céu, no ar, na água e na terra foram geradas por causa do homem?]. A expressão *hominis causa* não deve ser interpretada em termos de uma teleologia do Iluminismo, para a qual a felicidade do homem era o supremo fim da natureza, mas em termos de uma teleologia barroca, muito diferente. Não destinada a uma bem-aventurança terrena nem moral das criaturas, ela orienta-se exclusivamente no sentido dos seus ensinamentos secretos, pois para o Barroco a natureza

---

[25] Giehlow, *op. cit.*, p. 23.

[26] Ioannis Pierii Valeriani Bolzanii Belluensis. *Hieroglyphica sive de sacris aegyptiorum literis commentarii* [Dos hieróglifos, ou comentários à escrita sagrada dos egípcios], Basileae, 1556 (Frontispício).

[27] Piero Valeriano, *op. cit.*, folha 4 [da paginação especial].

tinha uma conformidade a fins na expressão do seu significado, na representação emblemática do seu sentido, que, sendo alegórica, permanece irremediavelmente diferente da sua realização histórica. Nos seus exemplos morais e nas suas catástrofes, a história era vista apenas como um momento material da emblemática. Quem vence é o rosto hirto da natureza significante, e a história fica definitivamente encerrada no adereço cênico. A alegoria medieval é cristã e didática; o Barroco regressa à Antiguidade, num sentido místico e histórico-natural. Essa Antiguidade é a egípcia, e será depois também a grega. A descoberta dos tesouros secretos da sua invenção é atribuída a Ludovico da Feltre, "a quem chamaram 'il Morto', devido à sua atividade 'grotesca' de descobridor de mundos subterrâneos. Também na literatura, por mediação de um anacoreta do mesmo nome, se associou a personificação do elemento subterrâneo-fantástico, secreto e espectral (em *Die Serapions-brüder* [A irmandade serapiônica], de E.T.A. Hoffmann), àquele pintor antigo de nome Serapião, o 'pintor de varandas' que a tradição se habituou a ver como o clássico do grotesco a partir de uma muito citada passagem de Plínio sobre a pintura decorativa. Já nessa época o caráter enigmático e secreto do efeito grotesco parece ter sido associado à sua origem subterrânea e secreta em ruínas e catacumbas soterradas. A palavra não deve ser derivada de 'grotta' em sentido literal, mas do 'oculto' – escavado – sugerido por caverna e gruta... Ainda no século XVIII se usava para isso a palavra *das Verkrochene* [o que desaparece rastejando]. Desde as origens que estava presente o elemento 'enigmático'."[28] Winckelmann não anda muito longe destas ideias. Ainda que se tenha insurgido de forma agressiva contra a gramática estilística da alegoria barroca, a sua teoria deve ainda muito aos autores mais antigos. Borinski descobre isto de forma clara no seu escrito *Versuch einer Allegorie* (Ensaio de Alegoria): "Precisamente aqui Winckelmann está ainda muito próximo da crença renascentista generalizada na *sapientia veterum* (a sapiência dos antigos), no vínculo espiritual entre a verdade primitiva e a arte, entre a ciência intelectual e a arqueologia... Ele busca na autêntica 'alegoria dos Antigos', 'insuflada' a partir da riqueza da inspiração homérica, a panaceia 'anímica' para a 'esterilidade' da eterna repetição de cenas

---

[28] Borinski, *Die Antike in Poetik und Kunsttheorie*. Vol. 1, *op. cit.*, p. 189.

martirológicas e mitológicas na arte dos modernos... Só essa alegoria ensina o artista a 'inventar', e é isso que o coloca ao nível do poeta."[29] Assim, o elemento puramente edificante desaparece da alegoria de forma ainda mais radical que no Barroco.

Quanto mais o desenvolvimento da emblemática levava a novas ramificações, tanto mais crescia a opacidade desta expressão. Nela convergiam linguagens figuradas egípcias, gregas, cristãs. A receptividade da teologia em relação ao fenômeno é bem documentada por uma obra como o *Polyhistor symbolicus*[30], escrita por aquele mesmo jesuíta, Caussinus, cuja *Felicitas*, redigida em latim, foi traduzida por Gryphius. Nenhuma escrita parecia mais adequada do que esta escrita de enigmas, apenas acessível aos eruditos, para encerrar no seu hermetismo as máximas intrinsecamente políticas da autêntica sabedoria de vida. No seu ensaio sobre Johann Valentin Andreä, Herder avançou mesmo a hipótese de que essa escrita seria uma espécie de refúgio para certas ideias que os autores não queriam expor claramente aos príncipes. A opinião de Opitz é ainda mais paradoxal: por um lado, ele vê no esoterismo teológico desta forma de expressão uma prova radicalizada das origens aristocráticas da poesia, mas por outro acha que ela foi introduzida para que todos pudessem compreendê-la. Partindo de uma frase da *Art poétique* de Delbene (*la poésie n'était au premier âge qu'une théologie allégorique* [nos seus primórdios, a poesia mais não era que uma teologia alegórica]), decalcou-a numa célebre fórmula do segundo capítulo da sua *Deutsche Poeterey* [Arte poética alemã]: "A princípio, a poesia mais não foi que uma teologia oculta." Mas, por outro lado, escreve: "Como o mundo primitivo e rude era por demais grosseiro e tosco para que se pudessem compreender corretamente as lições da sabedoria e das coisas celestiais, os homens sábios tiveram de esconder e ocultar em rimas e fábulas, que o povo gosta mais de ouvir, aquilo que inventaram para edificação do temor de Deus, dos bons costumes e da

---

[29] Borinski, *op. cit.*, vol. 2, pp. 208-209.

[30] Cf. Nicolaus Caussinus, *Polyhistor symbolicus, electorum symbolorum, et parabolarum historicarum stromata, XII. libris complectens* [O erudito simbólico. Miscelânea, em doze livros, de símbolos escolhidos e parábolas históricas]. Coloniae Agrippinae, 1623.

boa conduta."[31] Esta concepção impôs-se e fundamenta também em Harsdörffer, talvez o autor alegórico mais consequente, a teoria desta forma de expressão. E como ela se infiltrou em todos os domínios do espírito, dos mais amplos aos mais limitados, da teologia à filosofia da natureza e à moral, até à heráldica, à poesia celebratória e à linguagem do amor, o repertório da sua panóplia expressiva concreta é quase ilimitado. Para cada ideia o momento expressivo encontra uma verdadeira erupção de imagens, que espalha pelo texto uma massa verdadeiramente caótica de metáforas. É assim que o sublime se apresenta neste estilo: *Universa rerum natura materiam praebet huic philosophiae (cs. imaginum) nec qvicqvam ista protulit, qvod non in emblema abire possit, ex cujus contemplatione utilem virtutum doctrinam in vita civili capere liceat: adeo ut qvemadmodum Historiae ex Numismatibus, ita Morali philosophiae ex Emblematis lux inferatur*[32] [A natureza universal das coisas oferece materiais a essa filosofia (i.e. das imagens), e esta não tem nada que não possa ser transposto em emblemas, da contemplação dos quais o indivíduo pode derivar úteis doutrinas sobre as virtudes na vida civil; e isto é tão verdade, que no caso da história a luz pode vir das moedas, e no da filosofia moral pode vir dos emblemas]. Esta comparação é particularmente feliz, pois não há dúvida de que a natureza historicamente marcada, ou seja, como cenário de ação, tem qualquer coisa de numismático. O mesmo autor – um comentarista da *Acta eruditorum* – escreve noutro lugar: *Quamvis rem symbolis et emblematibus praebere materiam, nec quic quam in hoc universo existere, quod non idoneumiis argumentum suppeditet, supra in Actis… fuit monitum; cum primum philosophiae imaginum tomum superiori anno editum enarraremus. Cujus assertionis alter hic tomus*[33]*, qui hoc anno prodiit, egregia praebet documenta; a naturalibus et artificialibus rebus, elementis, igne, montibus ignivomis, tormentis pulverariis et aliis machinis bellicis, chymicis item instrumentis, subterraneis cuniculis, fumo luminaribus, igne sacro, aere et variis avium generibus depromta symbola et apposita lemmata exhibens.*[34] [Já foi referido

---

[31] Opitz, *Prosodia Germanica, Oder Buch von der Deutschen Poeterey, op. cit.*, p. 2.

[32] [Comentário anônimo a Menestrier, *La philosophie des images, in:*] *Acta eruditorum.* Anno MDCLXXXIII publicata. Lipsiae, 1683, p. 17.

[33] Cf. C[laude] F[rançois] Menestrier, *La philosophie des images.* Paris, 1682; e ainda Menestrier, *Devises des princes, cavaliers, dames, scavans, et autres personnages illustres de l'Europe.* Paris, 1683.

[34] [Comentário anônimo a Menestrier, *Devises des princes, in:*] *Acta eruditorum*, p. 344.

antes, nos *Acta*, que qualquer objeto pode ser matéria de símbolos e emblemas, e que não existe nada neste universo que não lhes forneça temas apropriados, como explicamos no primeiro tomo da filosofia das imagens, publicado no ano passado. O segundo volume dessa obra, publicado este ano, documenta esta asserção com excelentes exemplos, apresentando símbolos e temas apropriados derivados das coisas naturais e artificiais, dos elementos, do fogo, dos montes que arrotam fogo, das máquinas de cerco poeirentas e outros engenhos de guerra, dos instrumentos alquímicos, dos túneis subterrâneos, do fumo das lamparinas, do fogo sagrado, das moedas de bronze e das muitas espécies de aves]. Uma única citação bastará para mostrar até onde se chegou por este caminho. Na *Ars heraldica* de Böckler pode ler-se: "Das folhas. Encontramos raramente folhas nos brasões, mas quando elas aparecem representam a verdade, porque em muito se parecem com a língua e o coração."[35]; "Das nuvens. Tal como as nuvens se acastelam umas sobre as outras e se elevam, para depois regarem os campos com a chuva fecundante, refrescando os frutos e os homens, assim também nas coisas da virtude os nobres temperamentos se devem elevar até ao alto, para depois servirem a pátria com as suas dádivas."[36]; "Os cavalos brancos significam a vitória da paz depois da guerra, e ao mesmo tempo a velocidade."[37]. O mais surpreendente neste livro é o seu completo sistema hieroglífico cromático, no qual se combinam de cada vez duas cores: "Vermelho e prata, desejo de vingança"[38]; "azul e vermelho, indelicadeza"[39]; "preto e púrpura, devoção constante"[40], para citar apenas alguns exemplos. "As muitas obscuridades na relação entre significação e signo, em vez de desencorajarem estimulavam pelo contrário a atribuição de valor simbólico a atributos cada vez mais remotos dos objetos, ultrapassando até os egípcios em engenhosidade. A isto veio juntar-se a força dogmática das significações legadas pela tradição antiga, de tal modo que uma e

---

[35] Georg Andreas Böckler, *Ars heraldica, Das ist: Die Hoch-Edle Teutsche Adels-Kunst* [*Ars heraldica*, ou seja: a mui nobre arte da fidalguia alemã]. Nuremberg, 1688, p. 131.

[36] Böckler, *op. cit.* p. 140.

[37] Böckler, *op. cit.* p. 109.

[38] Böckler, *op. cit.* p. 81.

[39] Böckler, *op. cit.* p. 82.

[40] Böckler, *op. cit.* p. 83.

a mesma coisa podiam simbolizar tanto uma virtude como um vício, em última análise tudo."[41]

Esta circunstância conduz-nos às antinomias do alegórico, cuja discussão dialética é inevitável se quisermos evocar a imagem do drama trágico. Cada personagem, cada coisa, cada relação pode significar qualquer outra coisa. Esta possibilidade profere contra o mundo profano um veredito devastador, mas justo: ele é caracterizado como um mundo em que o pormenor não é assim tão importante. Mas ao mesmo tempo torna-se evidente, sobretudo para quem tenha presente a exegese alegórica da Escritura, que aqueles suportes da significação, por aludirem a qualquer coisa de outro, ganham um poder que os faz aparecer incomensuráveis com as coisas profanas e os eleva a um nível superior, ou mesmo os sacraliza. A esta luz, o mundo profano, visto da perspectiva alegórica, tanto pode ser exaltado como desvalorizado. A dialética da convenção e da expressão é o correlato formal desta dialética religiosa do conteúdo, pois a alegoria é ambas as coisas, convenção e expressão, e ambas são por natureza antagônicas. No entanto, do mesmo modo que a doutrina barroca entendia a história em geral como uma série de acontecimentos criados, assim também em particular a alegoria, sendo convenção como qualquer outra escrita, era vista como criada, tal como a sagrada. A alegoria do século XVII não é convenção da expressão, mas expressão da convenção. Expressão, por isso, da autoridade, secreta de acordo com a dignidade da sua origem e pública se tivermos em vista o âmbito da sua atuação e validade. E voltamos a encontrar as mesmas antinomias, plasticamente expressas no conflito entre a técnica fria e pronta a aplicar e a expressão eruptiva da alegorese. Também aqui uma solução dialética, inerente à essência da própria escrita. É possível imaginar, sem contradição, um uso mais vivo e mais livre da língua revelada, sem que esta perca a sua dignidade. Mas o mesmo não se passa com a sua escrita, que a alegoria pretende ser. O caráter sagrado da escrita é inseparável da ideia da sua rigorosa codificação, pois toda a escrita sagrada se fixa em complexos verbais que são imutáveis, ou procuram sê-lo. Por isso

---

[41] Giehlow, *Die Hieroglyphenkunde des Humanismus...*, p. 127.

a escrita alfabética, enquanto combinação de átomos de escrita, se afasta mais do que qualquer outra dessa escrita sagrada. É nos hieróglifos que esta se manifesta. Se a escrita quiser garantir o seu caráter sagrado – e estará sempre presente o conflito entre validade sagrada e inteligibilidade profana –, ela terá de se organizar em complexos de sinais, em sistemas de hieróglifos. É o que acontece no Barroco. Do ponto de vista externo e estilístico – no caráter exuberante da composição tipográfica e excessivo da metáfora – a escrita tende para a imagem. Não é possível conceber contraste maior com o símbolo artístico, o símbolo plástico, a imagem da totalidade orgânica, do que essa fragmentação amorfa que é a escrita visual do alegórico. Nisto, o Barroco revela-se como soberana antítese do Classicismo, lugar até agora atribuído apenas ao Romantismo. E não se deve recalcar a tentação de ver elementos constantes nos dois movimentos. Em ambos, no Barroco e no Romantismo, não se trata tanto de corrigir o Classicismo, mas de corrigir a própria arte. E dificilmente se poderá negar àquele prelúdio contrastante do Classicismo, ao Barroco, uma concreção superior, e mesmo uma autoridade mais sólida e uma vigência mais duradoura. Enquanto o Romantismo potencia criticamente, em nome do infinito, da forma e da ideia, a obra de arte acabada, o olhar profundo do alegorista transforma, de um golpe, coisas e obras em escrita excitante[42] . Esse olhar penetrante encontra-se ainda no estudo de Winckelmann *Beschreibung des Torsos des Hercules im Belvedere zu Rom* (Descrição do torso de Hércules no Belvedere de Roma)[43] : no modo como ele, fragmento a fragmento, membro a membro, o percorre num sentido nada clássico. Não é por acaso que isso acontece com um torso. No campo da intuição alegórica a imagem é fragmento, runa. A sua beleza simbólica dilui-se, porque é tocada pelo clarão do

---

[42] Cf. Benjamin, *Der Begriff der Kunstkritik in der deutschen Romantik*, p. 105.

[43] Johann [Joachim] Winckelmann, *Versuch einer Allegorie besonders für die Kunst*. Säcularausgabe. Aus des Verfassers Handexemplar mit vielen Zusätzen von seiner Hand, sowie mit inedirten Briefen Winckelmann's und gleichzeitigen Aufzeichnungen über seine letzten Stunden [Ensaio de uma alegoria, em particular para a arte. Edição secular, a partir do exemplar de trabalho do autor, com muitas anotações suas, bem como cartas inéditas de Winckelmann e apontamentos sobre as suas últimas horas]. Ed. de Albert Dressel, com uma nota prévia por Constantin Tischendorf. Leipzig, 1866, pp. 143 segs.

saber divino. Extingue-se a falsa aparência da totalidade, porque se apaga o *eidos*, dissolve-se o símile, seca o cosmos interior. Nos *rebus* áridos que restam há uma intuição ainda acessível ao pensador melancólico, por confuso que este seja. Pela sua própria essência, estava vedado ao Classicismo apreender na *phýsis* sensível e bela o que nela havia de não livre, de imperfeição, de fragmentário. Mas são precisamente esses momentos, escondidos sob uma ostentação desmedida, que a alegoria barroca proclama com uma ênfase inaudita. Uma profunda intuição do caráter problemático da arte – não foi apenas por afetação de classe, mas por escrúpulos religiosos, que a ocupação com ela foi relegada para as "horas de ócio" – surge como resposta à autoglorificação que ela tinha conhecido no Renascimento. Se os artistas e pensadores do Classicismo não se ocuparam daquilo que lhes parecia pura caricatura, já alguns postulados da estética neokantiana dão uma ideia do calor da controvérsia. A dialética dessa forma de expressão é ignorada e suspeita de ambiguidade. "Mas a ambiguidade, a plurivalência de sentidos, é o traço essencial da alegoria; a alegoria, o Barroco, orgulham-se precisamente desta riqueza de significados. Ora, esta ambiguidade é uma riqueza que equivale a esbanjamento; a natureza, pelo contrário, rege-se pelas leis da economia, segundo as antigas regras da metafísica, e não menos pelas da mecânica. Por isso, a ambiguidade entra sempre em contradição com a pureza e a unidade da significação."[44] Não menos doutrinários são os comentários de um discípulo de Hermann Cohen, Carl Horst, que, na sua análise dos "problemas do Barroco", deveria ter observado um ponto de vista mais concreto. Apesar disso, diz-se da alegoria que ela "é sempre uma 'transgressão das fronteiras do outro gênero', que nela é manifesta uma intrusão das artes plásticas na esfera de representação das artes 'discursivas'. E essa violação de fronteiras", prossegue o autor, "em nenhum outro domínio é mais implacavelmente punida do que no da pura cultura do sentimento, que é mais do âmbito das 'artes plásticas' puras do que das artes 'discursivas', e por isso aproxima aquelas mais da música… Na penetração, a frio, das mais diversas formas de expressão humanas por pensamentos autocráticos…, o sentimento

---

[44] Hermann Cohen, *Ästhetik des reinen Gefühls* [Estética do sentimento puro], Vol 2, Berlim, 1912, p. 305 (= System der Philosophie. 3).

e a compreensão artísticos são desviados e violentados. É o que faz a alegoria no campo das 'artes plásticas'. Por isso, pode designar-se a sua intromissão como uma perturbação grosseira da paz e da ordem no campo da normatividade artística. E, apesar disso, ela nunca esteve ausente deste campo, e os maiores artistas lhe dedicaram grandes obras."[45] Este fato, só por si, teria exigido um outro modo de encarar a alegoria. O pensamento não dialético da escola neokantiana não está, porém, em condições de apreender a síntese operada pela escrita alegórica a partir da luta entre a intenção teológica e a artística, no sentido, não tanto de uma paz duradoura, mas antes de uma *tregua dei* entre as opiniões em conflito.

Quando, no drama trágico, a história migra para o cenário da ação, ela fá-lo sob a forma de escrita. A palavra "história" está gravada no rosto da natureza com os caracteres da transitoriedade. A fisionomia alegórica da história natural, que o drama trágico coloca em cena, está realmente presente sob a forma da ruína. Com ela, a história transferiu-se de forma sensível para o palco. Assim configurada, a história não se revela como processo de uma vida eterna, mas antes como o progredir de um inevitável declínio. Com isso, a alegoria coloca-se declaradamente para lá da beleza. As alegorias são, no reino dos pensamentos, o que as ruínas são no reino das coisas. Daqui vem o culto barroco da ruína. Borinski, menos exaustivo na fundamentação do que exato no relato dos fatos, tem consciência disso. "A empena quebrada, as colunas em pedaços, têm a função de testemunhar o milagre da sobrevivência do edifício em si às mais elementares forças da destruição, o raio, o terremoto. A artificialidade dessas ruínas apresenta-se como a última herança de uma Antiguidade que, em solo moderno, já só pode ser vista, de fato, como um pitoresco monte de ruínas."[46] E, numa nota, acrescenta:"Siga-se a evolução desta tendência na prática engenhosa dos artistas do Renascimento de situar o nascimento e a adoração de Cristo nas ruínas de um templo antigo, em vez de num estábulo medieval. Essas ruínas, que num quadro de

---

[45] Carl Horst, *Barockprobleme* [Problemas do Barroco]. Munique, 1912, pp. 39-40; ver também pp. 41-42.

[46] Borinski, *Die Antike in Poetik und Kunsttheorie*, vol. 1, pp. 193-194.

Ghirlandaio (Florença, Accademia) consistem ainda em fragmentos faustosos magnificamente conservados, alcançam agora a sua finalidade própria – a de servirem de cenário pitoresco à transitoriedade da pompa – nos presépios coloridos e vivos."[47] O que aqui mais se afirma não são já as reminiscências antigas, mas uma sensibilidade estilística contemporânea. O que jaz em ruínas, o fragmento altamente significativo, a ruína: é esta a mais nobre matéria da criação barroca. O que é comum às obras desse período é acumular incessantemente fragmentos, sem um objetivo preciso, e, na expectativa de um milagre, tomar os estereótipos por uma potenciação da criatividade. Os literatos do Barroco devem ter entendido assim, como um milagre, a obra de arte. E se esta lhes acenava, por outro lado, como o resultado calculável de uma acumulação, as duas perspectivas são tão conciliáveis como, na consciência de um alquimista, a "obra" prodigiosa com as sutis receitas da teoria. A experimentação dos poetas barrocos é comparável às práticas dos adeptos. O que a Antiguidade lhes legou são os elementos com os quais, um a um, amassam a nova totalidade. Melhor: a constroem. Pois a visão acabada desse "novo" era a ruína. O que essa técnica, que em termos de pormenor se orientava ostensivamente pelas coisas concretas, pelas flores de retórica, pelas regras, procurava era o domínio exuberante dos elementos antigos numa construção que, sem conseguir articulá-los num todo, fosse ainda assim, mesmo na destruição, superior à harmonia das antigas. A literatura devia agora chamar-se *ars inveniendi* [arte da invenção]. A imagem do homem genial, do mestre nessa *ars inveniendi*, é a de um homem capaz de manipular soberanamente modelos. A "imaginação", a faculdade criadora no sentido dos modernos, era desconhecida como medida de uma hierarquia dos espíritos. "A principal razão pela qual até agora ninguém chegou ao nível do nosso Opitz na poesia alemã, e muito menos o ultrapassou (o que também não acontecerá no futuro) está no fato de, para além do virtuosismo da sua excelente natureza, ele ser muito lido nas obras latinas e gregas e saber exprimir-se e inventar nelas com tanta mestria."[48] Mas a língua alemã, tal como os gramáticos da época a viam, é, neste sentido, apenas mais uma "natureza", lado a lado com

---

[47] Borinski, *op. cit.*, pp. 305–306 (nota).

[48] A[ugust] Buchner, *Wegweiser zur deutschen Tichtkunst* [Guia da poética alemã]. Iena, s.d. [1663], pp. 80 segs. *Apud* Borcherdt, *Augustus Buchner, op. cit.*, p. 81.

a dos modelos antigos. "A natureza da língua", explica Hankamer, "contém todos os mistérios da natureza material." O poeta "não lhe comunica novas forças, não cria novas verdades a partir de uma alma criativa que através dela se manifesta"[49]. O poeta não pode disfarçar a sua arte combinatória, porque o que ele pretende mostrar não é tanto o todo como a sua construção posta à vista. Daí a ostentação dos processos construtivos, que, particularmente em Calderón, se mostra como a parede de alvenaria num edifício a que caiu o reboco. Assim, se quisermos, poderemos dizer que também para os poetas deste período a natureza continuou a ser a grande mestra. Mas a eles ela não se mostra no botão e na flor, mas na extrema maturidade e na decadência das suas criações. O seu sonho é o de uma natureza como eterna caducidade, na qual apenas o olhar saturnino daquela geração reconheceu os sinais da história. Nos seus monumentos, nas ruínas, escondem-se, segundo Agrippa von Nettesheim, os animais saturninos. Com a decadência, e apenas com ela, o acontecer histórico contrai-se e entra no teatro. A quintessência dessas coisas em decadência é o extremo contraste com o conceito da natureza transfigurada, próprio do primeiro Renascimento. Esse conceito, como demonstrou Burdach, "não era de modo nenhum o nosso [...] Ele continua ainda durante muito tempo dependente do uso linguístico e do pensamento da Idade Média, embora a palavra e a ideia de 'natureza' pudesse ter sido valorizada. De qualquer modo, a teoria da arte dos séculos XIV a XVI entende por imitação da natureza a imitação da natureza criada por Deus."[50] Mas aquela natureza que recebe a impressão da imagem do processo histórico é a natureza caída. O gosto barroco da apoteose é o reflexo do seu modo específico de contemplar as coisas. Na onipotência do seu significado alegórico, elas trazem a marca do terreno, demasiado terreno. Nunca se transfiguram a partir de dentro, e daí vem a sua irradiação na ribalta da apoteose. Talvez nunca tenha existido uma literatura cujo ilusionismo virtuosístico tivesse eliminado mais radicalmente das suas obras aquele brilho que transfigura e pelo qual antes se procurava determinar a essência da criação

---

[49] Paul Hankamer, *Die Sprache*. Ihr Begriff und ihre Deutung im sechzehnten und siebzehnten Jahrhundert. Ein Beitrag zur Frage der literarhistorischen Gliederung des Zeitraums [A língua. O seu conceito e a sua interpretação nos séculos XVI e XVII. Contributo para a periodização histórico-literária da época]. Bona, 1927, p. 135.

[50] Burdach, *op. cit.*, p. 178.

artística. Pode dizer-se que uma das características mais consequentes da poesia barroca é a falta desse fulgor. E o mesmo se passa com o drama. Escrevendo a partir da perspectiva de um repositório teatral, Hallmann pinta do seguinte modo a vida eterna:

> So muß man durch den Tod in jenes Leben dringen
> Das uns Aegyptens Nacht in Gosems Tag verkehrt
> Und den beperlten Rock der Ewigkeit gewehrt![51]

> [E assim pela morte naquela vida entramos
> Que faz da noite egípcia o dia de Gosem
> E nos concede a veste perlada do Além!]

O apego obstinado aos adereços gorava a representação do amor. Toma agora a palavra uma lascívia alheia ao mundo, perdida na sua própria imaginação:

> Ein schönes Weib ist ja, die tausend Zierden mahlen,
> Ein unverzehrlich Tisch, der ihrer viel macht satt.
> Ein unverseigend Quell, das allzeit Wasser hat,
> Ja, süsse Libes-Milch; Wenn gleich in hundert Röhre
> Der linde Zukker rinnt. Es ist der Unhold Lehre,
> Des schelen Neides Art, wenn andern man verwehrt
> Die Speise, die sie labt, sich aber nicht verzehrt.[52]

> [Uma bela mulher, de enfeites adornada,
> É mesa inesgotável que a muitos satisfaz.
> É fonte que não seca, e que sempre água traz,
> Doce leite de amor; ao açúcar igual
> Em mil canas correndo. É doutrina do mal,
> É inveja vesgueira aos outros recusar
> Comida que conforta, mas sem nunca acabar.]

Falta às obras típicas do Barroco a máscara formal adequada dos conteúdos. As suas pretensões, mesmo nas formas poéticas menores, são constrangedoras. Está totalmente ausente a tendência para o pequeno, para o secreto, que se tenta substituir, de forma tão exuberante como vã, pelo enigmático e o oculto. Na verdadeira obra de arte, o prazer

---

[51] Hallmann, *Trauer-Freuden-und Schäfer-Spiele*, p. 90 (*Mariamne* V, 472 segs.).

[52] Lohenstein, *Agrippina*, *op. cit.*, pp. 33–34 (II, 380 segs.).

sabe tornar-se fugaz, viver o instante, desvanecer-se, renovar-se. A obra de arte barroca busca unicamente a duração e agarra-se com todas as suas forças ao eterno. Só assim se compreende a doçura libertadora com que os primeiros divertimentos poéticos (*Tändeleyen*) do novo século seduziram os leitores, e como a *chinoiserie* foi para o Rococó o contraponto da bizantinice hierática. Quando o crítico barroco fala da obra de arte total como culminação da hierarquia estética da época e como ideal do próprio drama trágico[53], está simplesmente a confirmar essa pesadez. Entre os muitos teóricos, Harsdörffer destacou-se, como alegorista experiente, na defesa do entrosamento de todas as artes. É precisamente isso o que a perspectiva alegórica dominante impõe. Apesar de um certo excesso polêmico, Winckelmann clarifica essa constelação quando anota: "É vã a esperança daqueles que acreditam que se pode levar a alegoria ao ponto de se poder pintar uma ode."[54] Um outro aspecto se junta a este, e mais estranho, que tem a ver com o modo como as obras do século são introduzidas: dedicatórias, prefácios e posfácios, autógrafos e alógrafos, pareceres, reverências perante os grandes mestres, tudo isto faz regra e acompanha, como pesada moldura, as obras maiores e completas. Era raro o olhar capaz de se satisfazer com o próprio objeto. No meio das suas ocupações mundanas, cada um procurava apropriar-se de obras de arte, e a ocupação com elas não era, tanto como veio a ser mais tarde, uma atividade privada que dispensava justificação. A leitura era obrigatória e fator de formação. O correlato dessa atitude entre o público transparecia em obras volumosas, sem segredo e diversificadas. Elas sentem-se menos destinadas a difundir-se e a crescer ao longo do tempo do que a ocupar o seu lugar neste mundo e no presente. E, de certa maneira, encontram nisso a sua recompensa. Mas também por isso elas trazem em si, com rara evidência, o pressuposto da sua crítica em longo prazo. Desde logo estão sujeitas àquela crítica destruidora que o decurso do tempo sobre elas exerceu. A beleza não tem nada de próprio a oferecer aos que a ignoram. Para estes, poucas coisas serão mais espinhosas que o drama trágico barroco. O seu brilho extinguiu-se porque era o mais agressivo. O que perdura é o raro pormenor das referências alegóricas: um objeto do saber, alojado nas construções planificadas das

---

[53] Cf. Kolitz, *op. cit.*, pp. 166-167.

[54] Winckelmann, *op. cit.*, p. 19.

ruínas. A crítica é mortificação das obras. Isto é confirmado pela essência das obras alegóricas, mais do que por quaisquer outras. Mortificação das obras: não – como queriam os românticos – o despertar da consciência nas obras vivas[55], mas a implantação do saber naquelas que estão mortas. A beleza que perdura é um objeto do saber. Podemos pôr em dúvida se a beleza que perdura ainda é digna desse nome, mas uma coisa é certa: não existe objeto belo que não tenha em si algo que mereça ser sabido. O papel da filosofia não pode ser o de duvidar da sua capacidade de despertar o que nas obras existe de belo: "A ciência não pode levar a uma fruição ingênua da arte, do mesmo modo que geólogos e botânicos não despertam em nós a sensibilidade a uma bela paisagem"[56]: esta afirmação é tão distorcida como é errada a analogia em que se apoia. O geólogo e o botânico podem, sim, provocar esse efeito. Diremos mesmo que, sem uma apreensão, pelo menos intuitiva, da vida dos pormenores por meio da estrutura, toda a inclinação para o belo é mero devaneio. Estrutura e pormenor têm sempre, em última análise, uma carga histórica. O objeto da crítica filosófica é o de demonstrar que a função da forma artística é a de transformar em conteúdos de verdade filosóficos os conteúdos materiais históricos presentes em toda a obra significativa. Esta transformação do conteúdo material em conteúdo de verdade faz do declínio da força de atração original da obra, que enfraquece década após década, a base de um renascimento no qual toda a beleza desaparece e a obra se afirma como ruína. Na estrutura alegórica do drama barroco sempre se destacaram, como uma paisagem de ruínas, essas formas da obra de arte redimida.

A própria história salvífica contribuiu para a viragem que da história fez natureza, e que é o fundamento do processo alegórico. Por muito que a sua exegese tivesse sido secularizada e retardada, poucas vezes ela foi tão extremada como em Sigmund von Birken. A sua poética dá, "como exemplos de poemas comemorativos de nascimentos, bodas e enterros, de poemas laudatórios e hinos de vitória, canções sobre o nascimento e a morte de Cristo, sobre as suas bodas espirituais com a alma, sobre a sua

---

[55] Cf. Benjamin, *Der Begriff der Kunstkritik in der deutschen Romantik*, pp. 53 segs.

[56] Petersen, *op. cit.*, p. 12.

magnificência e a sua vitória"[57]. O "instante" místico transforma-se no "agora" atual: o simbólico é distorcido e torna-se alegórico. Do acontecer da história salvífica isola-se o eterno, e o que resta é uma imagem viva ao alcance de todas as intervenções que a encenação achar por bem fazer. Isso corresponde, no seu âmago, à forma própria da criatividade barroca – infinitamente dilatória, divagante, voluptuosamente hesitante. Hausenstein observou, com muita pertinência, que nas apoteoses da pintura costuma tratar-se com extremo realismo o primeiro plano, para tornar mais credíveis os objetos visionários mais distantes. O primeiro plano, assim evidenciado, procurava concentrar em si todo o acontecer mundano, não apenas para acentuar a tensão entre imanência e transcendência, mas também para investir esta última do máximo possível de austeridade, exclusividade e implacabilidade. Quando o próprio Cristo é empurrado para o plano do provisório, do quotidiano, do precário, estamos perante um gesto da mais radical sensorialidade. O *Sturm und Drang* continua com vigor esta linha, e Merck escreve que "a glória de um grande homem em nada é afetada pelo fato de ele ter nascido num estábulo, deitado nas fraldas entre a vaca e o burro"[58]. E também o que há de agressivo e de mais surpreendente nesse gesto é um traço barroco. Enquanto o símbolo atrai a si o homem, o alegórico irrompe das profundezas do ser para ir ao encontro da intenção no seu caminho e a abater. Este mesmo movimento é próprio da poesia barroca. Nos poemas do Barroco "não existe um movimento progressivo, eles como que são insuflados a partir de dentro"[59]. Para resistir à queda na contemplação absorta, o alegórico tem de encontrar formas sempre novas e surpreendentes. Já o símbolo, de acordo com os mitólogos românticos, permanece tenazmente igual a si mesmo. É notório o contraste entre a monotonia dos versos dos livros de emblemas (o *vanitas vanitatum vanitas*) e a roda viva das modas depois de meados do século, quando a um livro se sucedia outro. As alegorias envelhecem porque da sua essência faz parte o desconcertante. Se um objeto, sob o olhar da melancolia,

---

[57] Strich, *op. cit.*, p. 26.

[58] Johann Heinrich Merck, *Ausgewählte Schriften zur schönen Literatur und Kunst. Ein Denkmal* [Obras escolhidas sobre literatura e arte. Uma homenagem]. Ed. de Adolf Stahr. Oldenburg, 1840, p. 308.

[59] Strich, *op. cit.*, p. 39.

se torna alegórico, se ela lhe sorve a vida e ele continua a existir como objeto morto, mas seguro para toda a eternidade, ele fica à mercê do alegorista e dos seus caprichos. E isto quer dizer que, a partir de agora, ele será incapaz de irradiar a partir de si próprio qualquer significado ou sentido; o seu significado é aquele que o alegorista lhe atribuir. Ele investe-o desse significado, e vai ao fundo da coisa para se apropriar dele, não em sentido psicológico, mas ontológico. Nas suas mãos, a coisa transforma-se em algo de diverso, através dela ele fala de algo de diverso e ela torna-se para ele a chave que lhe dá acesso a um saber oculto que ele venera na coisa como seu emblema. É nisto que reside o caráter escritural da alegoria. Ela é um esquema, e como esquema um objeto do saber; mas o alegorista só não a perderá se a transformar num objeto fixo: a um tempo imagem fixada e signo fixante. O ideal barroco do saber, o armazenamento, cujo monumento eram as gigantescas bibliotecas, realiza-se na imagem gráfica da escrita (*Schriftbild*). Quase como na China, uma tal imagem não é apenas signo do objeto a conhecer, mas em si mesma objeto digno de conhecimento. Também por esta via a alegoria chega, com os românticos, a um início de autorreflexão, em particular com Baader. No seu escrito *Über den Einfluß der Zeichen der Gedanken auf deren Erzeugung und Gestaltung* [Da influência dos signos do pensamento sobre a sua produção e configuração] pode ler-se: "Sabemos como depende apenas de nós a utilização de um qualquer objeto da natureza como signo convencional para uma ideia, tal como vemos na escrita simbólica e hieroglífica; e esse objeto só assume um novo caráter quando através dele queremos dar expressão, não às suas características naturais, mas àquelas que, por assim dizer, lhe emprestamos."[60] Uma nota a esta passagem acrescenta o seguinte comentário: "Há razão em crer que tudo o que vemos na natureza exterior é uma escrita que se nos destina, uma espécie de linguagem de signos à qual, porém, falta o essencial – a pronúncia, que muito simplesmente deve ter vindo e sido dada ao homem a partir de um outro lugar."[61] O alegorista vai, de fato, buscá-la "a um outro lugar", sem com isso evitar a arbitrariedade como manifestação extrema do poder do conhecimento. A riqueza de signos

---

[60] Franz von Baader, *Sämmtliche Werke* [Obras completas], editadas por um grupo de amigos do falecido, Franz Hoffmann *et al.*, 1ª seção, vol. 2. Leipzig, 1851, p. 129.

[61] *Id., ibid.*

cifrados que ele encontrou no mundo criatural profundamente marcado pela história justifica o lamento de Cohen sobre o "esbanjamento". Essa riqueza pode ser desproporcionada em relação à força da natureza, mas a volúpia com que a significação reina, sinistro sultão, no harém das coisas, dá-lhe uma expressão incomparável. Como se sabe, é próprio do sádico aviltar o seu objeto, para depois – ou por isso – o libertar. O mesmo faz o alegorista neste tempo tão inebriado de crueldades, inventadas ou vividas. Até na pintura religiosa isto se torna visível. O "abrir dos olhos", que a pintura barroca transforma "num esquema totalmente independente da situação que lhe serve de pretexto"[62], trai e desvaloriza as coisas de forma inconcebível. A função da escrita figurativa do Barroco não é tanto o desvelamento das coisas sensíveis, mas mais o seu desnudamento. O autor de emblemas não dá a essência "por detrás da imagem"[63]. Ele arrasta a essência dessa imagem e coloca-a diante dela sob a forma de escrita, como assinatura escrita-por-baixo (*Unterschrift*), legenda que, nos livros de emblemas, forma uma unidade com o objeto representado. No fundo, também o drama trágico, nascido no âmbito do alegórico, é, pela sua forma, um drama destinado à leitura. Este fato nada diz sobre o valor e a possibilidade da sua passagem ao palco, mas deixa claro que o espectador ideal destes dramas mergulhava neles meditativamente, nisto se aproximando do leitor; que as situações mudavam, não muito frequentemente, mas de forma inesperada, à semelhança da mancha impressa quando se folheava o livro; finalmente, e como a velha crítica afirmava, ainda que com uma intuição semiconsciente e a contragosto, sobre a lei destes dramas, que eles nunca foram representados.

Esta opinião era certamente falsa, já que a alegoria é o único, e muito poderoso, divertimento que se oferece ao melancólico. É certo que a pomposa ostentação com que o objeto banal parece emergir das profundezas da alegoria logo dá lugar ao seu desconsolado rosto quotidiano; é certo que à entrega meditativa do doente ao pormenor isolado e a coisas menores se segue a desilusão: deixa-se cair o emblema, esvaziado, cujo ritmo um observador de tendência especulativa pode

---

[62] Hübscher, *op. cit.*, p. 560.

[63] Hübscher, *op. cit.*, p. 555.

encontrar repetida e significativamente no comportamento dos macacos. Mas os pormenores amorfos, que só podem ser dados de forma alegórica, continuam a afluir continuamente. Pois se a regra diz que "cada coisa tem de ser observada em si mesma, para que assim a inteligência se desenvolva e o bom gosto se refine"[64], o objeto adequado dessa intenção estará sempre presente. Nos seus *Gesprächspielen* [Jogos dialogais] Harsdörffer funda um gênero especial, fazendo apelo "ao fato de em *Juízes* IX, 8 serem introduzidos, em vez dos animais das fábulas de Esopo, objetos inanimados, como florestas, árvores, pedras, a agir e a falar, e há ainda um outro gênero que nasce quando palavras, sílabas e letras entram em cena como personagens"[65]. Nesta última direção distinguiu-se especialmente Christian Gryphius, filho de Andreas, com a sua peça didática *Der deutschen Sprache unterschiedene Alter* [As várias idades da língua alemã]. Nesta fragmentação da imagem gráfica está particularmente evidente um princípio da visão alegórica. Em especial no Barroco, constata-se que as personagens alegóricas cedem o lugar aos emblemas, que geralmente se oferecem ao olhar num triste e desolado estado de dispersão. Uma boa parte do escrito de Winckelmann *Versuch einer Allegorie* deve entender-se como protesto contra este estilo. "A simplicidade consiste em esboçar uma imagem que, com o mínimo de signos, possa exprimir o objeto a significar, e é isto que é próprio da alegoria nos melhores períodos da Antiguidade. Mais tarde, a arte começou a reunir numa única figura muitos conceitos por meio de igual número de signos, como aquelas divindades a que se chama *Panthei*, e que reúnem em si os atributos de todos os deuses... A melhor e mais perfeita alegoria de um conceito, ou de vários, é concebida ou representada por meio de uma única figura."[66] É a voz da vontade de totalidade simbólica, como o humanismo a venerava na figura humana. Mas na construção alegórica as coisas olham para nós sob a forma de fragmentos. Os verdadeiros teóricos deste campo, mesmo entre os românticos, não lhes davam importância. Postas na balança ao lado dos símbolos, as coisas foram consideradas demasiado leves. "Ao emblema

---

[64] Cohn, *op. cit.*, p. 23.

[65] Tittmann, *op. cit.*, p. 94.

[66] Winckelmann, *op. cit.*, p. 27. Cf. também Creuzer, *op. cit.*, pp. 67 e 109-110.

alemão... falta a dignidade significativa daqueles. Por isso, teve de ficar circunscrito a uma esfera inferior, totalmente excluído da expressão simbólica."[67] Görres comenta nas seguintes palavras esta frase de Creuzer:"Uma vez que a sua teoria vê no símbolo místico o símbolo formal, no qual o espírito procura superar a forma e destruir o corpo, enquanto que o símbolo plástico seria a pura linha divisória entre espírito e natureza, falta ainda a antítese do primeiro, o símbolo real, em que a forma corpórea absorve a alma – e este poderia muito bem ser o lugar do emblema e do símbolo alemão na sua acepção mais limitada."[68] A perspectiva romântica dos dois autores era ainda insuficientemente sólida, e por isso eles sentiam uma certa animosidade contra a didática racional, à qual esta forma parecia suspeita; mas por outro lado, o caráter conservador, caprichoso e popular de muitos dos seus produtos não devia desagradar pelo menos a Görres. Mas ele não chegou a ter ideias claras sobre este ponto. E ainda hoje é óbvio que, ao privilegiar a coisa face à pessoa, o fragmentário frente à totalidade, a alegoria é o contraponto do símbolo, mas por isso mesmo igual a ele em força. A personificação alegórica sempre nos iludiu sobre este ponto: a sua função não é a de personificar o mundo das coisas, mas a de dar forma mais imponente às coisas, vestindo-as de personagens. Cysarz tem sobre isto uma visão muito arguta: "O Barroco vulgariza a velha mitologia para atribuir a tudo figuras (não almas): é o último grau de alienação, depois da estetização ovidiana e da secularização neolatina dos conteúdos hieráticos da fé. Nem uma réstia de espiritualização do corpóreo. Toda a natureza é personalizada, não para ser interiorizada, mas, pelo contrário, para lhe ser retirada a alma."[69] A alegoria precisa daquela pesadez constrangida que era atribuída, quer à falta de talento do artista, quer à falta de visão artística do patrono. Tanto mais notório se torna, assim, que Novalis, incomparavelmente mais consciente que os românticos tardios da distância que o separava dos ideais clássicos, nas poucas passagens em que aborda este objeto, revele uma profunda compreensão da essência da alegoria. O leitor atento da seguinte anotação não deixará de evocar imediatamente o ambiente doméstico do poeta do sé-

---

[67] Creuzer, *op. cit.*, p. 64.

[68] Creuzer, *op. cit.*, p. 147.

[69] Cysarz, *op. cit.*, p. 31.

culo XVI – alto funcionário, experiente nos assuntos e segredos do Estado e sobrecarregado de afazeres oficiais: "Também os negócios podem ser tratados poeticamente... Algumas das características essenciais desta arte são: um certo tom arcaizante do estilo, uma correta ordenação das massas, um leve toque de alegoria, um certo preciosismo, devoção e espanto que transparecem nesse estilo de escrita."[70] É, de fato, neste espírito que a prática barroca se volta para as coisas concretas. A afinidade entre o gênio romântico e o espírito barroco, precisamente no espaço da alegoria, é confirmada de forma igualmente clara pelo fragmento seguinte: "Poemas, belas sonoridades apenas, cheios de belas palavras, mas também sem sentido nem conexão – quando muito, algumas estrofes isoladas que sejam compreensíveis –, como fragmentos das mais diversas coisas. A verdadeira poesia poderá, quando muito, ter um sentido alegórico geral e exercer um efeito indireto, como a música, etc. Por isso a natureza é pura poesia – tal como o gabinete de um mágico, de um físico, um quarto de criança, um sótão assombrado ou um quarto de arrumos."[71] Não devemos ver um mero acaso nesta relação do alegórico com o fragmentário, o desordenado e atravancado do gabinete do mágico ou do laboratório do alquimista, coisas que o Barroco conheceu muito bem. Não serão as obras de Jean Paul, o maior alegorista entre os poetas alemães, como esses quartos de crianças e salas povoadas de espíritos? Podemos mesmo dizer que uma verdadeira história dos meios de expressão românticos em nenhum outro autor, melhor do que nele, encontraria o fragmento ou a ironia como metamorfoses do alegórico. Em suma: a técnica romântica leva, por mais do que um caminho, à esfera da emblemática e da alegoria. A alegoria – poderíamos definir assim a relação entre estes dois meios de expressão – arrasta atrás de si, na sua forma mais completa, que é a barroca, a sua própria corte; à volta de um centro figural, que nunca falta às verdadeiras alegorias, por contraste com as perífrases conceituais, agrupa-se todo o conjunto dos emblemas. A sua ordem parece arbitrária: poderíamos evocar, como esquema da alegoria, o título do drama espanhol *La "corte" confusa*. As leis dessa corte são as da "dispersão" e da "concentração". As coisas agrupam-se de acordo com os seus significados; o

---

[70] Novalis, *Schriften* [Obras], vol. 3, *op. cit.*, p. 5.

[71] Novalis, *op. cit.*, vol. 2, p. 308.

que as faz dispersar de novo é a indiferença à sua existência real. Esta desordem do cenário alegórico apresenta-se como contraponto do *boudoir* galante. De acordo com a dialética que rege esta forma de expressão, o fanatismo da concentração compensa a falta de rigor no ordenamento; particularmente paradoxal é a rica dispersão de instrumentos de penitência e violência. Como muito bem diz Borinski a propósito da forma arquitetônica barroca, o fato de "este estilo compensar os seus excessos construtivos com a sua linguagem decorativa e 'galante'"[72] faz dele um legítimo contemporâneo da alegoria. Também a poética barroca pede para ser lida à luz de uma crítica estilística, presente nesta observação. A sua teoria da "tragédia" colhe uma a uma, como ingredientes sem vida, as leis da tragédia antiga, e acumula-as à volta de uma figura alegórica da musa trágica. Só devido a uma falsa interpretação classicista do drama trágico, como o Barroco a praticou, desconhecendo-se a si mesmo, as "regras" da tragédia antiga se puderam transformar nos princípios amorfos, obrigatórios e emblemáticos dos quais nasceu a nova forma. No âmbito deste esboroamento e estilhaçamento alegórico, a imagem da tragédia antiga surge como a única possível, como modelo natural da poesia "trágica". As suas regras passaram a ser vistas como referências carregadas de sentido para o drama trágico, os seus textos foram lidos como se de dramas lutuosos se tratasse. A medida da possibilidade e da continuidade dessa transformação é dada pelas traduções de Sófocles por Hölderlin — não foi por acaso que Hellingrath designou de "barroca" essa última fase de produção do poeta.

---

[72] Borinski, *Die Antike in Poetik und Kunsttheorie*, vol. 1, p. 192.

< 2 >

Vós, palavras já sem força, sois fragmentos fragmentados,
Pálidos jogos de sombras; dissipais-vos, isolados;
Casadas a uma imagem, já entrada vos daremos,
Se um símbolo mostrar o oculto que não vemos.

(Franz Julius von dem Knesebeck,
Dreyständige Sinnbilder [Símbolos tríplices])[*]

O conhecimento filosófico da alegoria, em particular o dialético da sua forma-limite, é o pano de fundo sobre o qual se destaca, com cores vivas e – se é lícito dizê-lo – belas, a imagem do drama trágico. É o único fundo ao qual não aderem as cores cinzentas dos retoques. No coro e no interlúdio a estrutura alegórica do drama trágico destaca-se com tal evidência que não pode passar de todo despercebida ao observador. Mas essa é também a razão pela qual esses foram os pontos vulneráveis pelos quais a crítica penetrou na construção, que ambicionava ter a grandeza de um templo grego, para a destruir. Nessa linha escreve Wackernagel: "O coro é herança e pertença do teatro grego: e só aí ele é a consequência orgânica de premissas históricas. Entre nós não existiram

---

[*] Franz Julius von dem Knesebeck. *Dreyständige Sinnbilder zu fruchtbringendem Nutzen und beliebender ergetzlichkeit ausgefertigt durch den Geheimen* [Símbolos tríplices para uso frutuoso e livre deleite / Elaborados pelo Secreto]. Braunschweig, 1643, prancha (N.T.).

A personagem alegórica 203

nunca tais pressupostos, e por isso as tentativas dos dramaturgos alemães dos séculos XVI e XVII para o transpor para os palcos alemães estavam condenadas ao fracasso."[1] São incontestáveis as raízes nacionais do drama coral grego; mas é também inegável que determinações semelhantes condicionaram a aparente imitação do teatro grego no século XVII. O coro do drama barroco não tem nada de exterior. É o seu interior, no mesmo sentido que a obra de talha de um altar gótico pode ser vista como o seu interior, por detrás dos painéis que se abrem para mostrar as suas histórias pintadas. No coro, e também no interlúdio, a alegoria deixa de ser colorida, associada a uma história, para se mostrar na sua forma mais pura e despojada. No fim da *Sofonisba* de Lohenstein a Volúpia e a Virtude entram em disputa. Por fim, a Volúpia é desmascarada e a Virtude diz-lhe:

> *Wol! wir wolln bald des Engels Schönheit sehn!*
> *Ich muß dir den geborgten Rock ausziehen.*
> *Kan sich ein Bettler in was ärgers nehn?*
> *Wer wollte nicht für dieser Sclavin fliehen?*
> *Wirff aber auch den Bettler-Mantel weg.*
> *Schaut, ist ein Schwein besudelter zu schauen?*
> *Diß ist ein Krebs-und diß ein Aussatz-Fleck.*
> *Muß dir nicht selbst für Schwer-und Eyter grauen?*
> *Der Wollust Kopff ist Schwan, der Leib ein Schwein.*
> *Laßt uns die Schminck' im Antlitz auch vertilgen.*
> *Hier fault das Fleisch, dort frißt die Lauß sich ein,*
> *So wandeln sich in Koth der Wollust Liljen.*
> *Noch nicht genug! zeuch auch die Lumpen aus,*
> *Was zeigt sich nun? Ein Aaß, ein todt Gerippe.*
> *Besieh itzt auch der Wollust innres Haus:*
> *Daß man sie in die Schinder-Grube schippe!*[2]

[Bom, vejamos o anjo e sua beleza!
Primeiro te tirarei o vestido roubado.
Nem roupa de mendigo tem uma tal torpeza.
Quem de uma escrava assim não fugirá assustado?
Mas deita também fora essa veste andrajosa.
Vede: será um porco coisa mais nojenta?

---

[1] Wackernagel, *op. cit.*, p. 11.

[2] Lohenstein, *Sophonisbe, op. cit.*, pp. 75-76 (IV, 563 segs.).

> Esta mancha é de cancro, esta ferida leprosa.
> Não tens asco do pus, da úlcera pustulenta?
> A cabeça é de cisne, mas o corpo é de porco.
> Já se vê a carne podre, os piolhos comendo.
> Vamos tirar também a pintura do rosto:
> Os lírios da volúpia transformam-se em excremento.
> Mas ainda não é tudo! Tira os andrajos! Fora!
> Que vemos? Um cadáver, o esqueleto da Morte.
> Vede o interior da casa da Volúpia agora:
> Lancemo-la na vala, que é essa a sua sorte!]

Estamos perante o velho motivo alegórico da Dama Mundo (*Frau Welt*). Passagens marcadamente características como esta permitiram aqui e ali até aos autores do século passado entender do que se tratava. "Nos coros", escreve Conrad Müller, "a pressão da natureza complicada de Lohenstein afeta menos o seu gênio linguístico, porque os floreados retóricos das suas palavras, muito estranhos no templo estilístico da tragédia, convêm perfeitamente ao ouropel bizarro da alegoria."[3] E o alegórico manifesta-se, não apenas na palavra, mas também no plano figural e no cênico. Essa tendência alcança o seu clímax nos interlúdios, com os seus atributos personificados, os vícios e as virtudes materializados em figuras de carne e osso, sem no entanto se ficar por aí, pois é claro que uma série de tipos como o rei, o cortesão, o bobo, têm um significado alegórico. Neste plano aplicam-se de novo as intuições divinatórias de Novalis: "As cenas propriamente visuais são as únicas verdadeiramente teatrais. Personagens alegóricas, são as únicas que a maior parte das pessoas vê à sua volta. As crianças são esperanças, as raparigas são desejos e preces."[4] O fragmento mostra com perspicácia a relação que existe entre o espetáculo em si e a alegoria. É claro que as suas figuras eram outras no Barroco, e mais precisas, em termos cristãos e corteses, do que imaginava Novalis. Essas figuras deixam transparecer a sua natureza alegórica no fato de a fábula e a moralidade específica das figuras entrarem numa relação rara e oscilante. No *Leo Armenius* não chegamos a perceber se Balbus atinge um culpado ou um inocente. Basta saber que se trata do rei. Só assim se percebe também que praticamente

---

[3] Müller, *op. cit.*, p. 94.

[4] Novalis, *Schriften, op. cit.*, vol. 3, p. 71.

qualquer personagem possa entrar no quadro vivo de uma apoteose alegórica. A Virtude louva Masinissa[5], um miserável patife. O drama trágico alemão nunca conseguiu distribuir secretamente os traços de uma personagem, pelas mil dobras de uma roupagem alegórica, como faz Calderón. Nem conseguiu, como Shakespeare, dar novas e grandiosas interpretações de uma figura alegórica em papéis novos e originais. "Certas figuras de Shakespeare têm alguma coisa dos traços fisionômicos da alegoria da peça moral, mas apenas reconhecíveis pelo olhar muito experiente; no que a esses traços se refere, elas andam pela cena, por assim dizer com a máscara alegórica. Rosencrantz e Guildenstern são figuras destas."[6] O drama trágico alemão nunca soube o que era esse uso discreto da alegoria, porque estava cegamente obcecado pela seriedade. O direito de cidade do alegórico no drama profano foi-lhe concedido apenas pelo cômico; mas quando este entra nele a sério, sem dar por isso caiu numa seriedade de morte.

A importância crescente do interlúdio, que já no período médio de Gryphius assume o lugar do coro, antes da catástrofe dramática[7], coincide com uma crescente ostentação alegórica, e alcança o ponto máximo em Hallmann. "Do mesmo modo que o lado ornamental do discurso submerge o construtivo, o sentido lógico…, e se distorce em catacreses, assim também o ornamento derivado do discurso obscurece toda a estrutura do drama, sob a forma de *exemplum*, de antítese e de metáfora encenados."[8] Estes interlúdios põem-nos diante dos olhos uma colheita concreta de exemplos que se enquadram nas premissas da teoria da contemplação alegórica, de que se ocupou a parte anterior deste estudo. Quer se trate, caso do drama escolar jesuíta, de um exemplo alegórico, *spiritualiter* adequado, extraído da história antiga (em Hallmann: o coro de Dido em *Adonis e Rosibella*, o coro de Callisto em *Catharina*[9]), quer os coros, como prefere Lohenstein, desenvolvam uma

---

[5] Cf. Lohenstein, *Sophonisbe, op. cit.*, p. 76 (IV, 585 segs.).

[6] Steinberg, *op. cit.*, p. 76.

[7] Cf. Hans Steinberg, *Die Reyen in den Trauerspielen des Andreas Gryphius* [Os coros nos dramas trágicos de Andreas Gryphius]. Dissertação. Göttingen, 1914, p. 107.

[8] Kolitz, *op. cit.*, p. 182.

[9] Cf. Kolitz, *op. cit.*, p. 102 e p. 168.

psicologia edificante das paixões, ou, como em Gryphius, domine a reflexão religiosa – em todos estes casos, o episódio dramático não é tomado por uma ocorrência isolada, mas visto como catástrofe natural e necessária, inscrita no curso do mundo. Mas mesmo a aplicação funcional e pontual da alegoria não é simples intensificação da ação dramática, mas interlúdio de alcance amplo e intenção exegética. Os atos não se organizam sequencialmente uns a partir dos outros, mas dispõem-se antes em terraços, uns sobre os outros. A trama dramática é disposta em amplas camadas simultaneamente visíveis, e o nível em que acontece o interlúdio transforma-se em plataforma onde se acumula toda uma estatuária. "A menção de um exemplo pelo discurso é acompanhada em paralelo pela sua representação cênica em forma de quadros vivos (Adonis); casos há em que esses exemplos se acumulam lado a lado no palco, por vezes três, quatro e mesmo sete (Adonis). Também a apóstrofe retórica ('Vede como…') sofre uma transposição cênica semelhante nos discursos proféticos dos espíritos."[10] Nas "cenas mudas", a vontade de alegoria traz, com grande intensidade, a palavra evanescente de volta ao espaço cênico, para a tornar acessível a uma faculdade visual sem imaginação. O equilíbrio, por assim dizer atmosférico, entre o espaço de uma percepção visionária da personagem dramática e da percepção profana do público – uma ousadia teatral que o próprio Shakespeare raramente arrisca – evidencia-se como tendência, tanto mais evidente quanto menos bem sucedida nestes mestre menores. A descrição visionária do quadro vivo é um triunfo da drasticidade barroca e da sua paixão pela antítese – "ação e coros são dois mundos separados, que se distinguem como o sonho e a realidade"[11] "Assim, a técnica dramática de Andreas Gryphius separa claramente, na ação e nos coros, o mundo real das coisas e dos acontecimentos e um mundo ideal das significações e das causas."[12] Se nos for permitido tomar estas duas opiniões como premissas, poderemos concluir que o mundo que se faz ouvir nos coros é um mundo de sonhos e significações. A experiência da unidade desses dois mundos é uma prerrogativa especial do melancólico. Mas também a separação radical entre ação e interlúdio se desvanece aos olhos do seu espectador

---

[10] Kolitz, *op. cit.*, p. 168.

[11] Steinberg, *op. cit.*, p. 76.

[12] Hübscher, *op. cit.*, p. 557.

privilegiado. Aqui e ali essa ligação dá-se no próprio decorrer da ação dramática. Por exemplo, quando Agrippina, no coro, é salva por sereias. Essa ligação dá-se talvez na sua forma mais bela e intensa na pessoa de um adormecido, como acontece no *intermezzo* depois do IV ato do *Papiniano*, com a personagem do imperador Bassiano. Durante o seu sono, um coro representa um episódio significativo. "O imperador acorda e sai de cena triste".[13] "De resto, é uma pergunta ociosa a de querer saber como o poeta, para quem os espectros eram realidades, concebe a relação entre eles e as alegorias"[14], observa, sem razão, Steinberg. Os espectros, como as alegorias com significados profundos, são aparições que vêm do reino do luto; são atraídas pelas figuras lutuosas, que meditam sobre os sinais e o futuro. A situação é menos clara no que se refere às curiosas entradas em cena dos espíritos dos vivos. "A alma de Sofonisba" entra em cena no primeiro coro daquele drama de Lohenstein para ser confrontada com as suas paixões[15], enquanto que no cenário de Hallmann para *Liberata*[16] e em *Adonis e Rosibella*[17] as personagens se limitam a disfarçar-se de fantasmas. Quando Gryphius introduz um espírito com a aparência de Olímpia[18], isso é apenas mais uma variação do mesmo motivo. Nada disto, naturalmente, é mero "absurdo"[19], como pretende Kerckhoffs, mas sim um estranho testemunho do fanatismo que, no alegórico, multiplica até mesmo o absolutamente singular, a pessoa. Uma alegorização provavelmente ainda mais bizarra é a que se encontra numa indicação da *Sophia* de Hallmann: quando, como quase somos obrigados a supor, não são dois mortos, mas aparições da morte, os que, "na forma de dois mortos com setas…, dançam um bailado extremamente triste, misturado com gestos cruéis dirigidos a Sophia"[20]. Estas cenas

---

[13] Gryphius, *op. cit*, p. 599 (*Aemilius Paulus Papinianus* IV, didascália).

[14] Steinberg, *op. cit.*, p. 76.

[15] Cf. Lohenstein, *Sophonisbe*, *op. cit.*, pp. 17 segs. (I, 513 segs.).

[16] Cf. Kolitz, *op. cit.*, p. 133.

[17] Cf. Kolitz, *op. cit.*, p. 111.

[18] Cf. Gryphius, *op., cit.*, pp. 310 segs. (*Cardenio und Celinde* IV, 1 segs.).

[19] Au[gust] Kerckhoffs, *Daniel Casper von Lohenstein's Trauerspiele mit besonderer Berücksichtigung der Cleopatra. Ein Beitrag zur Geschichte des Dramas im XVII. Jahrnundert* [Os dramas trágicos de Daniel Casper von Lohenstein, com particular destaque para Cleópatra. Contributo para a história do drama no século XVII]. Paderborn, 1877, p. 52.

[20] Hallmann, *op. cit.*, p. 69 (*Die himmlische Liebe oder die beständige Märterin Sophia* [O amor celestial, ou Sophia, a mártir constante], didascália).

assemelham-se a certas representações emblemáticas. Os *Emblemata selectiora* [Emblemas Selecionados], por exemplo, têm uma gravura[21] que mostra uma rosa, ao mesmo tempo meio desabrochada e meio murcha, e o sol a nascer e a pôr-se na mesma paisagem. "A essência do Barroco é a simultaneidade das suas ações"[22], afirma Hausenstein, de uma forma um tanto grosseira, mas com uma intuição certa do problema. De fato, para que se dê uma presentificação do tempo no espaço – e que coisa é a sua secularização senão a sua transformação em puro presente? –, o processo essencial é o da apresentação simultânea dos acontecimentos. A dualidade de significação e realidade reflete-se na organização do palco. O pano intermédio permitia a alternância entre ações que se passavam à boca de cena e outras que ocupavam toda a profundidade do palco. E "a pompa, que não se hesitava em ostentar…, só podia desenrolar-se na parte posterior do palco"[23]. Como o desfecho da situação não podia dar-se sem a apoteose final, os desenvolvimentos da intriga só podiam concentrar-se na parte dianteira do palco, mas o desfecho acontecia em toda a plenitude das alegorias. A mesma divisão atravessa a estrutura tectônica do todo. Já referimos que uma estrutura classicista contrasta nestes dramas com o plano da expressão. Hausenstein chegou a conclusões semelhantes e afirma que um princípio matemático determina a configuração exterior de palácios e casas, e até certo ponto também das igrejas, enquanto que o interior é o domínio onde se liberta uma imaginação luxuriante[24]. Se o elemento de surpresa, e mesmo de complexo enredamento, é típico da estrutura destes dramas, por contraste com a transparência classicista do decurso da ação, isso deve-se em parte ao exotismo na escolha dos assuntos. O drama trágico incentiva, mais do que a tragédia, a inventividade no tratamento do enredo. E se pensarmos, neste contexto, também no drama burguês (*bürgerliches Trauerspiel*) posterior, podemos ir mais longe e lembrar o título da peça *Sturm und Drang* (Tempestade e Ímpeto), de Klinger. O primeiro título que o autor deu à peça era *Wirrwarr* (Confusão). Este enredamento é já o que o drama trágico barroco busca nas suas peripécias e intrigas, e nisto se vê

---

[21] Cf. *Emblemata selectiora*. Amstelaedami, 1704. Tábua 15.

[22] Hausenstein, *op. cit.*, p. 9.

[23] Flemming, *Andreas Gryphius und die Bühne*, p. 131.

[24] Cf. Hausenstein, *op. cit.*, p. 71.

claramente como este drama tem uma relação íntima com a alegoria. Numa configuração complicada, o sentido destaca-se da sua ação como as letras num monograma. Birken denomina de "ballett" um certo tipo de *Singspiel*, "querendo com isso significar que o essencial é a posição e disposição das figuras e a pompa dos seus desfiles. Um tal 'ballett' mais não é que um quadro alegórico com figuras vivas e mudanças de cena. As falas não pretendem ser propriamente um diálogo, mas apenas uma explicação dos quadros, fornecida por eles próprios."[25]

Tais explicações, se pusermos de lado os casos da sua aplicação forçada, servem também para os dramas trágicos do Barroco. O simples hábito dos títulos duplos mostra já suficientemente como neles se pretende apresentar visualmente uma série de tipos alegóricos. Seria interessante investigar a razão por que apenas em Lohenstein isso não acontece. Nesses duplos títulos, um deles refere-se ao assunto, o outro ao seu lado alegórico. Seguindo o uso linguístico da Idade Média, a configuração alegórica manifesta-se em tom triunfante. "Tal como Catarina mostra antes a vitória do amor sagrado sobre a morte, também agora se mostra o triunfo, ou o cerimonial da vitória da morte sobre o amor terreno"[26], esclarece o sumário de *Cardenio und Celinde*. "A principal finalidade deste auto pastoril", comenta Hallmann a propósito de *Adonis und Rosibella*, "é o triunfo do amor sensato sobre a morte."[27] O subtítulo do *Soliman*, de Haugwitz, é "A Virtude vitoriosa". A moda desta nova forma de expressão veio de Itália, onde as procissões eram dominadas pelos *trionfi*. A impressionante tradução dos *Trionfi*[28], publicada em 1643 em Köthen, deverá ter tido influência decisiva na difusão deste esquema. Desde sempre a Itália, o país de origem da emblemática, ditou o tom nestas matérias. Ou, como diz Hallmann: "Os Italianos são excelentes em todas as formas de invenção, e mostraram também o seu talento na arte de afastar, pela emblemática, as sombras que pesam

---

[25] Tittmann, *op. cit.*, p. 184.

[26] Gryphius, *op. cit.*, p. 269 (*Cardenio und Celinde*, sumário).

[27] Hallmann, *op. cit.*, p. 3 [do prólogo não paginado].

[28] Cf. Petrarca, *Sechs Triumphi oder Siegesprachten. In Deutsche Reime übergesetzt* [Seis triunfos ou cerimoniais de vitória. Traduzidos em verso alemão]. Cöthen, 1643.

sobre as desgraças humanas."[29] É frequente as falas nos diálogos não serem mais do que didascálias inventadas para chamar a atenção para as constelações alegóricas em que as figuras contracenam. Em suma: a frase sentenciosa, uma inscrição sob uma cena, atribui a esta o seu sentido alegórico. Neste sentido, as sentenças podem com muita propriedade ser designadas de "belas máximas acrescentadas" à ação[30], como Klaj lhes chama no prólogo ao seu drama sobre Herodes. Estão ainda em uso algumas instruções dadas por Scaliger para a utilização de tais máximas. "As máximas didáticas e de reflexão são como que os pilares do drama trágico; mas não devem ser ditas por criados e pessoas de baixa extração, mas tão somente por pessoas mais nobres e idosas."[31] Mas não são apenas as sentenças emblemáticas[32] que se ouvem; frequentemente dizem-se tiradas inteiras, como se elas estivessem, naturalmente, a servir de inscrição a uma gravura alegórica. É o caso dos versos iniciais do *Papiniano*:

> *Wer über alle steigt und von der stoltzen höh*
> *Der reichen ehre schaut, wie schlecht der pövel geh,*
> *Wie unter ihm ein reich in lichten flammen krache,*
> *Wie dort der wellen schaum sich in die felder mache*
> *Und hier der himmel zorn, mit blitz und knall vermischt,*
> *In thürm und tempel fahr, und was die nacht erfrischt,*
> *Der heiße tag verbrennen, und seine sieges-zeichen*
> *Sieht hier und dar verschränckt mit vielmahl tausend leichen,*
> *Hat wol (ich geb es nach) viel über die gemein.*
> *Ach! aber ach! wie leicht nimmt ihn der schwindel ein.*[33]

> [Quem acima de todos se eleva e lá do alto
> De riquezas e honras vê a plebe em sobressalto,
> Como a seus pés um reino se afunda em viva chama,
> Como a espuma das ondas pelos campos se derrama,

---

[29] Hallmann, *Leichreden...*, *op. cit.*, p. 124.

[30] *Herodes der Kindermörder, Nach Art eines Trauerspiels ausgebildet und In Nürnberg Einer Teutschliebenden Gemeine vorgestellt durch Johan Klaj* [Herodes o Infanticida, composto segundo as regras do drama trágico e apresentado em Nuremberg a uma comunidade amiga dos alemães, por Johan Klaj]. Nuremberg, 1645. *Apud* Tittmann, *op. cit.*, p. 156.

[31] Harsdörffer, *Poetischer Trichter*, 2ª parte. *Op. cit.*, p. 81.

[32] Cf. Hallmann, *Leichreden*, p. 7.

[33] Gryphius, *op. cit.*, p. 512 (*Aemilius Paulus Papinianus* I, 1 segs.).

ALEGORIA E DRAMA TRÁGICO

> Como raios e trovões caem do céu irado
> Sobre torres e templos, pr'o dia ver queimado
> O que a noite refresca, e os troféus da vitória
> Serem acompanhados por mil mortos sem glória,
> Tem vantagens, admito, sobre a gente vulgar –
> Mas, ai, como se ilude e se deixa enganar!]

A máxima tem aqui a mesma função que o efeito de luz na pintura barroca: relampeja com um brilho agressivo na escuridão da complexidade alegórica. De novo se lança uma ponte para uma forma de expressão mais antiga. Quando Wilken, no seu estudo *Über die kritische Behandlung der geistlichen Spiele* [Sobre o tratamento crítico dos autos religiosos], compara os papéis nessas peças com aquelas faixas escritas que, "nas pinturas antigas, se acrescentavam às imagens das pessoas, de cujas bocas saem"[34], o mesmo se pode dizer de muitas passagens dos textos do drama trágico. Ainda há vinte e cinco anos R.M. Meyer podia escrever: "A nós perturba-nos ver, nos quadros dos mestres antigos, aquelas faixas com textos a sair da boca das figuras…, e quase sentimos um arrepio ao imaginar que em tempos qualquer figura saída da mão de um artista teria uma dessas faixas a sair-lhe da boca, para ser lida pelo observador como uma carta, que logo esqueceria o mensageiro. Mas também não podemos esquecer que esta concepção quase infantil do particular tem na base uma grandiosa concepção global."[35] É claro que a apreciação crítica superficial de tal concepção tenderá, não apenas a eufemizá-la sem grande convicção, como também a afastar-se muito da sua compreensão, como faz aquele autor, ao explicar que esse modo de ver remete para uma "época primitiva" em que "tudo era animado". O que, pelo contrário, se pretende mostrar aqui é que, em relação ao símbolo, a alegoria ocidental é uma figura tardia, derivada de conflitos culturais muito marcados. A máxima alegórica é comparável à faixa de texto. Por outro lado, ela pode ser caracterizada como moldura, como recorte obrigatório no qual a ação, sempre em novas formas, se insere a pouco e pouco, para nela se mostrar como tema emblemático. Aquilo que é próprio do drama trágico não é, portanto, a imobilidade, nem mesmo a lentidão – Wysocki diz que nele *au lieu du mouvement on ren-*

---

[34] E[rnst] Wilken, *Über die kritische Behandlung der geistlichen Spiele*. Halle, 1873, p. 10.

[35] Meyer, *op. cit.*, p. 367.

contre l'immobilité[36] [em vez de movimento encontramos a imobilidade] –, mas o ritmo intermitente de uma pausa constante, de uma súbita mudança e de uma nova rigidez.

Quanto mais um verso quer evidenciar-se como máxima, tanto mais o poeta o preenche com nomes de coisas que correspondem à descrição emblemática daquilo que se pretende significar. O adereço cênico, cujo significado está já implícito no drama trágico do Barroco antes de se tornar evidente graças ao drama de destino, sai do seu estado de latência já no século XVII sob a forma da metáfora emblemática. Uma história estilística desta época – que Erich Schmidt chegou a planear, mas não concretizou[37] – poderia preencher todo um capítulo com exemplos deste tipo de ilustração. Em todos eles o metaforismo proliferante, o "caráter exclusivamente sensível"[38] das figuras do discurso, são atribuíveis a uma tendência para a expressão alegórica, mas não à tão falada "sensualidade poética", porque é precisamente a linguagem evoluída, incluindo a poética, que evita a constante ênfase num substrato metafórico que a informa. Mas, por outro lado, é igualmente errado procurar naquela maneira de falar "o princípio... de privar a linguagem de uma parte do seu caráter sensível, de a tornar mais abstrata" no sentido de um uso "que se manifesta na vontade de pôr a língua ao serviço de círculos sociais mais requintados"[39]; e é uma generalização errônea que confunde a linguagem do pedantismo *à la mode* com os usos em moda na grande poesia da época. De fato, o lado preciosista desta e em geral de toda a linguagem do Barroco reside em grande parte no recurso extremo às palavras que designam coisas concretas. E a mania de, por um lado, usar esse vocabulário, e por outro pôr à vista as antíteses elegantes, é tão marcada que as palavras abstratas, quando não é de todo possível evitá-las, aparecem muitas vezes acompanhadas

---

[36] Wysocki, *op. cit.*, p. 61.

[37] Cf. Erich Schmidt, *op. cit.*, p. 414.

[38] Kerckhoffs, *op. cit.*, p. 89.

[39] Fritz Schramm, *Schlagworte der Alamodezeit* [Chavões do período *à-la-mode*]. Estrasburgo, 1914, pp. 2 e 31-32 (= Zeitschrift für deutsche Wortforschung. Anexo ao vol. 15).

de concretas, gerando novos compostos. Por exemplo: "o relâmpago da calúnia"[40], "o veneno da soberba"[41], "os cedros da inocência"[42], "o sangue da amizade"[43]. Ou: "Pois Mariana morde como uma víbora / Prefere o fel da discórdia ao açúcar da paz."[44] O contraponto triunfal deste processo dá-se quando o autor consegue distribuir com sentido uma realidade viva pelos *disiecta membra* da alegoria, como na seguinte imagem da vida de corte em Hallmann:

> *Es hat Theodoric auch auff dem Meer geschifft*
> *Wo statt der Wellen Eiß; des Saltzes heimlich Gifft*
> *Der Ruder Schwerd und Beil; der Seegel Spinnenweben;*
> *Der Ancker falsches Bley des Nachens Glaß umgeben.*[45]

> [Também Teodorico sulcou o mar em tumulto
> Em que as ondas são gelo, o sal veneno oculto,
> O leme espada e machado, a vela teia de aranha,
> A âncora falso chumbo, e a frágil nave abana…]

Como diz com propriedade Cysarz, "cada ideia, por mais abstrata que seja, é cilindrada e transformada em imagem, e essa imagem é depois cunhada em palavras, por mais concreta que seja".* Entre os dramaturgos é Hallmann o mais vulnerável a esta mania, que deita a perder a construção conceitual dos seus diálogos. Mal uma controvérsia começa a delinear-se, e logo é transformada num símile por um ou outro dos interlocutores, proliferando depois ao longo de várias réplicas, com mais ou menos variações. Sohemus ofende gravemente Herodes com a sua observação: "Não pode a luxúria habitar o palácio da virtude", mas este, não se apercebendo do insulto, mergulha logo na alegoria: "A verbena floresce ao pé das nobres rosas".[46] E assim as ideias se evaporam

---

[40] Hallmann, *op. cit.*, p. 41 (*Mariamne* III, 103).

[41] *Id., ibid.*, p. 42 (III, 155).

[42] *Id., ibid.*, p. 44 (III, 207).

[43] *Id., ibid.*, p. 45 (III, 226).

[44] *Id., ibid.*, p. 5 (I, 126/127).

[45] Hallmann, *op. cit.*, p. 102 (*Theodoricus Veronensis* V, 285 segs.).

* A indicação de fonte dada na primeira edição (Cysarz, *op. cit.*, p. 10) é incorreta (N.T.).

[46] Hallmann, *op. cit.*, p. 65 (*Mariamne* IV, 397/398).

para gerar imagens[47]. Vários historiadores da literatura se referiram já às monstruosas formações vocabulares a que a caça aos "conceitos" levou em particular este autor[48]:

Mund und Gemüthe stehn in einem Meineids-Kasten
Dem hitz'ger Eifer nun die Riegel loß gemacht.[49]

Seht wie dem Pheroras das traur'ge Sterbe-Kleid
Im Gifft-Glas wird gereicht.[50]

Imfall die Wahrheit kan der Greuel-That erhell'n
Da Mariamnens Mund unreine Milch gesogen
Aus Tyridatens Brust so werde stracks vollzogen
Was Gott und Recht befihlt und Rath und König schleußt.[51]

[Boca e ânimo estão num cofre de perjúrio
A que o ardente zelo quebrou o ferrolho.

Vede como a Feroras oferecem a mortalha
Dolorosa num copo de veneno.

Se a verdade puder mostrar a crueldade
Que é Mariana bebendo o leito impuro do peito
De Tirídates, faça-se então o que o Direito
E Deus ordenam, e Rei e Conselho decidem.]

Certas palavras, como "cometa", encontram em Hallmann um uso alegórico grotesco. Para assinalar o que de calamitoso se passa no palácio de Jerusalém, Antipater observa que "os cometas estão copulando no palácio de Salem"[52]. Em certas passagens, esta imagética parece descarrilar e o trabalho poético degenera numa fuga às ideias. Eis um exemplo paradigmático, ainda de Hallmann:

---

[47] Cf. Hallmann, *op. cit.*, p. 57 (*Mariamne* IV, 132 segs.).

[48] Cf. Stachel, *op. cit.*, pp. 336 segs.

[49] Hallmann, *op. cit.*, p. 42 (*Mariamne* III, 160/161).

[50] *Id., ibid.*, p. 101 (*Mariamne* V, 826/827).

[51] *Id., ibid.*, p. 76 (*Mariamne* V, 78).

[52] Hallmann, *op. cit.*, p. 62 (*Mariamne* IV, 296); cf. p. 12 (*Mariamne* I, 351), pp. 38-39 (III, 32 e 59), p. 76 (V, 83) e p. 91 (V, 516); p. 9 (*Sophia* I, 260); *Leichreden, op. cit.*, p. 497.

Die Frauen-List

Wenn meine Schlang' in edlen Rosen lieget
Und züngelnd saugt den Weißheits-vollen Safft
Wird Simson auch von Delilen besieget
Und schnell beraubt der überird'schen Krafft:
Hat Joseph gleich der Juno Fahn getragen
Herodes ihn geküßt auff seinem Wagen
So schaut doch wie ein Molch* diß Karten-Blat zerritzt
Weil ihm sein Eh-Schatz selbst durch List die Bahre schnitzt.[53]

[*Astúcia feminina*

Quando entre nobres rosas anda a minha serpente
Sugando a seiva do saber universal,
Sansão é vencido por Dalila, e sente
Que o abandona a força sobrenatural:
Se José a bandeira de Juno quis levar,
Se Herodes no seu carro o quis beijar,
Vede como um punhal rasga este cartão
Quando a mulher, pela astúcia, já lhe talha o caixão.]

Na *Maria Stuarda*, de Haugwitz, uma camareira diz à rainha (referindo-se a Deus):

> *Er treibt die See von unsern Hertzen*
> *Daß derer Wellen stoltzer Guß*
> *Uns offt erziehlet heisse Schmertzen*
> *Doch ist es nur der Wunder-Fluß*
> *Durch dessen unbegreifflichs regen*
> *Sich unsers Unglücks Kranckheit legen.*[54]

> [Agita o mar dos corações
> E suas vagas alterosas
> Causam-nos dores e comoções.
> Mas suas correntes milagrosas,
> No seu insondável vaivém,
> Curam os males que o mundo tem.]

---

* É provável que a leitura correta deva ser *Dolch* (punhal), em vez de *Molch* (salamandra) (N.T.).

[53] Hallmann, *op. cit.*, p. 16 (*Mariamne* I, 449 segs.).

[54] Haugwitz, *op. cit.*, p. 35 (*Maria Stuarda* II, 125 segs.).

São passagens tão obscuras e cheias de alusões como as versões dos Salmos de Quirinus Kuhlmann. A crítica racionalista, que recusa sem distinção este tipo de composições, desencadeia uma polêmica contra a sua alegorese linguística:"Que obscuridade hieroglífica e enigmática paira sobre tudo isto!"[55], lê-se, sobre uma passagem da *Cleópatra* de Lohenstein, na *Critischer Abhandlung von der Natur, den Absichten und dem Gebrauche der Gleichnisse* [Ensaio crítico sobre a natureza, as intenções e o uso dos símiles], de Breitinger. E, na mesma linha, anota Bodmer contra Hofmannswaldau:"Ele encerra os conceitos em símiles e figuras / como num cárcere…"[56].

Esta literatura foi, de fato, incapaz de libertar os sentidos profundos presos deste modo à imagem da escrita, dando-lhes uma valência sonora animizada. A sua linguagem vive do excesso de ostentação material. Nunca uma poesia foi menos alada. A reinterpretação da tragédia antiga não fica atrás, em estranheza, da nova forma hínica que pretendia imitar os voos de Píndaro, por mais obscuros e barrocos que fossem. Para usar a expressão de Baader, o drama trágico alemão desse século não conseguiu dar voz aos seus hieróglifos, porque a sua escrita não se transfigura no plano da sonoridade; pelo contrário, o seu mundo insiste numa autossuficiência centrada no desenvolvimento da sua própria vitalidade. Escrita e som confrontam-se numa polaridade tensa. A sua relação funda uma dialética a cuja luz o estilo bombástico (*Schwulst*) se legitima como gesto linguístico totalmente calculado e construtivo. Para dizer a verdade, este ponto de vista – um dos mais ricos e conseguidos – torna-se imediatamente evidente a quem, com um espírito aberto, se reporte diretamente às fontes. Só nos casos em que à força do pensamento indagante se sobrepõe a vertigem diante do precipício o estilo bombástico se pôde tornar o espantalho de uma estilística epigonal. O abismo entre a imagem significante da escrita e a sonoridade encantatória obriga o olhar a dirigir-se para as profundezas da língua,

---

[55] Breitinger, *op. cit.*, p. 224. Cf. também p. 462, e ainda Johann Jacob Bodmer, *Critische Betrachtungen über die Poetischen Gemählde Der Dichter* [Reflexões críticas sobre os quadros poéticos na literatura]. Zurique-Leipzig, 1741, pp. 107 e 425 segs.

[56] J[ohann] J[acob] Bodmer, *Gedichte in gereimten Versen* [Poemas rimados], 2ª ed. Zurique, 1754, p. 32.

à medida que o sólido maciço das significações verbais nela começa a abrir fendas. E embora o Barroco não conhecesse a reflexão filosófica sobre esta relação, os escritos de Böhme contêm inequívocos acenos nessa direção. Quando fala da linguagem, Jakob Böhme, um dos maiores alegoristas, dá grande importância ao som, quando comparado com o sentido profundo mas mudo. Desenvolve uma doutrina da linguagem "sensual" ou natural. E esta não é – um ponto de vista decisivo – uma forma de o mundo alegórico ganhar voz, já que ele, pelo contrário, fica confinado ao silêncio. O "barroco da palavra" e o "barroco da imagem", para usar as expressões usadas por Cysarz, inter-relacionam-se em termos de uma polaridade. É incomensurável a tensão entre palavra e escrita no Barroco. A palavra, pode dizer-se, é o êxtase da criatura, desnudamento, desmesura, impotência diante de Deus; a escrita é o seu recolhimento, dignidade, superioridade, onipotência sobre as coisas do mundo. É pelo menos o que se passa no drama trágico; o ponto de vista mais ameno de Böhme oferece uma visão mais positiva da linguagem dos sons. "A palavra eterna, eco ou voz de Deus, que é um espírito, foi introduzida com o nascimento do grande mistério e ganhou forma – a palavra dita ou o som; e tal como o jogo jubiloso é em si mesmo no espírito do eterno nascimento, o mesmo acontece com o seu instrumento, a forma articulada da palavra, que a voz viva guia e faz ressoar com a sua eterna vontade espiritual, para que ela se ouça e ecoe como um órgão, dotado de muitos sons, mas ativado por um único ar, de modo a que cada voz, isto é, cada tubo, tenha o seu som próprio."[57] "Tudo o que se diz, escreve ou ensina sobre Deus, sem conhecimento da assinatura, é mudo e sem sentido, pois vem apenas de uma ilusão histórica, de uma outra boca, na qual o espírito, sem conhecimento, é mudo: mas quando o espírito lhe revela a assinatura, ele entende o que diz a boca do outro, e entende também como o espírito se revelou no som através da voz… Pois o espírito oculto se conhece pelo aspecto exterior das criaturas, pelos seus impulsos e desejos, e também pelo som que emitem, pela voz ou fala… Todas as coisas têm a sua boca para se revelarem. Essa é a linguagem da natureza, pela qual cada coisa fala a partir dos seus atributos e se revela sempre em si

---

[57] Jacob Böhme, *De signatura rerum* [Sobre a assinatura das coisas]. Amesterdã, 1682, p. 208.

mesma."[58] A linguagem falada é, assim, a esfera da manifestação livre e primordial da criatura; contra ela, a imagem alegórica da escrita escraviza as coisas nos labirintos excêntricos da significação. Essa linguagem, em Böhme a dos bem-aventurados, no drama trágico a da criatura caída, é tomada como natural, não só pela sua expressão, mas também pela sua gênese. "Há muito tempo que se discute se as palavras, enquanto signos exteriores das nossas ideias interiores, são por natureza ou por convenção, naturais ou arbitrárias, *φύσει* ou *φέσει*: e no que às palavras das línguas principais diz respeito, elas são explicadas pelos sábios como um efeito natural particular."[59] Naturalmente que, entre as "línguas principais", se contava, à cabeça, a "grande e heroica língua alemã", tal como aparece referida pela primeira vez na obra *Geschichtsklitterung* [Retalhos da história], de Fischart, editada em 1575. A teoria da sua derivação direta do hebraico, muito difundida, nem era a mais radical. Outros faziam derivar o hebraico, o grego e o latim do alemão. "Na Alemanha", diz Borinski, "alguns pretendiam provar, com fundamentação histórica na Bíblia, que originalmente todo o mundo, também o da Antiguidade clássica, era alemão"[60]. Assim, procurava-se chegar aos mais remotos materiais culturais, mas por outro lado dissimular o artificialismo dessa atitude, praticando uma drástica redução da perspectiva histórica. Tudo era colocado num mesmo espaço de atmosfera rarefeita. Mas no que se refere à equiparação de todas as manifestações da linguagem falada a um estado primitivo da linguagem, ela era feita, ou segundo uma orientação espiritualista, ou naturalista. A teoria de Böhme e a prática da escola de Nuremberg representam esses dois extremos. Para ambas existia um ponto de partida, ainda que apenas temático, em Scaliger. A passagem relevante da sua *Poetica* é bastante singular: *In A, latitudo. In I, longitudo. In E, profunditas. In O, coarctatio… Multum potest ad animi suspensionem, quae in Voto, in Religione: praesertim cum producitur, vt dij. etiam cum corripitur: Pij. Et ad tractum omnen denique designandum, Littora, Lites, Lituus, It, Ira, Mitis, Diues, Ciere, Dicere, Diripiunt… Dij, Pij, Iit: non sine manifestissima spiritus profectione. Lituus non sine soni, quem significat, similitudine… P, tamen quandam quaerit firmitatem.*

---

[58] Böhme, *op. cit.*, pp. 5 e 8-9.

[59] Knesebeck, *op. cit.*, , folhas aa/bb.

[60] Borinski, *Die Antike in Poetik und Kunsttheorie*, vol. 2, p. 18.

Agnosco enim in Piget, pudet, poenitet, pax, pugna, pes, paruus, pono, pauor, piger, aliquam fictionem. Parce metu, constantiam quandam insinuat. Et Pastor plenius, quam Castor. sic Plenum ipsum, et Purum, Posco, et alia eiusmodi. T, vero plurimum sese ostentat: Est enim litera sonitus explicatrix, fit namque sonus aut per S, aut per R, aut per T. Tuba, tonitru, tundo. Sed in fine tametsi maximam verborum claudit apud Latinos partem, tamen in iis, quae sonum afferunt, affert ipsum quoque soni non minus. Rupit enim plus rumpit, quam Rumpo[61] [O A é latitude. O I, longitude. O E, profundidade. O O, condensação... Muito contribui para a elevação interior o som de *voto*, ou de *religione;* e mais ainda quando o som se alonga, como em *dii* (deuses), ou é emitido rapidamente, como em *pii* (pios). Finalmente, para indicar todas as espécies de ritmos alongados, mencionem-se palavras como *littora* (praias), *lites* (conflitos), *lituus* (trombeta), *it* (vai), *ira* (ira), *mitis* (suave), *dives* (opulento), *ciere* (agitar), *dicere* (dizer), *diripiunt* (arrancam)... *Dii, pii, iit* (foi) são palavras que não podem ser pronunciadas sem uma forte expiração. *Lituus* tem um som que não deixa de ter semelhanças com a coisa que designa... A letra P, contudo, carece de uma certa firmeza; pois reconheço algo de falso em *piget* (arrepender-se), *pudet* (envergonhar-se), *poenitet* (estar descontente), *pax* (paz), *pugna* (pugna), *pes* (pé), *paruus* (pequeno), *pono* (ponho), *pauor* (pavor), *piger* (indolente). Já *parce* (poupa-me) traz, por medo, uma certa ideia de perseverança. E *pastor* é mais sonoro que *castor*, e o mesmo vale para *plenum* (cheio), *purum* (puro), *posco* (peço) e outros exemplos. Mas a letra T é a mais marcante de todas, porque é a que explica o seu próprio som. Podemos dizer que as letras S, R ou T produzem um som muito próprio. Com esta última formam-se palavras como *tuba* (tuba), *tonitru* (trovão) e *tundo* (bato). Mas embora essa letra termine a maior parte dos verbos latinos, naqueles que têm uma sonoridade própria a sua inclusão acrescenta uma dimensão sonora especial. Assim, *rupit* (rompeu) tem um sentido mais forte de "romper" que *rumpo* (rompo).] De forma análoga, mas independentemente de Scaliger, desenvolveu Böhme as suas especulações sobre a sonoridade das palavras. Ele sente a linguagem das criaturas "não como um reino das palavras, mas como algo que se dissolve nos seus sons e nas suas vozes"[62]. "O *A* era para ele a primeira letra, aquela que

---

[61] Scaliger, *op. cit.*, pp. 478 e 481 (IV, 47).

[62] Hankamer, *op. cit.*, p.159.

vem do coração; o *I* era o centro do amor supremo; o *R* a fonte do fogo, porque 'arranha, arrasta e range'; o *S* era para ele fogo sagrado."[63] Podemos avançar a hipótese de que a naturalidade com que tais descrições eram tratadas na época se deve em parte à vitalidade dos dialetos, que ainda floresciam por toda a parte. Os esforços de normalização empreendidos pelas Academias Linguísticas (*Sprachgesellschaften*) limitavam-se ao alemão escrito. Por outro lado, a linguagem das criaturas era descrita, de forma naturalista, como construção onomatopeica. A poética de Buchner é exemplar quanto a este aspecto, mas limita-se a retomar as opiniões do seu mestre Opitz.[64] É certo que, de acordo com Buchner, a onomatopeia propriamente dita não é admissível nos dramas trágicos[65]. Mas o *páthos* é, até certo ponto, a forma régia do som natural no drama trágico. A escola de Nuremberg é a que vai mais longe neste campo. Klaj afirma que "não existe uma única palavra em alemão que não exprima aquilo que significa por meio de uma 'particular similitude'"[66]. E Harsdörffer formula a mesma ideia ao contrário: "A natureza fala a nossa língua alemã em todas as coisas que emitem qualquer som, e por isso alguns imaginaram que o primeiro homem, Adão, só pode ter designado as aves e os outros animais da terra com as nossas palavras, uma vez que exprimiu segundo a natureza todas as propriedades inatas e em si sonoras; por isso, não nos devemos admirar de as raízes da nossa língua coincidirem na sua maior parte com as da língua sagrada".[67] E deriva daqui a missão da poesia alemã, que seria a de "captar esta linguagem da natureza por meio de palavras e ritmos. Para ele, como também para Birken, tal poesia era mesmo uma exigência

---

[63] Josef Nadler, *Literaturgeschichte der Deutschen Stämme und Landschaften*. Bd. 2: *Die Neustämme von 1300, die Altstämme von 1600-1780* [História da literatura das nacionalidades e das regiões alemãs. Vol. 2: As novas nacionalidades de 1300, as antigas nacionalidades de 1600-1780]. Regensburg, 1913, p. 78.

[64] Cf. também Georg Philipp Harsdörffer. *Schutzschrift für Die Teutsche Spracharbeit und Derselben Beflissene*, durch den Spielenden, *in: Frauenzimmer Gesprechspiele. Erster Theil* [Defesa do trabalho com a língua alemã e dos seus estudiosos, da autoria d' O Lúdico (G. Ph. Harsdörffer), *in*: Jogos de conversação para donzelas. Primeira parte]. Nuremberg, 1644, p. 12 [da paginação especial].

[65] Cf. Borcherdt, *Augustus Buchner*, pp. 84–85 e 77 (nota 2).

[66] Tittmann, *op. cit.*, p. 228.

[67] Harsdörffer, *Schutzschrift...*, p. 14.

religiosa, porque é Deus quem se revela no sussurro das florestas... e no rugir da tempestade."[68] Algo de semelhante se repete mais tarde, no movimento do *Sturm und Drang*: "A linguagem universal dos povos é feita de lágrimas e suspiros; eu entendo também os coitados dos hotentotes, e se é verdade que a minha terra é Tarento, não serei mais surdo para com Deus!... Também o pó tem vontade, é este o meu pensamento mais sublime, que ofereço ao criador, e admiro o poderoso impulso para a liberdade até na mosca que se debate."[69] Esta é a filosofia da criatura e da sua linguagem, retirada do contexto da alegoria.

Não me parece suficiente a explicação do alexandrino como forma de verso do drama trágico barroco a partir daquela rigorosa separação dos dois hemistíquios, que muitas vezes suporta a expressão antitética. Igualmente característico é o contraste assim gerado entre a composição lógica – classicista, se quisermos – da fachada e o desregramento fonético que reina no seu interior. De fato, como diz Omeis, "o estilo trágico está cheio de palavras pomposas e de grande amplitude sonora"[70]. Já se assinalou que as proporções colossais da arquitetura e da pintura barrocas tinham "a propriedade de criar a ilusão de um preenchimento pleno do espaço"[71]; poderia dizer-se que a linguagem do drama trágico, na amplidão pictórica do alexandrino, tem a mesma função. A máxima sentenciosa – por mais que a ação por ela referida se imobilize no instante – tem pelo menos de criar a ilusão de movimento, e daí a necessidade técnica do *páthos*. Harsdörffer torna evidente a força inerente à máxima, que é a do verso em geral. "Por que razão são essas peças, na maior parte dos casos, escritas em verso regular? Resposta: porque é necessário que as emoções sejam fortemente abaladas, os dramas trágicos e pastoris precisam do edifício da rima, que, como

---

[68] Strich, *op. cit.*, pp. 45-46.

[69] Leizewitz, *op. cit.*, pp. 45–46 (*Julius von Tarent* II, 5).

[70] Magnus Daniel Omeis, *Gründliche Anleitung zur Teutschen accuraten Reim- und Dichtkunst* [Instruções básicas sobre a arte meticulosa do verso e da rima alemães]. Nuremberg, 1704. *Apud* Popp, *op. cit.,* p. 45.

[71] Borinski, *op. cit.*, vol. 1, p. 190.

uma trombeta, comprime as palavras e as vozes, amplificando assim o seu efeito."[72] E como a máxima, presa muitas vezes ao repertório habitual de imagens, tende a empurrar o pensamento para trilhos já pisados, tanto mais importante se torna o plano das sonoridades. Era inevitável que também no caso do alexandrino a crítica estilística caísse no erro comum da filologia mais recuada, que foi o de tomar os estímulos ou os pretextos que, vindos da cultura antiga, se projetaram sobre esta forma, como indícios da sua própria essência. Um exemplo sintomático é a seguinte observação de Richter (aliás, bastante pertinente na primeira parte), no seu estudo *Liebeskampf 1630 und Schaubühne 1670* [Duelo amoroso em 1630 e palco teatral em 1670]: "O valor artístico especial dos grandes dramaturgos do século XVII está intimamente ligado às marcas criativas do seu estilo verbal. Muito mais do que à caracterização ou à composição…, a grande tragédia deve o seu lugar único à forma como usa os recursos retóricos à sua disposição, que acabam sempre por remeter para a Antiguidade. Mas a densidade e o excesso de imagens, bem como a construção rígida de períodos e figuras de estilo não só eram contraproducentes para a memorização dos atores, como também estavam tão enraizadas nesse mundo de formas antigo que a distância em relação à linguagem corrente era abismal. É de lamentar que não haja quaisquer documentos que nos informem sobre o modo como o homem comum se relacionava com essa linguagem."[73] Mesmo que a linguagem desses dramas fosse apenas destinada aos eruditos, o espectador inculto poderia também ter tirado o seu prazer desses espetáculos. Mas o estilo bombástico correspondia às tendências expressivas dominantes, e esses impulsos costumam ser muito mais fortes do que a participação racional numa intriga transparente até aos mais ínfimos pormenores. Os Jesuítas, que sabiam muito bem o que o público queria, não tinham, nos seus espetáculos, apenas espectadores que dominavam o latim[74]. Deviam estar convencidos da velha verdade que diz que a autoridade

---

[72] Harsdörffer, *Poetischer Trichter*, 2ª parte, pp. 78-79.

[73] Werner Richter, *Liebeskampf 1630 und Schaubühne 1670. Ein Beitrag zur deutschen Theatergschichte des siebzehnten Jahrhunderts* [Duelo amoroso em 1630 e palco teatral em 1670. Contributo para a história do teatro alemão do século XVII]. Berlim, 1910, pp. 170-171 (= Palaestra. 78).

[74] Cf. Flemming, *Geschichte des Jesuitentheaters in den Landen deutscher Zunge* [História do teatro jesuíta nos territórios de língua alemã], *op. cit.*, pp. 270 segs.

de uma afirmação depende tão pouco da sua inteligibilidade que pode sair reforçada se for obscura.

Os princípios da teoria da linguagem e os hábitos destes autores põem em evidência um motivo fundamental do modo alegórico, num aspecto certamente surpreendente. Nos anagramas, nas expressões onomatopaicas e em muitos outros artifícios de linguagem, a palavra, a sílaba e o som, emancipados das correntes articulações de sentido, desfilam como coisas à espera de serem alegoricamente exploradas. A linguagem do Barroco está constantemente a ser abalada pelas rebeliões dos seus elementos. E a passagem seguinte, da peça de Calderón sobre Herodes, só em aparência, na sua arte, é superior a outras afins, nomeadamente de Gryphius. Por obra do acaso, Mariana, a esposa de Herodes, descobre fragmentos de uma carta em que o marido ordena que a matem no caso da sua própria morte, para salvar a honra conjugal pretensamente ameaçada. A personagem feminina apanha do chão esses papéis e procura decifrar o seu conteúdo, em versos de grande intensidade expressiva:

> *Dice a parte de esta suerte:*
> *"muerte" es la primera palabra*
> *que he topado; "honor" contiene*
> *esta; "Mariene" aquí*
> *se escribe; Cielos, valedme!*
> *Que dicen mucho en tres veces,*
> *Mariene, honor y muerte!*
> *"Secreto" aquí, aquí "respeto",*
> *"servicio" aquí, aquí "conviene",*
> *Y aquí "muerto yo" prosigue.*
> *Mas que dudo? Ya me advertien*
> *los dobleces de papel,*
> *adonde estan los dobleces,*
> *llamandose unos a otros.*[75]

As palavras, mesmo isoladas, revelam-se como fatídicas. Somos mesmo tentados a dizer que o simples fato de elas, assim isoladas, significarem ainda alguma coisa dá ao que lhes resta de significação um caráter ameaçador. A linguagem é, assim, fragmentada para nos

---

[75] Calderón, *Schauspiele, op. cit.*, vol. 3, p. 316 (*El mayor monstruo los celos*, II).

seus fragmentos adquirir uma expressão diferente e mais intensa. Foi o Barroco que instituiu o uso das maiúsculas na ortografia alemã. Nisso se revela, não apenas a vontade de pompa, mas também o princípio da fragmentação e da dissociação, próprio do ponto de vista alegórico. Sem dúvida, muitos dos substantivos escritos com maiúscula ganharam desde logo um sentido alegórico para o leitor. A língua estilhaçada deixou de ser, nos seus fragmentos, mero instrumento de comunicação, e, objeto recém-nascido, coloca a sua nova dignidade ao lado de deuses, rios, virtudes e figuras da natureza semelhantes, todas elas reverberantes de sentidos alegóricos. Isto acontece de forma particularmente extremada, como já se disse, no jovem Gryphius. Se, de fato, não é possível encontrar entre os alemães uma passagem digna da já citada de Calderón, apesar disso o vigor de Andreas Gryphius não fica atrás da sutileza do autor espanhol. Aquele domina de forma admirável a arte de pôr em cena personagens em disputa, usando umas contra as outras fragmentos de linguagem. Assim, por exemplo, na segunda parte do *Leo Armenius*:

> Leo: *Diß hauß wird stehn, dafern des hauses feinde fallen.*
> Theodosia: *Wo nicht ihr fall verletzt, die dieses hauß umwallen.*
> Leo: *Umwallen mit dem schwerdt.*
> Theodosia: *Mit dem sie uns beschützt.*
> Leo: *Das sie auf uns gezuckt.*
> Theodosia: *Die unsern stuhl gestützt.*[76]

> [Leo: Esta casa ficará de pé, e os seus inimigos cairão.
> Theodosia: Desde que a queda não atinja os que esta casa cercam.
> Leo: Cercam com a espada.
> Theodosia: Com que nos protegeram.
> Leo: Com que nos ameaçaram.
> Theodosia: Com que apoiaram o nosso trono.]

Quando os confrontos se tornam agressivos e violentos, os autores preferem amontoar fragmentos de discurso. Em Gryphius eles são mais frequentes do que em autores mais tardios[77], e inserem-se bem, ao lado do laconismo mais seco, na imagem estilística global das suas peças, já que ambos os processos criam um efeito de fragmentação e caos. Por

---

[76] Gryphius, *op. cit.*, p. 62 (*Leo Armenius* II, 455 segs.).

[77] Cf. Stachel, *op. cit.*, p. 261.

muito bem que funcione essa técnica para criar emoções teatrais, ela não se limita, porém, ao drama. Schiebel sabe também como usá-la como artifício retórico para fins de doutrinação pastoral: "Ainda hoje um cristão devoto recebe uma gota de consolação (ainda que seja apenas uma simples palavra de uma canção espiritual ou de um sermão edificante), engole-a (por assim dizer) com tanto apetite que ela lhe faz muito proveito, o toca intimamente e de tal modo o satisfaz que ele tem de confessar que há nela algo de divino."[78] Não é por acaso que nessas expressões a absorção das palavras é por assim dizer atribuída ao sentido do paladar. O som é, para o Barroco, qualquer coisa da pura esfera dos sentidos; o reino da significação é a palavra escrita. E a palavra dita é apenas assaltada pela significação, como que por uma doença inevitável; ao ser pronunciada, esta interrompe-se e o avolumar do sentimento, que só estava à espera de poder derramar-se, desperta o luto. A significação aparece aqui, e noutros lugares, como o fundamento da tristeza. Mas a antítese entre som e significação alcançaria o seu extremo se fosse possível dar as duas coisas *numa* só, sem que elas se encontrassem no plano da construção orgânica da linguagem. Este problema teórico é resolvido numa cena que se destaca como uma obra-prima numa peça vienense de assunto histórico e político que, de resto, é pouco interessante. Em *O Glorioso Martírio de João Nepomuceno*, a décima quarta cena do primeiro ato apresenta um dos intriguistas (Zytho) a funcionar como eco, respondendo com presságios de morte aos discursos mitológicos da sua vítima (Quido)[79]. A mudança da pura sonoridade da linguagem criatural para a ironia carregada de significação, que ecoa na boca do intriguista, é altamente significativa para se entender a relação deste papel com a linguagem. O intriguista é o senhor das significações. No derrame inocente de uma linguagem natural onomatopaica, elas são fator de interrupção e origem de um estado de luto de que são culpadas, juntamente com o intriguista. Quando o eco, que é o domínio por excelência de um jogo livre dos sons, por assim dizer é assaltado pelas significações, esse fato não podia deixar de ser visto como uma revelação do fenômeno linguístico, tal como aquela época o entendia. Para isso, ela criou uma forma própria. "Um processo muito 'agradável' e muito

---

[78] Schiebel, *op. cit.*, p. 358.

[79] Cf. *Die Glorreiche Marter Joannes von Nepomuk*, *apud* Weiß, *op. cit.*, pp. 148 segs.

popular é o eco, que repete as duas ou três sílabas de uma estrofe, muitas vezes deixando cair uma letra, de tal modo que pode soar como resposta, aviso ou profecia."* Este jogo, como outros que foram tomados por futilidades, toca, na verdade no cerne da questão. Esses jogos em nada renegam o gesto linguístico do estilo bombástico, poderiam mesmo servir de ilustração para a sua fórmula. A linguagem, que por um lado procura reivindicar os seus direitos "criaturais" através da exploração das sonoridades, por outro lado está presa, no desdobrar do alexandrino, a uma logicidade forçada. É esta a lei estilística do estilo bombástico do Barroco, a fórmula das "palavras asiáticas"[80] do drama trágico. O gesto que a significação deste modo procura incorporar a si é idêntico àquele que distorce violentamente a história. A extraordinária constelação de ideias que, também no drama trágico, nunca foi renegada, é a de aceitar, na linguagem como na vida, apenas a tipologia do ritmo criatural, mas integrando ao mesmo tempo a totalidade do mundo cultural que vai do mundo antigo à Europa cristã. A mesma nostalgia extrema da natureza sustenta a sua forma de expressão enormemente artificial e as peças pastoris. Por outro lado, precisamente essa forma de expressão, que se limita a representar – a representar, nomeadamente, a natureza da linguagem – e na medida do possível passa ao lado das formas de comunicação profanas, é de estilo cortês, aristocrático. Talvez só se possa falar de uma superação do Barroco, de uma reconciliação entre som e significação, com Klopstock, graças àquilo que A.W. Schlegel designou de tendência "gramatical" das suas odes. O lado bombástico do seu estilo depende menos da sonoridade e das imagens, e mais da composição das palavras e da sintaxe.

A tensão fonética na linguagem do século XVII leva diretamente à música como contraponto do discurso carregado de sentido. Como todas as outras raízes do drama trágico, também esta se entrelaça com as do drama pastoril. Aquilo que, desde o início e cada vez mais com o decorrer do tempo, se instalou no drama trágico sob a forma de dança coral (*Reyen*), do recitativo coral de estilo oratório, haverá de se

---

* A fonte indicada por Benjamin na 1ª edição (Tittmann, *op. cit.*, p. 82) é falsa (N.T.).

[80] Hallmann, *op. cit.*, p. 1 [do prólogo não paginado].

revelar abertamente como operático no drama pastoril. A "paixão pelo orgânico"[81], de que já se falou há muito tempo a propósito do barroco pictórico, não é tão fácil de apreender na literatura. E não podemos deixar de notar que aquilo que mais importa compreender nessas palavras não é tanto a forma externa como os misteriosos espaços interiores do orgânico. A voz procede desses espaços interiores, e, vistas bem as coisas, a sua dominância contém um, digamos, momento orgânico da literatura, que se pode estudar bem nos episódios de estilo oratório em Hallmann. Ele escreve, por exemplo:

> Palladius: *Der zuckersüsse Tantz ist Göttern selbst geweiht!*
> Antonius: *Der zuckersüsse Tantz verzuckert alles Leid!*
> Svetonius: *Der zuckersüsse Tantz bewegt Stein'und Eisen!*
> Julianus: *Den zuckersüsse Tantz muß Plato selber preisen!*
> Septitius: *Der zuckersüsse Tantz besieget alle Lust!*
> Honorius: *Der zuckersüsse Tantz erquicket Seel' und Brust!*[82]

> [Palladius: A dança açucarada é dada aos próprios deuses!
> Antonius: A dança açucarada adoça até os reveses!
> Svetonius: A dança açucarada move pedra e metal!
> Julianus: A dança açucarada até em Platão vale!
> Septitius: A dança açucarada vence qualquer deleite!
> Honorius: A dança açucarada refresca a alma e o peito!]

Podemos supor, por razões estilísticas, que tais passagens eram ditas em coro[83]. É também o que Flemming diz a propósito de Gryphius: "Não se podia esperar muito dos papéis secundários. Por isso ele lhes atribui poucas falas, deixando-os de preferência falar em coro, conseguindo assim importantes efeitos estéticos que nunca alcançaria através de falas isoladas em estilo naturalista. Com este procedimento, o artista explora a resistência do material em proveito do efeito artístico."[84] Pense-se nos juízes, nos conspiradores e nos acólitos no *Leo Armenius*, nos cortesãos

---

[81] Hausenstein, *op. cit.*, p. 14.

[82] Hallmann, *op. cit.*, p. 70 (*Sophia* V, 185 segs.); cf. também p. 4 (I, 108 segs.).

[83] Cf. Richard Maria Werner, "Johann Christian Hallmann als Dramatiker" [J. Chr. Hallmann, dramaturgo"], *in: Zeitschrift für die österreichischen Gymnasien*, n° 50 (1899), p. 691. Outra é a opinião de Horst Steger, *Johann Christian Hallmann. Sein Leben und seine Werke* [J. Chr. Hallmann. Vida e Obra], dissertação, Leipzig, 1909, p. 89.

[84] Flemming, *Andreas Gryphius und die Bühne*, p. 401.

de *Catharina*, nas donzelas de *Julia*. Uma outra aproximação à ópera era a da abertura musical que antecedia os espetáculos, quer os jesuítas, quer os protestantes. E também os excursos coreográficos, tal como o estilo da intriga, intrinsecamente coreográfico, não são estranhos a esta evolução, que, nos finais do século, resultou na absorção do drama trágico pela ópera. Os contextos visados por estas observações foram desenvolvidos por Nietzsche em *O nascimento da tragédia*. A sua intenção era a de demarcar a obra de arte total, de teor "trágico", em Wagner, da ópera mais frívola, que começou a ser preparada no Barroco. E declara guerra a esse gênero pela rejeição do recitativo. Ao fazê-lo, proclamou a sua adesão àquela tendência então em moda que era a de ressuscitar a voz primordial de todas as criaturas. "Era possível… uma entrega ao devaneio do regresso aos primórdios paradisíacos da humanidade, quando a música deveria necessariamente ter tido aquela insuperável pureza, força e inocência, sobre as quais os poetas sabiam contar coisas tão tocantes nos seus dramas pastoris… O recitativo era visto como a linguagem redescoberta daquele homem primitivo; e a ópera como o país reencontrado daquele ser bom, idílico ou heroico, que em todas as suas ações segue um impulso artístico natural que canta pelo menos qualquer coisa em tudo aquilo que tem para dizer, para, à mais leve emoção, se pôr a cantar a plena voz… O homem artisticamente impotente cria uma espécie de arte precisamente por ser o homem não artístico por excelência. Como não sente a profundidade dionisíaca da música, transforma a fruição musical numa retórica intelectual, verbal e sonora, da paixão no *stile rappresentativo*, e numa volúpia das artes do canto; como não é capaz de ter visões, obriga os artistas da maquinaria e das decorações; a colocarem-se ao seu serviço; como é incapaz de apreender a verdadeira essência do artista, conjura um 'homem artístico primitivo' à sua imagem e semelhança, isto é, o homem que, em estado de paixão, canta e recita versos."[85] Qualquer comparação com a tragédia – para não falar já da musical – é insuficiente para a compreensão da ópera; e também é indesmentível que, do ponto de vista da literatura, e em particular do drama trágico, a ópera é produto de uma decadência. A significação e a intriga perdem a sua função de obstáculo, e a fábula, tal como a linguagem, fluem sem qualquer resistência, para desaguarem

---

[85] Nietzsche, *op. cit.*, p. 132 segs.

na banalidade. Com o desaparecimento das barreiras desaparece também o luto, a alma da obra, e à medida que a trama dramática vai sendo esvaziada, o mesmo acontece à estrutura cênica, que agora precisa de encontrar uma outra legitimação, uma vez que a alegoria, quando não desaparece de todo, fica reduzida à condição de ornamento mudo.

O gosto voluptuoso pelo puro som contribuiu para a decadência do drama trágico. Apesar disso, a música – não por vontade dos autores, mas pela sua própria natureza – tem uma íntima ligação com o drama alegórico. Pelo menos é o que ensina a filosofia da música dos românticos que com este drama mostram afinidades, e que por isso podemos convocar aqui. Pelo menos é nela, e apenas nela, que encontraremos a síntese daquele sistema de antíteses deliberadamente produzido pelo Barroco, para plenamente o legitimar. Pelo menos, esse olhar romântico sobre os dramas trágicos permitirá indagar que outra função, para além da puramente teatral, a música terá tido na obra de Shakespeare e Calderón. Porque é um fato que ela a tem. Podemos, por isso, atribuir ao seguinte comentário do genial Johann Wilhelm Ritter o mérito de ter aberto uma perspectiva em relação à qual qualquer comentário corre o risco de ser uma improvisação irresponsável. Só uma discussão histórico-filosófica ampla sobre o problema da linguagem, da música e da escrita lhe poderia fazer justiça. Seguem-se alguns excertos de um longo estudo, monologante, se assim se pode dizer, no qual o autor deixa fluir, a partir de uma carta sobre as "figuras sonoras" de Chladni, os pensamentos, mais ou menos vigorosos ou tateantes, que lhe surgem ao correr da pena, quase sem dar por isso. "Seria belo", comenta ele a propósito daquelas linhas que se formam numa chapa de vidro coberta de areia, percutida para obter diferentes notas, "se aquilo que aqui nos aparece externamente fosse também exatamente aquilo que a figura sonora é para a nossa interioridade – figura de luz, escrita de fogo… Cada som tem, assim, a sua letra imediatamente a seu lado… Esta ligação tão íntima entre palavra e escrita – de tal modo que escrevemos quando falamos… – há muito tempo que me ocupa. Ora diz-me lá: de que modo se nos transforma o pensamento, a ideia, em palavra? E teremos nós alguma vez um pensamento, uma ideia, sem o seu hieróglifo, a sua letra, a sua escrita? – É certamente assim, mas geralmente não pensamos nisso. Mas a existência de palavra e escrita prova que em tempos, quando a natureza humana era mais forte, se pensou mais nisso. A sua simultaneidade primeira e absoluta deveu-se ao fato de o órgão da linguagem também escrever, para poder falar. Só a letra fala, ou melhor: palavra e escrita são uma só coisa desde as origens, e nenhuma delas é possível sem a outra... Toda a figura sonora é uma figura elétrica, e toda a figura elétrica uma figura sonora."[86] "Eu queria..., portanto, reencontrar, ou procurar, a escrita primordial ou natural por meio da eletricidade."[87] "Na verdade, toda a criação é linguagem, e assim criada literalmente pela palavra: ela é a própria palavra criada e criadora... Mas esta palavra está inseparavelmente ligada à letra, no grande como no pequeno."[88] "O domínio essencial de todas as artes plásticas – a arquitetura, a escultura, a pintura, etc. – é o dessa escrita, ou reescrita, cópia."[89] Estas considerações encerram, por assim dizer em tom de pergunta, a teoria romântica e virtual da alegoria. E qualquer resposta teria de subordinar a intuição divinatória de Ritter aos conceitos que lhe são adequados, teria de aproximar de algum modo a linguagem oral e escrita, mas nunca de outro modo senão identificando-as dialeticamente, como tese e síntese; teria de assegurar à música, a última linguagem universal depois da Torre de Babel, aquele lugar central, de elo intermédio e antitético, que lhe é devido precisamente como antítese; e teria de investigar de que modo a escrita nasce dela, mas não diretamente do som linguístico. Tarefas que estão muito para além das intuições românticas e de uma filosofia não teológica. Permanecendo embora virtual, essa teoria romântica da alegoria é, no entanto, um documento inequívoco das afinidades entre Barroco e Romantismo. Desnecessário se torna acrescentar que os comentários explícitos sobre a alegoria, como o de Friedrich Schlegel em *Gespräch über die Poesie*[90] [Diálogo sobre a poesia]

---

[86] J[ohann] W[ilhelm] Ritter, *Fragmente aus dem Nachlasse eines jungen Physikers. Ein Taschenbuch für Freunde der Natur* [Fragmentos do espólio de um jovem físico. Um manual para amigos da natureza]. 2º vol. Heidelberg, 1810, pp. 227 segs.

[87] Ritter, *op. cit.*, p. 230.

[88] Ritter, *op. cit.*, p. 242.

[89] Ritter, *op. cit.*, p. 246.

[90] Cf. Friedrich Schlegel, *Seine Prosaische Jugendschriften* [Os escritos de juventude em prosa], ed. De J[akob] Minor, vol. 2: *Zur deutschen Literatur und Philosophie* [Sobre a literatura e a filosofia alemãs]. 2ª ed. Viena, 1906, p. 364.

não atingiram a profundidade de Ritter; podemos mesmo dizer que o uso pouco rigoroso da linguagem de Friedrich Schlegel, e a sua proposta de que toda a beleza é alegoria, mais não fazem do que reiterar o lugar comum classicista segundo o qual toda a beleza é símbolo. A posição de Ritter é diferente. A sua doutrina que afirma que toda a imagem é apenas imagem escrita atinge o cerne da visão alegórica. No contexto da alegoria, a imagem é tão somente assinatura, apenas monograma da essência, e não a essência no seu invólucro. E no entanto a escrita nada tem de instrumental, não cai durante a leitura como escórias. É absorvida no que é lido, como sua "figura". Os impressores, e os poetas, do Barroco deram a maior das atenções à imagem da escrita. De Lohenstein sabemos que se exercitou "a pôr no papel, por sua própria mão e na melhor forma tipográfica, a legenda da gravura 'Castus amor Cygnis vehitur, Venus improba corvis' [O amor casto é expresso por cisnes, os baixos prazeres de Vênus por corvos]"[91]. Herder acha — e a opinião é válida ainda hoje – que a literatura barroca "é praticamente inexcedível na impressão e nos ornatos gráficos"[92]. Não faltou a essa época uma certa intuição das amplas conexões entre linguagem e escrita, que dão fundamentação filosófica à alegoria e contêm em si a solução para a sua verdadeira tensão. Isto, se estiver correta a hipótese, tão engenhosa como brilhante, de Strich sobre as histórias figuradas, às quais "estaria subjacente a ideia de que a medida variável dos versos, se imita uma forma orgânica, deverá também produzir um ritmo orgânico ascendente e descendente"[93]. Neste sentido aponta a opinião de Birken, posta na boca de Floridan em *Dannebergische Helden-Beut* [Safra de heróis em Danneberg]: "todos os eventos naturais deste mundo poderiam ser o efeito ou a materialização de uma ressonância ou de um som cósmicos, até mesmo o movimento dos astros"[94]. É este o pressuposto, no plano da teoria da linguagem, da unidade entre o Barroco da palavra e o Barroco da imagem.

---

[91] Müller, *op. cit.*, p. 71 (nota).

[92] Herder, *op. cit.* (*Vermischte Schriften*), pp. 193-194.

[93] Strich, *op. cit.*, p. 42.

[94] Cysarz, *op. cit.*, p. 114.

< 3 >

E quando o Altíssimo um dia se dignar
Em cemitérios Sua colheita fazer,
Eu, caveira, um rosto de anjo hei-de ter.

(Daniel Casper von Lohenstein, *Redender Todten-Kopff*
Herrn Matthäus Machners [A caveira falante do Senhor
Matthäus Machner])*

Toda a reflexão, mesmo a mais ambiciosa, desenvolvida até agora, com base num método aqui e ali talvez ainda vago, ainda impregnado de historicismo cultural, converge, de fato, na categoria do alegórico e condensa-se no drama trágico ao nível da ideia. Só por isso a exposição pode, e deve, insistir na estrutura alegórica desta forma, porque só graças a ela o drama trágico pode assimilar, como substância própria, os materiais que lhe são oferecidos pelas condições históricas da época. Em última análise, essa substância assimilada não pode prescindir de uma conceitualidade teológica, indispensável também para a sua exposição teórica. Se a parte conclusiva deste estudo usa sem rodeios uma tal conceitualidade, isso não significa que se trate de uma μεταβάσις εἰς ἄλλο γένος [passagem de um assunto a outro], pois

---

* Lohenstein, *Blumen* [Flores], *op. cit.*, p. 50 ("Hyacinthen" [Jacintos]) (N.T.).

só poderemos libertar criticamente a forma-limite alegórica do drama trágico da dependência da esfera mais alta, a teológica, enquanto que numa perspectiva estritamente estética a última palavra tem de pertencer ao paradoxo. Que uma tal libertação, como sempre ocorre quando o profano se dissolve no sagrado, teria de dar-se no sentido da história, de uma teologia da história e de forma dinâmica, e não estática e no sentido de uma economia da salvação – tudo isso teria de ser dado como adquirido, ainda que o drama trágico barroco apontasse menos claramente para o *Sturm und Drang* e o Romantismo, ainda que essa forma não tivesse sido objeto de uma apropriação – certamente vã – de alguns dos seus melhores momentos por parte da produção dramática mais recente. A reconstrução, há muito tempo urgente, dessa sua substância terá de dedicar-se a sério – sobre isso não há dúvidas – àqueles motivos mais resistentes, dos quais parece não ser possível retirar mais do que constatações de fato. Particularizemos: que significado atribuir àquelas cenas de horror e martírio que abundam nos dramas do Barroco? É fraco o afluxo de respostas que brotam das fontes da própria crítica de arte barroca, ingênua e irrefletida. Há algumas respostas escondidas, mas valiosas: *Integrum humanum corpus symbolicam iconem ingredi non posse, partem tamen corporis ei constituendae non esse ineptam*[1] [O corpo humano inteiro não pode integrar um ícone simbólico, mas uma parte do corpo pode ser apropriada à constituição desse ícone]. É o que lemos na exposição de uma controvérsia sobre as normas da emblemática. O autor de emblemas ortodoxo não podia pensar de outro modo: o corpo humano não podia ser exceção àquela regra que diz que é preciso desmembrar o orgânico para recolher dos seus estilhaços a sua verdadeira significação, fixa e escritural. E onde poderia esta lei encontrar uma aplicação mais triunfal do que no ser humano, que abandona a sua *phýsis* convencional, dotada de consciência, para a dispersar pelas múltiplas regiões da significação? Nem sempre a emblemática e a heráldica cederam incondicionalmente a este princípio. Do homem, a já referida *Ars heraldica* diz apenas o seguinte: "Os cabelos significam os muitos pensamentos"[2] . E os "reis das armas"

---

[1] [Resenha anônima de Menestrier, *La philosophie des images*], *Acta eruditorum*, 1683, pp. 17-18.

[2] Böckler, *op. cit.*, p. 102.

cortam literalmente ao meio o leão: "A cabeça, o peito e toda a parte anterior significam generosidade e valentia, enquanto que a parte traseira significa força, ira e cólera, que se seguem ao rugido."[3] Destas divisões emblemáticas – transpostas para o domínio de uma qualidade que, de qualquer modo, tem a ver com o corpo – deriva Opitz a sua preciosa fórmula da "manipulação da castidade"[4], que atribui à personagem de Judite. Um outro exemplo é o de Hallmann, que ilustra essa virtude com a casta Ägytha, cujo "órgão de nascimento" [útero] teria sido encontrado, intacto, no seu túmulo muitos anos depois de ter sido enterrada[5]. Se o martírio prepara desta forma emblemática o corpo dos vivos, também não é despiciendo o fato de a dor física estar sempre à disposição do dramaturgo como motivo da ação. Não é apenas o dualismo cartesiano que é barroco; também a teoria das paixões tem de ser levada em conta, e muito, como consequência da doutrina das relações psicofísicas. Como o espírito é, em si, pura razão fiel a si mesma, e só as influências corporais o põem em contato com o mundo exterior, a violência da dor física que ele sofre constitui uma base mais imediata para a emergência dos afetos do que os chamados conflitos trágicos. Quando o espírito, como espírito que é, se liberta pela morte, também o corpo vê satisfeitos todos os seus direitos. Porque é óbvio que a alegorização da *phýsis* só pode consumar-se em toda a sua energia no cadáver. E as personagens do drama trágico morrem porque só assim, como cadáver, podem entrar no reino da alegoria. Nelas, a morte não é a porta de entrada na imortalidade, mas no cadáver. "Ele deixa-nos o seu cadáver como penhor de um último favor"[6], diz a filha de Charles Stuart sobre o pai, que por sua vez não se esqueceu de pedir que o embalsamassem. Do ponto de vista da morte, a função da vida é a produção do cadáver. Não é apenas com a perda de membros, com as transformações do corpo no processo de envelhecimento ou com os outros processos de eliminação e depuração que o cadáver se vai desprendendo do corpo. E não é por acaso que as unhas e os cabelos, que os vivos cortam como coisa morta, continuam a crescer

---

[3] Böckler, *op. cit.*, p. 104.

[4] Martin Opitz, *Judith*. Breslau, 1635, fl. Aii, *verso*.

[5] Cf. Hallmann, *Leichreden*, p. 377.

[6] Gryphius, *op. cit.*, p. 390 (*Carolus Stuardus* II, 389-390).

no cadáver. Há um *memento mori* que vela na *phýsis*, na própria memória (*mneme*); a obsessão do homem medieval e barroco com a morte que impregna o corpo vivo seria impensável se ele se sentisse impressionado apenas com a preocupação do fim da vida. Os poemas sobre cadáveres de um Lohenstein não são, essencialmente, meros maneirismos, embora haja neles elementos maneiristas. Já as primeiras produções de Lohenstein dão testemunho curioso deste tema poético. Ainda na escola, celebrou, segundo um esquema antigo, "a paixão de Cristo em poemas latinos e alemães alternados e ordenados segundo as partes do corpo humano"[7]. O mesmo tipo de composição aparece no *Denck-und Danck-Altar* [Altar de memória e gratidão] que consagrou à mãe na sua morte. Nove estrofes absolutamente impiedosas descrevem as partes do cadáver em estado de decomposição. Também Gryphius deve ter considerado tais composições muito atuais, e certamente o seu estudo da anatomia, a que sempre permaneceu fiel, foi largamente determinado, a par dos interesses científicos, por estes outros, estranhamente emblemáticos. Encontravam-se modelos para tais descrições nos dramas antigos, no *Hércules Eteu* de Sêneca, mas também na *Fedra*, nas *Troianas* e noutras peças. "Numa dissecação anatômica, as diversas partes do corpo são enumeradas com um indisfarçado gosto pela crueldade."[8] Sabe-se como Sêneca era geralmente tomado por respeitável autoridade desta dramaturgia dos horrores, e valeria a pena investigar até que ponto estes motivos em voga partiriam dos mesmos pressupostos nas suas peças. Para o drama trágico do século XVII, o cadáver torna-se o adereço emblemático por excelência. Sem ele, as apoteoses seriam praticamente inconcebíveis. "Elas ostentam o esplendor dos pálidos cadáveres"[9], e a função do tirano é a de abastecer deles o drama trágico. O final do *Papiniano*, por exemplo, que revela influências do drama de salteadores na fase tardia de Gryphius, põe em cena o resultado da vingança de Bassiano Caracalla sobre a família de Papiniano. O pai e dois dos seus filhos foram mortos. "Os cadáveres são trazidos para o palco, em dois catafalcos, por criados de Papiniano e postos um em frente do outro. Plautia não diz

---

[7] Müller, *op. cit.*, p. 15.

[8] Stachel. *op. cit.*, p. 25.

[9] Hallmann, *Trauer-Freuden-und Schäfer-Spiele,* p. 73 (*Sophia* V, 280).

mais nada, mas anda, muito triste, de um cadáver para o outro, beijando-lhes de vez em quando as mãos e a face, até que por fim cai sem sentidos junto do corpo de Papiniano, e é levada pelas suas damas de companhia atrás dos cadáveres."[10] No final da *Sophia* de Hallmann, depois de consumados todos os martírios da inabalável cristã e suas filhas, abre-se o palco interior "no qual se mostra o banquete dos mortos, ou seja as três cabeças das filhas com três copos de sangue"[11]. O "banquete dos mortos" gozava de grande prestígio. Em Gryphius não é apresentado em cena, mas descrito:

> *Fürst Meurab, blind von hass, getrotzt durch so viel leiden,*
> *Ließ der entleibten schaar die bleichen köpff abschneiden,*
> *Und als der häupter reyh, die ihn so hoch verletzt,*
> *Zu einem schaugericht auf seinen tisch gesetzt,*
> *Nam er, schier außer sich, den dargereichten becher*
> *Und schrie: diß ist der kelch, den ich, der meinen rächer,*
> *Nu nicht mehr sclav, erwisch!*[12]

> [O príncipe Meurab, cego de ódio e de dor,
> Aos muitos mortos manda as cabeças cortar,
> E quando essas cabeças, que tanto o ofenderam,
> Qual câmara de horrores a sua mesa encheram,
> Ele, fora de si, a taça para brindar
> Ergue e grita: eis o cálice que eu, dos meus vingador,
> Escravo liberto, agora esvazio!]

Mais tarde, tais repastos eram postos em cena, usando um truque italiano que Harsdörffer e Birken recomendam. Saindo de um buraco no tampo da mesa, cuja toalha descia até ao chão, aparecia a cabeça de um ator. Por vezes, estas cenas com corpos sem vida apareciam também no início das peças. A didascália de abertura da *Catarina da Geórgia*[13] é disso um exemplo, tal como o curioso cenário de Hallmann no primeiro ato do *Heraclius*: "Um grande campo, cheio de cadáveres dos

---

[10] Gryphius, *op. cit.*, p. 614 (*Aemilius Paulus Papinianus* V, didascália).

[11] Hallmann, *op. cit.*, p. 68 (*Sophia*, didascália).

[12] Gryphius, *op. cit.*, p. 172 (*Catharina von Georgien* I, 649 segs.).

[13] Cf. Gryphius, *op. cit.*, p. 149 (*Catharina von Georgien* I, didascália).

soldados do exército derrotado do imperador Maurício, e vários riachos que correm da montanha próxima."[14]

Não é um interesse de antiquário aquele que nos impele a seguir os vestígios que conduzem deste ponto, mais claramente do que de qualquer outro, até à Idade Média. De fato, não se pode subestimar a importância, para o Barroco, das origens cristãs da perspectiva alegórica. E, ainda que tragam sinais de muitos e diversos espíritos, esses vestígios são marcos num caminho que o próprio gênio da visão alegórica seguiu, à medida que iam mudando as suas intenções. Muitas vezes os autores do século XVII se apropriaram retrospectivamente desses vestígios. Para o *Cristo Sofredor*, Harsdörffer remeteu o seu discípulo Klaj para a poesia da Paixão de Gregório Nazianzeno[15]. Também Gryphius traduziu "perto de vinte hinos dos começos da Idade Média... na sua linguagem bem adequada a esse estilo solene e inflamado; e admira particularmente o maior de todos os poetas hínicos, Prudêncio"[16]. As afinidades de fato entre a cristandade medieval e a barroca são de tripla ordem. Para ambas são igualmente essenciais a luta contra os deuses pagãos, o triunfo da alegoria e o martírio do corpo. Estes três motivos estão intimamente relacionados. Chegamos à conclusão de que, de um ponto de vista da história da religião, são um e o mesmo motivo. E as origens da alegoria só com referência a eles se podem clarificar. Se é verdade que o desmembramento do panteão antigo desempenha um papel decisivo nessas origens, não deixa de ser muito significativo o fato de o seu rejuvenescimento no humanismo do século XVII ter provocado protestos. Rist, Moscherosch, Zesen, Harsdörffer, Birken, polemizam contra as obras cheias de ornatos mitológicos com uma veemência só comparável à dos Padres latinos, e Prudêncio, Juvenco, Venâncio e Fortunato são dados como exemplos louváveis de uma musa edificante. Birken chama aos deuses pagãos "verdadeiros demônios"[17], e o eco de um modo de pensar com mil anos de existência ouve-se com particular clareza numa passagem de Hallmann que com certeza não se

---

[14] Hallmann, *op. cit.*, p. 10 (*Die listige Rache oder der tapfere Heraclius* [A vingança astuta ou o bravo Heráclio], didascália).

[15] Cf. Tittmann, *op. cit.*, p. 175.

[16] Manheimer, *op. cit.*, p. 139.

[17] Cf. Tittmann, *op. cit.*, p. 46.

deve ao mero desejo de criar um colorido histórico. Aí se lê, na disputa sobre religião, entre Sophia e o imperador Honório: "E não protege Júpiter o trono imperial?" / "Mais que Júpiter é o filho de Deus sem rival", responde Sophia[18]. Esta prontidão na resposta, de tom arcaico, é tipicamente barroca. Porque mais uma vez acontece que a Antiguidade se apresentava ameaçadoramente próxima do cristianismo, naquela forma em que recentemente se lhe tinha querido impor, e o conseguiu: como gnose. No Renascimento, e favorecidas pelos estudos neoplatônicos, fortalecem-se as correntes ocultistas. O rosacrucianismo e a alquimia andavam lado a lado com a astrologia, o velho resíduo ocidental do paganismo oriental. A antiguidade europeia estava dividida, e as suas obscuras reverberações medievais reanimaram-se na refiguração radiante do humanismo. Em clara afinidade com esse espírito, Warburg mostrou de forma fascinante como, no Renascimento, "os fenômenos celestes foram trazidos à dimensão do humano para, pelo menos através da figuração, delimitar a sua força demoníaca"[19]. O Renascimento aviva a memória das imagens – e as cenas de conjuração de espíritos no drama trágico barroco são reminiscência disso –, mas ao mesmo tempo desperta a tendência para uma especulação imagética talvez ainda mais decisiva para a formação do estilo. E a sua emblemática liga-se ao mundo medieval. Não há produto da fantasia alegórica barroca que não encontre nele as suas correspondências. Renascem agora os alegoristas entre os mitógrafos antigos, que já tinham despertado o interesse da primitiva apologética cristã. Grotius edita aos dezesseis anos Marciano Capella. No drama trágico, e num espírito claramente paleocristão, vamos encontrar nos coros alegorias e deuses antigos ao mesmo nível. E como o medo dos demônios tornava o corpo suspeito e particularmente angustiante, já a Idade Média procurou exorcizá-lo por meios emblemáticos. A seguinte descrição de Bezold poderia receber como título "A nudez como emblema": "Só no além os bem-aventurados poderiam desfrutar de uma corporalidade incorruptível e de um gozo recíproco da sua beleza, de forma plenamente pura (S. Agostinho, *De civitate dei*, XXII, 24). Até aí, a nudez seria um sinal de impureza, que quando muito conviria aos deuses gregos, que o mesmo é dizer a demônios infernais. De

---

[18] Hallmann, *op. cit.*, p. 8 (*Sophia* I, 229-230)

[19] Warburg, *op. cit.*, p. 70.

acordo com este ponto de vista, a ciência medieval, quando deparava com figuras despidas, procurava explicar essa obscenidade por meio de um simbolismo altamente rebuscado e geralmente hostil. Basta ler as explicações de Fulgêncio e dos seus seguidores para o fato de Vênus, Cupido, Baco serem pintados nus. Vênus, por exemplo, porque com isso rejeita nua e cruamente os seus admiradores, ou porque o pecado da luxúria não pode ser escondido; Baco, porque os bêbados se despem dos seus bens, ou porque o ébrio tem de se despir dos seus pensamentos mais secretos… Um poeta carolíngio, Walahfrid Strabo, enreda-se em engenhosas e enfadonhas comparações, na sua descrição extremamente confusa de uma escultura nua. Trata-se de uma figura secundária, numa estátua equestre dourada de Teodorico… O fato de o 'acompanhante' negro, não dourado, ser representado despido, leva o poeta a encontrar para sua explicação a ideia de que o homem nu significa o ultraje inflingido ao tirano ariano, também ele nu, porque despido de qualquer virtude."[20] Como do exposto se pode depreender, a exegese alegórica apontava sobretudo em duas direções: destinava-se a dar uma leitura cristã à verdadeira natureza, demoníaca, dos deuses antigos, e servia para a mortificação devota do corpo. Não é por acaso que, quer a Idade Média, quer o Barroco, se compraziam na aproximação, com intenções bem claras, de imagens de ídolos e ossadas. Na sua *Vita Constantini*, Eusébio não deixa de evocar estátuas de deuses com caveiras e ossos, e Männling afirma que os "egípcios" costumavam "enterrar cadáveres em imagens de madeira".

O conceito do alegórico só pode fazer justiça ao drama trágico se o distinguirmos, não apenas do símbolo teológico, mas também, com igual clareza, da mera palavra ornamental. A alegoria não nasceu como arabesco escolástico para adornar a antiga concepção dos deuses. Nas suas origens, ela não tem nada daqueles traços lúdicos, distanciados e superiores que é costume atribuir-lhe, pensando nas suas adulterações posteriores. A alegorese nunca teria surgido se a Igreja tivesse consegui-

---

[20] Friedrich von Bezold, *Das Fortleben der antiken Götter im mittelalterlichen Humanismus* [A sobrevivência dos deuses antigos no humanismo medieval]. Bona-Leipzig, 1922, pp. 31-32. Cf. Vincent de Beauvais, *op. cit.*, col. 295-296 (excertos de Fulgêncio).

do eliminar radicalmente os deuses da memória dos crentes. Ela não é, de fato, o monumento epigonal de uma vitória: é antes a palavra capaz de exorcizar um resíduo ainda intacto da vida dos Antigos. Também é certo que nos primeiros séculos da era cristã os próprios deuses assumiam frequentemente traços abstratos. Como escreve Usener, "na medida em que a crença nos deuses da época clássica ia perdendo a sua força, também as concepções dos deuses, tal como a literatura e a arte os tinham representado, se tornaram livres e disponíveis como cômodos instrumentos da representação poética. A partir dos poetas da época de Nero, e mesmo desde Horácio e Ovídio, podemos seguir esse processo que alcançou o seu clímax na última escola alexandrina: o mais notável dos seus representantes, e o de maior influência, foi Nonnos, e na literatura latina Claudius Claudianus, nascido em Alexandria. Tudo neles, qualquer ação e qualquer acontecimento, se transforma em jogo das forças dos deuses. Não admira que já nestes autores também os conceitos abstratos ganhem um lugar cada vez mais relevante; os deuses personificados não têm para eles um significado mais profundo do que aqueles conceitos, uns e outros se tornaram formas flexíveis da imaginação poética."[21] Tudo isto prepara de forma intensa o caminho para a alegoria. Mas, se ela é mais que a dissipação, por abstrata que seja, das essências teológicas, concretamente a manutenção delas num espaço que não lhes é adequado, e lhes é mesmo hostil, também esta concepção romana tardia não é a verdadeira concepção alegórica. Na sequência dessa literatura, o mundo dos deuses antigos teria morrido, quando na verdade foi a alegoria que o salvou, se pensarmos que a visão da transitoriedade das coisas e a preocupação de as salvar para uma eternidade é um dos mais fortes motivos do fenômeno alegórico. Na arte, bem como na ciência e na política, não havia na alta Idade Média nada que pudesse ser posto ao lado das ruínas deixadas pela Antiguidade em todos os domínios. Naquela época, a consciência da caducidade resultava inexoravelmente de uma percepção sensível, e alguns séculos mais tarde, no período da Guerra dos Trinta Anos, a mesma necessidade se impôs ao homem europeu. Mas temos de notar que aquilo que terá tornado essa experiência mais amarga não terão sido as atrocidades palpáveis, mas sim a mudança das normas jurídicas com a sua pretensão de

---

[21] Usener, *op. cit.*, p. 366.

eternidade, particularmente evidentes em tais épocas de transição. A alegoria instala-se de forma mais estável nos momentos em que o efêmero e o eterno mais se aproximam. O próprio Usener forneceu, no seu livro *Götternamen* [Os nomes dos deuses] os instrumentos que permitem traçar exatamente a linha de demarcação histórico-filosófica entre a natureza "aparentemente abstrata" de certas divindades antigas e a abstração alegórica. "Temos, pois, de perceber que a aguda sensibilidade religiosa dos Antigos era capaz de, sem dificuldade, elevar conceitos abstratos a um estatuto divino. O fato de eles terem permanecido, quase sem exceção, por assim dizer nebulosos e sem pingo de sangue, explica-se porque até os deuses especiais tiveram de empalidecer perante os deuses pessoais: a transparência da palavra."[22] Estas improvisações religiosas prepararam certamente o terreno da Antiguidade para a alegoria: mas a alegoria propriamente dita é semente cristã. Decisivo para a formação deste pensamento foi ainda o fato de, na esfera dos ídolos, tal como na dos corpos, parecer estar instalada de forma visível, não apenas a transitoriedade, mas também a culpa. A culpa impede o objeto que significa alegoricamente de encontrar em si mesmo a concretização do seu sentido. A culpa é imanente, não apenas ao contemplador alegórico, que trai o mundo levado pela sua vontade de saber, mas também ao objeto da sua contemplação. Este ponto de vista, fundado na doutrina da queda da criatura, que arrasta consigo a própria natureza, constitui o fermento da profunda alegorese ocidental, que se distingue da retórica oriental desta expressão. A natureza caída está de luto porque é muda. Mas é a inversa desta frase que nos leva mais fundo até à essência da natureza: é a sua tristeza que a torna muda. Em todo o luto existe uma tendência para o mutismo, e isso significa infinitamente mais que incapacidade ou relutância em comunicar. O sujeito do luto sente-se plenamente conhecido pelo incognoscível. Ser nomeado – mesmo quando quem nomeia é par dos deuses e santo – continuará provavelmente sempre a ser um pressentimento de luto. Pior ainda quando não é nomeado mas apenas lido, lido inseguramente pelo alegorista e acedendo ao significado exclusivamente através dele. Por outro lado, quanto mais a natureza e a Antiguidade eram sentidas como culpadas, tanto mais obrigatória se tornava a sua interpretação

---

[22] Usener, *op. cit.*, pp. 368–369; Cf. também pp. 316–317

alegórica, apesar de tudo a sua única redenção possível: pois, apesar de desvalorizar conscientemente, a intenção melancólica mantém de forma incomparável a fidelidade à condição coisal do seu objeto. Mas, mil e duzentos anos depois, não se concretizou a profecia de Prudêncio: "Livre de todo o sangue, o mármore resplandecerá finalmente; os bronzes hoje tidos por ídolos revelarão a sua inocência"[23]. Os mármores e os bronzes da Antiguidade conservaram ainda para o Barroco, e mesmo para o Renascimento, aquele arrepio que Santo Agostinho tinha reconhecido neles, vendo-os "por assim dizer como corpos dos deuses". "Neles habitavam espíritos que podiam ser conjurados e eram capazes de fazer mal àqueles que os adoravam e neles criam, ou então de satisfazer os seus desejos."[24] Ou, como Warburg escreve sobre o Renascimento: "A beleza formal das figuras dos deuses e o equilíbrio harmonioso entre a fé cristã e a pagã não nos pode fazer esquecer que mesmo em Itália, por volta de 1520, portanto na época mais livre e criadora da arte, a Antiguidade era venerada por assim dizer como uma hermes bifronte, com um rosto demoníaco e sombrio que exigia um culto supersticioso, e um outro, olímpico e sereno, que suscitava admiração estética."[25] A esta luz, os três momentos fundamentais da alegorese ocidental são não antigos, antiantigos: os deuses invadem o mundo estranho, tornam-se malignos e transformam-se em criaturas. Para trás ficam as vestes dos olímpicos, à volta das quais, com o decorrer do tempo, se juntam os emblemas. E essas vestes são criaturais como o corpo do diabo. Neste sentido, a teologia helenista esclarecida de Evémero inclui, curiosamente, um elemento da crença popular em formação. "Assim, a desvalorização dos deuses, degradados a uma condição meramente humana, associou-se cada vez mais à ideia de que nos restos do seu culto, sobretudo nas suas imagens, continuariam a atuar forças mágicas malignas. E a prova da sua total impotência era ainda enfraquecida pelo fato de os poderes que lhes eram atribuídos terem sido assumidos por

---

[23] Aurelius P. Clemens Prudentius, *Contra Symmachum I* [Contra Símaco I], pp. 501-502; *apud* Bezold, *op. cit.*, p. 30.

[24] *Des Heiligen Augustinus zwey und zwanzig Bücher von der Stadt Gottes* [Os vinte e dois livros d' *A Cidade de Deus*, de Santo Agostinho]. Traduzidos do latim por J. P. Silbert. Vol. I, Viena, 1826, p. 508 (VIII, 23).

[25] Warburg, *op. cit.*, p. 34.

substitutos satânicos."[26] Por outro lado, os emblemas e as vestes são acompanhados pelas palavras e pelos nomes, que, à medida que os contextos de vida de que provêm se perdem, dão origem a conceitos em que essas palavras ganham novos conteúdos, disponíveis para a representação alegórica, como acontece com a Fortuna, com Vênus (a Dama Mundo) e outros. Os pressupostos para a transformação do panteão antigo num mundo de criaturas mágico-conceituais são, assim, a extinção das figuras e a sua redução a conceitos. Nesses pressupostos assenta a figuração de Amor "como demônio da lascívia com asas e garras de morcego, em Giotto'"*, e a sobrevivência dos seres do mundo da fábula – faunos, centauros, sereias e harpias – como figuras alegóricas no círculo do inferno cristão. "O nobre mundo clássico dos deuses antigos está tão presente em nós, desde Winckelmann, como símbolo da Antiguidade, que nos esquecemos completamente de que ele é uma invenção da cultura humanista erudita; esse lado 'olímpico' da Antiguidade teve primeiro de ser arrancado ao mundo tradicional, 'demoníaco'; porque os deuses antigos, vistos como demônios cósmicos, pertenceram ininterruptamente, desde o final do mundo antigo, às forças religiosas da Europa cristã, e condicionaram de forma tão decisiva a sua vida prática que é impossível negar a vigência paralela, tacitamente tolerada pela Igreja, da cosmologia pagã, em especial da astrologia."[27] A alegoria corresponde aos deuses antigos reduzidos à sua condição de coisa inerte. Por isso, é mais verdadeira do que geralmente se pensa a afirmação de que "a proximidade dos deuses é sem dúvida uma exigência vital importantíssima para o desenvolvimento vigoroso da alegorese."[28]

A concepção alegórica tem a sua origem no confronto da *phýsis* carregada de culpa, instituída pelo cristianismo, com uma *natura deorum* mais pura, encarnada no panteão antigo. No processo de renovação do elemento pagão com o Renascimento e do cristão com a Contrarre-

---

[26] Bezold, *op. cit.*, p. 5.

* A citação não se encontra na fonte indicada na primeira edição (Bezold, *op. cit.*, p. 23) (N.T.).

[27] Warburg, *op. cit.*, p. 5.

[28] Horst, *op. cit.*, p. 42.

forma, a alegoria, enquanto forma desta confrontação, teria também de se renovar. O importante para o drama trágico foi o fato de a Idade Média cristalizar na figura de Satanás a ligação entre o elemento material e o demoníaco. Foi sobretudo possível, com a concentração das diversas instâncias pagãs num *único* Anticristo teologicamente bem definido, atribuir à matéria, de forma mais clara do que através de muitos demônios, essa aparência sombria e dominadora. Assim a Idade Média iria, não apenas remeter a investigação da natureza para limites muito estreitos, como até sobre os matemáticos recai a suspeita desta essência demoníaca da matéria. "Tudo o que eles possam pensar", esclarece o escolástico Henrique de Gand, "é algo de espacial (*Quantum*) ou tem um lugar no espaço, como o ponto. Por isso, esses homens são melancólicos, e dão os melhores matemáticos, mas os piores metafísicos."[29] Quando a intenção alegórica se orienta para o mundo criatural das coisas, das coisas mortas, no máximo meio vivas, o homem não aparece no seu raio de visão. Se ela se fixar unicamente nos emblemas, a metamorfose e a redenção não serão impossíveis. Mas pode sempre acontecer que diante do olhar do alegorista se erga, vinda do seio da terra, a verdadeira face do demônio, rindo-se de todos os disfarces emblemáticos, na sua vitalidade e nudez triunfantes. Só a Idade Média gravou na antiga cabeça demoníaca, originalmente muito maior, os traços agudos e vivos deste Satanás. A matéria, criada, segundo a doutrina gnóstico-maniqueísta, para "destartarizar" o mundo, absorvendo em si o diabólico para que, com a sua eliminação, o mundo se pudesse apresentar purificado, toma consciência, através do diabo, da sua natureza "tartárica", zomba da sua "significação" alegórica e escarnece de todos aqueles que julgam que podem investigar impunemente os seus mais fundos arcanos. Assim, do mesmo modo que a tristeza terrena pertence à alegorese, também a jovialidade infernal faz parte da sua nostalgia gorada pelo triunfo da matéria. Daqui vem a jocosidade infernal do intriguista, o seu intelectualismo, o seu saber das significações. A criatura muda é capaz de ter esperança na redenção que lhe é prometida pelas coisas significadas. A versatilidade inteligente do homem

---

[29] *Quodlibet Magistri Henrici Goethals a Gandavo* [Miscelânea de mestre Henrique de Gand]. Parisiis, 1518. Fol. XXXIV rº. (Quodl. II, Quaest. 9); citado segundo a tradução de Panofsky e Saxl, *op. cit.*, p. 72.

manifesta-se pela palavra e, procurando conferir, pelo cálculo mais abjeto e na consciência de si, um aspecto humano à própria materialidade, contrapõe ao alegorista o riso sarcástico dos infernos. Nesse riso, o mutismo da matéria é superado. É precisamente no riso que a matéria ganha espírito, de forma exuberante, distorcida e acentrada. E torna-se tão espiritual que vai muito além da linguagem, quer chegar mais alto e acaba na gargalhada estridente. Por mais que o seu efeito externo possa parecer animalesco, a loucura interior apercebe-se dela apenas como espiritualidade. "Lúcifer, príncipe das trevas, gestor da mais funda tristeza, imperador da fossa infernal, duque das águas sulfurosas, rei do abismo"[30], não deixa que zombem dele. Julius Leopold Klein chama-lhe, e com razão, a "figura alegórica primordial". Uma das mais poderosas figuras de Shakespeare, como este historiador da literatura sugeriu em excelentes comentários, só é compreensível a partir deste ponto de vista da alegoria, a partir do satânico. "O Ricardo III de Shakespeare inspira-se no papel de 'Iniquity', do Vício, o Vício transformado em demônio-bufão, anunciando assim da forma mais estranha que descende, na história do teatro, dos diabos dos mistérios medievais e do Vício de dupla moral das moralidades, legítimo sucessor de ambos, do diabo e do Vício, transformado em figura histórica de carne e osso." E uma nota documenta isto: "'Gloster (*aparte*): Como o Vício genuíno, a Iniquidade, a minha lição dá dois sentidos numa só palavra.' Em Ricardo III, o diabo e o Vício fundem-se num herói trágico guerreiro e heroico de linhagem histórica pura, como ele próprio admite num aparte."[31] Herói trágico não é certamente a expressão certa. Este breve excurso justifica-se recordando mais uma vez que para Ricardo III, como para Hamlet, como para a "tragédia" shakespeariana em geral, os prolegômenos para a sua interpretação se encontram na teoria do drama trágico barroco. De fato, o alegórico em Shakespeare vai muito mais fundo do que as formas da metáfora que chamaram a atenção de Goethe. "Shakespeare é rico em tropos maravilhosos que resultam de conceitos personificados, que a nós não nos conviriam, mas que nele são perfeitamente adequados, uma vez que no seu tempo toda a arte

---

[30] [Carta luciferina anônima de 1410 contra João XXIII], *apud* Paul Lehmann, *Die Parodie im Mittelalter* [A paródia na Idade Média], Munique, 1922, p. 97.

[31] Klein, *op. cit.*, pp. 3-4.

era dominada pela alegoria."[32] Novalis aborda a questão de forma mais decidida: "É possível encontrar numa peça de Shakespeare uma ideia arbitrária, uma alegoria, etc."[33] Já o *Sturm und Drang*, que descobriu Shakespeare na Alemanha, só vê nele o elementar, mas não o alegórico. E no entanto, o que caracteriza Shakespeare é o fato de que esses dois lados são igualmente essenciais na sua obra. Toda a manifestação elementar da criatura ganha significação através da sua existência alegórica, e tudo o que é alegórico a recebe através do elementar no mundo dos sentidos. Com a extinção do momento alegórico perde-se também no drama a força elementar, até se reanimar de novo no *Sturm und Drang*, precisamente na forma do drama trágico. O Romantismo voltou depois a ter uma intuição do alegórico. Mas, naquilo em que depende de Shakespeare, não foi além dessa intuição. Em Shakespeare domina o primado do elementar, em Calderón o do alegórico. Antes de aterrorizar pelo luto, Satanás age como tentador. Inicia os homens num saber que é o próprio fundamento do comportamento pecaminoso. Se é falsa a tese de Sócrates que diz que o conhecimento do bem induz a prática do bem, a afirmação é ainda mais válida para o conhecimento do mal. E na noite da tristeza não é a luz interior, nenhum *lumen naturale* que se acende, mas um brilho subterrâneo que crepuscula a partir das entranhas da terra. O olhar rebelde e profundo de Satanás acende-se naquele que mergulha na contemplação absorta. Uma vez mais, confirma-se a importância da erudição barroca para a escrita do drama trágico, pois só para quem detém esse saber múltiplo uma coisa pode ser representada alegoricamente. Por outro lado, é precisamente à reflexão – quando ela é movida, não tanto pela busca paciente da verdade, mas, de forma radical e imperativa, em contemplação imediata, pelo saber absoluto – que as coisas se furtam na sua mais simples essência, para surgirem diante dessa reflexão como referências alegóricas enigmáticas e, depois, como pó. A intenção alegórica é de tal modo contrária à busca da verdade, que nessa intenção se manifesta, de forma mais clara que em qualquer outra situação, a unidade resultante de uma curiosidade pura, que visa o mero saber, e de um isolamento arrogan-

---

[32] Goethe, *Sämtliche Werke*, ed. citada (Jubiläums–Ausgabe), vol. 38: *Schriften zur Literatur 3*, p. 258 [Máximas e reflexões].

[33] *Novalis, Schriften*, vol. 3, *op. cit.*, p. 13

te do indivíduo. "O horrível alquimista, a assustadora morte"[34] – esta profunda metáfora de Hallmann não se funda apenas no processo de decomposição. O conhecimento mágico, que inclui a alquimia, ameaça o adepto com o isolamento e a morte espiritual. Que esta época se entregou à magia, não menos que o Renascimento, mostram-no a alquimia e o rosacrucianismo, as evocações de espíritos no drama trágico. A sua mão de Midas transforma tudo aquilo em que toca em coisa significante. O seu elemento era o das transformações de todos os tipos, e o princípio dessas transformações era a alegoria. Quanto menos esta paixão se limita ao período barroco, tanto mais adequada se mostra para evidenciar em épocas posteriores os seus traços barrocos. É ela que legitima o hábito recente de atribuir traços barrocos à obra tardia de Goethe e de Hölderlin. Saber, não agir, esta é a forma de existência mais própria do mal. Por isso, a tentação física, como a luxúria, a gula, a preguiça, concebida em termos apenas sensíveis, nem de longe constitui o fundamento do seu ser: não é o único nem, em rigor, o último e o mais preciso. Esse fundamento abre-se antes com a *fata morgana* de um reino da espiritualidade absoluta, isto é, sem Deus, que tem na materialidade o seu contraponto necessário e que só no mal se deixa experimentar de forma concreta. A disposição anímica dominante nele é a do luto, a um tempo mãe e conteúdo das alegorias. Dele derivam três promessas satânicas primordiais, todas de natureza espiritual. O drama trágico mostra-as em ação, ora na figura do tirano, ora na do intriguista. Aquilo que atrai é a ilusão de liberdade – na busca do proibido; a ilusão de autonomia – na secessão em relação à comunidade dos crentes; a ilusão do infinito – no abismo vazio do mal. Porque é próprio de toda a virtude ter um fim à sua frente – esse fim é o seu modelo, Deus; e do mesmo modo é próprio de toda a depravação abrir um caminho de progressão infinita até ao abismo. Assim, a teologia do mal pode ser derivada da queda de Satanás, na qual se confirmam os motivos aduzidos, muito mais que das advertências com que a doutrina da Igreja costuma apresentar esse caçador de almas. A espiritualidade absoluta, assim atribuída a Satanás, suicida-se no ato de se emancipar do sagrado. A matéria – aqui esvaziada de alma – é o lugar onde ela está em casa. O absolutamente material e aquela espiritualidade absoluta são polos do domínio satânico: e a consciência é a sua

---

[34] Hallmann, *Leichreden*, *op. cit.*, p. 45.

síntese ilusória, por meio da qual ela imita a verdadeira, a da vida. Mas a sua especulação estranha à vida, presa ao mundo coisal dos emblemas, acaba por atingir o saber dos demônios. "Chama-se-lhes Δαίμονες [deuses; destino]", lemos n'*A Cidade de Deus* de Santo Agostinho, "porque esta palavra grega indica que eles são detentores de um saber."[35] E S. Francisco de Assis condenou em termos altamente espirituais o fanatismo espiritual. Aponta o caminho certo a um dos seus discípulos que se encerrava em estudos demasiado profundos: *Unus solus daimon plus scit quam tu* [Um só demônio sabe mais que tu].

Sob a forma do saber, a pulsão conduz ao abismo vazio do mal, para aí poder assegurar-se do infinito. Mas esse é também o abismo sem fundo da meditação profunda. Os seus dados não têm possibilidades de integrar constelações filosóficas. Por isso, encontram-se, como mero depósito de objetos de ostentação sombria da pompa, nos livros de emblemas do Barroco. O drama trágico é de todas as formas a que mais trabalha com esse fundo disponível. Metamorfoseando, interpretando e aprofundando sem cessar, ele vai combinando as imagens umas com as outras, explorando nesse jogo sobretudo os contrastes. E, apesar disso, seria falso, ou pelo menos superficial, relacionar esses inúmeros efeitos apenas com o simples gosto das antíteses, efeitos pelos quais a sala do trono é transformada, pela imagem ou apenas pela palavra, em cárcere, a alcova do prazer em cripta mortuária, a coroa em grinalda de ramos de cipreste ensanguentados. Até mesmo o contraste entre ser e parecer consegue captar exatamente essa técnica das metáforas e das apoteoses. Ela baseia-se no esquema do emblema, a partir do qual a significação emerge de forma sensível por meio de um artifício sempre renovado e surpreendente. A coroa... significa a grinalda de cipreste. Entre os inúmeros documentos deste furor emblemático – e há muito tempo que se começaram a colecionar exemplos[36] – é insuperável, no seu excesso ostentativo, aquele em que Hallmann faz uma harpa transformar-se no "machado do carrasco... quando o céu político é iluminado pelo

---

[35] Santo Agostinho, *op. cit.*, p. 564 (IX, 20).

[36] Cf. Stachel, *op. cit.*, pp. 336-337

relâmpago"[37]. Pertence ao mesmo contexto a seguinte exposição dos seus *Discursos fúnebres*: "Pois se olharmos para os incontáveis cadáveres com que a peste devastadora, por um lado, e as armas da guerra, por outro, enchem, não apenas a nossa Alemanha, mas também quase toda a Europa, teremos de reconhecer que as nossas rosas foram transformadas em espinhos, os nossos lírios em urtigas, os nossos paraísos em cemitérios, e toda a nossa vida num retrato da morte. Assim sendo, espero que não me interpretem mal por eu ousar abrir neste grande palco da morte o meu próprio cemitério de papel."[38] Também nos coros se encontram tais metamorfoses[39]. Tal como aqueles que caem dão reviravoltas sobre si mesmos na queda, assim também a intenção alegórica cairia de símile para símile na vertigem das suas profundezas abissais, se essa intenção não precisasse, precisamente no mais extremo deles, de se mostrar de tal modo que toda a sua escuridão, a sua soberba e o seu afastamento de Deus se revelem como autoilusão. Querer separar o tesouro de imagens com as quais se dá a reviravolta no sentido do paraíso da redenção daquele outro, sombrio, que significa morte e inferno, seria desconhecer totalmente a essência do alegórico. Pois precisamente nas visões da embriaguez da destruição, em que tudo o que é terreno se desmorona num campo de ruínas, o que se revela não é tanto o ideal da contemplação absorta da alegoria, mas mais os seus limites. A desolada confusão dos ossuários que pode ser lida como esquema das figuras alegóricas em milhares de gravuras e descrições da época, não é apenas símbolo da desolação de toda a existência humana. Aí, a transitoriedade não é significada, alegoricamente representada; é antes, em si mesma significante, apresentada como alegoria. Como alegoria da ressurreição. Por fim, nos monumentos fúnebres do Barroco, a contemplação alegórica opera uma reviravolta redentora, numa espécie de salto mortal para trás. Os sete anos do seu mergulho na reflexão são apenas um dia, pois também esse tempo do inferno é secularizado no espaço, e aquele mundo que se entregou ao profundo espírito de Satanás e se traiu é o mundo de Deus. O alegorista desperta no mundo de Deus. "E quando

---

[37] Hallmann, *Leichreden, op. cit.*, p. 9.

[38] Hallmann, *op. cit.*, p. 3 [do prólogo não paginado].

[39] Cf. Lohenstein, *Agrippina, op. cit.*, p. 74 (IV) e Lohenstein, *Sophonisbe, op. cit.*, p. 75 (IV).

o Altíssimo um dia se dignar / Em cemitérios Sua colheita fazer, / Eu, caveira, um rosto de anjo hei-de ter."[40] Isso abre o selo do que há de mais fragmentário, morto, disperso. Mas com isso a alegoria perde tudo aquilo que era mais próprio dela: o saber secreto e privilegiado, a soberania arbitrária no âmbito das coisas mortas, a pretensa infinitude do vazio de esperança. Tudo isso é pulverizado com aquela reviravolta *única* em que a contemplação alegórica tem de abandonar a última fantasmagoria do objetivo e, inteiramente entregue a si própria, se reencontra, não já jogando no mundo terreno das coisas, mas com a seriedade de quem está sob o céu. É esta a essência da contemplação absorta do melancólico: os seus objetos últimos, nos quais ela julgava apropriar-se com mais segurança do rejeitado, transformam-se em alegorias; o nada em que eles se representam é preenchido e depois negado, do mesmo modo que a intenção, por fim, à vista das ossadas, não se mantém fiel a si mesma, mas se refugia, infiel, na ressurreição.

"Com lágrimas lançamos a semente à terra dos baldios, e saímos tristes."[41] A alegoria sai de mãos vazias. O mal absoluto, que ela cultivava como abismo perene, existe apenas nela, é exclusivamente alegoria, significa algo de diferente daquilo que é. Mais exatamente, o não ser daquilo que representa. Os vícios absolutos, representados por tiranos e intriguistas, são alegorias. Não são reais, e o que eles representam só tem realidade para o olhar subjetivo do melancólico; são esse olhar, que os seus produtos destroem, porque significam apenas a sua cegueira. Remetem para a meditação em absoluto subjetiva, à qual devem a sua existência. Através da sua figura alegórica, o mal absoluto denuncia a sua natureza de fenômeno subjetivo. A subjetividade enormemente antiartística do Barroco converge aqui com a essência teológica do subjetivo. A Bíblia introduz o mal subsumindo-o no conceito do saber. O que a serpente promete aos primeiros homens é "serem cientes do bem e do

---

[40] Lohenstein, *Blumen, op. cit.*, p. 50 ("Hyacinthen") (*Redender Todten-Kopf Herrn Matthäus Machners*).

[41] *Die Fried-erfreute Teutonie*. Ausgefertigt von Sigismundo Bertulio [Teutônia Alegre com a Paz, da Autoria de Sigismundo Bertulio (Sigmund von Birken)]. Nuremberg, 1652, p. 114.

mal"[42]. Mas de Deus se diz, depois da Criação:"E Deus viu que tudo o que fizera era bom."[43] O saber do mal não tem, assim, qualquer objeto. O mal não existe no mundo. Surge no homem apenas com a vontade de saber, ou melhor, de julgar. O saber do bem, enquanto saber, é secundário. Resulta da prática. O saber do mal, enquanto saber, é primário. Resulta da contemplação. O saber do bem e do mal é, assim, o oposto de todo o saber objetivo. Se o relacionarmos com a profundidade do subjetivo, é apenas, no fundo, saber do mal. É "desconversa", no sentido profundo em que Kierkegaard entendeu o termo. Na sua qualidade de triunfo da subjetividade e irrupção de uma dominação arbitrária das coisas, esse saber é a origem de toda a contemplação alegórica. É no próprio pecado original que emerge a unidade de culpa e significação como abstração, diante da árvore do "conhecimento". O alegórico vive em abstrações, e como abstração, como faculdade do próprio espírito da linguagem, o seu elemento é o pecado original. Pois o bem e o mal situam-se, não nomeáveis, como coisas sem nome, no exterior da linguagem do nome com que o homem do paraíso nomeou as coisas, e que abandona quando cai no abismo da especulação. O nome é, para as línguas, apenas o terreno em que se enraízam os elementos concretos. Mas os elementos linguísticos abstratos têm as suas raízes na palavra judicativa, no juízo. E enquanto no tribunal terreno a vacilante subjetividade do juízo se agarra firmemente à realidade através da punição, no tribunal celeste é a ilusão do mal que conquista direito de cidade. Aí, a subjetividade confessa triunfa sobre aquela objetividade enganadora do direito, e submete-se à onipotência divina como "obra da suprema sabedoria e do primeiro amor"[44], como inferno. Não é aparência, mas também não é ser pleno, mas o verdadeiro reflexo, no bem, da subjetividade vazia. No mal absoluto, a subjetividade apropria-se do seu real e vê-o como mero reflexo de si mesma em Deus. Na visão do mundo da alegoria a perspectiva subjetiva está, portanto, totalmente integrada na economia do todo. Assim, as colunas de uma varanda barroca de

---

[42] *Die vierundzwanzig Bücher der Heiligen Schrift.* Nach dem Masoretischen Texte [Os vinte e quatro livros da Sagrada Escritura. Segundo o Texto Massorético]. Ed. de [Leopold] Zunz. Berlim, 1835, p. 3 (I 3, 5).

[43] *Id., ibid.,* p. 2 (I 1, 31).

[44] Cf. Dante Allighieri, *La Divina Commedia.* Edizione minore fatta sul testo dell'edizione critica di Carlo Witte. Edizione seconda. Berlim, 1892, p. 13 (Inferno III, 6).

Bamberg estão, de fato, dispostas do modo como se apresentariam, vistas de baixo, numa construção normal. E o êxtase ardente, sem que dele se perca uma única centelha, salva-se, é secularizado no prosaico, como deve ser: Santa Teresa vê, numa alucinação, a Virgem esparzindo rosas sobre a sua cama, e conta a visão ao seu confessor. "Eu não vejo nenhumas", responde este. "Claro, a Virgem trouxe-as para mim", é a resposta da santa. Neste sentido também a subjetividade manifesta e confessa se torna garantia formal do milagre, porque anuncia a própria ação divina. E "não há mudança nos acontecimentos que o Barroco não conclua com um milagre"[45]. "É a ideia aristotélica do $\theta\alpha\upsilon\mu\alpha\sigma\tau\acute{o}\nu$ [o maravilhoso], a expressão artística do milagre (dos $\sigma\eta\mu\epsilon\hat{\imath}\alpha$ [sinais] bíblicos), que, desde a Contrarreforma e sobretudo desde o Concílio de Trento, domina também a arquitetura e a escultura. É a impressão de forças sobrenaturais que se pretende despertar por meio dos elementos poderosamente projetados e como que apoiados em si mesmos, traduzida e acentuada pelos anjos da decoração, que pairam perigosamente sobre o vazio... E para intensificar essa impressão, lembra-se de forma exagerada a realidade dessas leis no outro extremo, o das regiões inferiores. Que querem então dizer as constantes referências às força de tração e de suporte, os enormes pedestais, as duplas e triplas ordens de colunas e pilastras, os contrafortes de segurança para suportar... uma varanda? Que quer tudo isso significar, senão tornar evidente o milagre pairante em cima por meio das dificuldades de sustentação em baixo? A '*Ponderación misteriosa*', a intervenção de Deus na obra de arte, é aqui dada como possível."[46] A subjetividade, que se precipita como um anjo nas profundezas, é sustentada por alegorias e levada ao céu, para junto de Deus, pela *ponderación misteriosa*. Mas a apoteose transfigurada, como Calderón no-la dá a conhecer, não é possível, com os recursos banais do teatro – os coros, o interlúdio, as cenas mudas. Ela tem necessariamente de se formar a partir de uma constelação do todo dotada de sentido, que a acentua com maior ou menor insistência. O desenvolvimento insuficiente da intriga, que nunca se pode comparar à do autor espanhol, explica a pobreza do drama trágico do Barroco alemão. Só a intriga seria capaz de conduzir a organização da cena àquela totalidade alegórica com a qual, na imagem da apoteose, se destaca algo qualitativamente diferente das imagens do desenvolvimento da ação, assinalando ao mesmo tempo o início

---

[45] Hausenstein, *op. cit.*, p. 17.

[46] Borinski, *Die Antike in Poetik und Kunsttheorie*, vol. I, p. 193.

e o fim do luto. O poderoso esboço desta forma precisa de ser pensado até ao fim, e só sob esta condição é possível discutir a ideia do drama trágico alemão. A ideia do seu plano construtivo evidencia-se de modo mais eloquente a partir das ruínas das grandes construções do que das menores, por mais bem conservadas que estejam, e esta é a razão pela qual o drama trágico alemão exige interpretação. Ele foi concebido, no espírito da alegoria, desde o início como ruína e fragmento. E quando outras resplandecem como no dia primeiro, esta forma fixa no derradeiro a sua imagem do belo.

Sinopse de *Origem do drama trágico alemão*

I. O trabalho ocupa-se da substância artística (*künstlerischer Gehalt*) do drama trágico (*Trauerspiel*) do Barroco alemão.

II. Procura resolver a sua problemática estética em estreita ligação com os documentos histórico-literários daquela forma, ou seja, não através da dedução estética, mas por meio de uma análise científica da obra de arte.

III. Do ponto de vista metodológico procura justificar a estreita articulação entre uma intenção de análise artística dirigida à essência do drama trágico barroco, e do drama trágico em geral, e a matéria literária, com recurso ao conceito de "origem".

IV. Define-se o conceito de origem: embora seja uma categoria em todos os sentidos histórica, a "origem" não tem, no entanto, nada a ver com gênese. O conceito de origem não se refere ao devir de algo que nasce, mas antes a algo que emerge do processo de devir e esgotamento. A origem está no rio do devir e o seu ritmo arrasta para a torrente os materiais da gênese. O que vem de uma origem nunca se dá a conhecer no inventário nu e óbvio do factual, e o seu ritmo abre-se apenas a uma dupla perspectiva. Esta pede, por um lado, para ser reconhecida como restauração, enquanto reconstituição, e por outro lado, nesse contexto, como algo que é imperfeito e inacabado. Daí que surjam, no decurso do trabalho, excursos sobre o drama trágico posterior e sobre tendências medievais aparentadas com o drama barroco. Desta definição lógico-histórica da noção de origem não deve, porém, extrair-se a consequência de que todo o "fato" do passado deva desde logo ser tomado por um momento decisivo para a definição da essência. Pelo contrário, é aí que começa a tarefa do investigador: ele só deve interpretar tais fatos como definitivos desde que eles tragam em si o inconfundível parentesco de essência com momentos anteriores ou posteriores. No mais singular ou complexo dos fenômenos, nas experiências mais inseguras e ingênuas, tanto como nas manifestações de hipermaturidade das épocas tardias, isso poderá ser revelado por uma descoberta. Não é para construir uma unidade a partir dessas manifestações, e muito menos para extrair delas um denominador comum, que a ideia assimila uma série de fatos históricos marcantes. Não existe analogia na relação do singular com a ideia e com o conceito: neste último caso, ele é subsumido no conceito e permanece o que era – singularidade; no outro, cai sob a alçada da ideia e torna-se no que não era – totalidade. É a sua "salvação" platônica.

V. De acordo com isto, a "origem" do drama trágico alemão é a sua ideia, desenvolvida em plenitude concreta. Enquanto ideia, por contraste com o conceito generalizante, o conceito estético de gênero é defendido contra aqueles que o contestam, nomeadamente Croce e Burdach.

VI. A primeira parte do estudo, "Drama trágico e tragédia", culmina numa tábua de oposições categoriais:

Tragédia	*Drama trágico*
Lenda	Crônica
Culpa trágica	Culpa natural
Unidade do herói	Multiplicidade dos sujeitos envolvidos
Imortalidade	Vida fantasmática
Oposição à comédia	Simbiose com o drama cômico

VII. A segunda parte do estudo, "Alegoria e drama trágico", é dedicada à investigação da alegoria. Prova-se que esta corresponde ao esquema estilístico do drama trágico barroco, não tanto do ponto de vista de uma análise histórica, mas antes da sua análise enquanto forma artística.

VIII. A alegoria entende-se em oposição ao símbolo, mas não no sentido do uso linguístico convencional. Ou melhor:"Não é concebível uma oposição mais crassa ao símbolo artístico, à imagem da totalidade orgânica, do que o fragmento amorfo, a forma em que se apresenta a imagem escrita da alegoria. Nela, o Barroco revela-se como o contraponto soberano do Classicismo. E não tanto como seu corretivo, mas como corretivo da própria arte. Aperceber-se da dependência, da imperfeição, da descontinuidade da *phýsis* sensível e bela, era qualquer coisa por natureza vedada ao Classicismo. Ora, é precisamente isso que a alegoria barroca apresenta, com uma importância nunca antes sonhada, sob o manto da sua fantástica pompa."

IX. A obra de arte alegórica traz de certo modo já em si a desagregação crítica, nela se dá o nascimento da crítica no espírito da arte. Com rara nitidez, encontra-se na permanência destas obras no tempo a crítica plenamente desenvolvida. Elas foram desde logo concebidas para servir aquela desagregação crítica que o decorrer do tempo exerceu sobre elas. A crítica filosófica não pode pretender negar que desperta a beleza que há nas obras. Costuma dizer-se que a ciência não é capaz de levar a uma fruição ingênua da arte, tão pouco como os geólogos e botânicos podem despertar-nos para a descoberta de uma bela paisagem. Mas esta afirmação não é muito correta: sem uma apreensão, intuitiva que seja, da vida do pormenor na estrutura, toda a inclinação para o belo não passa de devaneio. Mas a estrutura e o pormenor têm sempre, afinal, uma carga histórica. O objeto da crítica filosófica é o de mostrar que a função da forma artística – e o drama trágico é uma dessas formas – consiste em transformar em conteúdos de verdade filosóficos os conteúdos históricos objetivos que estão na base de toda a obra de arte significativa. Esta transformação dos conteúdos objetivos em conteúdos de verdade torna o enfraquecimento da capacidade de repercussão, manifesto no decréscimo do fascínio original da obra ao longo de decênios, no fundamento de um renascer em que toda a beleza efêmera desaparece completamente e a obra como que se afirma enquanto ruína. Na construção alegórica do drama trágico barroco revelam-se, desde o início, essas formas-escombros da obra de arte salva.

Drama trágico e tragédia

A apreensão mais profunda do trágico deverá provavelmente partir, não apenas, nem tanto, da arte como da história. Mas podemos pelo menos admitir que o trágico não é menos um *limite* do reino da arte do que um domínio da história. Em certos pontos essenciais do seu percurso, o tempo da história torna-se parte integrante de um tempo trágico: precisamente nos atos dos indivíduos de exceção. Existe uma relação essencial entre a grandeza, no sentido da história, e o trágico – uma relação que, naturalmente, não permite identificar as duas coisas. Mas podemos com certeza afirmar o seguinte: a grandeza histórica só pode ganhar forma artística na sua dimensão trágica. O tempo da história é infinito em todas as direções e não preenchido em cada instante. Ou seja, não podemos imaginar nenhum acontecimento empírico isolado que tenha uma relação necessária com a constelação temporal específica em que acontece. O tempo é, para os acontecimentos empíricos, apenas uma forma, mas, o que é mais importante, uma forma não preenchida enquanto tal. O acontecimento não preenche a natureza formal do tempo em que está inserido. Pois não podemos pensar que o tempo é tão somente a medida com a qual se calcula a duração de uma transformação mecânica. Este tempo é uma forma relativamente vazia, e não faz sentido querer pensar as formas do seu preenchimento. Mas o tempo da história é diferente do tempo da mecânica. O tempo da história determina muito mais do que a possibilidade de transformações espaciais de uma certa grandeza e regularidade – concretamente, do andamento dos ponteiros do relógio – durante as transformações espaciais simultâneas de uma estrutura complexa. E, sem determinar ainda que coisa para além disso o tempo histórico afinal determina – sem querer, portanto, definir a sua diferença em relação ao tempo mecânico –, podemos desde já afirmar que a força determinante da forma histórica do tempo não pode ser totalmente apreendida por nenhum acontecimento empírico, nem absorvida completamente por ele. Um tal acontecimento, que seria perfeito no sentido da história, é antes um elemento empiricamente indeterminável, ou seja, uma ideia. A esta ideia do tempo preenchido chama-se na Bíblia – e esta é a sua ideia histórica dominante – o tempo messiânico. Em qualquer caso, a ideia do tempo histórico preenchido não é ao mesmo tempo a ideia de um tempo individual. É esta determinação, que, naturalmente, transforma totalmente o sentido desse preenchimento, que distingue o tempo trágico do messiânico. O tempo trágico está para este último como o tempo individualmente preenchido está para o tempo em que esse preenchimento é da ordem do divino.

O drama trágico e a tragédia distinguem-se quanto ao modo como se posicionam face ao tempo histórico. Na tragédia o herói morre, porque ninguém pode viver no tempo preenchido. Morre de imortalidade. A morte é uma imortalidade irônica: é esta a origem da ironia trágica. A origem da culpa trágica situa-se nessa mesma esfera, e assenta naquele tempo particular que é o tempo, preenchido de forma puramente individual, do herói trágico. Este tempo próprio do herói trágico – que não vamos também definir aqui, como não o fizemos com o tempo histórico – envolve, como que num círculo mágico, todos os seus atos e toda a sua existência. Quando, de forma incompreensível, a intriga trágica subitamente se torna evidente, quando o mais pequeno passo em falso leva à culpa, quando o mais ínfimo descuido, o mais inverossímil acaso acarreta a morte, quando todas as palavras do entendimento e da resolução dos conflitos, aparentemente à disposição de todos, não são ditas, estamos perante aquela típica influência exercida pelo tempo do herói sobre todos os acontecimentos, porque no tempo preenchido todos os acontecimentos são função desse tempo próprio. A evidência desta função parece quase um paradoxo no momento da total passividade do herói, quando o tempo trágico se abre como uma

262 **FILÓ**BENJAMIN

flor de cujo cálice sobe o aroma ácido da ironia. Na verdade, não é raro serem as pausas totais no desenrolar da ação, como que um sono do herói, aqueles momentos em que é preenchido o destino fatídico do seu tempo; e, do mesmo modo, é nos grandes momentos de passividade que emerge o significado do tempo preenchido no destino trágico: na decisão trágica, no momento de retardamento, na catástrofe. A medida trágica de Shakespeare está na grandeza com que ele distingue uns dos outros e delimita os vários estágios do trágico, como repetições de um tema. Pelo contrário, a tragédia antiga mostra um crescimento progressivo das forças trágicas; os Antigos conhecem o destino trágico, Shakespeare o herói trágico, a ação trágica. Por isso Goethe lhe chama, e com razão, romântico*.

A morte da tragédia é uma imortalidade irônica; irônica por determinabilidade excessiva; a morte trágica é sobredeterminada, e esta é a verdadeira expressão da culpa do herói. Hebbel estava provavelmente no caminho certo ao ver na individuação a culpa original; mas tudo depende de qual a norma que a culpa da individuação infringe. A relação entre a história e o trágico pode ser entendida desta forma. Não se trata de uma individuação que possa ser apreendida com referência ao homem. A morte do drama trágico não depende daquela determinabilidade extrema que entrega o tempo individual nas mãos dos acontecimentos. Ela não é um final; sem certezas quanto à vida superior e sem ironia, ela é a $\mu\varepsilon\tau\acute{\alpha}\beta\alpha\sigma\iota\varsigma$ [metábase, passagem] de toda a vida, $\varepsilon\acute{\iota}\varsigma$ $\mathring{\alpha}\lambda\lambda o$ $\gamma\acute{\varepsilon}\nu o\varsigma$ [caminho para um assunto-outro]. O drama trágico é matematicamente comparável a um dos braços da hipérbole, sendo que o outro está no infinito. Aí aplica-se a lei de uma vida superior no espaço limitado de uma existência terrena, e todos jogam até que a morte acaba com o jogo, para continuar com a grande repetição desse mesmo jogo num outro mundo. A lei do drama trágico assenta na repetição. Os seus acontecimentos são esquemas parabólicos, reflexos simbólicos de um outro jogo ou drama. A morte refugia-se nesse jogo. O tempo do drama trágico não está preenchido, e no entanto é finito. É um tempo não individual, sem ter validade histórica universal. O drama trágico é, em todos os sentidos, uma forma intermédia. A universalidade do seu tempo é espectral, não mítica. Tem uma relação íntima com aquela natureza

---

* No ensaio "Mein Wort über das Drama!" (A minha posição sobre o drama!) (N.T.).

simétrica do drama que se espelha no número par dos seus atos. A peça de Schlegel *Alarcos** é o melhor exemplo disto, bem como dos outros aspectos abordados; ela é, aliás, um excelente modelo para a análise do drama trágico. O estatuto das personagens é régio, como tem de ser no drama trágico perfeito, para corresponder ao seu significado simbólico. Esta peça ganha uma certa nobreza pela distância que em tudo separa a imagem do seu reflexo, significante de significado. Assim, o drama trágico não é imagem de uma vida superior, mas apenas uma de duas imagens especulares, e a sua continuação não é menos esquemática do que ele próprio. Os mortos tornam-se espectros. O drama trágico esgota artisticamente a ideia histórica da repetição, e com isto apropria-se de um problema muito diferente do da tragédia. A culpa e a grandeza exigem no drama trágico muito menos precisão – para não falar já de excesso de precisão – , na medida em que pedem antes uma maior expansão, uma cobertura o mais ampla possível, não em função da culpa e da grandeza, mas em função da repetição das situações.

Mas faz parte da essência da repetição no tempo o ela não poder ser fundamento de nenhuma forma fechada. E se continua a ser problemática a relação da tragédia com a arte, ainda que também ela seja mais e menos do que uma forma de arte, em qualquer caso ela é uma forma fechada. O seu caráter temporal esgota-se e ganha forma na própria forma dramática. O drama trágico é, em si, não fechado, e a ideia da sua resolução não está também no âmbito do espaço dramático. E este é o ponto em que – partindo da análise formal – se revela a diferença decisiva entre drama trágico e tragédia. O resto do drama trágico tem por nome música. Tal como a tragédia é caracterizada pela transição entre o tempo histórico e o dramático, talvez o drama trágico se situe na transição entre o tempo dramático e o tempo da música.

---

* A peça de Friedrich Schlegel Alarcos. *Ein Trauerspiel* foi publicada em Berlim em 1802 (N.T.).

O significado da linguagem
no drama trágico e na tragédia

O trágico assenta num conjunto de princípios do discurso falado entre seres humanos. Não existe pantomima trágica. E também não existe nenhum poema trágico, nenhum romance trágico, nenhum acontecimento trágico. O trágico não se limita a existir exclusivamente no âmbito do discurso dramático humano; é mesmo a única forma própria do diálogo humano primordial. Isto significa que o trágico não existe fora do diálogo entre humanos, e que não existe nenhuma forma desse diálogo a não ser a trágica. Sempre que deparamos com uma forma de drama não trágico, aquilo que originalmente foi desencadeado não remete para uma lei própria do discurso humano; o que temos diante de nós é apenas um sentimento ou uma relação num contexto linguístico, num determinado estágio linguístico.

O diálogo nas suas manifestações puras não é triste ("lutuoso": *traurig*) nem cômico, mas trágico. Nesta medida, a tragédia é a forma dramática clássica e pura. O sentimento da tristeza lutuosa (*das Traurige*) não tem a sua incidência maior e a sua expressão mais profunda e própria, nem na palavra dramática, nem na palavra em geral. Não existem apenas peças lutuosas, mais ainda: o drama trágico-lutuoso* não é aquilo

---

* Para traduzir o termo original *Trauerspiel*, uso neste pequeno fragmento, e apenas nele, a expressão "drama trágico-lutuoso", e não "drama trágico", como acontece ao longo de todo o livro do Autor sobre esta forma dramática do Barroco. A exceção legitima-se no caso de um fragmento em que toda a especulação à volta do lugar e

que de mais triste há no mundo, um poema pode ser mais triste, ou uma história, ou uma vida. Pois o luto não é, como o trágico, uma força dominadora, a lei indissolúvel e inexorável de instâncias que são determinadas na tragédia; o luto é um sentimento. Que relação metafísica tem este sentimento com a palavra, com a fala humana? É este o enigma do drama trágico-lutuoso. Que conexão interna na essência do luto provoca a sua passagem do plano do puro sentimento para a ordem estética?

Na tragédia, a palavra e o trágico emergem em simultâneo, sempre no mesmo lugar. Na tragédia, cada fala é tragicamente decisiva. A palavra pura é trágica sem mediação. Paralelamente à primeira pergunta já formulada – como entra o luto, enquanto sentimento, na ordem de linguagem da arte? –, a questão fundamental do drama trágico-lutuoso é a de saber como pode a linguagem absorver em si o luto e ser expressão dele. A palavra que age de acordo com a significação pura que transporta torna-se trágica. A palavra enquanto suporte puro da sua significação é a palavra pura. Mas a seu lado existe uma outra, que se transforma a partir do seu ponto de origem, em direção a outro, o da sua foz. A palavra na transformação é o princípio de linguagem do drama trágico-lustoso. Existe uma vida da palavra que decorre no plano do puro sentimento, e na qual ela se purifica, passando de som da natureza a puro som do sentimento. Para esta palavra, a linguagem é apenas um estágio de transição no ciclo da sua transformação, e é nessa palavra que fala o drama trágico-lutuoso. Nele se descreve o percurso que, do som natural, passando pelo lamento, leva à música. No drama trágico-lutuoso, o som pode ser decomposto como numa sinfonia, e este é também o princípio musical da sua linguagem e o princípio dramático do conflito e da divisão entre as personagens. Ele é natureza que só salta para o fogo do purgatório da linguagem por amor à pureza dos seus sentimentos; a essência do drama trágico-lutuoso

---

do estatuto da linguagem na tragédia e no drama trágico-lutuoso assenta na exaustiva exploração dos termos *Trauer* e *traurig*, em que a componente semântica do "luto" é essencial. Para além disso, o peso de um termo como "drama trágico-lutuoso" não se faz sentir num pequeno fragmento do mesmo modo que ao longo de todo um livro (e já no seu título) em que ele corresponde a uma designação de gênero, para a qual foi necessário encontrar, em português, um termo mais aceitável e menos explicativo, ainda que não tão rigoroso (N.T.).

está já contida naquela sabedoria antiga que diz que toda a natureza começaria a lamentar-se se lhe fosse dado o dom da linguagem. Porque o drama trágico-lutuoso não corresponde a uma travessia esférica do sentimento através do mundo puro das palavras, para desaguar na música e regressar ao luto liberto de um sentimento feliz: pelo contrário, a meio deste caminho a natureza vê-se traída pela linguagem e aquele enorme constrangimento do sentimento torna-se luto. Assim, com o duplo sentido da palavra, com a sua *significação*, a natureza fica paralisada, e enquanto a criação ansiava por se derramar em pureza, o homem era o portador da sua coroa. É esta a significação do rei no drama trágico-lutuoso, é este o sentido dos dramas de pompa e circunstância. Eles representam o constrangimento da natureza, como que um gigantesco avolumar do sentimento, no qual, e na palavra, subitamente se abre um mundo novo, o mundo da significação, do tempo histórico sem sentimento, e o rei volta a ser também homem – um fim da natureza – e também rei – suporte e símbolo da significação. A história identifica-se com a significação na linguagem humana, esta linguagem petrifica-se na significação, o trágico ameaça e o homem, a coroa da criação, é restituído apenas ao sentimento ao tornar-se rei: símbolo enquanto suporte dessa coroa. E a natureza do drama trágico-lutuoso permanece um torso neste símbolo sublime, o luto enche o mundo sensível em que natureza e linguagem se encontram.

No drama trágico-lutuoso interpenetram-se os dois princípios metafísicos da repetição, e apresentam a sua ordem metafísica: a ciclicidade e a repetição, o círculo e o número dois. O círculo do sentimento fecha-se na música, e a dualidade da palavra e da sua significação destrói a tranquilidade da nostalgia profunda e espalha o luto sobre a natureza. O antagonismo entre som e significação é, no drama trágico-lutuoso, algo de espectral e aterrador, a sua natureza, obcecada pela linguagem, transforma-se na presa de um sentimento sem limites, como Polônio, apanhado pela loucura no meio das suas reflexões[*]. Mas o drama tem de encontrar a libertação, e para o drama trágico-lutuoso o mistério da salvação é a música, o renascimento dos sentimentos numa natureza suprassensível.

---

[*] Cf. Shakespeare, *Hamlet*, II, ii (N.T.).

É a necessidade desta salvação que dá a esta forma artística o seu lado lúdico. De fato, comparada com a irreversibilidade do trágico, que corresponde a uma realidade última da linguagem e da sua ordem, toda a criação cujo princípio anímico é o sentimento (do luto) tem de ser vista como um jogo. O drama trágico-lutuoso não tem como fundamento a linguagem real, mas a consciência da unidade da linguagem através do sentimento que se gera na palavra. Em pleno desenvolvimento desse processo, o sentimento confuso ergue o lamento do luto. Mas este tem de se dissolver; e, com base precisamente na referida unidade, ele transforma-se na linguagem do puro sentimento, em música. O luto invoca-se a si mesmo no drama trágico-lutuoso, mas também se liberta a si mesmo. Esta tensão e esta libertação do sentimento no seu próprio espaço é precisamente um jogo. Nele, o luto é apenas uma nota na escala dos sentimentos; por isso não existe, por assim dizer, drama trágico-lutuoso puro, uma vez que os diversos sentimentos do cômico, do terrível, do espectral e muitos outros se substituem numa roda sem fim. O estilo, no sentido da unidade imposta aos sentimentos, está reservado à tragédia. O mundo do drama trágico-lutuoso é um mundo particular, que afirma a grandeza e a igualdade do seu valor frente à tragédia. Ele é o lugar onde verdadeiramente a palavra e o discurso são recebidos na arte; aí, ainda se equilibram em pratos iguais as potencialidades da linguagem e do ouvido, por fim tudo depende mesmo do ouvido que escuta o lamento, pois só o lamento profundamente recebido e ouvido se transforma em música. Enquanto na tragédia se levanta a eterna fixidez da palavra falada, o drama trágico-lutuoso recolhe a ressonância infinita do seu som.

Comentário

NOTA

Este comentário segue o da edição original alemã mais completa das Obras de Benjamin (*Gesammelte Schriften*, da responsabilidade de Rolf Tiedemann e Hermann Schweppenhäuser), uma vez que este volume ainda não saiu na nova edição crítica (*Werke und Nachlaß. Kritische Gesamtausgabe,* Suhrkamp Verlag, 2008 segs.). Adaptei os comentários ao destinatário de língua portuguesa e atualizei lacunas. As passagens em itálico provêm todas de textos e cartas de Benjamin.

As citações das cartas no aparato crítico da edição alemã de Walter Benjamin referem ainda a edição em dois volumes, organizada por G. Scholem e Adorno (W. Benjamin, *Briefe* [Cartas]. Herausgegeben und mit Anmerkungen versehen von Gershom Scholem und Theodor W. Adorno. Frankfurt / Main, Suhrkamp Verlag, 1966). Foi, entretanto, editada a correspondência completa de Benjamin (*Gesammelte Briefe* in sechs Bänden [Correspondência Completa, em seis volumes], organ. de Christoph Gödde e Henri Lonitz (Arquivo Theodor W. Adorno). Frankfurt / Main, Suhrkamp Verlag, 1995-2000). Uma vez que é esta hoje a edição de referência para as Cartas de Benjamin, todas as citações no Comentário desta edição remeterão para ela, indicando, no entanto, também a fonte na primeira edição das Cartas. Para isso, usar-se-ão as siglas Br. (= *Briefe*, para a edição de Scholem / Adorno, em dois volumes) e GB (= *Gesammelte Briefe*, para a edição completa), seguidas do número de página e, no caso desta última edição, também o do volume. Sempre que apareça apenas a referência a GB, isso significa que a carta em questão não figura na edição de Scholem / Adorno. As referências à edição original das Obras (*Gesammelte Schriften*) utilizam a sigla GS, seguida do volume e do número de página.

Curriculum vitae, Dr. Walter Benjamin
(pp. 7-10)

Benjamin redigiu este currículo em finais de Julho em Lourdes, a pedido de Adorno, que lhe tinha escrito [em inglês, N.T.] em meados do mês, dando conta das diligências feitas pelo Instituto de Investigação Social com vista à sua imigração para os Estados Unidos: "Estamos a fazer todos os possíveis para apressar a sua imigração para este país. [...] Seria muito importante para nós dispor de um currículo seu, juntamente com uma lista das suas publicações. Envie-nos ambas as coisas o mais depressa possível." (*apud* Rolf Tiedemann, Christoph Gödde e Henri Lonitz, *Walter Benjamin 1892-1940* [Uma exposição do Arquivo Theodor W. Adorno de Frankfurt / M. em colaboração com o Arquivo de Literatura Alemã de Marbach a.N.], 2ª ed., Marbach, 1990, p. 306). Benjamin respondeu a Adorno em 2 de Agosto de 1940: *Vou enviar-lhe, via Genebra – por onde estas linhas serão também encaminhadas – o meu curriculum vitae. Incluí a bibliografia no próprio currículo, por não dispor aqui de elementos que me permitam fazer uma lista mais completa* (Br., 862; GB VI, 476).

Origem do drama trágico alemão
(pp. 11-253)

Planos acadêmicos, trabalhos preparatórios e redação

A obra de Benjamin *Origem do drama trágico alemão* – não apenas a mais extensa, mas também "a sua obra teórica mais elaborada"

(Theodor W. Adorno), e certamente a de maior peso entre os seus trabalhos concluídos – nasceu como obra de circunstância: o autor escreveu o livro em 1924 e 1925 com vista à sua apresentação como dissertação de pós-doutoramento (*Habilitation*) em Estudos Germanísticos à Universidade de Frankfurt / Main. Mas os planos para este trabalho são muito mais antigos, e destinavam-se originalmente a uma tese em Filosofia. Já em 1919, poucos meses depois de ter defendido a sua primeira dissertação (*Promotion*) em Berna (*O conceito de crítica de arte no Romantismo alemão*), Benjamin estava decidido a encetar *os meus estudos para uma tese de pós-doutoramento* [Habilitation] *o mais brevemente possível* (Br., 221; GB, II, 52). O seu orientador, o filósofo e professor da Universidade de Berna Richard Herbertz, sugerira-lhe o trabalho na nova dissertação, e Benjamin sentiu-se obrigado, *depois da conversa com Herbertz, a pensar imediatamente num tema para a tese, coisa em que não tinha pensado em tão curto espaço de tempo* (Br., 223; GB, II, 55).

Dificuldades econômicas parecem ser, a princípio, o motivo que impede o trabalho numa dissertação na Suíça, como sugere uma carta de 5 de dezembro de 1919 a Ernst Schoen: *Em Berna, contra todas as minhas expectativas mais ousadas, oferecem-me a possibilidade de continuar, com o trabalho numa* Habilitation. *Uma situação que não posso aceitar se não encontrarmos um emprego condigno e convenientemente remunerado para a minha mulher, que nos permita continuar a viver na Suíça. O melhor seria um lugar na embaixada. Será que sabe de alguma coisa que nos possa servir? De qualquer modo, tenciono voltar à Suíça no fim do Inverno, se possível com a minha mulher, para falar com o professor sobre a dissertação e respectivo tema, ainda em aberto.* (Br., 227; GB, II, 63) Em Fevereiro de 1920 lemos, numa carta a Gershom Scholem, num tom ainda bastante decidido: *Tentarei de todos os modos possíveis obter a* venia legendi *em Berna, para depois, quando já não me interessar continuar aí, tentar a transferência para uma universidade alemã* (Br., 236; GB, II, 77); em Maio do mesmo ano, *as perspectivas de uma atividade docente em Berna estão completamente fora de causa [...] Quando muito, só o lado formal, a obtenção do grau* (Br., 240-241; GB, II, 89). Sobre o assunto da dissertação nessa época planejada, Benjamin informa Scholem a partir de Breitenstein: *Desta [da dissertação], a única coisa que existe é a intenção de tratar um tema, concretamente uma investigação no âmbito muito lato da problemática da relação palavra-conceito (linguagem e logos), de que me vou ocupar. Por enquanto, e dadas as enormes dificuldades do tema, procuro apenas bibliografia, que provavelmente só encontrarei no âmbito da escolástica ou de obras sobre a escolástica. E, pelo menos no que à primeira diz respeito, o latim vai ser um osso duro de roer. Agradeço-lhe desde já muitíssimo todas as indicações bibliográficas que me possa dar com base nestas informações. As condições de trabalho na biblioteca de Viena são tão más que, por um lado, quase não posso requisitar livros, e por outro encontro pouquíssimos no catálogo. Já refletiu um pouco nesta direção? Se nos pudéssemos corresponder e discutir o problema, isso seria para mim uma incrível ajuda. Talvez concorde comigo em que, sob os muitos abismos desta problemática, há que procurar um fundo que é o da lógica* (Br., 230; GB II, 68). Scholem indicou a Benjamin o trabalho de Martin Heidegger, publicado em 1916, sobre *A Doutrina das Categorias e da Semântica de Duns Escoto* (ver Br., 235; GB II, 76), originalmente também uma dissertação em Filosofia. Benjamin rejeitou vigorosamente a interpretação, por Heidegger, de Tomás de Erfurt: *Li o livro de Heidegger sobre Duns Escoto. É incrível que alguém possa ter obtido o grau com um trabalho destes, que não exige mais nada a não ser esforço e domínio do latim escolástico, e que, apesar de todo o aparato filosófico, no fundo é apenas um bom trabalho de tradução. E o seguidismo ignóbil do autor em relação a Rickert e Husserl não torna a leitura do trabalho mais agradável. Do ponto de vista filosófico, a filosofia da linguagem de Duns Escoto ficou por tratar neste livro, e por isso o trabalho a fazer não é pequeno* (Br., 246; GB, II, 108). Apesar de tudo, o trabalho de Heidegger parece ter influenciado de forma sub-reptícia os planos de Benjamin. Em 1921, este escrevia: *Quanto ao meu novo trabalho, tenho, por assim dizer, de me pôr pacientemente à espera. Há um certo número de ideias fundamentais que estão definidas; mas cada pensamento que se move na sua órbita desce mais fundo, de modo que a princípio não descortino tudo. Para além disso, depois da investigação que já fiz, tenho alguns cuidados e reservas quanto à justeza de seguir as analogias escolásticas como fio condutor, em vez de um outro caminho, uma vez que o livro de Heidegger, afinal, parece abordar o que de essencial há na escolástica para a questão que me interessa (mas de forma nada esclarecedora), e a referência a ele é talvez suficiente para sugerir o problema. Assim sendo, acho que vou voltar-me antes para os filósofos da linguagem.* (Br, 252, GB II, 127). Como a inflação na Alemanha obriga também Benjamin a renunciar definitivamente à permanência na Suíça, este primeiro plano para uma *Habilitation* não passou de alguns estudos preliminares. Alguns motivos desta problemática mais antiga são, no entanto, retomados no "Prólogo epistemológico-crítico" a *Origem do drama trágico alemão*. É o caso, por exemplo, dos esquemas sobre o símbolo e de um fragmento sobre a filosofia da linguagem de Duns Escoto, com matéria que irá ser desenvolvida no segundo projeto de *Habilitation*, sobre o drama do Barroco, e que a seguir se reproduzem:

1. Esquemas para a *Habilitation*

1) Conceito   1) Símbolo
2) Essência   2) Significação
3) Palavra   3) Sinal (selo)
[4] Nome   4) <u>Representação</u>
5) <u>Sinal</u>]

Como se comporta a obra de arte em relação a estes (por ex. Klee)?

Postulados sobre o Simbolismo

1) Nenhum objeto, enquanto tal, corresponde a Deus

2) Nenhum objeto e nenhum símbolo chega a Deus

3) Determinados objetos só são preenchidos numa intenção objetiva subordinada, e nessa altura apontam *para Deus.*

Estes são objetos da ordem mais elevada.

4) O objeto do símbolo é imaginário. Um símbolo não significa nada, mas é, de acordo com a sua essência, a unidade dos sinais e da intenção que completa o seu objeto. Esta unidade é objetivamente intencional, o seu objeto imaginário.

5) Não se pode perguntar o que significa um símbolo, mas tão somente como, em que domínio de qual intenção objetiva e de que sinais ele surgiu.

6) Existe uma grande diversidade de intenções objetivas (memória – recordação, fidelidade (na representação) – reprodução, filosofia – verdade, penitência – purificação etc.)

recordação
= *Última Ceia*

Sobre o ponto 4)
Equívocos quanto ao conceito de símbolo

Terminologia correta

Chama-se símbolo

1) à totalidade (por exemplo, a cruz de Cristo)

2) à parte sensível dessa totalidade (por exemplo, a cruz) Ora, o momento propriamente *objetal de 1) coincide* com 2).

Por isso temos de dizer que o símbolo (enquanto 2) é idêntico a si mesmo (1) sob a forma daquilo que é significado (ou seja: a cruz é a cruz de Cristo. Ou, em Lutero: o pão é o corpo de Cristo). Dizer "significa" em vez de "é" seria ainda mais errado. O que é a totalidade: excetuando a identidade, nada mais se pode dizer sobre ela. A natureza imaginária do objeto mostra-se no esgotamento do juízo predicativo. Por isso, em última análise o sentido do grego συμβάλλειν *não é importante, porque só se aplica à objetualidade propriamente dita do símbolo.*

1) Símbolo:
a Cruz de Cristo
2) Simbolizante:
uma cruz
3) Simbolizado: um objeto imaginário

_____*Símbolo*
_____*Percepção*
_____Conhecimento

(Fonte: Fragmento 10, GS VI, 21-22)

2.

Se, segundo a teoria de Duns Escoto, as alusões a determinados modi essendi *se fundamentam na medida do que essas alusões significam, então surge naturalmente a questão de saber como é possível derivar daquilo que é significado um princípio mais universal e mais formal do que o do seu* modus essendi, *que é o do significante, para que isso possa ser o fundamento desse significante. E também como será possível abstrair da correlação plena entre significante e significado no que diz respeito a esta questão da fundamentação: o significante aponta para o significado e, ao mesmo tempo, assenta sobre ele. Este problema poderá ser resolvido se atentarmos no domínio da linguagem. Se o elemento linguístico for deduzido e alcançado a partir do significado, poderemos designá-lo como o seu* modus essendi *e, assim, como fundamento do significante. O domínio linguístico, enquanto* medium *crítico, ocupa o espaço entre o domínio do significante e o do significado. Podemos, assim, dizer que o significante aponta para o significado e ao mesmo tempo assenta sobre este, no que se refere à sua determinabilidade material; mas isto não acontece sem limites, é válido apenas em relação ao* modus essendi *determinado pela linguagem.*

(Fonte: Fragmento 11, GS VI, 22-23)

Na correspondência de Benjamin só se volta a mencionar o projeto de dissertação em 14 de Outubro de 1922, ponderando pela primeira vez a possibilidade de mudar da área da Filosofia para a da Germanística: *No meio de tudo isto, penso cada vez mais a sério nas eventuais garantias que a escrita de uma dissertação me pode oferecer. De fato, quanto mais obstinados se mostram os meus pais, mais eu tenho de pensar em dar provas de reconhecimento público que os convençam. Embora Heidelberg já não seja de momento uma primeira opção, quero ir lá em princípio de Novembro para ter algumas certezas. [...] Se – como tudo parece indicar – houver melhores perspectivas fora do âmbito estrito da filosofia, vou considerar a possibilidade de escrever uma dissertação sobre um tema de literatura alemã moderna* (Br., 293-294; GB II, 279). Nesta época, Benjamin tinha de viver com a família na casa do pai em Berlim. Os conflitos com o pai, que parece ter concedido muito contra vontade, se não mesmo recusado ao filho o apoio financeiro de que este estava dependente, dificultavam a vida em comum, uma razão forte para Benjamin, em grande medida por motivos de ordem material, aspirar a um lugar na universidade. Durante algum tempo, viu ainda uma possibilidade de se tornar até certo ponto economicamente independente *através da compra e venda de livros, comprando-os na parte norte da cidade para os vender na zona ocidental* (carta de 2 de Outubro de 1922 a Florens Christian Rang); mas essas tentativas de subsistência com o comércio de livros antigos não impediram o prosseguimento dos planos da dissertação. Benjamin pensou em primeiro lugar na Universidade de Heidelberg, antes de começar a ganhar forma a hipótese de Frankfurt. Numa carta não datada, provavelmente de Novembro de 1922, ao amigo Florens Christian Rang, lê-se: *Parece-me também possível, mais tarde, quando tiver alguma prática e mais ajudas, conciliar estas coisas [a atividade de alfarrabista] com a preparação da dissertação. Se os planos para a remuneração da livre-docência [Privatdozentur] forem por diante, interessa--me também, por razões de ordem material, tentar essa livre-docência. Mas por enquanto não posso concentrar-me exclusivamente neste trabalho, porque considero meu dever, antes de todos os outros, concluir aquela introdução ao espólio [de Fritz Heinle]. Vou dedicar-me a ela em Heidelberg. Quanto ao teu amável empenho em Gießen, que te agradeço do coração, não gostaria de levar já em conta essa hipótese, porque há outra possibilidade, para além de Heidelberg, em que tenho de pensar, e não quero ser leviano fazendo tentativas aqui e ali; estas incursões, aliás, oferecem algumas dificuldades enquanto eu não puder apresentar a dissertação* (carta não datada – Novembro de 1922 – a Rang). Em Dezembro de 1922, Benjamin estava em Heidelberg, e no dia 30 desse mês comunicava a Scholem o resultado dessa viagem: *Soube ainda em Heidelberg mais algumas coisas que me levam a não ter grandes esperanças de fazer aí a Habilitation. [Emil] Lederer não voltou a contatar-me depois da primeira visita que lhe fiz no departamento. Certamente apenas porque, por falta de tempo, não pôde fazer nada por mim. Os casos são tantos que o homem anda desnorteado. [...] As perspectivas de aceitação de mais uma dissertação apresentam-se difíceis, também pelo fato de um judeu, de nome [Karl] Mannheim, ter em curso uma Habilitation orientada por Alfred Weber* (Br., 295; GB II, 299). Sobre Frankfurt, onde tinha parado na viagem de regresso (ver carta de 24 de Dezembro de 1922, a Rang), Benjamin escreve a Scholem: *De mim não há, de fato, nada de bom a referir. Os meus esforços em Frankfurt também não me dão muitas esperanças, a avaliar pelo silêncio impenetrável que me chega destas regiões. Não sei se te escrevi antes que o Dr. [Gottfried] Salomon fez chegar às mãos do Prof. Schultz, sob auspícios aparentemente favoráveis, a minha tese* [Origem do drama trágico alemão] *e o livro sobre* As afinidades eletivas. *[…] Acho que sempre vou escrever a minha dissertação e, se novas tentativas não derem resultado, um dia deixo de me preocupar com a escrita para jornais e a universidade, para aprender hebraico, onde quer que me encontre; e alguma coisa hei-de encontrar finalmente.* (Br., 297; GB II, 311). Mas no início de Março de 1923 Benjamin volta a Frankfurt, e desta vez parece ter acertado alguma coisa com Franz Schultz, o catedrático de Germanística na universidade local. Depois de Frankfurt, Benjamin visitou Rang em Braunfels e, de regresso a Berlim, escreveu-lhe em 23 de Março: *Já que estamos a falar de coisas científicas, confesso-te que na última noite em Braunfels, e depois de ter mencionado de passagem a possibilidade de te pedir emprestado os* Götternamen *[Os nomes dos deuses] de Usener, acabei por trazer o livro, que tenho comigo. De resto, ainda não consegui voltar a ocupar-me do novo trabalho, já que de momento o negócio dos livros me toma o tempo todo. Mas, logo que tenha pronto o catálogo das minhas aquisições, começo a ler a bibliografia necessária* (23 de Março de 1923, a Rang). Sabemos então que não só existe a intenção de escrever um "novo trabalho", que só poderia ter um tema aceite por Schultz para a *Habilitation,* como também a ligação desse trabalho com o livro de Hermann Usener nos parece indicar que se trata de *Origem do drama trágico alemão,* onde aquele livro é várias vezes citado.

Benjamin passou o semestre de Verão de 1923 em Frankfurt, *naturalmente solicitado por questões ligadas à universidade* (22 de Julho de 1923, a Rang). Em 10 de Maio escrevia a Rang: *Estou aqui desde segunda-feira. Encontrei alojamento provisório em casa do meu tio-avô, o Professor [de matemática Arthur] Schönfließ. Não posso ainda prever o desenvolvimento das coisas; não parece que haja razões para desesperar, mas por outro lado não tenho ainda qualquer garantia de que resultem bem. Devia estar a trabalhar muito, mas tenho de me instalar e a nova situação não me deixou ainda tempo para isso. Levar vida de estudante numa cidade cara como Frankfurt não é brincadeira hoje em dia. Tenho sorte em ter já concluído os estudos propriamente ditos. […] O tempo aqui hoje está de gelar — quase não se consegue escrever. Sinto-me bastante só nesta cidade, uma situação que só podemos desejar quando já estamos mergulhados no trabalho* (GB II, 334-335). Aparentemente, Benjamin completava os estudos já feitos, o que pode ter sido mesmo uma exigência para poder apresentar a *Habilitation;* de qualquer modo, procurava corresponder ao que lhe pedia a nova situação em Frankfurt. Adorno, que o conheceu nessa época, lembra: "Vi-o […] num seminário, um seminário de sociologia orientado por Gottfried Salomon-Delatour, que faleceu há pouco tempo. Debatia-se o livro de Ernst Troeltsch sobre o historicismo, acabado de sair. Estavam inscritos nesse seminário uma série de indivíduos cujos nomes mais tarde caíram nas bocas do mundo, por exemplo Kurt Hirschfeld, que viria a ser diretor artístico do teatro de Zurique. Benjamin tinha chegado a Frankfurt, e aí viveu por algum tempo, com a intenção de fazer a *Habilitation*, no que foi fortemente apoiado por Salomon." (Th. W. Adorno, *in: Über Walter Benjamin* [Sobre Walter Benjamin]. Frankfurt, Suhrkamp, 1968, p. 9). Nada se sabe das relações de Benjamin com Schultz, que não devem ter sido muito estreitas.

Em Agosto de 1923, Benjamin regressou a Berlim para escrever o livro sobre o drama trágico. O rascunho não datado de uma carta a Franz Schultz deverá ter sido redigido por esta época: *Excelentíssimo Senhor Professor! Na suposição de que se encontrará de novo em Frankfurt, não quero deixar de lembrar-lhe a minha pessoa e de lhe apresentar os meus respeitosos cumprimentos. Encontro-me neste momento a trabalhar na investigação por V. Exa. vivamente recomendada, sobre a forma do drama trágico, particularmente no teatro da segunda escola da Silésia. Até ver, o trabalho obriga-me a permanecer em Berlim, já que preciso de frequentar a Biblioteca Estadual para ter acesso a textos em parte raros* (Arquivo Benjamin, manuscrito nº 1961). Mais elucidativa do andamento do trabalho no livro sobre o drama trágico é uma carta a Rang, de finais de Setembro de 1923: *No que me diz respeito, a tarefa de fazer valer a minha vontade em Frankfurt não está a ser fácil. Trata-se de forçar a aceitação de um trabalho cuja matéria é refratária, e com uma estrutura conceptual sutil. Ainda não sei se resultará. Mas estou disposto a escrever um texto, ou seja, prefiro ser escorraçado vergonhosamente do que recuar neste meu projeto. Também não perdi a esperança de que, na evidente decadência da universidade, se fecharão os olhos a certas coisas para ganhar um docente que, de um certo ponto de vista, será bem-vindo. Mas, por outro lado, os sintomas de decadência podem também ser um entrave. De uma coisa tenho a certeza: esta tentativa decidida de lançar, a partir da Alemanha, uma ponte para o meu futuro será a última; se falhar, terei de nadar para me salvar, isto é, arranjar maneira de sobreviver no estrangeiro, pois nem Dora nem eu podemos suportar por muito tempo este esboroamento de forças e bens vitais* (Br., 301-302; GB II, 351-352). Pouco depois, em 7 de Outubro desse ano, Benjamin voltava a escrever a Rang: *Penso voltar a Frankfurt apenas quando a dissertação estiver bem consolidada, rigorosamente segundo o plano que tracei. Em caso algum antes de Dezembro* (Br., 304; GB II, 356). A mesma carta contém ainda o esboço mais antigo, até agora conhecido, da temática do livro sobre o drama trágico, que nela é já perfeitamente reconhecível: *A necessidade de insistir neste trabalho obriga-me frequentemente a suspender a investigação, para ponderar qual o ponto de vista a partir do qual tudo seria abarcável de forma clara e concisa. Mas isso não é fácil quando se trata de um tema tão esquivo. No geral, parece-me que se impõe de novo o velho tema "drama trágico e tragédia": o desenvolvimento do confronto entre as duas formas, fechando com a dedução da forma do drama trágico a partir da teoria da alegoria. Os exemplos terei de ir buscá-los na sua maioria às obras da segunda escola da Silésia, em parte porque me servem melhor, em parte para evitar a dispersão* (Br., 304, GB II, 355; voltaremos mais adiante à questão do *velho tema*).

Benjamin continuou ainda a trabalhar no livro durante mais de vinte meses, até fim de Março ou princípio de Abril de 1925. A primeira fase levou-o à Biblioteca Estadual de Berlim, para ler e transcrever os textos do Barroco alemão, e prolongou-se até Março de 1924. Na correspondência deste período encontram-se muitas vezes reflexões a propósito das crescentes dificuldades econômicas que acompanharam o trabalho. Em finais de Outubro de 1923 escrevia a Rang: *Eu próprio ando completamente ocupado com este meu trabalho — melhor, com as leituras pertinentes. Não tenho dúvidas de que não abrandarei o ritmo e de que, de uma maneira ou de outra, levarei a tarefa até ao fim. No entanto, vejo diante de mim, implacável e inadiável, o lado problemático de uma ocupação científica sob formas e condições de vida tão degradadas, que já ocupa permanentemente os meus pensamentos* (Br., 306; GB II, 361). Em Novembro surgiu pela primeira vez a possibilidade de concluir o trabalho no estrangeiro: *Não vejo — nem mesmo com a dissertação pronta — possibilidades de me dedicar às minhas tarefas de forma minimamente exclusiva. [...] Talvez tenha de sair daqui dentro de poucas semanas, para a Suíça ou a Itália. Depois de feitas todas as transcrições, posso trabalhar melhor aí, e viver com menos dinheiro. Mas isto, naturalmente, não é solução* (Br., 311; GB II, 370). E oito dias depois escreve: *A nossa situação financeira é deplorável, e possivelmente dentro de um ano, talvez menos, estaremos de novo sem nada. Se os meus planos acadêmicos não se concretizarem em breve, terei de me dedicar a um negócio, provavelmente em Viena* (Br., 316-317; GB II, 378). No princípio de Dezembro de

1923 parecia desenhar-se a perspectiva de uma conclusão, pelo menos dos trabalhos preliminares do livro: *O estudo dos textos, que fiz com grande intensidade e em grande extensão, deve estar terminado pelo Natal. Depois começo a escrever. Não posso dizer ainda se ficarei satisfeito com o trabalho. Mas servirá, provavelmente, a finalidade a que se destina* (Br., 319; GB II, 387). Em Janeiro de 1924 tornara-se evidente que a esperança de concluir tão depressa os trabalhos preliminares – leitura e transcrição de excertos – fora prematura: *Por um lado, sinto a pressão do trabalho que tem de avançar; mas, como até agora ele me pressiona mais do que me fascina, deu-se certo retrocesso, devido a alguma dispersão. Mas agora que me decidi a responder de novo ao apelo dessa tarefa, não posso fazer mais pausas antes de a concluir. Aquilo que se foi acumulando ao longo de meses de leitura e de um cismar sempre renovado, está aí agora, não tanto como um montão de blocos de construção, mas mais como um molho de lenha miúda que tenho de atear, com maior dificuldade e a partir de um lugar-outro, com a centelha da primeira inspiração que me veio. O trabalho de redação exigirá, assim, se resultar, muito esforço. A minha base de trabalho é estranhamente – mesmo inquietantemente – estreita: o conhecimento de alguns dramas, poucos, nem de longe todos aqueles que seriam pertinentes. Uma leitura exaustiva das obras no período de tempo mínimo de que disponho provocaria sem dúvida em mim um dégout [sic] insuperável. Ao pensar na relação entre a obra e a sua primeira inspiração, e considerando todas as circunstâncias atuais do trabalho, tenho de chegar à conclusão de que toda a obra acabada é a máscara mortuária da sua intuição* (Br., 326–327, GB II, 406).

Em 5 de Março de 1924, Benjamin relata a Scholem, que no ano anterior tinha emigrado para a Palestina, o estado das coisas: *Também desta vez posso resumir em breves palavras os poucos acontecimentos deste trimestre. Começo pelos negativos: ainda não comecei o meu trabalho para Frankfurt, apesar de o ter preparado com todos os cuidados antes de iniciar a redação. Não consigo aqui dar o salto para a escrita propriamente dita, e estou a pensar em escrevê-lo, no essencial, fora da Alemanha. No princípio de Abril, aconteça o que acontecer, saio daqui para, se a inspiração me ajudar, dar conta de tudo, do princípio ao fim e rapidamente, levando uma vida mais tranquila numa atmosfera mais aberta e livre. Isso será possível, e mesmo estimulado, pela acribia excêntrica com que preparei o trabalho (disponho de cerca de 600 citações, aliás muito bem ordenadas e facilmente localizáveis). O ritmo da sua gênese e um relativo isolamento em relação aos meus escritos anteriores acabarão por conferir-lhe o caráter de uma fuga ousada, que me trará impreterivelmente a* venia legendi. *Com o progressivo agravamento da minha situação financeira, este trabalho é a minha última esperança, na medida em que acredito que, uma vez alcançada a livre-docência, poderei pedir um empréstimo. Mas a minha situação depende, também noutras coisas, da questão de Frankfurt. O que ainda não sei é como, nesta situação, irei financiar uma estada no estrangeiro; mas, em último caso, estou decidido a sacrificar uma parte da minha biblioteca* (Br., 339-320; GB II, 432-433). Mas esta mesma carta a Scholem mostra também o estado de adiantamento da preparação da "escrita propriamente dita" por esta época. Benjamin expõe a Scholem um esquema do livro sobre o drama trágico que, embora devendo sofrer ainda bastantes alterações, deixava já transparecer a construção definitiva do trabalho: *No estado atual do meu trabalho não posso ainda corresponder, com informação por carta, ao teu interesse pelos progressos feitos. O que posso fazer é dar-te uma ideia do esquema. A introdução e a conclusão (de certo modo como balizas ornamentais) incluirão considerações de método sobre os estudos literários, com as quais pretendo apresentar, na medida do possível, a minha acepção da filologia, de inspiração romântica. Seguem-se os três capítulos: sobre a história, tal como é refletida no drama trágico; sobre o conceito oculto da melancolia nos séculos XVI e XVII; sobre a essência da alegoria e das formas artísticas alegóricas. Mesmo que resulte muito bem, o trabalho evidenciará as marcas do seu processo de gestação, não isento de pressões e de limitações de tempo. Não posso ainda prever a sua extensão, mas espero poder mantê-lo adentro de limites razoáveis. O último capítulo entra de forma decidida pelos terrenos da filosofia da linguagem, na medida em que trata da relação entre a imagem gráfica da escrita e a substância do sentido. A finalidade deste trabalho, bem como o ritmo da sua gênese, não me permitem, naturalmente, um desenvolvimento mais autônomo do meu pensamento sobre estas questões, que exigiria anos de reflexão e estudo. Mas tenciono apresentar as teorias históricas sobre a matéria, numa disposição que me permita preparar e sugerir as minhas próprias ideias. Neste contexto, é espantoso o que escreve Johann Wilhelm Ritter, o romântico, em cujos* Fragmentos de um Jovem Físico *encontras, no apêndice, reflexões sobre a linguagem que vão no sentido de afirmar que a letra é um elemento tão natural ou portador de revelação (ambas as coisas por oposição a: elemento convencional) como a palavra sempre o foi para os místicos da linguagem; e a sua dedução não parte da natureza imagética, hieroglífica da escrita, no sentido corrente, mas do princípio de que a imagem da palavra é imagem sonora, e não das coisas designadas, sem mediação. O livro de Ritter é ainda único pela sua introdução, que me revelou finalmente o que é o esoterismo romântico. Comparado com isto, Novalis não passa de um pregador popular* (Br., 342-343; GB II, 436-437).

Terminados os trabalhos preparatórios, Benjamin deixou a Alemanha, e nos primeiros dias de Maio de 1924 encontrava-se em Capri: *Com toda a probabilidade, procurarei alargar a minha estada para além do tempo previsto inicialmente. Estou a preparar-me para começar a escrever o meu trabalho aqui* (Br., 345; GB II, 449). As cartas a Scholem dão conta do começo e da progressão da redação. Assim, por exemplo, em 13 de Junho: *Tenho tanto que fazer que nem devia ocupar o tempo a escrever cartas. Se eu pudesse fazer tudo o que há a fazer! O trabalho na dissertação é duro. Por várias razões. Primeiro, porque, por um lado, o trabalho feito sob pressão de tempo resulta precário, e por outro lado eu sinto cada vez mais que preciso de uma lentidão que me permita ir mais longe na reflexão e na exposição. E a matéria que exige uma tal atitude, a filosófica, torna-se para mim cada vez mais importante. Nisto há um outro obstáculo. Torna-se-me difícil [formular] as minhas ideias filosóficas, em particular as epistemológicas, num trabalho como este, que exige uma fachada mais ou menos polida. No decurso da exposição, quando a matéria e a perspectiva filosófica se aproximarem mais, as coisas ficarão mais fáceis; mas para a introdução, que estou a escrever neste momento, a coisa é delicada, porque aí tenho de deixar claras as minhas ideias de fundo mais próprias, sem me poder esconder atrás dos limites da temática. Encontrarás aí, pela primeira vez desde o trabalho "Sobre a linguagem em geral e sobre a linguagem humana", novamente qualquer coisa como um ensaio epistemológico que só a pressa com que teve de ser escrito denunciará como algo prematuro, já que o seu amadurecimento exigiria um aprofundamento que ocuparia anos ou decênios. Quanto ao resto, só desejo uma coisa: ser capaz de continuar a escrevê-lo com a energia suficiente para o terminar antes do prazo bastante curto de que disponho. Em resumo, a fase de escrita provoca em mim o mesmo tipo de angústias que já sentia na altura de elaborar um plano, em que parti do princípio, que me parece acertado, de que teria de encontrar um compromisso entre o essencial do que tenho a dizer e a finalidade do trabalho. Não estranharás que tais angústias a certa altura tenham convocado os demônios da preguiça. Por fim, os aspectos mais grandiosos da vida nestas paragens, bem como os seus pequenos, em si pouco importantes, obstáculos, trazem por vezes algumas perturbações de ritmo* (Br., 346-347; GB II, 464-465). Em 16 de Setembro – Benjamin continuava a viver em Capri –, escrevia a Scholem: *É claro que o meu trabalho corre alguns perigos, que o teu sinal de alarme identificou. E se ainda há poucos dias* os considerava superados e desfrutei de uma semana de tempo quase sempre limpo, já uma nova mudança me envolve de nuvens mais carregadas. Mas a minha vontade consciente, cuja resistência é também notável nesta matéria, de modo nenhum irá enfraquecer, e não enfraqueceu até agora. Assim, nestes meses, que nem sempre foram fáceis, consegui terminar a introdução epistemológica, o primeiro capítulo (a figura do rei no drama trágico), praticamente também o segundo (drama trágico e tragédia), faltando apenas escrever o terceiro (teoria da alegoria) e a conclusão. O trabalho não estará, assim, pronto na data prevista (1 de Novembro), mas espero que a entrega pelo Natal, época em que a situação acadêmica, do ponto de vista diplomático, poderá ter sofrido alguma mudança, não porá seriamente em risco o sucesso da empresa. Quanto ao valor do trabalho, só a revisão mais diferenciada de uma versão final permitirá a percepção mais clara dos seus traços essenciais, bem como um juízo pessoal. Mas sei que ele lança as mais surpreendentes luzes sobre o presente, como me confirma a leitura de um novo livro sobre o tema: Deutsche Barockdichtung [A literatura do Barroco alemão], de um jovem docente de Viena, de nome [Herbert] Cysarz. Trata-se de um livro conseguido, quer na documentação, quer na perspectivação parcial dos vários aspectos tratados, mas deixa-se levar, no conjunto, pela atração vertiginosa que esta matéria exerce sobre aqueles que com ela se confrontam de um ponto de vista descritivo: o resultado é que, em vez de se iluminar o objeto, apenas se produz mais um fragmento pós-barroco. Ou: uma tentativa de traçar, com o pente das ciências exatas, um risco na cabeleira decadente do estilo de reportagem expressionista! O que há de mais próprio do estilo barroco é o conseguir levar aqueles que, durante a inspeção feita aos textos, saem da esfera do pensamento rigoroso para se porem logo a macaqueá-lo histericamente. O sujeito é por vezes bastante feliz na adjetivação, e nisso alguma coisa se aprende com ele. Faltam-me ainda algumas epígrafes, mas tenho já muitas outras, deliciosas (Br., 353–354; GB II, 481–482). Em carta enviada de Roma, que Benjamin data de *cerca de 12 de Outubro* (Br., 363; GB II, 501), mas que, de fato, terá escrito pelo menos uma semana mais tarde, lemos por fim: *Saí de Capri no dia 10 de Outubro, estou em Positano, depois fiquei – novamente mais tempo do que tinha planejado – em Nápoles, e encontro-me em Roma há uma semana. Não com a sensação de segurança de ter o livro pronto no bolso – faltam ainda a parte III e a conclusão, mas o material respectivo, no entanto, está ordenado até ao pormenor. O terreno de Capri já não era o melhor, e o trabalho, que quero terminar rapidamente em Berlim, não passou da parte II. A versão final, com a qual a minha intervenção começa propriamente, e para a qual espero ter a necessária serenidade, assentará sobre uma matéria da qual se pode esperar muito. Em muitas partes não farei qualquer alteração* (Br., 360-361; GB II, 499).

Aqueles *perigos para o meu trabalho*, de que Benjamin falava em 16 de Setembro de 1924, já antes haviam sido aludidos, numa carta de 7 de Julho a Scholem: *Por aqui muita coisa se passou, mas que só te posso comunicar numa viagem minha à Palestina, ou noutra tua, talvez mais justificada, a Capri. O que se passou não foi certamente bom para o meu trabalho, ameaçadoramente interrompido, não foi também talvez bom para aquele ritmo de vida burguês indispensável a um trabalho como este; mas foi com certeza o melhor para uma libertação vital e para a experiência intensa da atualidade de um comunismo radical. Conheci uma revolucionária russa de Riga, uma das mulheres mais notáveis que encontrei até hoje* (Br., 351; GB II, 473). Nasceu nessa época o interesse e o empenho de Benjamin pelo materialismo histórico. O conhecimento da realidade política da União Soviética, proporcionado pelas conversas com Asja Lacis – é ela a *revolucionária russa de Riga* –, reforçou-se com a leitura da coletânea de ensaios de Georg Lukács *História e consciência de classe*, nos quais Benjamin descobre com surpresa *que Lukács, partindo de considerações políticas, chega a formular postulados epistemológicos que me são familiares e me confirmam, pelo menos em parte, embora talvez não indo tão longe como de início cheguei a pensar* (Br., 355, GB II, 483). No entanto, as considerações epistemológicas de Lukács dificilmente poderiam ter confirmado as de Benjamin no "Prólogo epistemológico-crítico" a *Origem do drama trágico alemão*, que escrevia na época, e que não traz ainda quaisquer marcas da sua ocupação com o marxismo. A viragem para este e o trabalho no livro sobre o drama trágico parecem antes, no período de Capri, ter concorrido um com o outro até certo ponto na economia intelectual de Benjamin. Que essa concorrência não terá sido a melhor para o livro sobre o drama trágico, e que Benjamin via nela *perigos* para esse trabalho, confirmam-no indiretamente também as memórias publicadas por Asja Lacis a propósito do seu encontro com Benjamin: "Ele estava mergulhado no trabalho sobre a *Origem do drama trágico alemão*. Quando me disse que se tratava de uma investigação da tragédia barroca alemã do século XVII, que só muito poucos especialistas conhecem essa literatura, e que tais tragédias nunca são representadas – eu fiz uma careta: Para que ocupar-se de literatura morta? Ele ficou uns momentos calado, e depois disse: Em primeiro lugar, introduzo na ciência, na estética, uma nova terminologia. Quando se fala do drama moderno, usam-se termos como 'tragédia' e 'drama trágico' de forma indiferenciada, apenas como palavras. Eu mostro a diferença de princípio entre tragédia e drama trágico. Os dramas do Barroco expressam desespero e desprezo do mundo – são realmente peças tristes e trágicas; já a atitude dos tragediógrafos gregos e dos poetas propriamente trágicos em relação ao mundo e ao destino é a de uma total inflexibilidade. Esta diferença de atitude e de sentimento do mundo é importante. Tem de ser levada em consideração, e implica por fim uma distinção de gêneros – concretamente, da tragédia e do drama trágico. A dramaturgia barroca está, de fato, na origem das peças em que predomina a tristeza e o luto, muito comuns na literatura alemã dos séculos XVIII e XIX.

Em segundo lugar, explicou, a sua investigação não era apenas um trabalho acadêmico, mas tinha uma relação muito direta com problemas de grande atualidade na literatura contemporânea. Acentuou o fato de na sua investigação ver a dramaturgia barroca, no que à busca de uma linguagem das formas se refere, como fenômeno análogo do Expressionismo. "Por isso", disse ele, "tratei de forma tão pormenorizada a problemática artística da alegoria, dos emblemas e do ritual. Os teóricos da estética trataram até agora a alegoria como um meio artístico de segundo plano". O que ele queria demonstrar é que a alegoria é um meio de expressão de grande valor artístico, e mais ainda, que ela é uma forma particular da percepção artística.

Naquela época, as suas respostas não me satisfaziam. Perguntei--lhe se encontrava também analogias entre a visão do mundo dos dramaturgos do Barroco e do Expressionismo, e que interesses de classe elas exprimiam. Ele respondeu de forma imprecisa e acrescentou em seguida que andava a ler Lukács e começava a interessar-se pela estética materialista. Nessa altura, em Capri, não entendi bem a ligação entre a alegoria e a poética moderna. Agora, retrospectivamente, compreendo o modo clarividente como Walter Benjamin se apercebeu dos problemas formais da modernidade. Já nos anos vinte a alegoria aparece nas peças 'agitprop' e de Brecht (*Mahagonny, Das Badener Lehrstück vom Einverständnis* [A peça didática de Baden sobre o assentimento]) como meio de expressão plenamente válido. Na dramaturgia ocidental, por exemplo nas peças de Genet, e também em Peter Weiss, o ritual é um fator importante.

Em Capri, ele contou-me que o trabalho sobre o drama trágico alemão era de grande importância para a sua carreira. Pretendia apresentá-lo como dissertação a uma universidade. Como, porém, se demarcava em muitos pontos dos dogmas tradicionais e indiretamente polemizava contra Johannes Volkelt, o papa da teoria estética, ia ter dificuldades, e tinha de proceder de forma diplomática.

Agora voltei a ler o livro, e vejo como Walter foi ingênuo. Embora a obra se apresente formalmente conforme às normas acadêmicas, cheia de citações eruditas, também em francês e latim, e se apoia num material imenso, torna-se imediatamente claro que este livro não foi escrito por um erudito, mas por um poeta apaixonado pela língua, que usa hipérboles para construir um aforismo luminoso." (Asja Lacis, *Revolutionär im Beruf. Berichte über proletarisches Theater, über Meyerhold, Brecht, Benjamin und Piscator* [Revolucionária por profissão. Apontamentos sobre o teatro proletário, Meyerhold, Brecht, Benjamin e Piscator]. Ed. por Hildegard Brenner. Munique, 1971, pp. 43-45).

Regressado a Berlim, Benjamin faz numa carta a Scholem uma espécie de resumo dos meses em Capri, no qual o comunismo e – sem ênfase, mas de forma audível – *Origem do drama trágico alemão* se confrontam: *Também os sinais comunistas – espero que um dia te cheguem de forma mais exata do que a partir de Capri – foram, a princípio, indícios de uma viragem que despertou em mim a vontade de desenvolver no meu pensamento os momentos atuais e políticos, em vez de os camuflar com argumentos antiquados – e se possível, a título de experiência, de forma radical. Naturalmente, isto significa que a exegese literária das obras literárias alemãs, na qual, na melhor das hipóteses, se trata essencialmente de conservar e de restaurar o autêntico contra as falsificações expressionistas, recua para um plano secundário. Enquanto não tomar conhecimento de textos com um significado e uma totalidade completamente diferentes, na posição de comentador que é a minha, arrancarei de dentro de mim uma "política". E a minha surpresa no contato com uma teoria bolchevista radical foi-se renovando em diversas passagens. Tenho pena de não poder prever o momento em que poderei fazer, por escrito, uma exposição coerente sobre estas coisas [...]* (Br., 368; GB II, 511). A evolução posterior de Benjamin seguiu por outros caminhos.

Mas o essencial agora era concluir o livro sobre o drama trágico. Três cartas a Scholem – Rang tinha falecido a 7 de Outubro de 1924 – relatam em pormenor a última etapa do trabalho. A primeira, onde se encontra a citação anterior, foi escrita em Berlim com data de 22 de Dezembro de 1924, e nela Benjamin fala da *necessidade absoluta de terminar o meu trabalho. Tomei algumas medidas para isso nos últimos dias. A primeira versão da parte que pretendo apresentar está concluída. Trata-se da parte principal. Retirei a introdução e a conclusão, que se ocupam de questões de método. Pouco a pouco fui perdendo a distância em relação ao que tinha feito. Mas acho que não erro muito se disser que a força orgânica do domínio do alegórico se manifestará de forma viva como o fundamento último do Barroco. Entretanto, o que mais me surpreende agora é o fato de o que está escrito ser quase exclusivamente constituído por citações. A mais fantástica técnica de mosaico que se possa imaginar; tão estranha em trabalhos deste tipo que terei de retocar o texto aqui e ali na versão definitiva. Tenho plena consciência de algumas fraquezas constitutivas. O objeto virtual do estudo será Calderón; o desconhecimento da Idade Média latina ter-me-á forçado, em certas passagens, a uma reflexão profunda que o conhecimento exato das fontes teria tornado supérflua. No entanto, se um trabalho como este se alimentar apenas de fontes originais, talvez não seja realizável. Mas eu quero acreditar que, apesar de tudo, ele merece ser realizado. Não ouso afirmar com segurança se a "alegoria" — a essência que acima de tudo quis salvar — salta, por assim dizer, momentaneamente do todo em toda a sua plenitude. A estrutura externa do trabalho será, ao que penso, a seguinte (sem contar com a introdução e a conclusão): o título será* Origem do drama trágico alemão*. I. Drama trágico e tragédia; II. Alegoria e drama trágico. Estas duas partes dividem-se em três seções cada, que abrem com seis epígrafes, mais preciosas e raras do que alguém jamais conseguiria reunir — quase todas retiradas de obras barrocas inacessíveis [...] Agora, já depois de terminada a primeira versão, cai-me nas mãos um livro capital, que te recomendo (a ti e à Jewish National Library, se isso ainda fizer sentido) como a última palavra de uma investigação incomparavelmente fascinante: Panofski [sic]-Saxl,* Dürers Melancholia I, *Berlim-Leipzig, 1923 (Estudos da Biblioteca Warburg). Não deixes de o ler. Já não deverei consultar antes de redigir a versão final o conhecido e suspeito livro sobre o Rosacrucismo [de Hargrave Jennings]; com tanto mais gozo — espero — o lerei depois. Com o de planctu naturae estou no caminho certo. Entretanto, já há muito tempo que li o Alano de Lille e constatei que não tem nada a ver com a minha matéria* (Br., 365-367; GB II, 508-509). A segunda carta foi enviada de Frankfurt a Scholem em 19 de Fevereiro de 1925: *Numa carta para Capri, sobre a qual refleti muitas vezes, e citei, escreveste-me que seguias o meu percurso com grande preocupação e que agora* tinhas a impressão de que, enquanto os aspectos externos pareciam resolver-se, crescia a minha resistência interior à ideia da Habilitation. O diagnóstico está correto, mas espero que o prognóstico saia errado. Apesar de tudo, aquela parte do trabalho que tenciono entregar tem a primeira versão pronta, e dois terços estão também já passados a limpo. Mas só agora me apercebo das dificuldades de levar este barco a bom porto; receio bem que, tal como a Argos, também esta pequena nau que partiu à descoberta da alegorese barroca receberá sinais de duas ilhas antagônicas (o seu nome é Cíclades, não é?), e a parte bibliográfica, a da popa e do leme, vai ter de mostrar-se convincente. Não que eu pense em eliminá-la, isso está fora de causa. Mas vou ter de dar um polimento mais exato a tudo o que diz respeito a números de página, títulos de livros, etc., nas citações; de outro modo, se quiser, num gesto quixotesco, prestar todas as honras a esta parte filológica, nunca mais chegarei ao fim. De qualquer modo, vou ultrapassar em muito o prazo de entrega no editor (1 de Março), já que a conclusão, que, tal como a maior parte da introdução, não entregarei em Frankfurt, ainda não está escrita. Esta introdução é de uma ousadia desmedida – nada mais nada menos do que prolegômenos a uma teoria do conhecimento, qualquer coisa como um segundo estágio do anterior trabalho sobre a linguagem ["Sobre a linguagem em geral e sobre a linguagem humana"], que conheces, agora remodelado no sentido de uma doutrina das ideias. Aliás, vou reler, para este efeito, esse estudo de filosofia da linguagem. Seja como for, acho que fiz bem em escrever esta introdução. A epígrafe que pensei apor-lhe era: "Über Stock und über Steine / Aber brich Dir nicht die Beine" [Salta paus e salta pedras / Mas não partas nenhuma perna]. Mas agora escolhi uma epígrafe de Goethe (da História da teoria das cores), tão certeira que as pessoas vão ficar de boca aberta. Seguem-se duas partes: I. Drama trágico e tragédia; II. Alegoria e tragédia, e uma conclusão, também de teor metodológico. As partes I e II têm um total de seis epígrafes que não irão fazer rir os leitores. A epígrafe da conclusão é de Jean Paul, mas as outras seis vêm todas de alfarrábios barrocos inauditos. Alguns fragmentos de textos, citados a título de exemplo, têm um efeito imponente. Mas perdi completamente a noção dos limites com este trabalho. E há também uma nova teoria da tragédia, que em grande parte provém de Rang. Neste contexto cito expressamente Rosenwzeig, para desagrado de [Gottfried] Salomon, que afirma que tudo isso – o que Rosenzweig escreve sobre o trágico – já está em Hegel. Talvez seja possível, não pude ler toda a Estética.

Mas este trabalho é para mim um fim, de modo nenhum um começo. Já o próximo livro, que prometi ao editor ("A nova Melusina"), será um regresso ao Romantismo e (talvez já) um avanço para a política; quero trabalhar em termos de polaridade, de modo muito diferente do que neste clima do estudo sobre o Barroco, que sinto como demasiado temperado, embora outros talvez não tenham essa impressão. Mas de momento tenho de respirar este ar mais tépido, foi para isso que regressei; e já apanhei uma bela gripe. O que não sei ainda é se entregarei alguma coisa a Schultz antes de ele sair de Frankfurt; comecei agora mesmo a passar à máquina. De uma maneira ou de outra, vou apresentar-me em breve [...] Finalmente: quanto ao meu livro sobre o Barroco, podes imaginar com que impaciência espero o momento de o poderes ter na mão. Bem vistas as coisas, e aqui entre nós, com a morte de Rang ele perdeu o leitor a quem realmente se destinava. Pois quem é que se irá verdadeiramente interessar por estas coisas tão marginais e esquecidas? Talvez eu, enquanto autor, seja hoje o seu último leitor (em sentido negativo: não tenho interesse nele). Mas ainda há nele muitas coisas sobre as quais é importante para mim ouvir a tua reação. E às vezes sinto quase a certeza de que tudo aquilo – se ao menos já estivesse aí! – me saiu redondo e singular. Uma esfera pesada, que acertou em cheio – e ponto final. Infelizmente, já não posso levar em conta matéria rosacrucista (Br., 371-374; GB II, 13-16).

Quando, em 6 de Abril de 1925, já em Berlim, Benjamin escreve nova carta a Scholem, *Origem do drama trágico alemão* estava concluído: *Frankfurt teve sobre mim um efeito sombrio, em parte devido ao trabalho de natureza mecânica que havia a fazer ainda – ditado, bibliografia e outros aspectos técnicos –, em parte porque a vida e a atmosfera daquela cidade me são particularmente desagradáveis, e finalmente pela falta de confiança, não de todo inesperada, mas ainda assim enervante, na instância decisiva para o meu assunto [Franz Schultz] [...] Sobre a recepção do meu trabalho não tenho ainda notícias, ou melhor, as notícias não são boas. Quando, uma semana depois de ter enviado a primeira parte, lhe levei a segunda, achei-o frio e reservado, e visivelmente pouco informado. Acho que só leu a introdução, a parte mais áspera de todas. Depois disso, eu regressei aqui, e entretanto ele, ou viajou, ou se escondeu cautelosamente, de tal modo que [Gottfried] Salomon não consegue encontrá-lo [...] Entreguei apenas a primeira parte, a mais suave, da introdução epistemológica. A minha intenção inicial de fazer corresponder à introdução não oficial uma conclusão da mesma natureza não se concretizará, apesar de as exigências da simetria e outros aspectos de estrutura e forma o recomendarem. O crescendo a que cheguei no final da parte principal seria dificilmente ultrapassável, e para conferir força aos desenvolvimentos metodológicos sobre a "crítica" depois desta parte final, teria de

trabalhar mais alguns meses, e o resultado, em termos de extensão, arriscar-se-ia
a esmagar toda a estrutura. Para além disso, o manuscrito tem de dar entrada
na tipografia, o que acontecerá dentro de alguns dias (Br., 375-376; GB III,
25-26).Antes de continuarmos com a história académica e editorial do
livro, vejamos algumas questões que se prendem com o conteúdo da obra.

Autocitação, influências, contributo de Rang

Na edição em livro de *Origem do drama trágico alemão* – que teve
de esperar ainda até ao fim de Janeiro de 1928 – encontramos na página
da dedicatória a seguinte indicação: *Esboçado em 1916 escrito em 1925.*A
imprecisão da segunda parte desta informação terá sido esclarecida pela
história da gênese do livro, feita até aqui; a primeira parte precisa de esclarecimento. Benjamin escreveu em 1916 três trabalhos de caráter metafísico
e orientados para a filosofia da história: "Drama trágico e tragédia", "O
significado da linguagem no drama trágico e na tragédia" e "Sobre a
linguagem em geral e a linguagem humana". Estes textos contêm, *in nuce*,
pontos de vista centrais que foram desenvolvidos teoricamente no livro
sobre o drama trágico. Quando, em Outubro de 1923, Benjamin escrevia a
Rang: *impõe-se-me de novo o velho tema "drama trágico e tragédia",* não estaria
apenas a pensar num tema, mas no seu ensaio com o mesmo título. A
ligação do segundo estudo com o livro sobre o Barroco é mencionada em
1926, numa carta a Hugo von Hofmannsthal: *Por fim, a sua carta despertou*
a minha atenção pela referência que faz àquele que é verdadeiramente o centro, de
algum modo oculto, deste trabalho: as considerações sobre imagem, escrita e música
são, de fato, a célula primitiva do ensaio, com as suas reminiscências literais de um
escrito de juventude, de três páginas, "Sobre a linguagem no drama trágico e na
tragédia". Mas o desenvolvimento mais aprofundado destas questões levar-me-ia
para fora da esfera linguística do alemão, para o hebraico, que, apesar de todos os
meus bons propósitos, continua a ser terreno virgem onde não entrei (Br., 437-
438, GB III, 209). O primeiro ensaio sobre a linguagem é mencionado
por Benjamin – em duas passagens da correspondência com Scholem,
já referidas – no contexto do "prólogo epistemológico-crítico" ao livro
sobre o drama trágico. Para além disso, algumas frases desse ensaio foram
literalmente retomadas na última parte do livro. Entre os textos seminais
para o livro conta-se ainda um outro trabalho, "'El mayor monstruo los
celos', de Calderón, e 'Herodes e Mariana', de Hebbel. Considerações sobre
o problema do drama histórico"; trata-se de um trabalho de seminário

escrito provavelmente em 1918 ou 1919, no âmbito da preparação da tese de doutoramento, para o historiador da literatura Harry Maync, e do qual Benjamin aproveitou também motivos e algumas frases para o livro sobre a *Origem do drama trágico alemão*. Finalmente, fará ainda parte desta "pré-história" aquele "extraordinário ensaio sobre Gryphius", que Benjamin terá lido a Werner Kraft, "do qual não conservei nada e que agora se perdeu" (Werner Kraft, *Spiegelung der Jugend* [Reflexos da juventude], com um posfácio de Jörg Drews, Frankfurt / Main, 1973, p. 77).

Deste modo – por uma espécie de pseudoepigrafia ao contrário, se quisermos – se relacionava Benjamin com os seus próprios textos. Max Rychner lembra-se de uma conversa que teve com Benjamin em 1931, a propósito do livro sobre o drama trágico. "Ele perguntou-me se tinha começado a ler o livro do princípio, pela introdução. Ao que eu lhe respondi que sim, que é meu hábito começar a ler os livros do princípio. Mas ele disse-me que foi a coisa mais errada que eu podia ter feito, porque só compreende a introdução quem esteja familiarizado com a Cabala" (*Über Walter Benjamin* [Sobre Walter Benjamin]. Com textos de Theodor W. Adorno *et al*. Frankfurt / M., 1968, p. 25). Benjamin teve reações semelhantes também com Adorno. Se é certo que não é particularmente difícil identificar motivos do misticismo judaico no "Prólogo epistemológico-crítico" – por exemplo na teoria do nome ou na teoria dos graus de sentido da contemplação, e ainda na distinção entre uma esfera do que é indagável e aquilo que não se pode indagar –, não temos até hoje muitas certezas sobre as fontes de Benjamin, que não podia ler os textos cabalísticos originais. Muita coisa lhe terá vindo do livro de Franz Joseph Molitor *Philosophie der Geschichte oder über die Tradition* [Filosofia da História, ou Sobre a Tradição] (4 vols., Münster, 1827–1857); Benjamin adquiriu-o em 1917 (Br., 136; GB I, 361), e "durante muitos anos manteve um lugar de honra na sua biblioteca" (G. Scholem, *in: Über Walter Benjamin, op. cit.*, p. 156). Mais importante foi certamente aquilo que Benjamin reteve das conversas com Scholem nos anos entre 1915 e 1923, em que ambos mantiveram "uma relação muito estreita", passando "grande parte desse tempo, sobretudo em 1918 e 1919, na Suíça" (*id., ibid.*, p. 133). Acontece que nessa época Scholem não tinha ainda publicado nada sobre o misticismo judaico. O único trabalho de Scholem que, até certo ponto, pode ser considerado uma "fonte" de Benjamin é a conferência "O nome de Deus e a teoria da linguagem da Cabala", que, embora só escrita em 1970, desenvolve ideias que remetem para os anos de estudo da filosofia com Benjamin (ver G. Scholem, *Judaica III. Studien zur jüdischen Mystik* [Judaica III. Estudos sobre o misticismo judaico]. Frankfurt / M., 1973, pp. 7-70).*

Há ainda uma outra questão a investigar, que se coloca no âmbito do livro sobre o drama trágico, mas o ultrapassa em muito. Scholem apontou o fato de Benjamin, "com uma exceção", se ter ocupado, "também enquanto materialista histórico [...] intensivamente apenas de autores ditos 'reacionários', como Proust, Julien Green, Jouhandeau, Gide [?], Baudelaire, George" (*Über Walter Benjamin, op. cit.*, p. 152). Pelo menos num caso, a ocupação com um teórico reacionário continuou a ser significativa, bastante tempo depois de ele se converter ao marxismo. No livro sobre o drama trágico, que, do ponto de vista posterior de Benjamin, era uma obra *certamente não materialista, mas já dialética* (Br., 523; GB IV, 18), cita-se várias vezes, ainda que de passagem, a *Teologia Política* do teórico fascista do direito político Carl Schmitt. Tais citações – sempre feitas em atitude de anuência com o autor – são indícios de uma ligação que vai para além do circunstancial, como demonstra um "Curriculum vitae", que Benjamin não datou, mas que deve ser de 1928. Nele se sintetizava nos seguintes termos a *intenção programática geral* dos trabalhos escritos até aí: reconhecer na obra de arte *a expressão integral,*

---

* Foram, entretanto, aparecendo trabalhos que clarificam e interpretam o lugar da tradição do judaísmo na obra de Benjamin, dos quais destaco os seguintes: Jürgen Ebach, "Der Blick des Engels. Für eine "Benjaminsche" Lektüre der hebräischen Bibel" [O olhar do anjo. Para uma leitura "benjaminiana" da Bíblia hebraica], *in: Walter Benjamin. Profane Erleuchtung und rettende Kritik* [W.B. Iluminação profana e crítica salvadora], ed. Norbert W. Bolz e Richard Faber. Würzburg, 1982, pp. 57-107; Susan A. Handelmann, *Fragments of Redemption. Jewish Thought and Literary Theory in Benjamin, Scholem and Levinas.* Bloomington, etc., 1991; Andreas Pangrits, "Theologie", *in: Benjamins Begriffe* [Os conceitos de Benjamin], ed. Michael Opitz e Erdmut Wizisla. Frankfurt / Main, 2000, pp. 774-825; Gary Smith, "'Das Jüdische versteht sich von selbst'. Walter Benjamins frühe Auseinandersetzung mit dem Judentum" ["O que é Judeu é óbvio". A relação precoce de W.B. com o judaísmo], *in: Deutsche Vierteljahrsschrift für Literaturwissenschaft und Geistesgeschichte*, nº 65 (1991), pp. 318-334; Wolfgang Ullmann, "Walter Benjamin und die jüdische Theologie" [W.B. e a teologia judaica], *in: Aber ein Sturm weht vom Paradiese her. Texte zu Walter Benjamin* [Mas um Vendaval Sopra do Paraíso. Textos sobre W.B.], ed. Michael Opitz e Erdmut Wizisla. Leipzig, 1992, pp. 96-122; Irving Wohlfarth, "Sur quelques motifs juifs chez Benjamin", *in: Revue d'Esthétique*, Nova Série I (1981), pp. 141-162 (N.T.).

não redutível a nenhum domínio unilateral, das tendências religiosas, metafísicas, políticas e econômicas de uma época; esta tentativa, que em larga medida ensaiei em [...] Origem do drama trágico alemão, *articula-se, por um lado, com as ideias metodológicas de Alois Riegl na sua doutrina da vontade artística, e por outro com as tentativas contemporâneas de Carl Schmitt, que, na sua análise das formações políticas, opera um ensaio análogo de integração de manifestações que só aparentemente se podem isolar em domínios separados* (ver GSVI, 219). Finalmente, existe uma carta de Benjamin a Schmitt, que a seguir se transcreve:

Dr. Walter Benjamin

Berlin-Wilmerzdorf, 9 Dez. 1930
Prinzregenstr. 66

Excelentíssimo senhor professor,
Receberá dentro de dias, enviado pelo editor, o meu livro Origem do drama trágico alemão. *Com estas linhas gostaria, não apenas de lhe anunciar a saída do livro, mas também de manifestar a minha alegria por poder enviar-lho, por sugestão do senhor Albert Salomon. Constatará facilmente como o livro é devedor do seu trabalho, na exposição sobre a doutrina da soberania no século XVII. Permita ainda que lhe diga que encontrei também nas suas obras posteriores, em particular na* Ditadura [cf. C. Schmitt, *Die Diktatur. Von den Anfängen des modernen Souveranitätsgedankens bis zum proletarischen Klassenkampf /* A Ditadura. Dos começos do moderno pensamento da soberania à luta de classes proletária. 2ª ed., Munique-Leipzig, 1928], *e nas suas reflexões sobre a filosofia política a confirmação dos caminhos das minhas investigações no domínio da filosofia estética. Se a leitura do meu livro o levar à percepção deste sentimento, darei por bem sucedida a minha intenção ao enviar-lho. Com a mais elevada consideração*
atentamente

Walter Benjamin

Esta carta dá que pensar, até pela data em que foi escrita: em Dezembro de 1930 Benjamin planejava com Brecht a edição de uma revista que serviria *a propaganda do materialismo dialético* (Br., 521; GB IV, 15). Nessa época, não tinha quaisquer dúvidas de que também *a intelligentsia burguesa se devia submeter aos métodos do materialismo dialético (id., ibid.)* [*].

---

[*] Schmitt, por seu lado, pronunciou-se depois de 1945 acerca de um aspecto isolado do livro de Benjamin sobre o drama do Barroco: ver C. Schmitt, *Hamlet oder*

FILÔBENJAMIN

A exposição das sugestões e influências que encontraram eco em *Origem do drama trágico alemão* terá de mencionar em primeiro lugar os contributos – porque de contributos se trata – de Florens Christian Rang para este livro*. *Com a morte de Rang,* achava Benjamin, o livro sobre o drama trágico *perdeu o leitor a quem realmente se destinava,* e que, na primeira fase do trabalho, tinha sido quase um colaborador direto. As cartas conhecidas de Benjamin a Rang autorizam a afirmação de que três motivos – dos quais o primeiro e o último estão claramente no centro do livro – se devem à simbiose filosófica entre ambos: a doutrina das ideias da introdução, a interpretação da sobrevivência de ideias do patrimônio medieval no século XVII e a teoria da tragédia.

Numa carta a Benjamin, de 22 de Novembro de 1923 – da qual se conservou uma cópia no diário inédito de Rang –, este explana o "problema" de uma "doutrina do ser que nega o movimento (na medida em que afirma o ser) e o transpõe da natureza, das coisas (incluindo a organização racional do homem) para a liberdade da relação – própria do ato da Criação – do homem com Deus"."Mas em Platão descubro" – continua Rang, relacionando isto com as considerações que fizera

---

Hekuba. Der Einbruch der Zeit in das Spiel [Hamlet ou Hécuba. A entrada do tempo no espetáculo]. Düsseldorf-Colônia, 1956, pp. 62-67.

[As relações entre Benjamin e Carl Schmitt foram, entretanto, mais pormenorizadamente investigadas nos livros de Susanne Heil, *Gefährliche Beziehungen. Walter Benjamin und Carl Schmitt* [Ligações perigosas. Walter Benjamin e Carl Schmitt]. Stuttgart-Weimar, Metzler, 1996, e de Jacob Taubes (org.), *Der Fürst dieser Welt. Carl Schmitt und die Folgen* [O príncipe deste Mundo. A Herança de Carl Schmitt]. Munique, etc., 1983; e em artigos como: Günter Figal, "Vom Sinn der Geschichte. Zur Erörterung der politischen Theologie bei Carl Schmitt und Walter Benjamin" [Sobre o sentido da história. Para um esclarecimento da teologia política de C. Schmitt e W.B.], *in: Dialektischer Negativismus* [Negativismo dialético], ed. E. Angehrn *et al.* Frankfurt / Main, 1992, pp. 252-269 (N.T.)].

* Florens Christian Rang (1864-1924), jurista e, mais tarde, pastor protestante, é uma figura quase desconhecida também na Alemanha de hoje. A partir de 1920, época em que travou conhecimento com Benjamin, torna-se uma das suas mais firmes amizades (apesar de ser quase trinta anos mais velho) e seu interlocutor privilegiado na fase de elaboração de *Origem do drama trágico alemão,* nomeadamente em Capri, onde os dois amigos se encontram no Verão de 1924. Espírito conservador e nacionalista até ao final da Primeira Guerra, mas antinacionalista a partir de 1920, provavelmente por influência de Benjamin, é visto por este como *o mais profundo crítico do espírito alemão desde Nietzsche* (GS III, 254). Sobre Rang pode ler-se hoje o livro, muito informado, de Lorenz Jäger, *Messianische Kritik. Studien zum Leben und Werk von Florens Christian Rang* [Crítica messiânica. Estudos sobre a vida e a obra de C.F. Rang]. Colônia *et al.,* 1998 (N.T.).

sobre o "Deus-Único" da religião judaica – "a grandeza que é ter visto os Uns (os sujeitos singulares) desse Um (desse Único), ou seja as ideias (ideias-números). É daqui que temos de partir: pois elas são a escada para sair da dualidade, da divisão em dois, do movimento para a imobilidade. Podia dizer-se também: 1 + 1 não 'é' igual a 2, 'devém' 2; mas é 1, 1… O sinal de + é a arrogância humana, aquilo que o ser humano, com isso, pôs violentamente em movimento, retirando-o ao ser, por força da sua liberdade (uma vez que ele, o ser humano, é a única coisa que postulou o absoluto como relação, enquanto a restante *phýsis* é regida pelo homem, sua *arche*), para não ficar imóvel na relação com Deus, desviando-se para essa outra coisa que ele próprio postulou como em movimento, mas para a colocar na esfera do ente." (Florens Christian Rang, *Tagebuch* [Diário]; manuscrito na posse de Bernhard Rang, Eutin). Em 9 de Dezembro de 1923, Benjamin formula pela primeira vez, em articulação com a carta de Rang, aquela doutrina das ideias que mais tarde desenvolveria no "Prólogo epistemológico-crítico": *No que se refere ao trabalho que agora tenho em mãos, é curioso que ele me impõe nos últimos dias precisamente as questões que a tua última carta me colocou, sob a forma das tuas próprias reflexões sobre as ideias. Ser-me-ia extremamente proveitoso poder discutir tudo isso verbalmente contigo, agora que as minhas condições de vida e o objeto deste trabalho me lançaram numa certa solidão. Ocupa-me neste momento, concretamente, a questão de saber como as obras de arte se relacionam com a vida na história. E cheguei já a uma conclusão: a de que não existe história da arte. Enquanto o encadeamento do acontecer no tempo, por exemplo para a vida humana, contém momentos essenciais em relação não apenas causal (pelo contrário, a vida humana não poderia existir essencialmente sem um tal encadeamento de crescimento, amadurecimento, morte, e outras categorias afins), com a obra de arte as coisas passam-se de modo totalmente diverso. Esta é, pela sua própria essência, a-histórica. As tentativas de inserir a obra de arte na vida histórica não abrem perspectivas que levem à sua essência mais íntima, como acontece, por exemplo, com os povos, em que isso conduz à noção de gerações e outras estratificações essenciais. As investigações da história da arte, tal como ela geralmente é praticada, levam apenas à história dos assuntos ou das formas, para a qual as obras de arte são apenas exemplos, como que modelos; mas não se faz nunca uma história das próprias obras de arte. Estas não têm nada que as ligue, ao mesmo tempo, no plano extensivo e no essencial – como acontece com a relação hereditária das gerações na história dos povos. A relação essencial*

entre obras de arte é de natureza intensiva. Nisto, as obras de arte assemelham-
-se aos sistemas filosóficos, na medida em que a chamada "história" da filosofia
é a história desinteressante de dogmas ou mesmo dos filósofos, ou então história
de problemas em que a cada momento se corre o risco de perder o contato com
a extensão temporal, para se passar a fazer... interpretação intemporal e in-
tensiva. À historicidade específica das obras de arte também se não chega pela
"história da arte", mas apenas pela interpretação. De fato, na interpretação
manifestam-se conexões das obras umas com as outras que são intemporais e,
no entanto, não deixam de ter a sua importância histórica. As mesmas forças
que, no mundo da revelação (que o mesmo é dizer, da história), ganham dimensão
temporal explosiva e extensiva, manifestam-se no mundo da ocultação (que é o
da natureza e das obras de arte) de forma intensiva. Desculpa, por favor, estes
pensamentos incipientes e ainda provisórios. Servem apenas para me levar ao
ponto em que, espero, me encontro contigo: as ideias são as estrelas, por contraste
com o sol da revelação. Não brilham na luz diurna da história, agem apenas de
forma invisível nela. Iluminam apenas a noite da natureza. As obras de arte
são então definidas como modelos de uma natureza que não espera por nenhum
dia, portanto também nenhum dia do Juízo, como modelos de uma natureza
que não é palco da história nem morada dos homens. A noite posta a salvo. No
contexto desta reflexão (naquilo em que ela se identifica com a interpretação e
se opõe a todos os métodos correntes de ver a arte), a crítica é a representação de
uma ideia. Pela sua infinitude intensiva, as ideias caracterizam-se como mônadas.
Defino: a crítica é a mortificação das obras. Não a potenciação da consciência nelas
(romântico), mas fixação do saber nelas. A tarefa da filosofia é nomear as ideias,
tal como Adão nomeou a natureza, para as superar, a elas que correspondem
a um regresso da natureza. Toda a reflexão de Leibniz, cuja ideia da mônada
aproveito para a definição das ideias, e que tu evocas ao equiparares ideias e
números – pois para Leibniz a descontinuidade de todos os números constituiu
um fenômeno decisivo para a monadologia –, me parece abarcar a totalidade de
uma teoria das ideias: a tarefa da interpretação das obras de arte é a de fazer
convergir – identificar e constatar – na ideia a vida criatural. Desculpa-me se
tudo isto não é muito claro. Captei a tua ideia de fundo: em última análise ela
manifesta-se, para mim, no ponto de vista segundo o qual todo o saber humano,
se se quiser assumir como responsável, tem de ter a forma da interpretação e
nenhuma outra, e que as ideias são os pontos de apoio da interpretação que
identifica e constata. Ora, o importante seria uma doutrina dos vários tipos de
texto. Platão atribuiu, no Banquete e no Timeu, à doutrina das ideias um

COMENTÁRIO

domínio que é o da arte e da natureza; a interpretação de textos históricos ou sagrados não foi talvez, até agora, considerada por nenhuma doutrina das ideias. Se estas reflexões, apesar da sua natureza incipiente, te sugerirem a possibilidade de um comentário, ficar-te-ia muito grato por isso. De qualquer modo, é certo que nos encontraremos ainda muitas vezes neste terreno. (Br., 321-324; GB II, 391-394). Rang nunca respondeu a esta carta. No Natal de 1923 Benjamin escrevia-lhe: *O outro pedido refere-se à minha última carta sobre as "ideias", na qual pela primeira vez esbocei alguns pensamentos a que terei talvez de recorrer durante a elaboração do meu trabalho. Peço-te também que me disponibilizes esta carta, caso venha a precisar dela* (Br., 326; GB II, 403).

Já antes, em 18 de Novembro de 1923, Benjamin tinha pedido ajuda direta ao amigo: *O meu trabalho […] coloca-me precisamente agora perante dois problemas sobre os quais a tua opinião me seria muito útil. Vou enunciá-los da forma mais sucinta possível. O primeiro tem a ver com o protestantismo do século XVII. Pergunto-me: como é que se explica que sejam precisamente os autores protestantes (os dramaturgos da escola da Silésia eram protestantes, e convictos) aqueles que desenvolvem um ideário em alto grau medieval – uma concepção da morte extremamente dramática, atmosfera perfeita de dança da morte, ideia da história como grande tragédia? Tenho consciência das diferenças em relação à Idade Média, mas pergunto: como puderam precisamente estes complexos de ideias tão medievais insinuar-se de forma tão cativante? Esta, a primeira pergunta. Uma palavra tua seria para mim muito importante. Suponho que a explicação, a que não posso chegar, poderá estar na situação em que se encontrava o protestantismo naquela altura. A segunda remete para a teoria da tragédia, sobre a qual não posso deixar de me pronunciar. Sei, pelas nossas conversas, que as tuas ideias a este respeito são definitivas. Qual o melhor caminho para mas poderes comunicar, pelo menos no essencial? Lembro-me de que nos entendíamos muito bem sobre esta questão, mas já sem a necessária clareza quanto aos pormenores (qual a relação entre tragédia e profecia, e outros aspectos)* (Br., 312; GB II, 370-371). De uma carta de Benjamin com data de 26 de Novembro de 1923 pode depreender-se que Rang correspondeu imediatamente ao seu pedido: *Agradeço-te muito as tuas anotações sobre o protestantismo. Trouxeram-me muita luz. Nos últimos dias não tive ocasião de me debruçar sobre a teoria da tragédia* (Br., 318; GB II, 379). As anotações sobre o protestantismo perderam-se, mas os comentários de Rang sobre a teoria da tragédia conservaram-se. Trata-se da cópia de uma passagem do Diário, com o título "Ágon e teatro", que foi reproduzida na edição das Cartas de Benjamin segundo o original que se encontra no espólio de Rang (ver Br., 333; GB II, 416-417). No Arquivo Benjamin [hoje na Akademie der Künste, em Berlim (N.T.)] encontra-se uma cópia feita por Benjamin, com variantes em alguns pormenores, e que se reproduz a seguir.

Ágon e teatro

Ágon deriva dos rituais da morte sacrificial. A vítima pode fugir, se for suficientemente rápida – desde que, por receio dos mortos, que reclamam os vivos como vítimas, se impôs de novo a crença segundo a qual o morto abençoa em amor. Ou melhor: não o morto, mas um morto em posição ainda mais elevada. Assim o *ágon* se transforma em tribunal do deus sobre os homens e dos homens sobre o deus. O teatro de Atenas e Siracusa é *ágon* (veja-se a palavra "agonista"). E trata-se de um *ágon* em que, no julgamento do deus, se apela a um deus-salvador superior. O diálogo é um desafio por palavras, uma corrida. Tanto das duas vozes que acusam e defendem, quer o homem, quer o deus, como das de ambos, com vista ao objetivo comum, em direção ao qual correm. É o Juízo Final sobre deuses e homens. A corrida agônica é, também no teatro, sacrifício ritual (veja-se o sacrifício do arconte Basileu). A corrida agônica é, também no teatro, tribunal, porque nos coloca perante o Juízo Final. Divide ao meio o anfiteatro da corrida, que pode durar o tempo que se quiser, e define os limites espaciais da cena. Da porta da desgraça, à esquerda, saem os "agonistas". Atravessam, passando pelo coro, o semicírculo da comunidade em atitude simpatética, contornam o altar dos sacrifícios e terminam o seu percurso na porta da salvação, à direita. Enquanto Juízo Final, esta corrida assimila a si o passado de homens e deuses, e a corrida realiza-se à imagem dos grandes mortos, que já realizaram esse percurso. A comunidade reconhece a vítima, a morte, mas decreta ao mesmo tempo a vitória, para os homens e para os deuses. (Fonte: Arquivo Benjamin, manuscrito nº 853).

Em 20 de Janeiro de 1924 Benjamin volta a referir-se às anotações de Rang sobre "*Ágon* e teatro": *O primeiro dia em que, depois de uma longa pausa, me afasto da bibliografia lida e me concentro de novo em pensamentos e reflexões próprios, leva-me a regressar às tuas sugestões. E com isso, mas apenas de forma indireta, novamente à bibliografia. É que há nisto uma questão importante para mim: gostaria de saber se existem testemunhos que comprovem a relação causal da tragédia com o ágon, para além da palavra "protagonista", e também se a interpretação desta palavra no sentido que lhe dás é segura para o ator. A esta liga-se uma segunda questão: se o altar sacrificial no meio do palco do teatro antigo, bem como o ritual antigo de libertação pela fuga e corrida em volta do altar, são fatos cientificamente adquiridos; e ainda, se tiveres informação sobre isto, de que modo estes fatos têm sido apresentados na investigação, caso esta, como me parece possível, seja divergente em relação à tua própria versão das coisas. Importante para mim é ainda a frase final do apontamento sobre "Ágon e teatro", de que me mandaste cópia. Penso poder deduzir dessa frase final que o desfecho da tragédia está longe de assegurar a vitória do princípio do deus--salvador-do-homem, e que também aí o que resta, como subtexto, é uma espécie de* non-liquet. *Eu só acessoriamente pretendo ocupar-me da teoria da tragédia – que, bem ou mal, acabará por ser, não minha, mas nossa; mas precisamente essa concisão obriga-me a ser mais exato. Não posso dizer o que sairá daqui, quando o trabalho estiver pronto. Só sei que nos próximos tempos vou aplicar nele toda a minha energia* (Br., 332; GB II, 415-416). Poucos dias mais tarde, numa carta a pretexto do aniversário de Rang em 28 de Janeiro, Benjamin insiste: *Desculpa se até nesta carta de parabéns meto as minhas preocupações filológicas correntes. Mas o trabalho entrou numa fase tão premente que tudo aquilo que tinha sido adiado pede agora para ser resolvido. E para a questão do teatro grego estou e estarei dependente apenas de ti. Interessa-me saber se existe alguma relação, histórica ou factual, entre a forma dianoética do diálogo, em especial de Sófocles e Eurípedes, e a prática tribunalícia da Ática; e, a existir uma tal relação, em que sentido a podemos entender. Na literatura pertinente não encontrei nada, a minha ignorância não me permite resolver a questão, mas a sua importância é mais que óbvia.* (Br., 334-335; GB II, 419). A resposta de Rang, de 28 de Janeiro de 1924, conservou-se numa cópia: "Tens toda a razão quando escreves a propósito da última frase dos meus apontamentos sobre '*Ágon* e teatro': 'Penso poder deduzir dessa frase final que o desfecho da tragédia está longe de assegurar a vitória do princípio do deus-salvador-do-homem, e que também aí o que resta, como subtexto, é uma espécie de *non-liquet*'. É essa também a minha opinião. A solução trágica que de cada vez se encontra é certamente salvação, mas problemática, postulada na prece, mas concretizada de tal modo que ela própria faz advir uma nova situação que necessita de solução

= salvação. Ou, formulando a questão à imagem da corrida: o deus de salvação a que se chega fecha um ato, mas não é a estação final da alma que corre, é um destino de graça contingente, mas não a certeza, não a paz total, não o evangelho absoluto; também sob o seu reino podem emergir de novo a ira, a exigência de vítimas, a fuga da alma diante do destino superior. Daí, a trilogia ou tetralogia antiga, que apresenta fases da corrida libertadora. Não disponho de nenhuns testemunhos (na forma de apontamentos tirados da bibliografia) que comprovem a relação da tragédia com o *ágon*. Mas, para além da palavra '(prot)agonista', chamo a tua atenção para o carro de Téspis, o *carnaval*, que segue a órbita dos astros no firmamento, não na ordem estabelecida (da astronomia), mas na sua dissolução (nesse tempo intercalar), de tal modo que agora o êxtase pode irromper do medo, a palavra livre (*dictamen*) exceder a lei, o novo deus (Dioniso) superar os antigos. Lembro-te o meu estudo sobre o Carnaval [ver Florens Christian Rang, "Historische Psychologie des Karnevals" (Psicologia histórica do Carnaval), *in: Die Kreatur* 2 (1927/28), pp. 311-343]. A tragédia é a quebra com a astrologia, a fuga ao destino traçado pelos astros. Se a nossa ciência arqueológica e a história das religiões disso têm conhecimento e o fundamentam com base em textos antigos, não sei, mas duvido muito que assim seja... Mas deves saber também (porque está documentado pelos arquitetos no que se refere às pirâmides, aos zigurats da Babilônia, às catedrais góticas) que a forma das construções sacras, na esfera cultural da religião astrológica (que abarca toda a Europa), é a urânica: num qualquer sentido, elas são uma reprodução do universo. Do destino fechado. Ora, paralelamente ao circo – que mais não é do que a fixação arquitetônica do movimento gravitacional do homem destinado a ser sacrificado no túmulo do senhor, isto é no altar, e que se liberta desse seu destino ao apropriar-se, nessa gravitação, do mesmo deus (deus antepassado, herói) que a princípio o desafiava sob a forma do deus da desgraça, portador da morte, e agora se transforma em deus de salvação –, paralelamente ao circo, como dizia, que já na esfera da astrologia, do destino, proporcionava a salvação, temos o semicírculo teatral, que concede uma saída dessa esfera. Mas aquela corrida de morte e de vida do homem destinado a ser sacrificado é também já um *ágon*: uma luta entre aquele que foge e os seus perseguidores. E torna-se plenamente *ágon* na medida em que supõe a possibilidade da liberdade e tem lugar no pressuposto dessa possibilidade. Aquele que chega ao altar no circo astrológico não é, de fato, sacrificado, mas a sua vida passa a pertencer ao deus, entra em prisão perpétua; aquele que dele foge – no semicírculo do teatro – é um homem livre. Mas este é o sentido do *ágon* grego no seu nível já não astrológico: a consciência da vitória da humanidade contra a fossilização hierática. Mas receio bem que, na história das origens da forma construtiva do teatro antigo – do semicírculo –, os estudos especializados dos historiadores da arquitetura ainda não tenham chegado a estes domínios da história da religião.

Sobre a tua pergunta, na carta de hoje, relativa à relação do diálogo teatral, especialmente em Sófocles e Eurípedes, com os tribunais da Ática, infelizmente também só te posso dar um a resposta genérica, sem conhecimentos e dados de pormenor mais concretos. O processo antigo – o processo penal em particular – é diálogo, porque assenta no duplo papel do acusador e do réu (sem processo oficial). Tem o seu coro próprio, formado em parte pelos jurados (no antigo direito cretense, por exemplo, as partes enfrentavam a prova com 'apoiantes do juramento', isto é, com testemunhas abonatórias que – a princípio ainda com armas para a luta, ou seja, para o ordálio – garantiam a lealdade e a razão da parte que defendiam), em parte pelo apelo público dos companheiros do acusado, que pediam compaixão ao tribunal (veja-se a *Apologia de Sócrates*, de Platão), e finalmente também pela assembleia popular que dita o veredito. Nas origens, porém, este diálogo, e mesmo todo o processo, era feito com as armas na mão, era o exercício de um direito: o ofendido perseguia o ofensor de espada em punho (sendo que não havia diferença entre direito civil e penal), o direito torna-se direito popular somente como ato de justiça pessoal (do clã contra o clã). Mas aquilo que verdadeiramente é processado, o *pro-cessus* – e aquilo que delimita o direito da vingança – é o deslocamento deste percurso do direito para o âmbito do curso dos astros. O 'Thing' (a assembleia) do direito germânico – que é ainda ariano antigo, e se aplica também à Hélade – só pode ter lugar do nascer ao pôr do Sol; até o Sol se pôr a sentença tem de esperar, porque o salvador, o adjuvante da luta, ainda pode aparecer. O 'Thing autêntico' insere-se também nos ciclos da Lua, e faz-se uma vez por mês (creio que durante a Lua nova). Não tenho muita informação de pormenor sobre o direito ático-romano; mas com certeza que também aí o processo legal era religiosamente determinado pelo curso dos astros (e algumas constelações implicavam *feriae*, dias em que não podia haver julgamentos, etc.). Mas no direito da Ática (que o direito romano segue) o importante e característico é a irrupção do dionisíaco, ou, para usar os termos do meu ensaio sobre o Carnaval, o triunfo do extraordinário sobre a ordem. Acontece então que a palavra do transe, extática, pode quebrar o círculo normal do *ágon*, que a humanidade oprimida pelas formas (mas muitas vezes também em formas quase tão desumanas) pode extravasar de modo incontrolado, que um direito superior pode nascer da força de convicção da palavra viva, como no *processus* os clãs em disputa, com as armas ou com fórmulas linguísticas em verso. Neste caso, o ordálio é quebrado, em liberdade, pelo *logos*. Esta parece-me ser a mais profunda afinidade entre o processo jurídico e o teatro dramático em Atenas. De fato, também o drama é aí a celebração dos mistérios tornada viva pela intervenção do dionisíaco. Mas nesta fase Sófocles e Eurípedes não têm importância decisiva, são apenas continuadores. Tudo começa com Ésquilo." (Br., 335-338; GB II, 425-427). Rang já não viveu para ver a conclusão do livro sobre o drama trágico: em 1924 ainda esteve com Benjamin em Capri (cf. Br., 356, 371; GB II, 484, 519-520), mas morreu pouco depois em Hohenmark / Taunus.

Foi também Rang que proporcionou a Benjamin o conhecimento de Hofmannsthal, em cujo drama *Der Turm* (A torre) aquele viu concretizado *o teste criativo para a análise de um estágio passado do drama alemão (de fato, passado apenas para os superficiais e à superfície)* (Br., 438; GB III, 209), precisamente o teste para o seu livro sobre o drama do Barroco. Ainda antes de começar a escrever, já se diz numa carta a Rang: *Hoje de manhã comecei a ler* Das gerettete Venedig *(A salvação de Veneza), que ele escreveu há anos a partir de Thomas Otway, e que me serve para o meu ensaio sobre o drama trágico. Conheces a peça?* (Br., 321; GB II, 391). Em 1925, já o livro estava concluído, Hofmannsthal pediu a Benjamin *um parecer pessoal e privado sobre* A torre*, uma adaptação da peça de Calderón* La vida es sueño*, que tinha publicado* (Br., 377; GB III, 27); o parecer foi enviado por Benjamin em carta a Hofmannsthal, de 11 de Junho de 1925 (cf. Br., 384-387 e GS III, 613-615). No final das considerações sobre a peça de Hofmannsthal, Benjamin refere-se diretamente ao seu livro sobre o drama trágico: *Seria muito penoso para mim se, com estas poucas palavras, tivesse escrito alguma coisa que lhe pareça estranha, se as ideias do meu novo livro fossem desajustadas em relação ao espírito desta sua obra. Espero que não*

COMENTÁRIO

seja assim, e que essas ideias o não impedirão de passar os olhos pelo manuscrito que lhe envio em correio separado (Br., 387; GB III, 49-50). São evidentes os paralelos entre *Origem do drama trágico alemão* e as duas resenhas que Benjamin escreveu sobre *A torre* (ver GS III, 29-33 e 98-101).

O fracasso da dissertação

Benjamin não alcançou o objetivo que se propunha com o livro sobre o drama trágico, a *Habilitation* que lhe permitiria ensinar na Universidade de Frankfurt. "Nessa época, já tinha perdido a relação com a universidade e o seu modo de praticar a ciência, e o fracasso dessa tentativa (que ele achava que tinha de fazer), por muito que as circunstâncias o tivessem irritado, acabou por provocar nele um suspiro de alívio bem audível nas suas cartas. Sabia bem de mais o que estava em jogo, e como se jogava, no domínio acadêmico da filosofia e da história literária. Mas, ao retirar o trabalho, viu-se privado da possibilidade de acrescentar à edição impressa um prefácio – que eu ainda tenho – que teria deixado para a posteridade a vergonha da universidade que o recusou. De fato, pode dizer-se que este trabalho [...] é uma das teses mais importantes e pioneiras que alguma vez foram apresentadas a uma Faculdade de Filosofia e Letras. A sua recusa, que encaminhou Benjamin definitivamente para o caminho do escritor independente, ou melhor, do *homme de lettres* que tinha de ganhar o seu sustento com a pena, funcionou como símbolo da situação das ciências literárias e da mentalidade dos eruditos no período, agora tão celebrado, da República de Weimar. Ainda numa época em que tudo já estava distante, muito depois da Segunda Guerra Mundial, um ilustre representante dessa ciência [Erich Rothacker] foi capaz de pôr no papel, a propósito do fracasso dessa tentativa acadêmica, uma frase descarada e perversa como esta: 'Não se pode doutorar o espírito'." (G. Scholem, *in: Über Walter Benjamin, op. cit.*, pp. 146-147). Benjamin tinha decidido, *depois de apresentar o ensaio sobre* As Afinidades Eletivas *[...] e com a anuência de um professor da Universidade de Frankfurt* – o já referido germanista Franz Schultz –, *escrever e apresentar o trabalho sobre o drama trágico* (Br., 399; GB III, 70). Schultz deu a Benjamin *a esperança muito precisa [...] – ainda que não a garantia definitiva – de, com base num novo trabalho, apoiar a minha candidatura à* Habilitation *em história da literatura* (Br., 376; GB III, 25). Mas desde o início que Benjamin antevia conflitos entre uma atividade de livre-docência na universidade e aquilo que verdadeiramente lhe interessava. Já em Novembro de 1923 escrevia: *Não vejo – nem mesmo com a dissertação pronta – possibilidades de me dedicar às minhas tarefas de forma minimamente exclusiva* (Br., 311, GB II, 370). As razões eram também de ordem política, e não apenas pelo antissemitismo, que levara Benjamin a desistir de se candidatar à Universidade de Heidelberg. Ao decidir-se a manifestar publicamente o seu apoio às posições político-filosóficas de Rang, escrevendo uma "Apostila" ao seu livro *Deutsche Bauhütte* [O Estaleiro Alemão] (cf. GS IV, 791 segs.), escreveu ao amigo: *Uma questão central, que tive de pesar bem antes de escrever, foi a da periclitante situação da minha candidatura à* Habilitation *em Frankfurt. Não se pode ignorar a sensibilidade de alguns membros da Faculdade em relação às questões em discussão. A isso acrescenta-se o fato de o meu "padrinho" ter uma posição muito à direita e de, precisamente em Frankfurt, o livro cair de certeza nas mãos dessas pessoas. Estas preocupações acompanharam a escrita do meu texto, mas ao mandá-lo a ti deixei-as de lado* (Br., 315-316; GB II, 377). A princípio, no entanto, as perspectivas em Frankfurt até pareciam favoráveis, como atesta uma carta de 5 de Dezembro de 1923: *As minhas hipóteses em Frankfurt melhoraram visivelmente, mas o futuro da universidade é objeto de boatos céticos, que, no entanto, têm de ser ouvidos também com ceticismo. [Hermann August] Korff* acaba de deixar a universidade. O assunto foi objeto de discussão numa reunião do corpo docente, e nenhuma objeção foi levantada. Esperam que eu entregue o meu trabalho* (Br., 319; GB II, 387). Ainda em 19 de Fevereiro de 1925, pouco antes de entregar a tese, Benjamin escreve de Frankfurt: *As coisas não correm mal: Schultz foi eleito decano e, de resto, vários outros aspectos práticos estão definidos. Estou aterrado com quase tudo o que se anuncia com o desfecho feliz desta história: acima de tudo a cidade, e depois aulas, estudantes, etc. Coisas que atacam de forma fatal o tempo, já que a sua economia, assim como assim, não é o meu forte* (Br., 373; GB III, 15). Mas já em 6 de Abril de 1925 Benjamin se queixa da *falta de confiança, não de todo inesperada, mas ainda assim enervante, na instância decisiva para o meu assunto [...]: este professor Schultz, que, do ponto de vista científico, pouco vale, é um homem com experiência do mundo, que, em certas coisas literárias, tem mais faro que os*

---

* O germanista H.A. Korff, autor de uma célebre obra, em vários volumes, sobre "O espírito da época de Goethe" (*Geist der Goethezeit*), muito utilizada até aos anos setenta do século passado, foi convidado em 1923 a ocupar a cátedra de Germanística da Universidade de Gießen (N.T.).

jovens frequentadores assíduos dos cafés. Mas com este certificado da sua cultura intelectual de imitação, o que havia a dizer sobre ele está dito. Em tudo o resto, o homem é medíocre, e o que lhe sobra em tato diplomático falta-lhe em ousadia, e ambas as coisas são disfarçadas por um formalismo correto (Br., 375; GB III, 25). Schultz afastou-se do caso *mesmo antes da entrega do trabalho; defendia uma mudança para a Estética, o que, naturalmente, ia retirar peso à sua voz. Seja como for, só haverá* Habilitation *se ele mostrar o maior empenho no meu caso. Apesar de um aparato bibliográfico aventurosamente exato ter despertado o seu espanto, não posso com certeza esperar isso dele. Afinal, há mil coisas em jogo, incluindo ressentimentos. Como por exemplo aquele aparte para Salomon em que ele, com uma autoironia decente, dizia que a única coisa que tinha contra mim era o fato de eu não ter sido seu aluno. Até agora, só Salomon conhece todo o trabalho, e não rejeita a minha opinião de que é matéria para seis teses* (Br., 376; GB III, 25–26).

O requerimento formal de Benjamin traz a data de 12 de Maio de 1925:

À digníssima
Faculdade de Filosofia e Letras da Universidade de Frankfurt / Main

O abaixo assinado requere por este meio a venia legendi *para a livre-docência na disciplina de Estética da Universidade de Frankfurt / Main.*
Walter Benjamin
Dr. phil.

Frankfurt / Main
12 de Maio de 1925

Anexos:
1) Seis certificados finais das Universidades de Friburgo i.Br., Berlim, Munique e Berna
2) Diploma de doutoramento
3) Atestado de comportamento
4) Curriculum vitae
5) A dissertação de doutoramento do requerente: "Der Begriff der Kunstkritik in der deutschen Romantik" [O conceito de crítica de arte no Romantismo alemão]
6) O ensaio do requerente "Goethes Wahlverwandtschaften" [As afinidades eletivas, de Goethe]

7) *A tradução, de autoria do requerente, dos "Tableaux Parisiens" de Charles Baudelaire*

8) *A tese de* Habilitation *do requerente: "Ursprung des deutschen Trauerspiels" [Origem do drama trágico alemão]*

9) *Declaração do Comissário da Universidade de Frankfurt / Main*

10) *O ensaio do requerente "Schicksal und Charakter" [Destino e caráter]*

(Fonte: Manuscrito no arquivo da antiga Faculdade de Filosofia e Letras da Universidade Johann Wolfgang Goethe, de Frankfurt / Main)

No fim de Maio Benjamin parece não ter já grandes esperanças, e escreve a Scholem: *Estou novamente em Frankfurt, num dos eternos períodos de espera em que se organiza – se é que não se desagrega – a vida acadêmica deste lugar. O meu requerimento formal para a* Habilitation *foi entregue na Faculdade há uma semana. As minhas hipóteses são tão poucas que hesitei até à última em me candidatar. A questão é que me fizeram ver que a minha* Habilitation *em História da Literatura Alemã era definitivamente impossível, dada a minha "formação anterior"; por isso, mudaram-me para a Estética, e aqui surgem novos sinais de resistência, da parte de [Hans] Cornelius, que tem a regência da Teoria Geral da Arte, agrupada com a Estética num único departamento. A isto vem juntar-se a falta de confiança que tenho em Schultz, que, se por um lado não se quer comprometer muito comigo e deixou cair algumas palavras de grande apreço, ditadas pelas circunstâncias, por outro lado não mostra vontade de se esforçar. Nesta situação, ninguém está em condições de dizer qual será o resultado. Vejo na Faculdade uma série de senhores em posição de neutralidade e bem intencionados, mas não conheço ninguém que tome a coisa verdadeiramente em mãos. Se houver já uma decisão no sentido de uma recusa, em poucos dias o saberei. Mas o mais provável é que uma comissão tenha de ler o trabalho até ao fim do semestre; nesse caso, posso dar-me por feliz se tiver uma resposta antes das férias do Verão. É claro que, numa situação destas, não vou ficar aqui à espera muito tempo; tentarei passar o tempo de espera em Paris, se for possível, ou então em Berlim. A situação, qualquer que seja o ângulo por que a vejo, continua dúbia, mesmo do ponto de vista material. Interessa-me cada vez menos abraçar uma carreira universitária, e isto por milhares de razões. A Estética é uma das piores entradas possíveis – mais isso – para essa carreira. E o que posso esperar são apenas 180 Marcos de "ajudas" mensais. Mas algum peso a coisa acabou por ganhar – peso que realmente já não tinha —, devido à mudança para pior sofrida pela situação dos meus recursos, ou melhor, dos meus rendimentos* (Br., 379-380; GB III, 36-37). Alguns dias mais tarde, Benjamin escrevia na mesma carta: *O meu assunto não teve, por enquanto, desenvolvimentos. Espera-se que avance um pouco esta tarde, numa reunião do corpo docente. As minhas esperanças são cada vez mais tênues; e a questão dos recursos materiais não está fácil. Há dois anos teria sentido a maior indignação moral perante este estado de coisas. Hoje conheço bem de mais os mecanismos desta instituição para ser capaz até disso* (Br., 382; GB III, 39). Perante a possibilidade de uma visita de Scholem à Alemanha, Benjamin comenta: *Sobre a minha [candidatura à docência] espero quando muito, uma flor de cacto tardia, vermelho-fogo. Independentemente desta expectativa, estou decidido a deixar Frankfurt no fim desta semana, quer até lá tenha uma decisão negativa, quer o meu corpo astral acadêmico entre na órbita do labirinto da discussão pelas comissões* (Br., 384; GB III, 41). Em 11 de Junho escrevia Benjamin de Berlim a Hofmannsthal: *No fim do mês terei provavelmente de ir novamente a Frankfurt. Nessa altura haverá decisão sobre os meus planos acadêmicos, e com isso abre-se uma nova perspectiva, por pouco segura que seja, para o meu futuro próximo* (Br., 389; GB III, 52).

Entretanto, em Frankfurt ninguém tinha pressa. Em 21 de Julho de 1925 Scholem era informado do procedimento da Faculdade: *Não havia maneira de conseguir clarificar este assunto pendente, e foi por isso que me atrasei a informar-te. Entretanto, tudo se decidiu: espero que não tenhas ficado zangado e que algum pormenor do meu relato te possa compensar. Em primeiro lugar, não entrarei em muitos detalhes quanto à ruptura dos meus planos para Frankfurt. Já tinha tudo preparado para fazer, no princípio de Julho, a minha quarta ou quinta visita a Frankfurt, quando, por intermédio dos meus sogros, me chegou uma carta do romanista [Matthias] Friedwagner, que lhes comunicou para Viena que todas as minhas diligências tinham sido em vão. A amizade com o meu sogro levou-o a sondar a situação, e ficou a saber que aquelas duas sarnas do Cornelius e do [Rudolf] Krautzsch, o primeiro mais benevolente, o segundo mais malévolo, não estavam para perder tempo com o meu trabalho. Tentei logo obter junto de Salomon informações mais exatas, mas ele também não conseguiu apurar nada, a não ser que me aconselhavam a retirar rapidamente o requerimento, para me pouparem à recusa oficial. É verdade que Schultz (como decano que era) me tinha garantido que em qualquer caso me pouparia a isso. Mas não deu sinal de vida. Tenho boas razões para acreditar que ele se comportou de forma mais que desleal. A viagem obsoleta com a mala-posta por todas as estações desta universidade não é seguramente o meu caminho, e Frankfurt, depois da morte de Rang, é o mais amargo dos desertos. Entretanto, não retirei o requerimento, porque quero deixar à Faculdade todo o risco de uma decisão pela negativa. É totalmente imprevisível o caminho que as coisas irão tomar daqui para diante. Naturalmente que uma revisão no sentido de uma melhoria está completamente fora de causa, ainda que a História da Literatura, em consequência de algumas mudanças do corpo docente, esteja de momento muito mal representada. E a primeira coisa que eu faria, caso entrasse, seria pedir dispensa para o semestre de Inverno. É tudo quanto aos últimos desenvolvimentos deste processo. Com a recusa dos meus pais em melhorarem a minha situação caso a* Habilitation *resultasse, com a minha viragem para o pensamento político e com a morte de Rang, os pressupostos para esta aventura foram caindo por terra. Isso em nada altera as coisas no que respeita ao fato de uma tal brincadeira de mau gosto com o meu esforço e as minhas capacidades, no caso de eu ainda ter interesse no projeto, me irritar e amargurar ao máximo. Nunca se viu tal coisa, que um trabalho como este me seja pedido e depois ignorado desta maneira. Porque – disso lembro-me bem, na penúltima fase do processo, de que te dei conhecimento – afinal foi o próprio Schultz que se opôs perante a Faculdade à minha* Habilitation *em "História Literária", e com isso levou as coisas ao ponto em que estão agora* (Br., 391-393; GB III, 59-60). Na sua qualidade de decano da Faculdade, Schultz tinha pedido em 27 de Maio de 1925 a Cornelius – o representante da disciplina de Estética – um parecer sobre o trabalho de Benjamin. Este parecer – a que não foi possível ter acesso – foi entregue em 7 de Julho. E em 27 desse mês Schultz aconselhava Benjamin a retirar o seu requerimento, reportando-se expressamente ao parecer de Cornelius. Uma carta de Benjamin a Hofmannsthal, datada de 2 de Agosto de 1925, dá conta destes acontecimentos: *O meu projeto de Frankfurt está neste momento praticamente decidido pela negativa, e sugerem-me que retire voluntariamente o requerimento para a* Habilitation. *Ao olhar agora para o caminho tortuoso que as coisas seguiram, tenho a convicção, interior e exterior, fortemente fundamentada, de que cada vez mais é impossível olhar para a universidade de hoje como lugar de uma intervenção frutuosa e sobretudo límpida. Quanta indignação infrutífera, quanto fel não teria provocado em mim, noutras circunstâncias, um tratamento como este a que me submeteram? […] Não duvido de que é muito importante poder intervir com o discurso vivo junto dos mais novos para os ganhar para uma causa: mas não é indiferente o lugar em que isso acontece, nem o grupo de indivíduos que ele abrange. E se é certo que, fora da universidade, não existe hoje ainda ninguém capaz de assegurar que essa intervenção dará frutos, não é menos certo que a universidade turva cada vez mais a limpidez das fontes do seu ensino. São pensamentos como estes – que deixo apenas aludidos – que geram em mim a amargura de saber que, hoje como antes, uma intervenção da sua parte, como a que generosamente se propôs ter em Frankfurt, não iria dar quaisquer resultados* (Br., 399-400; GB III, 70). Benjamin retirou o requerimento para a *Habilitation*. Não há a certeza, mas é provável, que isso tenha acontecido em 21 de Setembro de 1925 – embora uma passagem que se refere a esta data numa carta a Scholem não tenha de ser interpretada à letra (cf. Br., 404; GB III, 86). De qualquer modo, a documentação entregue por Benjamin foi devolvida pela Faculdade em Outubro de 1925. Em 5 de Abril de 1926 Benjamin escrevia a Scholem sobre novos trabalhos, muitos dos quais ainda não escritos: *O mais digno de menção é o prólogo de dez linhas ao livro sobre o drama trágico, que mandei à Universidade de Frankfurt, e que considero uma das minhas peças mais conseguidas* (Br., 416; GB III, 133). Esse prólogo – cuja data é certamente fictícia – tem o seguinte teor:

> *Quero contar pela segunda vez a história da Bela Adormecida.*
> *Dorme na sua sebe espinhosa e um dia, ao fim de muitos anos, acorda. Mas não com o beijo de um príncipe feliz.*
> *Foi o cozinheiro que a despertou, ao dar ao aprendiz aquela bofetada que, com a força acumulada ao cabo de tantos anos, ressoou pelo palácio inteiro. Uma linda donzela dorme atrás da sebe espinhosa das páginas que se seguem. Que nenhum afortunado príncipe, vestindo a esplendorosa armadura da ciência, ouse aproximar-se! Porque ao beijo do noivo ela responde mordendo.*
> *Para a despertar, o Autor reservou-se o direito de assumir o papel do chefe de cozinha. Há muito tempo que alguém devia ter dado a bofetada que há-de ecoar pelos salões da ciência.*
> *Nessa altura, despertará também a pobre verdade aqui contida, que um dia se picou na antiquada roca de fiar, quando, sem autorização para isso, quis tecer para si própria, numa arrecadação cheia de tralha velha, uma beca professoral. Frankfurt / Main, Julho de 1925*

(Fonte: Cartas [Br., 418])

Em 18 de Setembro de 1926 Benjamin retoma, numa carta a Scholem, a questão de um prefácio ao livro sobre o drama do Barroco: *O prefácio dá-me que pensar. O único caminho viável, e por ti sugerido, de uma nota objetiva que encerrasse o assunto, não posso segui-lo: o fato é que, para evitar uma "recusa", acabei por retirar o trabalho (provavelmente uma decisão insensata!). E por isso continuo hesitante sobre o que fazer, porque não me agrada nada a ideia de o publicar sem uma palavra sobre a sua gênese e o seu destino, logo à nascença* (Br., 433-434; GB III, 198). A edição em livro, de 1928, não contém qualquer alusão à pré-história acadêmica do trabalho. Houve, no entanto, uma pós-história que – ironia das ironias – se desenrolou na mesma Faculdade que tinha recusado o estudo de Benjamin. Adorno recebeu nessa Faculdade em 1931 a *Habilitation* em Filosofia. E o novo professor não só cita repetidas vezes, e com destaque, o livro de Benjamin, como defendeu, na sua lição inaugural, um conceito de atualidade filosófica que se solidariza em muitas passagens com o "Prólogo epistemológico-crítico" de *Origem do drama trágico alemão* (cf. Theodor W. Adorno, "Die Aktualität der Philosophie" [A atualidade da filosofia], *in: Gesammelte Schriften*, vol. I, ed. Rolf Tiedemann. Frankfurt / M., 1973, pp. 325-344). No semestre de Verão de 1932, Adorno orienta em Frankfurt um seminário sobre o livro de Benjamin (ver as atas do seminário no Arquivo Benjamin, e Br., 556 e 558; GB IV, 113 e 128). Finalmente, regressado do exílio americano, Adorno orientou na Faculdade de Filosofia e Letras da Universidade de Frankfurt a primeira dissertação dedicada ao pensamento de Benjamin.

História editorial e recepção crítica

A história da publicação do livro sobre o drama trágico foi igualmente complicada e arrastada, mas acabou por ter um fim feliz. Em 22 de Dezembro de 1924 Benjamin comunicava a Scholem: *Este livro não será impresso por Arthur Scholem* – a dissertação tinha sido impressa na tipografia do pai de Scholem em Berlim –, *será feito por… Jacques Hegner. E agora também me propõem finalmente uma impressão em gótico, a única que vai com o livro. Tudo isto acontece porque há uma semana assinei contrato por dois anos com uma nova editora que acaba de ser fundada aqui, e na qual assumo também as funções de leitor (mas sem horário nem honorário certos). […] Não posso ainda antever o que resultará deste projeto, mas a impressão que tenho do chefe [Littauer] – que é dez anos mais novo que eu –, um homem*

COMENTÁRIO

com formação de livreiro, é bastante positiva (Br., 367; GB II, 509-510). Em Abril de 1925 Benjamin acreditava ainda que dentro de alguns dias entregaria o manuscrito na tipografia, mas já em Maio escrevia a Scholem: *O meu editor [...], sem ter ainda editado um único livro, foi à falência* (Br., 380; GB III, 37). Ao mesmo tempo, parecia haver uma nova possibilidade de publicação, pelo menos parcial: *A última parte do meu novo trabalho será publicada durante este Verão, com o título "Construção do luto", num anuário da Editora Cassirer que também inclui a minha crítica de* Geist der Utopie [Espírito da utopia, *de Ernst Bloch*] (Br., 380; GB III, 37-38). Também este plano não se concretizou. Foi de novo Hofmannsthal quem abriu caminho à publicação. Benjamin enviou-lhe, em Junho de 1925, o manuscrito do livro: *Não o importunaria com um exemplar datilografado, se tivesse já alguma perspectiva clara de publicação. Talvez a técnica da acumulação de citações mereça uma explicação; mas limito-me a anotar que a finalidade académica do trabalho foi para mim apenas um pretexto — ironicamente aceite — para esta forma de escrita. O manuscrito está à sua disposição o tempo que dele precisar. Ao enviá-lo, não posso, naturalmente, exigir o que quer que seja do seu tempo* (Br., 387-388; GB III, 50). Logo em Junho Benjamin informava Scholem da reação de Hofmannsthal: *Hofmannsthal está de posse de uma cópia do meu trabalho, e encaminhou-o para o professor de Germanística em Viena, [Walther] Brecht, mestre de um tal Cysarz, meu antecessor direto neste domínio da história literária, e com quem de vez em quando travei uma luta eticamente correta. Brecht terá recebido o trabalho com grande entusiasmo, e está disposto a recomendá-lo com um parecer a qualquer editor. O mesmo me diz Hofmannsthal nesta carta, muito solícita e positiva. Talvez oportunamente te mande uma cópia dela. Fala de afinidades profundas entre as suas próprias tentativas e as minhas deduções, diz muita coisa amável e amigável e refere o livro como sendo "em muitas partes absolutamente magistral"* (Br., 393; GB III, 60-61). A 2 de Agosto, Benjamin agradece a Hofmannsthal: *Sugere-me, prezado senhor von Hofmannsthal, também a sua disponibilidade para recomendar o meu trabalho a uma editora. O livro encontra-se neste momento na editora Rowohlt em Berlim, à qual o meu amigo Franz Hessel, leitor dessa editora, o recomendou. Ao escolher esta editora, a minha ideia era a de conseguir uma casa de âmbito mais generalista, e não propriamente uma editora com um programa estritamente científico. De fato, a atitude "científica" no sentido atual do termo não é o que mais importa neste meu ensaio, e a sua inserção no âmbito de uma editora científica poderia facilmente apagar o valor dele naqueles pontos que, para mim, são os mais interessantes. Seja como for – as suas linhas obrigam-me a informá-lo sobre o resultado das negociações com a Rowohlt; por outro lado, julgo saber que a editora está perfeitamente ao corrente da sua opinião sobre o meu livro* (Br., 400; GB III, 70-71). A opinião de Hofmannsthal contribuiu, de fato, para a decisão tomada por Ernst Rowohlt, como parece mostrar uma carta de Benjamin a Hofmannsthal, datada de 2 de Novembro de 1925; este tinha-se oferecido entretanto para fazer uma pré-publicação parcial na revista *Neue Deutsche Beiträge: Não tenho a certeza, mas acho que já o informei de que, sobretudo devido ao peso da sua opinião, o livro sobre o drama trágico, o trabalho sobre* As afinidades eletivas *e um volume de aforismos vão ser editados por Rowohlt. Os dois primeiros deverão estar prontos em 1 de Março de 1926. Ficar-lhe-ia muito grato se até esta data pudesse aparecer nos* Beiträge *a pré-publicação do capítulo sobre o príncipe* (GB III, 97). Já antes, em Setembro, Benjamin tinha escrito de Nápoles a Scholem: *Duas horas antes de apanhar o comboio assinei em Berlim um contrato com o editor Ernst Rowohlt. Garante-me uma mensalidade fixa para o próximo ano e edita* Origem do Drama trágico alemão, As afinidades eletivas, *de Goethe e* Plaquete para Amigos. *O terceiro é um livrinho de aforismos, mas ainda não decidi se mantenho este título* (Br., 403-404; GB III, 85). Sobre a pré-publicação na *Neue Deutsche Beiträge* lemos em finais de Dezembro, numa carta de Ano Novo a Hofmannsthal: *Se no primeiro terço [do ano], até fim de Março ou princípio de Abril, sair um novo número dos* Beiträge, *então a publicação do meu capítulo sobre a melancolia seria de fato ainda pré-publicação, e não haveria problemas, nem da parte de Rowohlt, nem da minha* (Br., 407; GB III, 106). Mas ambas as coisas, a pré-publicação e a edição em livro, ainda se atrasariam mais. É certo que em Janeiro de 1926 *estavam tiradas provas do livro sobre o Barroco e do ensaio sobre* As afinidades eletivas (Br., 409; GB III, 110), mas em Abril *Rowohlt [...] adiou a saída das minhas coisas para o Outono* (Br., 416, GB III, 133); numa outra carta fala-se, com mais exatidão, de Outubro de 1926 como data prevista para a saída (ver Br., 429; GB III, 163). Em Junho de 1926 Benjamin voltava a mencionar a pré-publicação em carta a Hofmannsthal: *Acabo de receber, para minha alegria, o seu postal do dia 9. Naturalmente que é uma belíssima perspectiva, a da possibilidade de ver o capítulo sobre a melancolia publicado nos* Beiträge, *e compensa-me do atraso da impressão do livro na Rowohlt. Esta ainda não começou, e se os* Beiträge *saírem no Outono antecipar-se-ão certa-*

mente ao livro; ainda que a distância no tempo possa não ser grande, justifica de qualquer modo a pré-publicação. Esta seria também bem-vinda a Rowohlt, e estou certo que ele aceitará acertar as coisas nesse sentido (carta de 15 de Junho: GB III, 176). Seguiram-se outros adiamentos, tanto do lado de Hofmannsthal como de Rowohlt. Em Setembro de 1926 escrevia Benjamin a Scholem: *A saída do livro sobre o Barroco, que espero impacientemente para que o possas ler, tal como a do livro sobre* As afinidades eletivas, *continua a ser adiada por Rowohlt, violando os termos do contrato. Em Outubro haverá uma decisão definitiva* (Br., 433; GB III, 197). Em 20 de Outubro de 1926 lemos numa carta a Siegfried Kracauer: *É verdadeiramente grotesca esta situação, que não tenha ainda começado a impressão dos meus livros. As coisas com a Rowohlt começam a ficar sérias, e pedem uma clarificação rápida.* Rebus sic stantibus [No pé em que estão as coisas, N.T.], *Hofmannsthal é ainda o meu advogado de maior confiança, que em carta recente e tranquilizadora me confirmou a publicação de um dos capítulos principais (sobre a melancolia) no próximo número da sua revista, que deve sair em breve* (GB III, 205). Hofmannsthal parece ter sugerido então uma outra editora para o livro, e Benjamin escreve-lhe em 30 de Outubro: *Teria respondido logo à sua sugestão, para mim importantíssima, sobre a questão da editora, se Rowohlt não estivesse em viagem desde o meu regresso. Acima de tudo, aceite o meu mais sentido agradecimento pelo estímulo que a sua sugestão me dá. De momento, e antes de falar novamente com Rowohlt, não posso esclarecer a situação. Devo-lhe um derradeiro ultimato nesta matéria. (Alguma influência nisto tem também a minha vontade de ver os meus livros, na medida do possível, editados com a mesma chancela; o meu novo livro de apontamentos ou aforismos não teria facilmente lugar numa editora científica, e Rowohlt aceitou-o). O mais importante continua a ser a necessidade de ter o livro sobre o Barroco editado dentro de poucos meses. Se Rowohlt não me der garantias absolutas, então deixaria o próximo passo nas suas mãos, com toda a minha gratidão e confiança. Peço-lhe que agradeça também por isto a [Walther] Brecht* (Br., 435-436; GB III, 207). Na mesma carta diz-se ainda, sobre a planejada pré-publicação: *Fico contente por saber que sempre se fará a pré-publicação do capítulo sobre a melancolia, por mim e pelo que de bom isso pode ter para a continuidade dos* Beiträge. *Não é difícil ajustar o capítulo, no que diz respeito à extensão, às exigências da Redação. Se quiser ter a bondade de me fazer chegar o manuscrito quando for conveniente, devolvê-lo-ei imediatamente com os cortes necessários, deixando intacto o essencial do fluxo das ideias e das citações. Não tome por vaidade o que lhe vou dizer: o que mais fundo me tocou e alegrou foi a passagem em que menciona o meu estilo com palavras de louvor. Esforcei-me, de fato, bastante, por um lado porque não sei fazer as coisas de outro modo, e por outro porque segui a máxima que diz que a um programa coerentemente minimal do estilo corresponde geralmente um programa de maximização das ideias* (Br., 437; GB III, 208-209). Kracauer, que tinha falado a Benjamin nos planos de editar em livro uma série de trabalhos próprios, recebe em Novembro de 1926 a notícia: *Se a publicação dos meus [trabalhos] continuar a atrasar-se assim, poderei dizer que, com alguma sorte, sairemos ambos no próximo ano* (GB III, 214). O malfadado tema só volta a surgir nas cartas de Benjamin em Junho de 1927, quando escreve a Hofmannsthal: *Rowohlt infringiu tão descaradamente, em aspectos essenciais, todo o contrato que firmou comigo, que de momento não consigo decidir-me a dar-lhe o imprimatur para o meu livro sobre o Barroco. Sei bem que estes eternos adiamentos podem ser fatais. Mas vou ter de decidir em breve se fico na Rowohlt ou se procuro outro editor. Entretanto recebi, já há várias semanas, as primeiras provas do capítulo sobre a melancolia para os* Beiträge. *Juntamente com as provas revistas seguiu uma carta longa para o sr. Wiegand* (Br., 446; GB III, 259-260). Em Julho de 1927 Kracauer recebe a notícia: *Anunciam-me a publicação das minhas obras reunidas no Natal. Mas eu já começo a vê-las como coisa meramente privada* (GB III, 272). Mas em finais de Outubro as coisas parecem encaminhar-se mesmo para uma concretização: *Desde o meu regresso tenho muito que fazer, infelizmente também muitas coisas dispersas. E os livros, que desta vez sairão mesmo no Natal, exigem na última fase tanta atenção a aspectos técnicos e bibliográficos como na primeira* (GB III, 299). Em Agosto de 1927 acontece também a pré-publicação do capítulo sobre a melancolia nos *Neue Deutsche Beiträge*, e Benjamin agradece a Hofmannsthal: *Finalmente, parece que o livro sobre o drama trágico sairá antes do Natal. Agora que, de certo modo, me despeço dele, quero agradecer-lhe uma vez mais a ajuda que me deu em certos momentos de espera e grande perplexidade. Não sei por onde andaria hoje o livro — nem sei muito bem qual seria a minha relação com ele — se eu não tivesse encontrado no senhor o primeiro, o mais compreensivo, no mais belo sentido da palavra o mais benevolente dos leitores* (Br., 452; GB III, 307). Mas afinal sempre houve mais um pequeno atraso na saída do livro, como se deduz de uma carta a Kracauer: *Tive uma desagradável crise de icterícia. E depois, a disposição para o trabalho foi por água abaixo, porque tive de corrigir provas. De repente,*

Rowohlt resolveu acelerar o ritmo, mas afinal de contas era tudo falso alarme e os livros só saem em 10 de Janeiro (GB III, 315). Finalmente – em 30 de Janeiro de 1928 –, a notícia numa carta a Scholem, oscilando entre o triunfo e a resignação que já não deixa saborear plenamente o triunfo: *Nesta carta, que provavelmente será muito longa, poderás ver a série de relâmpagos à qual se seguirá, de acordo com a distância do olho da trovoada em relação à Terra Santa, alguns dias depois, um trovão que se prolongará por muito tempo, sob a forma de um respeitável pacote de livros. Que ele encontre um eco retumbante nas fundas cavernas da cabeça de Vossa Magnificência! Já não podia voltar a escrever para anunciar a "saída próxima" dos meus livros. E antes de ter os dois já era fim de Janeiro. Agora já posso dizer simplesmente: "estão aí". Na tua qualidade de responsável pela biblioteca da Universidade, recebes já um segundo exemplar de ambos os livros, e na qualidade, não menos importante, de mentor da minha carreira, um terceiro do livro sobre o drama trágico, com uma dedicatória para Magnes** (Br., 454; GB III, 321-322).

Não tenho ainda notícias sobre a recepção dos meus livros (Br., 457; GB III, 325), escrevia Benjamin em 30 de Janeiro de 1928; e em 7 de Março fazia o balanço: *O meu livro* Origem do drama trágico alemão *é a prova provada da distância que separa a observação rigorosa dos métodos de investigação acadêmica mais autênticos do atual modo de estar do meio científico idealista-burguês: nem um universitário alemão lhe dedicou uma crítica* (Br., 523; GB IV, 18). Das resenhas ao livro, Benjamin guardou três:

1. Willy Haas, "Zwei Zeitdokumente wider Willen" [Dois documentos de época contra vontade], *in: Die literarische Welt*, 20 de Abril de 1928 (Vol. 4, nº 16);
2. Werner Milch, "Walter Benjamin", *in: Berliner Tageblatt und Handelszeitung* (Literarische Rundschau), 11 de Novembro de 1928 (sobre *Ursprung des deutschen Trauerspiels* e *Einbahnstraße* / Rua de Sentido Único, o "livro de aforismos" mencionado na correspondência ainda com o título "Plaquete para Amigos");
3. Adolf von Grolman, "Walter Benjamin, *Ursprung des deutschen Trauerspiels*", *in: Die schöne Literatur* 30 (1929), p. 422.

---

* Dr. Judah L. Magnes (1877-1948), Chanceler da Universidade de Jerusalém, que Scholem deu a conhecer em Paris a Walter Benjamin (N.T.).

Para além destas, houve pelo menos ainda as seguintes resenhas:

4. Franz Heinrich Mautner, "Walter Benjamin, *Ursprung des deutschen Trauerspiels*", in: *Die Neueren Sprachen* 38 (1930), pp. 681-683;
5. Alexander Mette, "Walter Benjamin, *Ursprung des deutschen Trauerspiels*", in: *Imago. Zeitschrift für Anwendung der Psychoanalyse auf die Natur- und Geisteswissenschaften* 17 (1931), pp. 536-538;
6. Kurt Vogtherr, "Walter Benjamin, *Ursprung des deutschen Trauerspiels*", in: *Jahresbericht über die wissenschaftlichen Erscheinungen auf dem Gebiet der neueren deutschen Literatur* (Bibliografia de 1928), Nova Série, vol. 8, 1931, pp. 28 segs.

Nas críticas de Haas, Mette e Mautner encontra-se, ainda assim, alguma percepção do nível do livro de Benjamin, mas não há também nelas qualquer sinal de compreensão. Contrariando a ausência de ilusões sobre o meio acadêmico-científico, que era seu apanágio, Benjamin esperava uma recepção do livro sobre o drama barroco nos meios científicos. Assim, em 8 de Fevereiro de 1928, informava-se junto de Hofmannsthal: *Sabe o que pensa o professor [Walther] Brecht sobre a possibilidade de uma resenha na revista de Hinneberg? Posso sugerir à Redação que lha peça?* (Br., 465; GB III, 332 e 353). Numa carta de 23 de Abril de 1928, a Scholem, lemos: *Pelo texto de Haas, que te mando, podes ver como o senhor redator quis prestar-me honras; tirando algumas omissões que dão muito que pensar, acho que a resenha não está mal. Na parte final parece-me dizer coisas muito inteligentes. De resto, quem se interessou primeiro pelo livro sobre o drama trágico foi a Hungria. Um senhor que até agora desconhecia fez uma excelente resenha numa revista de filologia, editada com o apoio da Academia das Ciências. O diretor da revista comunicou-me ainda que já recomenda o livro nas suas lições em Budapeste. Algumas vozes importantes, como sabes, vão ainda fazer-se ouvir. Entre elas a do sr. Richard Alewyn, de quem se espera uma opinião na* Deutsche Literaturzeitung. *O nome será tão novo para ti como para mim, mas aqui toda a gente o tem em grande conta [...] Seria bom se escrevesses a* Saxl[*], *ou se já tivesses escrito. Quanto a Schaeder, preferia esperar até que saia a sua resenha do meu livro na* Neue Schweizer Rundschau. *Esse será o*

---

[*] Fritz Saxl, diretor da Biblioteca Warburg, e coautor, com W. Klibansky e E. Panofsky, da conhecida obra sobre a Melancolia I de Dürer, *Saturno e Melancolia* (N.T.).

momento certo para aparecer a minha carta. Para exercer alguma influência sobre Cassirer será provavelmente tarde de mais. Mas não vejo nenhum outro caminho, e não poderei fazer mais nada a não ser esperar. Escreve, por favor, logo que tenhas notícias do outro lado (Br., 469-470; GB III, 367-369). A resenha citada, na revista húngara, que a edição das *Obras* de Benjamin refere como "não localizada" (GS I/3, 909), foi entretanto identificada por Momme Brodersen na sua biografia de Benjamin (*Spinne im eigenen Netz. Walter Benjamin – Leben und Werk* [A aranha na sua própria teia. Vida e obra de Walter Benjamin], 1990, p. 299)*. Nem Brecht, nem Alewyn, nem Fritz Saxl, nem Hans Heinrich Schaeder, nem Ernst Cassirer escreveram qualquer crítica sobre o livro. Um documento nada desprezível da situação intelectual na Germanística de então é sobretudo a nota de Vogtherr nos "Anais" oficiosos, que aqui se transcreve na íntegra:

> O livro não oferece nada de novo. A um "Prólogo epistemológico-crítico" de difícil leitura seguem-se dois grandes capítulos dedicados à exposição da teoria da tragédia, em especial na Alemanha, do Barroco à atualidade. O autor discute seriamente todos os teóricos, particularmente Volkelt, Nietzsche e o idealismo. Muito infeliz é a decisão de descartar Aristóteles como não importante para o Barroco, sem referir, em contrapartida, Sêneca, Vondel e outros. Só encontrei referências a Opitz e, ocasionalmente, a Scaliger. (Kurt Vogtherr, *op. cit.*)

A única resenha que atribuiu a Benjamin *um lugar numa dada ordem* (carta a Kracauer, de 21 de Julho de 1928: GB III, 399) foi a do texto de Siegfried Kracauer "Sobre as obras de Walter Benjamin", uma crítica do livro sobre o drama trágico e de *Rua de Sentido Único* publicada em 15 de Julho de 1928 na *Frankfurter Zeitung* (e reproduzida, com algumas alterações, em S. Kracauer, *Das Ornament der Masse. Essays* [O Ornamento das Massas. Ensaios], Frankfurt / M., 1963, pp. 249-255). Benjamin enviou os livros a Kracauer, e este ter-lhe-á comunicado a sua intenção de escrever uma resenha, ao que Benjamin responde em 15 de Fevereiro de 1928: *Muito obrigado pelas suas amáveis linhas, confirmando*

---

* A referência bibliográfica exata é: CH.-S., "Walter Benjamin: *Ursprung des deutschen Trauerspiels*", in: *Egyetemes Philologiai Közlöky* 52 (1928), p. 43 (N.T.).

a recepção dos meus livros. Vem a Berlim proximamente? Gostaria de apor a esta frase um ponto de exclamação, em vez da interrogação. Se se interessa por observar as pegadas dos seus antecessores por atalhos da crítica a propósito dos meus escritos, está à sua disposição o meu arquivo, que até lá irá crescer ainda, espero. Há muita coisa interessante ali, já hoje. Mas faltam ainda as críticas mais importantes (GB III, 334). Não é muito claro o que possa querer dizer a referência a *coisas interessantes*; é possível que se trate de críticas em jornais diários, hoje não acessíveis; mas é mais provável que Benjamin pensasse nas pré e pós-publicações de textos de *Rua de Sentido Único* (ver GS IV, 913-914). Numa carta posterior Benjamin remete para o romance de Kracauer *Ginster* (Berlim, 1928), publicado sob pseudônimo: *Folgo em saber que está a ler o livro sobre o drama do Barroco; posso mesmo imaginar que a porta que, da alcova das alegorias de Ginster, dá para a sala barroca em que ganham pó as minhas criaturas de arenito está apenas encostada* (carta a Kracauer, de 25 de Fevereiro de 1928: GB III, 339). Em Março de 1928 Benjamin responde a uma pergunta de Kracauer sobre as circunstâncias em que se deu o fracasso da *Habilitation*: *E agora a sua pergunta sobre o livro. Volta a colocar-se a questão sobre a qual falamos uma vez em Nápoles: que eu, irrefletidamente, não tenha deixado que a recusa fosse um ato oficial, mas, a conselho de um dos membros do júri, tenha retirado o requerimento. Sob esta forma, o fato, que de certo modo é biográfico, poderá tornar-se público. Mas a sua configuração sutil não se compadece com abreviaturas [...] A enorme dificuldade de fazer a resenha deste livro* [Rua de sentido único] *juntamente com o do drama trágico é para mim mais que evidente, e só se poderá resolver lançando mão de uma construção cuja utilidade e cujos inconvenientes o senhor, melhor que eu, poderá pesar* (carta a Kracauer, de 10 de Março: GB III, 341). Uma última carta sobre a resenha de Kracauer é datada de poucos dias depois da sua publicação: *Agora estou imensamente feliz com a sua resenha, e não quero deixar de lho dizer e de lhe agradecer. Entre as que apareceram, é a única que não se limita a iluminar e apresentar este ou aquele aspecto, mas me atribui um lugar numa dada ordem. E, como se viesse provida de um selo de felicidade, apareceu exatamente no dia dos meus anos. Talvez também tenha ouvido algumas reações, aí em Frankfurt, ao seu ensaio. Aqui, ele foi muito admirado. O artigo de fundo deste número do suplemento literário [da* Frankfurter Zeitung] *aliás, foi também importante para mim. Confirmou a suposição de que as publicações científicas mais importantes para a nossa perspectiva se agrupam à volta do círculo de Warburg; por isso me agrada tanto a informação, que me chegou recentemente, de que Saxl se interessa seriamente pelo meu livro* (carta de 21 de Julho: GB III, 399-400).

Também esta ligação ao círculo de Warburg, tão desejada por Benjamin, não se concretizou. Já em Outubro de 1926 tinha escrito a Hofmannsthal: *Talvez eu possa, mais tarde, e para além do empenho de [Walther] Brecht, contar com o interesse do círculo de Hamburgo à volta de [Aby] Warburg. Entre os seus membros (com os quais não tenho relações), sei que posso contar com críticos de formação acadêmica e ao mesmo tempo abertos à compreensão do livro; de resto, e precisamente do lado da ciência oficial, não posso esperar muita benevolência* (Br., 438; GB III, 210). Em 30 de Janeiro de 1928 Benjamin informa Scholem: *Acho que te interessa saber que Hofmannsthal, conhecendo o meu interesse por uma aproximação ao círculo de Warburg, enviou o número dos* Beiträge *com a pré-publicação, juntamente com uma carta pessoal, a [Erwin] Panofsky. Esta boa intenção de me ser útil – on ne peut plus – resultou echouée (falhou, e como!). Ele enviou-me a carta de resposta de Panofsky, fria e cheia de ressentimentos. Consegues entender uma coisa destas?* (Br., 457; GB III, 325). Uma semana mais tarde Benjamin comentava o incidente com Hofmannsthal: *Agradeço-lhe o envio da estranha carta de Panofsky. Que a "especialidade" dele é a história da arte, isso já o sabia. Mas, a julgar pelo tipo dos seus interesses iconográficos, pensei que podia concluir que era um homem da estirpe, embora não da estatura, de um Émile Mâle, alguém que é capaz de mostrar interesse em relação a coisas essenciais, ainda que se não insiram totalmente nos limites da sua especialidade. Agora, o que me resta fazer é desculpar-me consigo pelo meu pedido intempestivo* (Br., 460; GB III, 332).

O livro sobre o drama trágico e a obra posterior de Benjamin

Com o livro sobre o drama do Barroco fecha-se, para Benjamin, "o círculo de produção germanística" (ver Br., 455; GB III, 322). Apesar disso planejava continuar a escrever na sequência das ideias desenvolvidas em *Origem do drama trágico alemão*. Desses planos dava já notícia a Hofmannsthal em Dezembro de 1925: *Agradeço-lhe encarecidamente as amáveis linhas que me escreveu de Aussee. Desta vez não posso aceitar diretamente a sua sugestão de desenvolver as minhas ideias sobre as metáforas de Shakespeare. Lamento muito, mas depois de terminar um trabalho de maior envergadura não consigo durante algum tempo regressar aos seus temas e ideias;*

sem isso não poderia corresponder ao seu pedido. E também por uma razão com a qual não pretendo dourar a pílula em relação a um adiamento. Shakespeare não é propriamente um terreno em que eu me sinta em casa, porque só esporadicamente me ocupei dele. Por outro lado, aprendi, na minha relação com Florens Christian Rang, o que significa conhecer o autor inglês; se ele estivesse vivo, sugeriria imediatamente que fosse ele a tratar do tema que sugere. Não sei se o confronto de Shakespeare com Calderón, neste ponto concreto, seria tão elucidativo como de resto o é, em muitos outros aspectos. De qualquer modo, Calderón faz uso de um metaforismo brilhante, que me parece ser muito diferente do de Shakespeare: e a ser assim, então os dois seriam identificáveis como as manifestações polares mais importantes do discurso figurado barroco (a imagem em Shakespeare como "símile e figura" da ação e do homem, e a de Calderón como potenciação romântica do próprio discurso). Mas por agora tenho de parar com estas considerações; se chegasse a concretizar um velho plano meu, o de escrever um comentário à Tempestade, *a questão que agora me coloca seria o foco dessa exposição* (Br., 406; GB III, 104-105). Em Junho de 1927 Benjamin refere, novamente a Hofmannsthal: *Por vezes penso num trabalho sobre a tragédia francesa, como contraponto do meu livro sobre o drama trágico. O plano deste livro previa originalmente um estudo do drama trágico alemão e da tragédia francesa, para mostrar a sua natureza contrastante* (Br., 445-446; GB III, 259). Em Agosto volta a mencionar o projeto a Hofmannsthal: *De fato, quero ocupar-me mais de perto da cultura francesa destes séculos (o XVI e o XVII), para ver se me embrenho mais num trabalho sobre a tragédia francesa, a que aludi na minha última carta* (Br., 450; GB III, 286). Benjamin parece ter alimentado durante bastante tempo este plano, mas o seu interesse foi-se deslocando da tragédia para a comédia francesa, como evidencia uma frase num currículo de 1928: *O segundo tema, para o qual já há algum tempo venho fazendo estudos preliminares, é o da investigação da comédia clássica francesa como contraponto do drama barroco alemão* (GS VI, 217). Enquanto o comentário à *Tempestade* é apenas referido na passagem citada, uma carta a Werner Kraft, do ano 1935, mostra que o trabalho sobre *O livro das passagens* tinha feito esquecer o outro, sobre o drama francês. Kraft, desconhecendo o plano antigo de Benjamin, tinha-lhe sugerido escrever um livro sobre a tragédia clássica francesa; Benjamin responde com um relato sobre *O livro das passagens: Por agora só lhe posso indicar o título, pelo qual verá como este objeto, que atualmente domina de forma ditatorial a economia do meu pensamento, está longe da tragédia clássica francesa. O título é: "Paris, capital do século XIX"* (Br., 659; GBV, 89). Também noutros comentários sobre *O livro das passagens*, feitos em cartas dos anos trinta, Benjamin se refere ao livro sobre o drama trágico, quase sempre num contexto em que se reflete sobre a necessidade de elaborar, para a nova obra, uma nova teoria do conhecimento, como acontecera com o "Prólogo epistemológico-crítico" da anterior. Por exemplo em 1930, a Scholem [e em francês]: *O que hoje me parece um dado adquirido é que para este livro, tal como aconteceu com o do drama trágico, não poderei prescindir de uma introdução centrada na teoria do conhecimento – desta vez, principalmente sobre a teoria do conhecimento da história* (Br., 506; GB III, 503). Em 1935 voltava a escrever a Scholem: *Já não sei de há quantos anos datam os meus esboços para um ensaio [sobre* O livro das passagens*] destinado à revista* Der Querschnitt, *e que nunca foi escrito. Não me admiraria se fossem os clássicos nove anos, com o que superaria o período de gestação do livro sobre o drama trágico, se esta obra parisiense viesse a aparecer [...]. De resto, de vez em quando cedo à tentação de imaginar, na construção interna deste livro, analogias com a obra sobre o Barroco, de cuja estrutura externa este se afastaria muito [...]. Se o livro sobre o Barroco exigiu a sua própria teoria do conhecimento, isso devia passar-se de modo semelhante com as "Passagens", mas não posso prever em que medida ela chegaria a uma concepção autônoma, ou se serei capaz disso. O título "As passagens de Paris" desapareceu finalmente e o projeto chama-se "Paris, Capital do Século XIX"; mas para mim é "Paris, capitale du XIXe siècle". Com ele vem a sugestão de uma nova analogia: tal como o livro sobre o drama trágico abordava o século XVII a partir da Alemanha, este faria o mesmo com o século XIX a partir de França* (Br., 653-654; GB V, 83-84). Ainda em 1935, na carta que acompanhava o memorando sobre *O livro das passagens* que Benjamin envia a Adorno (ver GS V, 45 segs.), pode ler-se: *Esta sinopse, que em nenhum ponto nega os meus pontos de vista, não é, naturalmente, em tudo o seu equivalente completo. Do mesmo modo que a exposição acabada das bases epistemológicas do livro sobre o Barroco tinham a sua confirmação nos materiais analisados, também isso acontecerá aqui. Mas com isto não me comprometo a fazê-lo também desta vez em forma de capítulo separado – ou no fim, ou no princípio. Esta questão tem de ficar em aberto [...] E ainda: mais do que em qualquer das fases anteriores do plano (o que em mim me surpreende), tornam-se-me agora claras as analogias deste livro com o estudo sobre o Barroco* (Br., 664; GB V, 98; cf. também GS I/3, 1224 segs. e GS V, Introdução).

Não só na correspondência, mas também nos seus escritos, Benjamin remetia muitas vezes para o livro sobre o drama do Barroco. Nas anotações e nos materiais para *O livro das passagens* ele é várias vezes citado. Um dos fragmentos de *Zentralpark* (o nº 45) delimita a abordagem materialista de Baudelaire em relação ao método seguido no livro sobre o drama trágico (GS I/2, 690). Já em 1934 Benjamin reagia, na resenha de um livro sobre Jean Paul, contra eventuais mal-entendidos que pudessem relacionar este autor com a sua teoria da alegoria (ver GS III, 422 segs.). É chocante o laconismo com que, numa nota ao ensaio "Eduard Fuchs, colecionador e historiador", de 1937 – um trabalho no qual Benjamin parece adotar, como em nenhum outro, posições ortodoxas do materialismo histórico –, é citada uma passagem extremamente especulativa de *Origem do drama trágico alemão*: como se Benjamin quisesse revogar a caracterização que, em 1931, fez daquele livro como sendo *certamente não materialista, embora já dialético* (Br., 523; GB IV, 18).

Esboços, manuscritos e paralipômenos

De *Origem do drama trágico alemão* conservam-se relativamente poucos planos, manuscritos e paralipômenos, em sentido estrito. É provável que tenha havido muito mais materiais preliminares, a avaliar pelo método de trabalho mais habitual em Benjamin, especialmente quando se tratava de obras mais ambiciosas, como era o caso do livro sobre o drama trágico, e também pelas referências concretas a ele na correspondência. Quando Benjamin se separou da mulher em Agosto de 1929 e se mudou da casa dos pais para a Delbrückstraße em Berlim, enviou como presente a Scholem *o manuscrito do livro sobre o drama trágico* (Br., 500; GB III, 479) – melhor: um manuscrito desse livro. Não é de excluir a hipótese de os restantes materiais terem sido destruídos nessa época. Por um lado, isso ia contra os hábitos de Benjamin, mas o ensaio já tinha sido publicado, numa forma que o autor tinha acompanhado e certamente considerado definitiva; isso poderá ter tornado desnecessária a manutenção dos estudos prévios neste caso.

No Arquivo Benjamin encontram-se seis esquemas do livro sobre o drama trágico, todos provenientes de estágios relativamente iniciais do trabalho. Deve-se certamente a um acaso o fato de precisamente estes esquemas se terem conservado; as folhas estavam misturadas com maços de manuscritos de outros trabalhos, sem qualquer relação com o livro sobre o Barroco. Na reprodução que se segue, todos os cortes de Benjamin aparecem entre chavetas ({ }). Esses cortes não significam necessariamente que as expressões ou tópicos em questão foram eliminados por Benjamin por não serem sustentáveis; na maior parte dos casos trata-se de rascunhos e tópicos que foram desenvolvidos em fases posteriores do trabalho, e por isso foram riscados no esquema, por já estarem concluídos.

1. O esquema mais pormenorizado (M^1) é provavelmente o mais antigo. A referência ao *apontamento de Rang* sobre o protestantismo permite datá-lo com alguma segurança de finais de Novembro como *terminus a quo*.

> {*I Sobre a teoria da alegoria*
>   *1 Alegoria e escrita*
>   *2 Alegoria e artes plásticas*
>   *3 Classificação e natureza do significado*
>   *4 Alegoria e símbolo*}

Excursos
Histórico-literários:
– *O drama de destino barroco em Calderón (Ciúme, A vida é sonho, devoção (?))*
– *A teoria romântica da alegoria e o drama trágico romântico (Alarcos, Werner)*
– *O tipo do intriguista como ponte para o drama trágico burguês (Melford, Marinelli, Wurm)*
– *O lado criatural das personagens barrocas e o destino da criatura no período* Sturm und Drang
– *A síntese de todos os momentos em Shakespeare e o caráter purificado do lúdico*
– *Os momentos medievais do drama trágico*
– *O drama trágico como protoforma; o fundamento da nova forma dramática em Shakespeare e o seu ponto alto em Calderón*

Estéticos
– *Épocas de decadência e critérios de valor*
– *Classificação na estética*
– *Procedimento pragmático na forma e no conteúdo*
– *Inserção histórica fundamental do conteúdo essencial das obras: contra a modernização. A unidade de toda a resposta nunca é problema, mas sim fenômeno – histórico*
– *A correlação indestrutível entre os conceitos metafísicos fundamentais e os fenômenos primordiais* (Urphänomene) *da arte. Ambos só se iluminam mutuamente, desde que os conceitos metafísicos fundamentais sirvam a unidade de resposta e, assim, se investigue a* ratio *dos fenômenos estéticos primordiais (na forma e no conteúdo)*
– *A "iluminação mútua das artes"*
– *O conceito de "salvação" para o começo do capítulo final*

Culturais
{*A importância do protestantismo para o drama trágico alemão e o seu caráter radical. Ver apontamento de Rang.*}

Esquemas
Influências históricas:
– *O* Singspiel *italiano: dramas pastoris da escola de Nuremberg e cortejos políticos*
– *Os* Trionfi *de Petrarca:* passim
– *O drama trágico do Renascimento italiano: provavelm[ente] corresponde à influência de Sêneca*
– *Sêneca: Gryphius, etc.*
– *Scudéry: Hofmannswaldau (Cartas de Heróis)*
– *Drama espanhol: pouca presença – teatros ambulantes*
– *Romance espanhol: escola de Nuremberg (e mais?)*
– *Drama francês: ausente*
– *Drama holandês: Gryphius*
– *Tipos de personagens alegóricas*

– *Deuses da Antiguidade*	*medieval*
– *Coisas naturais (e artefatos)*	?
– *Abstrações (virtudes, vícios)*	*medieval*
– *Personagens linguísticas e gramaticais*	*barroco*

Tipos de drama nos séculos XVI e XVII:

– 1) *Autos carnavalescos*
– 2) *Mistérios, paixões, tradição popular alemã*
– 3) *Drama jesuíta, erudito, latim*
– 4) *Primeira escola de Nuremberg*
– 5) *Comediantes ingleses (teatro ambulante)*
– 6) *Peças de assunto histórico e político (Viena)*
– 7) *Segunda escola da Silésia*
– 8) *Drama didático protestante*
– 9) *Moralidades (especialm[ente] inglesas – representação ao ar livre)*
Drama de destino:

– *A maldição ou o oráculo*	*tempo criatural, i.e. fechado*
– *O momento determinado*	*o fim fixado*
– {*O sonho*}	*o desfecho fixado*
– {*O aparecimento de espectros*}	{*Secularização da morte*}
– {*O adereço fatal*}	*o domínio das coisas no espaço fechado*

Teoria da tragédia:
– *Falta de compreensão da linguagem da tragédia em Nietzsche / Ignorância do caráter processual*
– *Sócrates moribundo, o drama de mártires, a tragédia / Sócrates e Antígona*
– *Aparência e jogo (apolíneo e barroco)*
– *Barroco e dionisíaco (páthos e transe; o luto como páthos dominado pela consciência)*
– *As traduções da tragédia por Hölderlin, especialmente da Antígona, na sua relação com o drama trágico (ver disposição específica)*}

Apontamentos
Exposições múltiplas sobre temas importantes:

O intriguista	1) {*sobre os dramas de assunto histórico e político*}
	2) *sobre a teoria da linguagem barroca*
	3) *sobre o mal (diabo)*
	4) *vanidade dos assuntos terrenos*
A natureza	{1) *sobre o rei – enquanto corte*
	2) *sobre a desvalorização da melancolia (Idade Média)*}
	3) *sobre a teoria da linguagem como lamento ossiânico tempestuoso*
	4) *em Espanha: simultaneidade*

	{5) sobre o aparecimento de espectros}
O saber	1) sobre a melancolia – como erudição barroca
	2) sobre a alegoria – como o fundo do mal
O tirano	{1) sobre a realeza
	2) sobre a melancolia demencial
	3) sobre a incapacidade de decisão da acédia}
	4) sobre a hipocondria – inacessibilidade do rei
O estilo bombástico	1) discursos jactanciosos do tirano
	2) astúcia do intriguista e do bobo
	3) sobre a teoria da linguagem
A phýsis	1) análise racionalista e mecanicista
	2) análise martirológica
O amor	1) ausência de uma intenção redentora – sobre a realeza
	2) primado do alheamento do mundo e da violência em simulacros de sensualidade perdida – melancolia
	3) falta de fantasia, o amor só surge em Shakespeare – sobre a crítica
A erudição	1) fundamentos da dramatização da história – sobre a realeza
	2) fundamentos da busca oculta e alheada do mundo – sobre a melancolia
	3) o mal como forma de saber – sobre a alegoria
O mal	1) o intriguista
	2) o luto melancólico
	3) exposição sobre os aspectos essenciais, com referência ao papel do bobo como "aquele que sabe"
	{4) o tirano}
A criatura	{1) como animal de razão}
	2) a sua linguagem
Simultaneidade	1) repetição da mesma situação
	2) simultaneidade e duplo amor
A repetição	{1) caracteriza o mundo natural do drama trágico}

2) caracteriza uma causa do taedium vitæ do melancólico

(Fonte: Arquivo Benjamin, manuscrito n° 1961)

2. Um segundo esquema traz o título *Sobre a parte metodológica* (M^2). Está cortado na totalidade, e para além disso há uma única linha cortada à parte. O texto deste esquema encontra-se no verso de uma folha com dois rascunhos da primeira carta de Benjamin a Hofmannsthal, escrita em Novembro de 1923. A *Introdução à poesia*, que aparece referida, poderá ser o texto perdido que Benjamin escreveu para a edição, que planejava, dos poemas de Fritz Heinle; a sigla *A 151* não é descodificável, mas poderá ser uma referência à coleção de citações que Benjamin reuniu para o livro.

{ Sobre a parte metodológica

Contra a empatia

A tentação das analogias com o presente / Caracterização insuficiente do Barroco, até agora

A discussão da polêmica de Burdach contra Burckhardt, Worringer, etc. Os conceitos periodológicos da história da cultura, os conceitos estilísticos, os conceitos genológicos, são ideias. (Introdução à poesia) Relação metodológica da investigação metafísica com a histórica: a meia virada do avesso. A obra de arte, o estilo, o gênero, etc., como fixação fundamental na qual o conteúdo religioso dos períodos se torna perceptível. A ficção inaceitável de uma continuidade da história da arte. Não há história da arte. O rechoque [sic] em todas as investigações empíricas profundas voltadas para a arte. Desenvolvimento da doutrina das ideias e preparação da parte final. (O realismo na conceitualidade da história —?—) Contra o verismo de Burdach. A questionação tem de ser metodologicamente delimitada, só assim a resposta abarca toda a extensão dos problemas.

Essencialidade da teoria da arte de acordo com o questionamento

{ Conclusão da questão das características formais}

O conceito de salvação: as diferenças entre tipos de obras A 151

Justificação do âmbito da matéria tratada: escolas da Silésia, de Nuremberg, de Viena

Não aceitação da "acomodação" a uma teoria da arte

mas sim transformação da obra de arte num novo domínio filosófico}

(Fonte: Arquivo Benjamin, manuscrito n° 852)

3. Um outro esquema (M^3) refere-se ao capítulo sobre a melancolia, da primeira parte do livro, bem como à segunda parte; também este esquema foi cortado na totalidade.

{A A Melancolia de Dürer
I Essência da melancolia
    a Nem contemplação da verdade nem da beleza
        coisas do mundo   Spleen et Idéal
    b Contemplação a partir do saber – taedium vitae, *Barroco*
II O reino do mal
    a O saber do bem e do mal; b Solidão; c Infinitude
        Soberba
    d As três raízes espirituais do mal
B A alegoria
I Essência da alegoria
    a Espiritual, não viva b caput mortuum *do saber*
        as imagens, runas, Flaubert
    c A desordem; d Alegoria; e Símbolo
        Calvário, a cidade
II Os vícios como alegorias
    a O isolamento do mal absoluto b A sua beleza
    c O mal como alegoria, a estrela na gravura de Dürer, impossibilidade de chegar ao mal das origens. O aviso}

(Fonte: Arquivo Benjamin, manuscrito n° 1878v)

4. e 5. Dois esquemas sobre a parte final inicialmente concebida, que deveria conter *algumas reflexões metodológicas sobre a "crítica"*, mas que não chegou a ser escrita. Os textos foram escritos no verso de duas pequenas fichas que tinham impressas as datas de devolução de livros requisitados na Biblioteca Estadual de Berlim. O esquema que reproduzimos em primeiro lugar (M^4) encontra-se numa ficha com a data de 19 de Fevereiro de 1924, o segundo (M^5) numa outra com data de 10 de Abril de 1924.

Conclusão

Procurar sempre a categoria adequada ao conteúdo material presente. A obra de arte ou uma forma de arte.

{Onde não houver conteúdo material, não há obra de arte. A "falta" é referida como deterioração.

Referência a critérios semelhantes em Goethe.}

Oposição entre interpretação e empatia.

O caráter monadológico da crítica. Contra a ostentação do que está à volta. O conteúdo da obra de arte é histórico, a sua essência a-histórica; não tem história.

(Fonte: Arquivo Benjamin, manuscrito nº 1959)

Conclusão

I Crítica do drama trágico

II Conceito de crítica

> *a Conteúdo de verdade e conteúdo material*
>
> *(essência histórica de ambos – reservas em relação à equivalência de crítica e história em Croce)*
>
> *b A história como critério para a persistência dos pormenores*
>
> *c A beleza reservada àquele que sabe (Contra a empatia, a acomodação, a descrição – Platão: o saber no Banquete – a descrição só tem lugar na história pragmática – o momento descritivo da empatia deve ser radicalmente eliminado em favor da interpretação pragmática dos conteúdos materiais e das formas – categorias desta interpretação. Historicamente: o mundo sem arte)*

III Teoria das épocas de decadência

> *a) Conceito de salvação*
>
> *b) A vontade artística*
>
> *c) A forma fragmentária*
>
> *(como última palavra da história universal – barbárie – corretivo da arte – caráter de mistério do drama?)*

Sobre IIa: teoria pormenorizada do conteúdo material e conteúdo de verdade no tratamento dos conceitos do artístico e do ideal

(Fonte: Arquivo Benjamin, manuscrito nº 1958)

6. Finalmente, preservou-se um manuscrito que contém enumerações esquemáticas da frequência de determinados motivos nos vários dramas do Barroco (*sonhos, monólogos dos conflitos, monólogos antes de agir*

e *monólogos de lamentação*) (M⁶, Arquivo Benjamin, manuscrito n° 1960);
prescinde-se aqui da reprodução de todas essas enumerações.

Sinopse de *Origem do drama trágico alemão*
(pp. 255-260)

Nos processos da candidatura de Benjamin à *Habilitation* em Frankfurt encontra-se um resumo das principais teses de *Origem do drama trágico alemão*, solicitada por Hans Cornelius ao receber o trabalho, para sobre ele emitir parecer (informação verbal de Max Horkheimer, na época assistente de Cornelius). A fonte desta sinopse é um datiloscrito do arquivo da antiga Faculdade de Filosofia e Letras da Universidade Johann Wolfgang Goethe, de Frankfurt / M.

Drama trágico e tragédia
(pp. 261-264)

Este texto ocupa o terceiro lugar na lista de cinco ensaios mencionados numa carta a Herbert Belmore*, de finais de 1916 (Br., 132; GB I, 350). Se lermos esta lista – hipótese sustentada por vários fatores – também como cronológica, o período de gênese de "Drama trágico e tragédia" situa-se entre Junho e Novembro de 1916. As notas dos organizadores da edição crítica a *Origem do drama trágico alemão* esclarecem: "Benjamin escreveu em 1916 três trabalhos de caráter metafísico e orientados para a filosofia da história: 'Drama trágico e tragédia', 'O significado da linguagem no drama trágico e na tragédia' e 'Sobre a linguagem em geral e a linguagem humana'. Estes textos contêm, *in nuce*, pontos de vista centrais que foram desenvolvidos teoricamente no livro sobre o drama trágico. Quando, em Outubro de 1923, Benjamin

---

* Herbert Belmore (1893-1978): de seu verdadeiro nome Herbert Blumenthal, foi companheiro de escola de Benjamin em Berlim, e seu amigo íntimo até 1917, época em que se deu a ruptura entre ambos. Blumenthal era cidadão inglês (nasceu em Hopetown, na África do Sul), viveu na Suíça, em Inglaterra e na Itália como arquiteto de interiores, antiquário, bibliotecário e crítico, e escreveu sobre Benjamin nos últimos anos de vida (nomeadamente na revista inglesa *German Life and Letters*). Sobre o ambiente de juventude de Benjamin e as suas relações com Blumenthal, ver: Hans Puttnies / Gary Smith, *Benjaminiana. Eine biographische Recherche* [Benjaminiana. Uma Pesquisa Biográfica]. Giessen, Anabas Verlag, 1991, pp. 11 segs. (N.T.).

escrevia a [Florens Christian] Rang: *impõe-se-me de novo o velho tema 'drama trágico e tragédia'*, não estaria apenas a pensar num tema, mas no seu ensaio com o mesmo título." A projeção dos motivos deste trabalho dos primeiros anos sobre o livro dedicado ao drama trágico torna-se evidente a partir da leitura da primeira parte do livro, "Drama trágico e tragédia"; também a *tábua categorial* relativa àquela parte do livro, tal como aparece na sinopse da obra incluída neste volume, é elucidativa a este propósito.

O significado da linguagem no drama trágico e na tragédia
(pp. 265-268)

Numa carta a Scholem, datada de 30 de Março de 1918, Benjamin escreve: *Li três vezes o trabalho* ["Sobre o lamento e o canto de lamentação", inédito] *que enviou a minha mulher, a última das quais com ela. A minha mulher vai agradecer-lhe pessoalmente. Eu próprio lhe agradeço sobremaneira, pois contribuiu de forma decisiva para o meu esclarecimento de um problema sobre o qual, sem o seu conhecimento, já me debrucei há dois anos. Agora, depois de ler o seu trabalho, as coisas colocam-se-me nos seguintes termos: a partir da minha essência como judeu apercebi-me de um direito próprio, da "ordem totalmente autônoma" do lamento e do luto. Sem qualquer ligação à tradição judaica, que, como hoje sei, é o objeto dessa investigação, eu próprio aproximei do drama trágico, num breve ensaio sobre "O significado da linguagem no drama trágico e na tragédia", a questão de saber "como a linguagem em geral se pode realizar no luto e ser expressão desse luto". E cheguei, no particular e no geral, a conclusões que se aproximam das suas, mas investi muito do meu esforço a explorar uma relação que só agora começo a vislumbrar na sua verdadeira articulação. De fato, em alemão o lamento só ganha destaque na linguagem do drama trágico, e este, no que diz respeito ao alemão, é praticamente subalternizado em relação à tragédia. Eu não achava que esta ideia fizesse sentido, e não vi que esta hierarquia é tão legítima em alemão como provavelmente o é a oposta em hebraico. Agora vejo pelo seu trabalho que os problemas que naquela altura me interessavam têm de ser colocados com base no lamento hebraico. No entanto, não posso aceitar a sua argumentação como solução do problema, nem as suas traduções me permitem — coisa, que, aliás, seria impossível — apreender a questão antes de saber hebraico. Contrariamente ao seu ponto de partida, o meu teve apenas uma vantagem, a de me levar a reconhecer a diferença fundamental entre o luto e o trágico, que, a julgar pelo seu trabalho, não chegou a reconhecer. De resto, teria tantas observações a fazer ao seu trabalho que numa carta – devido às dificuldades terminológicas – elas se perderiam em sutilezas sem conta [...]. A sua terminologia (tal como a minha) não está ainda suficientemente elaborada [...]. Acho sobretudo que ainda não estou muito seguro da relação unívoca entre lamento e luto, no sentido de que todo o luto puro terá de desembocar no lamento. Daqui decorre uma série de problemas tão complexos que temos de desistir de os discutir por escrito* (Br., 181-182; GB I, 442-443). A indicação *há dois anos* deve ser entendida como aproximada: "no ano 1916", entre Junho e Novembro. Este texto conta-se entre as células primitivas do livro sobre o drama trágico, tal como acontece com o pequeno ensaio sobre "Drama trágico e tragédia". Em 1926, o próprio Benjamin formula esta ideia em carta a Hofmannsthal: *Por fim, a sua carta despertou a minha atenção pela referência que faz àquele que é verdadeiramente o centro, de algum modo oculto, deste trabalho: as considerações sobre imagem, escrita e música são, de fato, a célula primitiva do ensaio, com as suas reminiscências literais de um escrito de juventude, de três páginas, "Sobre a linguagem no drama trágico e na tragédia". Mas o desenvolvimento mais aprofundado destas questões levar-me-ia para fora da esfera linguística do alemão, para o hebraico, que, apesar de todos os meus bons propósitos, continua a ser terreno virgem onde não entrei* (Br., 437-438, GB III, 209). Este trabalho, que nunca chegou a ser publicado, existe apenas numa cópia do punho de Scholem.

Coleção Filô

Gilson Iannini
Coordenador da Coleção

A filosofia nasce de um gesto. Um gesto, em primeiro lugar, de afastamento em relação a uma certa figura do saber, a que os gregos denominavam *sophía*. Ela nasce, a cada vez, da recusa de um saber caracterizado por uma espécie de acesso privilegiado a uma verdade revelada, imediata, íntima, mas de todo modo destinada a alguns poucos. Contra esse tipo de apropriação e de privatização do saber e da verdade, opõe-se a *philía*: amizade, mas também, por extensão, amor, paixão, desejo. Em uma palavra: Filô.

Pois o filósofo é, antes de tudo, um *amante* do saber, e não propriamente um sábio. À sua espreita, o risco sempre iminente é justamente o de se esquecer daquele gesto. Quantas vezes essa *philía* se diluiu no tecnicismo de uma disciplina meramente acadêmica e, até certo ponto, inofensiva? Por isso, aquele gesto precisa ser refeito a cada vez que o pensamento se lança numa nova aventura, a cada novo lance de dados. Na verdade, cada filosofia precisa constantemente renovar, à sua maneira, o gesto de distanciamento de si chamado *philía*.

A coleção Filô aposta nessa filosofia inquieta, que interroga o presente e suas certezas; que sabe que suas fronteiras são muitas vezes permeáveis, quando não incertas. Pois a história da filosofia pode ser vista como a história da delimitação recíproca do domínio da racionalidade filosófica em relação a outros campos, como a poesia e a literatura, a prática política e os modos de subjetivação, a lógica e a ciência, as artes e as humanidades.

A coleção Filô pretende recuperar esse desejo de filosofar no que ele tem de mais radical, através da publicação não apenas de clássicos da filosofia antiga, moderna e contemporânea, mas também de sua marginália; de textos do cânone filosófico ocidental, mas também daqueles textos fronteiriços, que interrogam e problematizam a ideia de uma história linear e unitária da razão. A coleção aposta também na publicação de autores e textos que se arriscam a pensar os desafios da atualidade. Isso porque é preciso manter a verve que anima o esforço de pensar filosoficamente o presente e seus desafios. Afinal, a filosofia sempre pensa o presente. Mesmo quando se trata de pensar um presente que, apenas para nós, já é passado.

Este livro foi composto com tipografia Bembo e impresso
em papel Off-White 70 g/m² na Formato Artes Gráficas.